KAIA MILBURN

Bleib bei mir, wenn der Sommer geht

**Über die Autorin**

Kaia Milburn ist das Pseudonym einer bekannten Jugendbuchautorin. Sie war schon als Kind von Geschichten und vom Reisen fasziniert. Kein Wunder, ist doch ihre Tabak kauende schwedische Urgroßmutter mit einem Schmied nach Amerika durchgebrannt. Milburn hat viele Jahre als Journalistin gearbeitet, in den USA mit einer Verhaltenswissenschaftlerin die Intelligenz von Pferden erforscht, in Peru die Regenbogenberge erklettert, in Schweden in einem Wald am Meer überwintert und in Norddeutschland Wurzeln geschlagen. Dort lebt sie heute mit ihrer Familie auf dem Land.

KAIA MILBURN

# Bleib bei mir, wenn der Sommer geht

Roman

lübbe

Die Bastei Lübbe AG verfolgt eine nachhaltige Buchproduktion.
Wir verwenden Papiere aus nachhaltiger Forstwirtschaft und verzichten darauf,
Bücher einzeln in Folie zu verpacken. Wir stellen unsere Bücher
in Deutschland und Europa (EU) her und arbeiten mit den Druckereien
kontinuierlich an einer positiven Ökobilanz.

FSC
www.fsc.org
MIX
Papier | Fördert
gute Waldnutzung
FSC® C014496

Originalausgabe

Dieses Werk wurde vermittelt durch Agentur Brauer
(Agentin: Ulrike Schuldes)



Lektorat: Daniela Jarzynka
Textredaktion: Dr. Ulrike Strerath-Bolz, Friedberg
Umschlaggestaltung: www.buerosued.de unter Verwendung von
Illustrationen von © www.buerosued.de und © Mauritius Images,
Onzeg / Alamy / Alamy Stock Photos
Satz: Dörlemann Satz, Lemförde
Gesetzt aus der Minion Pro
Druck und Verarbeitung: GGP Media GmbH, Pößneck

Printed in Germany
ISBN 978-3-404-18958-8

2 4 5 3 1

Sie finden uns im Internet unter luebbe.de
Bitte beachten Sie auch: lesejury.de

# Kapitel 1

*Dawn*

Da ist er. Der Duft von Heckenrosen und Meerwasser.

Er hat mir so gefehlt.

Ich schließe die Augen und ziehe ihn tief in meine Lungen, so tief ich nur kann. Dann halte ich die Luft an, ich will ihn nicht wieder hergeben. Ich will, dass dieser Duft seinen Zauber für mich wirkt. Unerschütterlich und verlässlich das Versprechen von Geborgenheit und Leichtigkeit einlöst. So, wie es damals war. Wie es jeden Sommer war.

Viele unbeschwerte Sommer lang.

Das Erste, was mir in den Sinn kommt, wenn ich an das Carmel-by-the-Sea meiner Kindheit denke, ist dieses Aroma von Heckenrosen und Meer – es ist gleichbedeutend mit Sich-zu-Hause-Fühlen. Juni bis September bei Tante Lucy – dort, wo alles gut war.

Ich hatte eine glückliche Kindheit. Wie eine sanfte, warme Brise auf der Haut, wie pudrig weicher weißer Sand zwischen gebräunten Zehen.

Ich kann den Nachhall immer noch spüren. Nun stehe ich wieder hier. Genau jetzt. Sand unter meinen Füßen, vor mir das Meer.

Ich höre das Geschrei von Möwen über mir.

Als wäre nichts geschehen. Als wären die Jahre dazwischen ausgewischt.

Aber das sind sie nicht. Meine Kinderzeit ist lange vorbei.

Ich bin zweiunddreißig Jahre alt, und ich kann die Luft nicht länger anhalten.

Keuchend atme ich aus.

# Kapitel 2

*River*

Marge steht auf der Veranda, die schmerzende Hüfte an die Balustrade gelehnt, die ich immer noch nicht gestrichen habe. Meine Pflegemutter wirkt klein und zerbrechlich, als sie über die mit Reben bewachsenen Hänge blickt. Die ausgeleierte Strickjacke hat sie eng um sich gezogen. Sie fröstelt. Der Wind spielt mit ein paar Flöckchen der abgeblätterten weißen Farbe. Sie sehen beinahe aus wie Kirschblüten.

Der Morgen ist frisch, von den Bergen fällt eine feuchte Kühle, Gift für Marges arthritische Knochen, aber es liegt dieser Frau nicht, über solche Kleinigkeiten zu jammern. *Dinge, die man nicht ändern kann …*, höre ich ihr Mantra im Klang der warmen, stets ein wenig heiseren Stimme in meinem Kopf. *Und der Sonnenaufgang ist viel zu schön, um ihn zu verpassen.* Goldenes Orange über nebelweißem Grün. *Man weiß nie, wie viele man noch erleben darf. Koste jeden davon aus, River.* Sie würde niemals zulassen, dass eine Glasscheibe sie von diesem Anblick trennt.

Die Fliegentür fällt mit einem metallischen Quietschen hinter mir zu und verrät mich.

Ich halte ihr einen dampfenden Emaille-Becher mit Kaffee

vor die Nase. Stark und süß, aber entkoffeiniert. Ihr Herz schlägt ein wenig zu schnell. »Na, prüfst du die Regenwahrscheinlichkeit anhand der Wolkenformen? Du könntest es dir leichter machen und einfach in deine Handy-App gucken.«

»Spotte nur, River. Du kommst auch mal in mein Alter, und dann setze ich mich auf eine Wolke und spuck dir auf den Kopf, damit du dich an diesen Moment erinnerst, wenn du in deine Handy-App starrst und irgendein Grünschnabel dir was von seinem eingebauten Mikrochip erzählt, mit dem er sich seine eigene virtuelle Wetterwelt bauen kann.«

Ich muss lachen. »Du bist unvergleichlich, Marge. Mit dir kann es niemand aufnehmen.«

»Na, das will ich doch schwer hoffen! Irgendwas liegt heute in der Luft, wovon deine Wetter-App nichts weiß. Denk an meine Worte! Und danke für den Pseudowachmacher. Wenigstens duftet er wie Kaffee. Hast du gut geschlafen?«

Ich nicke. »Danke, dass ich bei euch unterkriechen durfte. Das war genau das, was ich nach dem Tag gestern brauchte.«

»Du lässt diese Seelchen immer noch viel zu sehr unter deine Haut. Aber auch dafür lieben wir dich.« Ihre Augen strahlen sanft, als sie mich anlächelt, und die feinen Falten graben sich noch tiefer in die dünne, von Altersflecken besprenkelte Haut.

*Euch* und *wir*. Auch nach dem Tod meines Pflegevaters Joe haben wir diesen Sprachgebrauch nicht verändert. Wir spüren ihn immer noch beide. In jedem Balken, jedem Stein, jedem Zentimeter dieses Anwesens.

Ich würde sie gern hochheben und herumwirbeln – oder mich in ihre Arme werfen und den Kopf an ihren Busen schmiegen. So wie damals, als sie mir sagte, dass ich nie mehr fortmüsse von dieser Farm namens *Cloudwalk Haven*, egal, was ich angestellt hätte oder noch anstellen würde.

Ich war ein so unglaublich störrischer Teenager, der seine Angst und seinen Schmerz hinter einer Wand aus Wut und Gleichgültigkeit versteckte und bereits vier Pflegefamilien verschlissen hatte – oder von ihnen verschlissen worden war: Alkoholiker, Borderliner, im Trailerpark Gestrandete, für die ich eine gesichtslose Sicherung der Miete auf zwei Beinen war.

Zwei Jahre hatte ich gebraucht, um hier auf der Farm bei Marge und Joe anzukommen und mit dem Vertrauen umzugehen, das sie mir vorstreckten.

Ich war wie eins dieser aggressiven Straßenkätzchen, die sich noch Wochen nach ihrer Rettung nur unterm Bett hervortrauen, wenn alles schläft, und ihre Krallen fauchend in alles schlagen, was sie erreichen können – selbst wenn es ihnen Futter bringt.

Marge und Joe ließen mich einfach machen, erwarteten nichts, außer, dass ich regelmäßig aß und entweder in die Schule ging oder, wenn ich mich dagegen entschied, mir selbstständig eine der Ersatzaufgaben von der Liste aussuchte, die am Kühlschrank direkt neben dem altmodischen Wandtelefon hing. Sie kontrollierten die Ergebnisse nie, aber wenn ein Anruf aus dem Büro des Direktors kam, setzte Joe seine Brille auf, studierte die Liste und setzte seinen Finger neben die Zeile, die ich zuletzt als erledigt ausgestrichen hatte. Ohne mit der Wimper zu zucken, erklärte er dann, wobei er so dringend meine Hilfe benötigt hätte, dass es einen Schulbesuch leider nicht möglich gemacht habe, und verbat sich Diskussionen darüber.

Marge und Joe gaben mir diesen dicken Vertrauensvorschuss einfach so – und ich lernte, wenn auch erschreckend langsam, mich dieses Kredits aus bedingungsloser Liebe und Freiheit als würdig zu erweisen. Mit freiwilligen Zinsen.

Die Farm war mein sicherer Hafen und die Liste mein Rettungsanker, egal, wie hoch die Wellen schlugen. Auch heute noch, zwanzig Jahre später, kann ich sie auswendig. Ich habe sie in meinem Herzen bewahrt, die Lieblingsaufgaben ebenso wie die verhassten.

Und *Cloudwalk Haven* wird immer mein Zuhause sein.

Ohne Marge und Joe hätte ich niemals die Energie und den Mut gefunden, aufs College zu gehen, geschweige denn, meinen Master zu machen. Ich wäre niemals zu dem geworden, der ich bin. Eigentlich müsste ihr Name genauso auf dem Schild meiner kleinen Tierarztpraxis stehen wie meiner.

»Einen Dollar für deine Gedanken.« Marge sieht mich über den Rand ihrer Tasse an. Ihre Augen glitzern spöttisch. »Wo bist du gerade?«

Verlegen puste ich in meinen Kaffee und schlürfe vorsichtig. Trotzdem verbrenne ich mir die Zunge. »Bei jungen Taugenichtsen und kratzbürstigen Kätzchen«, sage ich und verziehe die Mundwinkel.

»Ein neuer Fall?«

Ich schüttle den Kopf und beuge mich vor, um ihr spontan einen Kuss auf die Wange zu drücken. »Nein. Ein ganz alter. Ging ziemlich gut aus, soweit ich das beurteilen kann.« Ich räuspere mich schnell und sehe auf die Uhr. »Muss los. In einer Stunde beginnt die Kleintiersprechstunde. Grüß Joe von mir.«

»Wie immer.«

# Kapitel 3

*Dawn*

Ich öffne die Augen und blicke in die Weite des schier endlosen Horizonts.

In das Geräusch der hungrigen Seevögel, die an diesem Vormittag über dem Strand kreisen, mischt sich das Wimmern eines Babys und fährt mir messerscharf ins Innerste. Eine Mutter klappert mit Spielzeug, stimmt ein Kinderlied an, entfernt sich. Ich drehe mich nicht um – ich kann nicht.

Mein Herz krampft sich schmerzhaft zusammen, mein Magen ist ein Eisklumpen. Eine Kälte, die so gar nicht zu dem traumhaften Wetter und dem wunderbarsten aller Düfte passen mag, erfasst alles an mir. Wie schockgefroren stehe ich da und versuche, mich mit den Augen am Horizont festzuhalten. Es gelingt mir nicht einmal zu blinzeln. Ich stehe einfach nur da.

Eine Bö stiehlt mir rotblonde Haarsträhnen aus dem eilig zusammengesteckten Dutt und reibt sie mir ins Gesicht. Ich lasse es geschehen. Tränen laufen mir über die Wangen. Es ist nicht allein der Wind, der sie mir in die Augen treibt.

Wenn ich mich jetzt bewege, zerspringe ich in Abermillionen von Eiskristallen, denke ich. Ein letztes, vielfach regenbogenfarbiges Glasglitzerfunkeln, bevor die kalifornische Sonne die Splitter schmelzen würde. Bevor sie sich mit der Gischt des Pazifiks vermischen und darin auflösen würden. Die plötzliche Sehnsucht nach dieser schmerzlosen Stille zerreißt mich fast ebenso sehr wie die Bürde, ihr niemals nachgeben zu dürfen.

War es ein Fehler hierherzukommen? An die Orte meiner Jugend, wo ich einmal glücklich war?

»Ist das der Zapifik?« Eine weiche Kinderhand schiebt sich in meine.

Die klebrigen Fingerchen erschrecken mich einen Moment lang. Dann bringen sie mich zurück in die Gegenwart. Sie geben mir Halt. Erdung. Setzen mich neu zusammen und verhindern, dass ich mich in meinen quälerischen Gedanken verliere.

Ich male mir ein Lächeln ins Gesicht, und als ich mich zu meiner kleinen Tochter hinunterbeuge, ist es ehrlich und echt. »Der Pazifik, ja. Gefällt er dir?« Hastig wische ich mir eine Träne aus dem Augenwinkel.

»Nicht weinen, Mommy.«

Ich schüttle den Kopf.

Lilly-May. Mein Anker. Mein Motor. Mein Sonnenschein. Ich muss stark sein – nein, ich *will* es. Für sie. Irgendwie schaffe ich das, schaffen wir das. Wir beide.

Sie ist es, die mich in den vergangenen Wochen und Monaten einfach nur durch ihr Dasein dazu gebracht hat, aufzustehen, mir die Zähne zu putzen, zu funktionieren. Diese kleine Seele, die so bedingungslos und felsenfest darauf vertraut, dass ihre Mama immer da ist.

Weil ich es ihr versprochen habe. Darum bin ich noch hier. Denn Versprechen muss man halten.

»Ich weine gar nicht, Lollipop.«

»Aber deine Augen sind rot.«

»Das liegt am Wind.«

Mit der Klugheit einer uralten Seele in einem sechsjährigen Körper neigt Lilly-May den Kopf und runzelt die Stirn. »Du denkst gerade an Baby Jeff, oder?«

Ich nicke. Sprechen kann ich nicht.

Sie löst unseren Blickkontakt und sieht hinaus aufs Meer. Aber sie drückt meine Hand. Ganz fest. »Ich lass dich niemals allein. Das Problem war, dass Baby Jeff zu klein war, um dir das versprechen zu können, verstehst du, Mommy?«

Ein Schluchzer zerplatzt in meinem Mund. Ich kaschiere ihn mit einem Lächeln und lasse mich auf die Knie sinken, damit ich auf Augenhöhe mit Lilly-May bin. Ich umarme sie, so fest ich mich traue, ohne den schmächtigen Kinderkörper zu zerquetschen. »*Niemals* ist eine lange Zeit, Lollipop. Ich bin schon glücklich, wenn wir so lange zusammen sind, bis du groß bist und ausziehst, weil du deine eigenen Wege gehst. Denn das darfst du und sollst du auch.«

»Das verspreche ich! Aber ich geh nicht weg. Höchstens mal für ein paar Tage nach Disneyland. Und da wäre es mir lieber, wenn du mitkommst. Wegen der bösen Hexe aus *Schneewittchen.*«

Ich lächle unter Tränen. »Vor der brauchst du keine Angst zu haben, die darf nicht in den Park, und nach Disneyland komme ich immer gern mit, wenn du mich lässt. Egal, wie alt du bist.«

»Okay, abgemacht. Das meine ich ganz ernst, Mama.« Sie streckt mir ihren kleinen Finger hin, der üppig über die halbe Fingerkuppe mit neongelbem Nagellack angemalt ist. »Pinkyschwur.«

»Pinkyschwur«, gelobe ich feierlich und hake meinen kleinen Finger in ihren. »Was meinst du? Wollen wir mal die große Zehe in den Ozean tauchen?«

Lilly-May juchzt. »Nein, *alle* Zehen von *allen* Füßen! Bis zum Knie! Und danach bauen wir eine Sandburg.«

Angesteckt von ihrer Energie, laufe ich mit ihr aufs Wasser zu. Sie zieht mich einfach mit.

Ich spüre den Sand unter meinen Füßen und wie Tausende winziger Muschelschalen unter meinen Sohlen zersplittern.

Alles Leben ist so unglaublich zerbrechlich.

# Kapitel 4

*River*

In der Sprechstunde ist wenig los. Ein Hund, der sich einen Holzsplitter in die Pfote getreten hat. Ein paar Impfungen, Krallenschneiden, Routine.

Nur Stans alter Schäferhund Bro macht mir Kummer. Er hat wirklich schlimm Asthma. Wie sein Herrchen auch.

Ich notiere die Dosierung auf der Verpackung und schiebe Stan eine Schachtel mit Kortison-Tabletten über den Behandlungstisch. Ich habe dem Rüden eine Spritze verabreicht, mehr kann ich im Moment nicht für ihn tun. Es bricht mir das Herz.

Stan ist der älteste Freund meines Pflegevaters Joe, wie er Anfang siebzig. Mit gerade mal achtzehn Jahren wurde er nach Vietnam geschickt. Es gab eine Lotterie, am 1. Dezember 1969. Sie wurde live im Fernsehen und im Radio übertragen. Wessen Geburtsdatum ausgelost wurde, der musste seine Sachen packen. Joe hatte Glück, der Kelch ging an ihm vorüber; Stan musste gehen. Die Erfahrung hat das Leben beider Männer geprägt. Joe wurde Sozialarbeiter und las Jungen wie mich auf, um ihnen ein Zuhause zu geben. Stan hat überlebt. Den Krieg – und inzwischen auch meinen Pflegevater. Als er lungenkrank aus der Kriegsgefangenschaft entlassen wurde, schaffte Stan sich Ziegen und Schafe an. Ziegenmilch habe ihm das Leben gerettet, hat er mir einmal erklärt. Er tut alles für die Zottelbärte – und produziert den besten Jack Cheese in ganz Monterey County. Obwohl oder vielleicht gerade *weil* er ihn nicht aus Kuhmilch herstellt.

»Fahrt ans Meer runter, Stan. Die Luft wird Bro guttun.«

»Ich kann meine Ranch und die Tiere nicht einfach allein lassen, Junge, das weißt du.«

Kann sein, dass ich es eines Tages lernen werde, die Klappe zu halten. Aber heute ist nicht der Tag. »Die Spritzmittel, die von Humps Weinbergen zu euch rüberwehen, sind nicht gerade das, was ich als Inhalationstherapie verordnen würde.«

Stan lacht bitter auf. »Dann müsste ich wegziehen. Das Valley ist aber meine Heimat. Gibt keinen schöneren Flecken Erde, und irgendwann sehen wir uns alle das Gras von unten an. Ich habe meinen Frieden damit gemacht.«

»Hmm.«

»Es ist ja nur bei Westwind«, ergänzt er, als er meine besorgte Miene sieht. »Da müssen wir durch.« Er senkt den Blick und streichelt Bro über den Kopf.

»Vielleicht wären ein Umzug und einen Gang runterschalten nicht das Schlechteste. Du lebst ganz allein da oben in den Hügeln.«

»Mit meinen Tieren.«

»Alle außer deinem Nachbarn haben schon vor Jahren auf ökologischen oder zumindest halbwegs umweltverträglichen Anbau umgestellt und …«

»Soll ich mich etwa mit Hump anlegen?«

»Nein, natürlich nicht. Entschuldige. Geht mich auch nichts an.«

Er nickt, von einem weiteren trockenen Hustenanfall geschüttelt. »Kannst du sonst noch was für meinen Kumpel hier tun, oder nicht?«

»Irgendwann demnächst würde ich mir gern seine Hüfte unterm Röntgengerät ansehen. Aber bevor ich ihn dafür in Narkose lege, hätte ich gern erst mal seine Atmung stabil.« Ich tippe auf die Tabletten. »Hier. Zweimal täglich eine. Und mach einen Ausflug mit ihm, nimm ihn von mir aus zum Einkaufen mit, wenn du in den Landhandel fährst.«

»Hört, hört! Der Doc empfiehlt mir, meinen Hund bei diesem Wetter einfach im Wagen zu lassen.« Er zwinkert mir zu, und ich muss schmunzeln.

»Du nimmst ihn doch überall mit rein, ob es erlaubt ist oder nicht. Und Carmel ist ja wohl das hundefreundlichste Städtchen, das ich kenne.«

»Er fährt nicht gern Auto.«

Ich seufze. »Okay, verstehe. Hör zu, wenn es schlimmer wird, dann …«

Der alte Mann tätschelt mir die Hand. Seine Finger fühlen sich kühl an. »Ein paar Wochen noch. Spätestens im Juli ist die Spritzerei auch drüben bei Hump vorbei. Dieses Jahr wird eine frühe Lese erwartet.« Er sieht seinen Hund an. »Wir machen uns einen schönen Sommer, und im Herbst sehen wir weiter. Und wenn es nicht mehr geht …« Er bricht ab. »Ich weiß, wo ich dich finde.«

Ich nicke. »Wenn du magst, kann ich ihn einmal in der Woche auf meiner Tour mitnehmen, wenn ich Marges Olivenprodukte nach Carmel bringe.«

»Damit er die hübschen Yorkis auf der Juniper Street frisst? Das würde dir gefallen, was, Bro?«

Der Rüde sieht zu seinem Herrchen auf und wedelt erwartungsfroh mit dem Schwanz.

»Es macht mir nichts aus, Stan. Gleich heute Nachmittag? Ich habe nur eine Patientin auf dem Weg. Wir geben Marges Kiste im Souvenirladen ab, drehen eine gemütliche Runde durchs Städtchen, jagen ein paar Möwen am Strand und machen noch einen kurzen Schlenker nach Monterey. Ich muss eine Blutprobe ins Labor dort bringen, das mache ich lieber selbst. Heute Abend bekommst du ihn wieder.«

»Ja, mal sehen. Wenn dir das wirklich keine Umstände macht …« Stan räuspert sich. »Was bin ich dir schuldig?« Er steckt die Tabletten in die Brusttasche seines Hemdes und greift sich an die hintere Hosentasche seiner Jeans, um die Brieftasche herauszuholen.

»Lass stecken, ich will kein Geld von dir. Denk an mich, wenn dein nächster Mezzo Secco reif ist.«

Die Augen des Veteranen blitzen kurz auf. »Ich habe einen Dry Jack in der Mache. Schön zitronengelb von außen, fängt gerade an, sich orange zu verfärben. Nächsten Monat will ich ihn versuchsweise anschneiden. Dann lagert er etwas über ein Jahr. Ist zwar schon alles vorbestellt, aber einen Laib Käse habe ich für mich zurückbehalten. Davon heb ich dir ein ordentliches Stück auf.«

»Aber dann geht der nächste Ziegen-Check-up auch auf mich!«, sage ich lächelnd.

Stan legt mir seine von Gicht gezeichnete rechte Hand auf die Schulter. »Du bist ein feiner Junge, River. Aber du kannst nicht die ganze Welt retten. Hat man dir das auf der Vet School nicht beigebracht?«

»Sie haben's versucht. Aber du weißt doch, ich bin stur.«

»Wie ein Panzer. So findest du nie eine Frau. Zumindest habe ich noch nie einen Panzer zum Altar schreiten sehen.«

»Vielleicht will ich das gar nicht.«

»Sagte der Fuchs, dem die Trauben zu hoch hingen.« Stan schnalzt Bro zu, und der alte Schäferhund, der es sich zu unseren Füßen auf dem kühlen Steinboden gemütlich gemacht hatte, erhebt sich hechelnd.

»Ich fahre gegen vier an die Küste. Wenn du magst, sammle ich Bro bei dir ein. Es wird uns beiden guttun, die Füße ein wenig in die Wellen zu halten.«

»Tu, was du nicht lassen kannst.« Er nickt mir an der Tür noch einmal zu. »Danke, Junge.«

»Bis später dann!« Nachdenklich wische ich mit dem Desinfektionsspray den Behandlungstisch ab und schalte die Lampe aus.

Das Wartezimmer ist leer, Bro war der letzte Patient für heute Vormittag. Den Nachmittag habe ich mir wegen zweier Hausbesuche und der Laborprobe freigehalten. Ich gehe nach vorn, drehe das *Geschlossen*-Schild um und sehe die Straße hinunter. Stan hievt gerade mühsam den alten Hund auf die Ladefläche des Pick-ups. Die Rampe, die ich ihm als Dauerleihgabe für Bro überlassen habe, liegt unbenutzt daneben.

»Panzer«, murmle ich leise. »Selber.«

Dann schließe ich die Rollläden.

# Kapitel 5

*Dawn*

Eine halbe Stunde später sitzen wir vor unserem weißen Van auf türkisblauen Klappstühlen, an denen noch die Preisschilder kleben, und löffeln Joghurt mit frischen Blaubeeren und einem Klecks Honig: die Farben und der Geschmack des kalifornischen Sommers.

Unsere Haare lassen wir von der Sonne trocknen, genau wie unsere durchnässten Sachen, die ich an einer improvisierten Wäscheleine in der offenen Seitentür aufgehängt habe.

Ich habe einen Parkplatz in der Ocean Avenue ergattert, ganz vorn. Vor uns befinden sich nur noch ein paar dieser gefiederten Bäume, deren Namen ich mir einfach nicht merken kann, und ein paar gelbe Sandsteinblöcke, die einen davon abhalten sollen, mit dem Wagen über den feinen weißen Pudersand zu brettern.

Es ist kaum was los, ein Werktag Ende Juni, der Sommer beginnt gerade, die Ferien starten offiziell erst in ein paar Tagen. Wir haben freien Blick auf den Strand und das Meer, und Toiletten gibt es auch.

Lilly-Mays Haare kringeln sich über ihre Schultern, wie immer, wenn sie nass sind. Natürlich habe ich ihr nicht erlaubt zu schwimmen. Die Wellen waren viel zu hoch, das Wasser war zu kalt – und ich zu müde. Für eine Runde Fangen und einen Sprint an meiner Hand reichte es gerade noch aus. Nach fünf Minuten in der Brandung waren wir beide nass bis auf die Haut. Noch mal fünf Minuten später hatte Lilly-May sich die Taschen bis zum Bersten mit Muscheln und hübschen Steinen gefüllt, und nur mit der Aussicht auf Mommys Spezialjoghurt ließ sie sich dazu bewegen, mit mir zurück zum Van zu kommen.

»Aber die Sandburg bauen wir auch noch.«

»Später vielleicht, okay?«

Fröhlich zu sein ist für mich ein Kraftakt.

Zu viele Bilder.

Immer noch.

»Mommy, wieso heißt der Strand hier Sonnenuntergangsstrand?«, fragt sie mich zwischen zwei Löffeln und zeigt auf das unscheinbare Schild am Straßenrand.

Verblüfft sehe ich meine Tochter an. Ein zartvioletter Joghurtmund bedeckt ihr halbes Gesicht.

Im vergangenen halben Jahr, während wir, ihre Eltern, mit Vorwürfen, Trauer, Verlust und den Scherben unserer Ehe beschäftigt waren, hat sie sich mehr oder weniger selbstständig Lesen und Schreiben beigebracht.

Ich wische mit dem Zeigefinger über ihre Nasenspitze und lecke die Blaubeercreme ab. »Weil man von hier einen besonders schönen Blick auf …«, will ich erklären.

»Oh, lass uns bis zum Sonnenuntergang bleiben, biiiiitteeeee!« Lilly-May springt auf und klettert mir auf den Schoß. »Dann können wir auch die Sandburg bauen.«

»Bis dahin dauert es mindestens noch zwei Stunden. Wir wollen doch weiter zu Tante Heather. Es ist unhöflich, wenn man als Besuch so spät ankommt.«

Entrüstet richtet sie sich auf und stemmt sich mit ihren dünnen Ärmchen von meinen Schultern ab. »Du hast gerade eben noch gesagt, es ist nicht mehr weit. Was denn nun? Das Fahren mit dem Bus ist anstrengender, als du gedacht hast, und du hast noch nicht so viel Kraft. Das hast du vorhin auch gesagt!« Ihre Stimme wechselt vom Schulmeisterlichen ins Bezirzende. »Leg dich doch noch ein bisschen hin, Mommylein. Du ruhst dich aus, und ich übe ein bisschen lesen oder male. Dann kannst du später länger wach bleiben, wenn wir da sind, und dich mit deiner Freundin unterhalten, und ich gehe ganz brav ins Bett. Es ist bestimmt auch unhöflich, wenn du müde bist, wenn wir bei Tante Heather sind.«

»Du merkst dir jedes Wort und setzt es gezielt für deine Zwecke ein, oder?«

»Natürlich. Ich will doch Prefossor werden.«

Ich seufze, schiebe sie von meinem Schoß und stehe auf. Mit den eigenen Waffen geschlagen. »Professorin«, korrigiere ich leise und sammle unsere Teller ein, um sie im Van kurz abzuspülen. »Und eigentlich sind das eher Anwälte, die diese Rhetorik draufhaben.« Dann frage ich laut: »Musst du mal zur Toilette? Da drüben sind welche.« Ich zeige auf die öffentlichen Waschräume.

Lilly-May schleckt ihren Löffel ab, bevor sie ihn mir gibt, und schüttelt den Kopf. »Heißt das, wir bleiben?«

»Nur, wenn wir uns *beide* noch ein wenig hinlegen, bevor die Sonne ins Meer sinkt.«

Sie sieht mich entrüstet an. »Mommy, das sieht doch nur so aus! Sonst würde es ganz doll zischen. Die Sonne ist Trillionen Grad heiß und ganz weit weg. Das hat mir Daddy erklärt.«

Sie beißt sich sofort auf die Zunge, weil sie fürchtet, dass ich mich bei der Erwähnung von Jesse verkrampfe.

»Alles gut, Lollipop. Du bist sehr klug, und es ist wunderbar, wenn du etwas lernst. Dein Daddy weiß eine Menge. Und er wird immer dein Daddy bleiben und dich liebhaben, ganz egal, was passiert … ist.«

Mein Kinn zittert. Bilder in meinem Kopf. Lilly-Mays Lieblingsteddy. Eine kleine Kiste in einem dunklen Loch. Eine Handvoll Erde.

Kraftlos ziehe ich mich mit einer Hand an der Stufe hoch. Ich tauche durch unsere Handtücher ins Wageninnere und bete, dass sie mein Zittern nicht bemerkt hat.

Reiß dich zusammen, Dawn. Die vergangenen Monate waren schwer genug. Sie hat eine unbeschwerte Kinderwelt verdient. Lass nicht zu, dass der Riss darin immer größer wird. Ist das nicht der Grund, weswegen wir aufgebrochen sind? Um das Vergangene hinter uns zu lassen? Neu anzufangen?

In Las Vegas hat es nicht funktioniert. Mit Jesse hat es nicht funktioniert. Mit meinem Job auch nicht.

Dabei habe ich alle drei geliebt. Früher einmal.

Ich bin Bookerin in einer Model- und Schauspielagentur – nein, ich *war* es.

Von einem Augenblick auf den anderen wurde mein Leben völlig auf den Kopf gestellt, und es ging nichts mehr. Und das muss verdammt noch mal endlich wieder anders werden. Wenn nicht für mich, dann meinem Kind zuliebe.

*»Die Kleine ist noch hier, Dawn! Sie hat ein Recht auf dich!«* Jesses Mahnung hallt in meinen Ohren nach.

Verdammter Bastard. Wenn er an diesem Tag nicht – wenn … Wenn. Trotzdem hat er recht. Natürlich hat Lilly-May jedes Recht auf mich!

Darum habe ich das Wenige, was mir wichtig ist, in diesen Van gestopft und bin losgefahren: von Vegas über die Fünfzehn und die Achtundfünfzig, von Nevada nach Kalifornien, auf den

Highway Number One und dann nordwärts, über die Küstenstraße.

Knappe zehn Stunden sind wir nun unterwegs.

Ich lasse das Geschirr in die Spüle gleiten. Um ein Haar rutscht es mir aus der Hand. Wie gut, dass es kein Porzellan ist, denke ich, und dass mein richtiges Geschirr inzwischen in einem Karton in Moms Garage in Santa Clarita lagert.

Auch die Beziehung zu ihr hat einen Knacks bekommen.

Ich schlucke den Schmerz über all das hinunter. Ballast. Erinnerungen an ein vergangenes Leben.

Loslassen.

Mein Bauch sagte mir, dass das der einzige Weg ist.

Die Psychologin meinte, es sei vielleicht nicht verkehrt, einen Neuanfang an einem anderen Ort zu versuchen.

Ein Teil von mir fürchtet, dass zehn Autostunden immer noch nicht weit genug weg für einen Neuanfang sind. Aber Heather war die Einzige, die bereit war, uns beide aufzunehmen. Okay, sie ist auch die Einzige, die ich gefragt habe. Der ich nicht nur zutraue, mich in diesem Zustand auszuhalten, sondern die für mich ein Vorbild ist, weil sie genau das geschafft hat, was ich noch vor mir habe. Auch wenn die Umstände nicht vergleichbar sind. Das sind sie nie. Natürlich nicht. Heathers dritter Pluspunkt: Sie stellt keine Fragen. Zumindest nicht die von der überflüssigen Sorte, die eine erste, zarte Haut über einer unsagbar tiefen Wunde immer wieder neu aufreißen.

Carmel Valley also. Warum auch nicht?

# Kapitel 6

*River*

»Von wegen, du fährst nicht gern Auto, was, Großer?«

Bro sitzt während der ganzen Fahrt stolz wie Oskar auf dem Beifahrersitz, die Nase und die flatternden Ohren im Wind.

Unser erster Stopp ist die Gästefarm der Hendersons. Während ich Betsys tragende Stute untersuche, legt der Hund sich brav in den Schatten neben meine Medikamententasche und wartet auf mich.

»Hast du einen neuen Assistenten?« Betsys Mundwinkel zucken belustigt.

Bro hat sein Kinn auf der geöffneten Tasche abgestützt und schnarcht.

»Den besten der Welt«, erwidere ich unverbindlich lächelnd und stecke die Hülle auf die Kanüle zwischen meinen Zähnen. Dann löse ich meinen Finger von der Einstichstelle an der Halsvene, nehme der Fuchsstute das Halfter ab und entlasse sie mit einem leichten Klaps auf die Weide. »Fertig.«

Als wüsste er genau, dass wir über ihn reden, hebt Bro den Kopf. Betsy wirft ihm ein Stückchen getrocknetes Rindfleisch zu, er schnappt es im Flug. Ich freue mich, dass die Medikamente bereits anzuschlagen scheinen. Mal abwarten, wie lange es vorhält.

»Guter Junge«, lobt Betsy. Aber sie sieht mich dabei an, mit diesem vertrauten, flirtbereiten Betsy-Blick. »Ich hoffe, wir sehen uns öfter.«

»Das entscheidet Bros Herrchen.«

»Ist das so? Wie schade …«

Ich gehe nicht darauf ein.

Betsy nimmt mir das Halfter ab und hängt es sich über die Schulter. Sie weiß sich in Szene zu setzen. Jede ihrer Bewegungen wirkt wie lange vor dem Spiegel eingeübt. Sie hat längere Beine als ihre Stute und ist fast genauso braun, dabei hat der Sommer erst begonnen. Zu den abgetragenen Boots trägt sie knappe Shorts und ein vor dem Bauch verknotetes Karo-Hemd. Zwei geflochtene braune Zöpfe lugen unter einem gefilzten Hut mit breiter Krempe hervor und reichen ihr bis knapp über die Schultern. Sie sieht aus, als sei sie einem Hochglanzwerbeprospekt für texanischen Tourismus entsprungen. Genau das ist es vielleicht, was mich davon abhält, etwas mit ihr anzufangen. Es passt einfach nicht. Und wenn es schiefginge, hätte ich obendrein eine gute Kundin weniger.

Betsy hat wechselnd zehn bis zwanzig Pferde in ihrem Bestand, die sie im Reitbetrieb ihrer Gästefarm einsetzt. Außerdem züchtet sie, ihre Fohlen sind begehrt und bringen ihr anständig Geld ein.

»Du findest immer einen Grund, weswegen es nicht passt«, behauptet Marge. Aber das stimmt nicht. Es muss klicken, Punkt. Außerdem fehlt mir nichts. Ich bin zufrieden mit meinem Leben. Ich habe alles, was ich brauche – und mehr als das.

Ich wedle mit den gefüllten Röhrchen und lege sie in den Styroporbehälter, den ich für solche Zwecke dabeihabe. »Ich bringe die Blutprobe gleich runter nach Monterey. Wenn was ist, melde ich mich. Die Ergebnisse sollten morgen da sein. Wenn du nichts von mir hörst, ist alles bestens.«

»Du kannst mich jederzeit anrufen, River.«

»Gut zu wissen.« Ich zwinkere ihr zu, schnappe mir meine Ausrüstung und gehe zum Wagen.

Bro folgt mir auf dem Fuß.

»Warte. Ich hebe dich rein. Aber erst brauche ich freie Hände.«

Gehorsam setzt sich der Rüde hin und beobachtet, wie ich die Tasche auf dem Rücksitz verstaue. Doch kaum, dass ich die Tür zugeschlagen und die Fahrertür geöffnet habe, springt er auf den Sitz und turnt auf seine Seite hinüber.

»Wie der Herr, so der Hund«, brumme ich. »Das Hüftröntgen können wir wohl noch ein wenig aufschieben.«

Es dauert keine drei Minuten, dann ist die Blutprobe von Betsys Stute mit dem korrekten Formular an der korrekten Stelle im Labor in Monterey.

Feierabend!

»Jetzt fängt der wirklich coole Teil des Tages an, Bro!«, verspreche ich dem alten Rüden, der sich auf meinem Beifahrersitz zusammengerollt hat.

Gleich am Ortseingang von Carmel-by-the-Sea entdecke ich eine mobile Eisdiele. Eigentlich wollte ich noch ein Stück weiterfahren, aber am Sunset Beach sind Hunde auch erlaubt, es scheint kaum etwas los zu sein, und dann gibt es noch frische Eiscreme – das sind gleich drei schlagende Argumente. Also schwenke ich auf einen der wenigen noch freien Parkplätze, schnappe mir Bros Leine, und wir steigen aus.

»Jetzt genießen wir unseren freien Nachmittag! Und darum verordne ich uns als Erstes ein Eis, kombiniert mit bester

Strandluft. Keine Bange, ich bin Tierarzt, ich darf das. Was hältst du davon? Das haben wir uns verdient, oder?«

Bro hechelt zustimmend.

Die Betreiberin des Eiskarrens hat einen Teil unseres Dialogs mitbekommen und versichert mir, dass sie das Eis selbst herstellt: »Absolut hundetauglich, es besteht nur aus frischer Wassermelone und Naturjoghurt. Alles bio, keine Geschmacksverstärker, keine Farbe oder Süßstoffe.«

»Wunderbar. Dann hätte ich das auch gern! Zweimal in der Waffel, bitte.«

Sie lacht, als sie mir meine Bestellung reicht.

Ich bin mir nicht ganz sicher, ob Bro nun eher mir folgt oder der tropfenden Eiswaffel, jedenfalls weicht er nicht von meiner Seite. Surfbretter, Babygeschrei, eine Mutter, die mit ihrer Tochter durch die Wellen tobt – interessiert ihn alles nicht.

Wir machen es uns unter einer der fedrigen, windgebeugten Zedern gemütlich, die so typisch für die Region hier sind, atmen die salzhaltige Luft ein und essen gemütlich unser Eis.

Es liegt noch etwas anderes in der Luft, ein beinahe kitschig-süßlicher Hauch. Vielleicht ist es der Rosenduft, den der Wind von den Gärten der Strandvillen zu uns herüberträgt. Er macht mich nachdenklich, aus einem Grund, den ich nicht wirklich fassen kann. Vielleicht ist es das Gespräch mit Bros Herrchen vom Vormittag, das noch in mir nachwirkt.

Bro ist das egal. Er schleckt und schlabbert seinen gefrorenen Melonenjoghurt brav aus meiner Hand. Natürlich ist er lange vor mir fertig – obwohl er artig aufs Kauen verzichtet hat. »Das darf man nämlich nicht. Ganz schlecht für die Zähne«, habe ich ihm erklärt, als er sich beim ersten Happs alles schnappen wollte.

Ich betrachte den alten Rüden. Er ist grau um die Nase, seine

Augen sind eingetrübt, aber nun wachsam auf meine Waffel geheftet. Er sabbert ein wenig, weil er mir gern dabei helfen würde, sie zu vertilgen. Seine Rippen heben und senken sich schnell und angestrengt unter dem schütteren Fell – immerhin regelmäßig und weit besser als am Vormittag bei der Untersuchung. Ich kann nicht einschätzen, wie viel Zeit ihm noch bleibt, und ich mache mir zusätzlich Gedanken um Stan. Er hängt unglaublich an dem Hund, auch wenn er noch so hart tut.

Als ich tief seufze, springt Bros Blick ganz kurz zu mir, dann fokussiert er wieder das Eis.

Zu viel Trübsinn an einem so sonnigen Tag.

Lächelnd nehme ich einen letzten Bissen Eis, dann halte ich Bro den Rest hin und sehe ihm dabei zu, wie er mit vor Verzückung halb geschlossenen Augen Eis, Waffel und meine Finger abschleckt. »Gönn dir was Gutes, Kumpel.«

Von Hunden kann man wirklich lernen, im Augenblick zu leben und das zu genießen, was ist – ohne Einschränkung.

Sand knirscht. Die Mutter mit dem Kind geht an uns vorbei zurück zum Parkplatz. Die beiden triefen vor Nässe. Die Kleine hüpft fröhlich an ihrer Hand. Aus den prallvollen Taschen ihrer Shorts fällt ab und zu eine Muschel oder ein kleines Steinchen heraus, sie bemerkt es nicht. Dafür fallen ihr Bro und ich ins Auge. Kinder in dem Alter können das auch, stelle ich fest, ganz in der Gegenwart sein. Kurz begegnen sich unsere Blicke, sie lächelt scheu, aber ihre Aufmerksamkeit gilt dem Hund.

»Darf ich auch ein Eis?«, höre ich die Kleine fragen.

Ich grinse in mich hinein.

»Blaubeerjoghurt war der Deal«, antwortet ihre Mom. Sie klingt müde.

Ich kraule Bro das Fell. Er schleckt immer noch, obwohl das Eis längst Geschichte ist. »Wie sieht es aus, drehen wir eine

Runde? Auch wenn du sicher meinst, das wäre nicht mehr nötig nach deiner Vorarbeit, aber ich würde gern meine Hände im Wasser abspülen. Und ein bisschen Bewegung wird uns beiden guttun.«

Der Sonnenuntergang ist wunderschön. Bro hat allerdings mehr Interesse an den Möwen, die am Meeressaum rasten, bevor sie sich wieder in die laue Abendluft erheben. Ich habe mir die Schuhe ausgezogen und sie an den Schnürsenkeln über meine Schulter gehängt. Wir halten Abstand zu den Surfern und den Touristen und schlendern gemächlich durch den festen, feuchten Sand, weit genug weg von der Brandung, damit uns keine Welle erwischt, nah genug, dass wir ab und zu ein wenig Gischt abbekommen.

Als der Himmel sich knallorange gefärbt hat und die Sonne hinterm Horizont verschwunden ist, treten wir den Rückweg zum Parkplatz an.

Ich spüle Bro und mir das Meerwasser an einem der dafür vorgesehenen Wasserhähne ab. Ich habe nicht daran gedacht, ein Handtuch mitzunehmen. Bro schüttelt sich einfach, ich bekomme Sand und Wassertropfen ab. Hund müsste man sein. Ich reibe mir mühsam hartnäckige Krümel von den Fersen und Zehen. Dann gehe ich barfuß über den Asphalt zum Auto.

»Diesmal wartest du, versprochen?«

Bro setzt sich, als ich die Beifahrertür öffne und eine alte Pferdedecke auf dem Sitz ausbreite. Er klettert mit den Vorderpfoten auf die Schwelle und erlaubt mir tatsächlich, ihn hineinzuheben.

»Guter Junge«, lobe ich. »War ein langer Tag, stimmt's? Danke für den Ausflug! Ohne dich wäre ich nicht so lange geblieben.«

Als ich um den Wagen herumgehe, streift mein Blick einen weißen Van, der in erster Reihe geparkt ist. Ein Klapptisch und Stühle stehen vor der verschlossenen Seitentür. Das lässt man eigentlich nicht draußen, wenn man an den Strand geht. Ich frage mich, wer so parkt und dann nicht genau hier sitzt, um das abendliche Farbenspiel zu genießen.

Mein Telefon summt. Jemand hat versucht, mich zu erreichen. Vermutlich hatte ich am Strand keinen Empfang. Seufzend höre ich die Mailbox ab.

»Auf geht's, Bro. Wir müssen noch einen kleinen Schlenker machen, bevor ich dich zu Hause abliefere. Warst du schon mal dabei, wenn eine Kuh kalbt?«

# *Kapitel 7*

*Dawn*

»Ich kann nicht schlafen, Mommy. Das Meer ist so laut.«

»Was? Wie spät ist es?« Benommen angle ich nach meinem Handy, um die Uhrzeit abzulesen. Von wegen! Anscheinend hat es mit dem Schlafen sogar viel zu gut geklappt. »Verdammt!«

»Du sollst nicht fluchen«, murmelt Lilly-May und reibt sich die Augen.

Ich strecke mich ein wenig und schiebe den Vorhang an der Heckscheibe beiseite. Es dämmert bereits. Wir wollten uns doch nur ganz kurz in der Koje unseres Vans zusammenrollen … Ich hatte mir sogar den Wecker gestellt! Wieso hat das blöde Ding nicht gepiept?

Was soll's. Ist jetzt so.

Ich atme tief durch und drehe mich zu Lilly-May um. »Wir haben den Sonnenuntergang verpasst, Lollipop. Es tut mir so leid.«

»Was?« Ihre Augen füllen sich mit Tränen. »Aber ich wollte doch …«

»Nicht weinen, Kleines.«

Ich schalte die LED-Lampe am Schrank an. In Carmel gibt es ein paar kuriose Besonderheiten: keine Parkuhren, nicht mal hier an der Ocean Avenue, und keine Straßenlaternen. Nach Sonnenuntergang wird es ratzfatz dunkel.

»Wir fahren jetzt direkt weiter ins Valley. Du wirst sehen, das ist nur noch ein Katzensprung. Und wir kommen ganz oft hierher ans Meer zurück, okay? Und dann malen wir die Sonnenuntergänge, und die schönsten Bilder hängen wir an den Kühlschrank.«

»Du weißt doch noch gar nicht, wie unser Kühlschrank aussieht.«

»Aber ich weiß, dass wir einen haben werden. Heather hat gesagt, wir brauchen nicht im Bus zu schlafen, sondern können im Gästehaus unterkommen, und sie hat erzählt, dass es dort eine eigene Küche gibt. Und falls die so klein ist, dass es da keinen Platz für all die schönen Bilder gibt, dann tapezieren wir unser Zimmer damit, okay? Oder wir kleben sie hier im Van unter die Decke.«

Ich kitzle sie ein bisschen, und Lilly-May giggelt wie erhofft.

»Pinkyschwur?«, fragt sie schniefend und glucksend gleichzeitig.

»Pinkyschwur!« Ich drücke den kleinen schlafwarmen Körper an mich, atme Lilly-Mays Kinderduft nach Sonnenmilch und Seife ein und seufze tief, während meine Gedanken abschweifen.

*Las Vegas, gestern Abend.*

*»Du hängst immer noch in der Vergangenheit fest, statt endlich in der Gegenwart anzukommen, Dawn. Und jetzt willst du allen Ernstes die volle Verantwortung übernehmen, obwohl dich momentan schon die Hälfte überfordert?«*

*»Ich kann das, Mom. Sie ist meine Tochter. Sag mir einfach nur, ob ich dir die Sachen schicken kann.«*

*»Natürlich, Kind. Ich habe Platz. Auch für dich und die Kleine. Mein Haus steht euch offen.«*

*»Nur die Sachen, Mom, danke.«*

*Meine Mutter schweigt einen Moment lang. Ich höre sie am anderen Ende der Leitung atmen. Sie liebt dramatische Pausen. Das habe ich von ihr. »Ist gut. Die Adresse hast du ja. Brauchst du Geld?«*

*»Nein.« Ich sehe zum Fenster hinaus.*

*In der Ferne, überm Strip, erhellt eine nächtliche Lasershow den Himmel über der Wüste.*

*Die Wohnung ist fast leer bis auf eine Matratze mit meinem Schlafsack darauf und das Kinderbett, in dem Lilly-May schläft. Jesse ist lange weg. Er hat mir die gesamte Abwicklung überlassen: »Du kannst so was besser als ich, Baby.« Gut, dass die Wohnung möbliert war. Das Klavier habe ich verkauft. Ich habe sowieso fast nie darauf gespielt.*

*Neun Kartons mit dem, was man über die Jahre so angehäuft hat, stehen fertig gepackt im Flur. Im untersten sind ein paar Sachen von Baby Jeff, die ich nicht weggeben konnte. Den Rest habe ich der Wohlfahrt gespendet.*

*»Kann ich dir sonst irgendwie helfen?«*

*»Nein. Ich ... Der Spediteur kommt morgen früh um sechs.« Ich zupfe an meinem abgebrochenen Fingernagel herum und starre in das Nichts des Häusermeers. »Danke.«*

*Wir legen auf.*

*Ich presse meine Stirn gegen die Glasscheibe. Unter den Lasern am Strip pulsiert glitzernd und schillernd künstliches, schrill-lautes Leben. Nur, dass jemand den Ton abgestellt hat. Die Fenster schlucken den Lärm. Ich kann den Abglanz der Lichter und die Musik im besten Fall erahnen. Aber ich weiß, dass sie da sind. Das einzige Geräusch hier drin ist das Surren der Klima-*

*anlage, seltsam laut auf einmal, weil auch die Teppiche bereits weg sind.*

*Früher habe ich Vegas geliebt. Jetzt hasse ich es. Die Spieler. Die Models. Die Shows. Die Stars. All das Plastik. Wir haben hier nichts mehr verloren.*

»Okay.« Gähnend tapst Lilly-May zur Sitzbank nach vorn. Sie schleift ihre Lieblingsdecke hinter sich her, stolpert ein paar Mal fast darüber und wickelt sich zum Weiterschlafen darin ein, sobald sie in den Kindersitz gekrabbelt ist.

Noch bevor ich sie fertig angeschnallt habe, sind ihre Äuglein wieder zugefallen. Als ich die Decke festgesteckt habe und den Motor starte, schläft sie bereits tief und fest.

Himmel, Arsch und Zwirn, ich bin schon wie Jesse! Ich verspreche zu viele Dinge, von denen ich absolut nicht weiß, ob ich sie halten kann. Darüber werde ich mir Gedanken machen müssen, wenn ich wieder … wenn ich … Ich muss wieder auf die Reihe kommen. Aber wir sind auf dem Weg. Ich gehe es an.

Die Trennung von Jesse kann darauf hinauslaufen, dass ich Lilly-May allein großziehe. Die volle Verantwortung, ja, also, nicht nur fünfzig Prozent. Das hätte ich vermutlich von Anfang an tun sollen. Hätte, hätte – das hilft mir in meiner jetzigen Situation auch nicht weiter …

Es war ein langer Tag für uns beide. Er ist noch nicht zu Ende, aber morgen startet unser neues Leben.

»Nicht mehr weit«, versuche ich, mir selbst Mut zu machen.

Ich klemme mein Handy in die Halterung am Lüftungsgitter und schalte das Navi ein. Dann löse ich die Handbremse, und wir rollen vom Parkplatz.

Ich sehe nicht mehr zum Strand. Das Meer im Dunkeln hat mich immer schon traurig gemacht.

# Kapitel 8

*River*

Zwei Stunden später stehe ich mit Dan und seiner Frau Ellie in der Stallgasse und sehe dem Kälbchen dabei zu, wie es auf wackligen Beinen die ersten Schritte seines Lebens macht. Die Kuh hat es trockengeschleckt und schubst es nun vorsichtig in Richtung Euter.

»Mutter und Kind wohlauf, so soll es sein«, sage ich leise und ziehe den Kittel aus.

Dan und Ellie strahlen um die Wette.

»Danke, dass du an deinem freien Abend extra hergekommen bist, noch dazu, obwohl du ja eigentlich gar keine Rinder machst …«, sagt Ellie.

»Und keinen Notdienst.« Ich zwinkere ihr zu.

Sie sieht mich zerknirscht an. »Wir waren einfach so in Sorge, weil es nicht voranging.«

»Keine Ursache.«

»Möchtest du noch auf einen Kaffee reinkommen?«

Ich schüttle den Kopf und zeige auf meine verdreckte und blutige Jeans. »Ich glaube, ich möchte lieber zu Hause duschen und mich umziehen.«

»Willst du dich bei uns frisch machen? Dan kann dir sicher

was zum Anziehen leihen. Ich wasch dir die Sachen und bring sie rum. Lieber Himmel, das ist mir unangenehm!«

»Ellie, wie soll das denn gehen?« Dan verdreht die Augen.

Ich verkneife mir ein Grinsen. Dan ist einen Kopf kleiner als ich und recht schmal.

In seinem früheren Leben hat er im Silicon Valley ziemlich gut verdient. Seine Frau und er sind erst vor ein paar Jahren in diese Ecke Kaliforniens gezogen und haben sich ihren Traum von einem kleinen privaten Sanctuary für ausgemusterte Nutztiere erfüllt.

Vielleicht sollte ich die beiden mal mit Stan bekannt machen, fällt mir ein, als mein Blick auf Bro fällt, der seinen Wachposten neben meiner Tasche verlassen hat und nun neugierig meine Hose beschnuppert. Wenn es irgendwann gar nicht mehr geht, wäre Stans kleine Herde bei den beiden sicher in den allerbesten Händen. Aber so weit will ich heute Abend absolut nicht denken.

»Danke.« Ich zeige auf den kleinen Waschraum am unteren Ende der Stallgasse. »Ich wasche mir nur kurz die Hände, und dann sind wir weg, mein Assistent und ich. Rechnung folgt.« Ich zwinkere den beiden zu und ziehe mich in die modern geflieste Nasszelle zurück.

Dan muss wirklich gut verdient haben. So hochwertige Armaturen haben Marge und Joe nicht mal im Haus. Ich werde das bei der Rechnungsstellung berücksichtigen.

Meine Patientenbesitzer kennen diese Strategie: Wer mehr hat, den bitte ich auch etwas stärker zur Kasse – diesen Bonus lasse ich dann wiederum Leuten wie Stan zugutekommen. Und wem das nicht passt – ich habe das Privileg, mir meine Kundschaft aussuchen zu können.

Das Gesicht, das mich aus dem Spiegel über dem kleinen

Waschbecken ansieht, wirkt müde, aber zufrieden. Ein bisschen Farbe habe ich auch bekommen. Zum Frisör müsste ich allerdings mal wieder. Die sonnenblonden Strähnen fallen mir ständig in die Augen. Ich schöpfe ein wenig Wasser in meine hohlen Hände und streiche mir die Haare damit aus dem Gesicht. Hält natürlich nicht besonders. Ein Wunder, dass Marge mich heute Morgen nicht darauf angesprochen oder gleich die Schere gezückt hat.

Ich unterdrücke ein Gähnen. Es war ein langer Tag.

»Irgendwas ist hier noch optimierungsfähig, Junge«, hat sie gesagt.

Wirklich kürzertreten sieht vermutlich anders aus. Aber wozu auch? Ich liebe meinen nicht sonderlich beziehungskompatiblen Beruf, ich lebe dafür. Mir fehlt nichts. Und auch kein Jemand. Außerdem: Wenn das Universum mich partout verkuppeln will, dann wird *sie* mir beim Einkaufen in die Hacken fahren. Oder so ähnlich. Lieber Himmel, irgendwas liegt heute in der Luft, womöglich hat Marge mit ihrem Spruch recht gehabt.

Dan und Ellie drängen mir noch einen Fresskorb mit frischen Gemüsepasteten, frisch gebackenem Brot und eine Flasche Chardonnay auf, bevor es mir gelingt, mich zu verabschieden.

Bro schnuppert verzückt. Zuerst erneut an meiner Hose, dann am Korb.

»Nicht für dich, alter Junge. Weder – noch. Jetzt geht's auf direktem Weg zu deinem Herrchen. Wenn ich dich nämlich nicht schnellstens zu Hause abliefere, hetzt Stan mir wegen Hundesentzugs noch den Sheriff auf den Hals. Außerdem brauchst du deine Abendration Tabletten.«

Die größte der Pasteten schenke ich Stan. Diesmal komme ich um einen Kaffee nicht herum – und auf einmal steht die Pastete auf dem einfachen Resopaltisch in der Küche.

»Hör auf, dich zu wehren, Junge. Essen muss man. Also spricht wohl nichts dagegen, dass wir uns die hier teilen. Oder hast du eine andere Verabredung?«

»Nur mit meiner Dusche und dem Kleiderschrank«, sage ich seufzend.

Stan sieht an mir hinunter. »Mich stört das nicht. Und wenn du sitzt, fällt es gar nicht mehr auf.«

# Kapitel 9

*Dawn*

Für die letzten zwanzig Kilometer von der Küste zurück ins Landesinnere hatte ich eine knappe halbe Stunde einkalkuliert. Aber nach vierzig Minuten sind wir immer noch nicht da. In der Abenddämmerung und erst recht danach fahre ich nur noch im Schneckentempo. Der Straßenbelag der G16 ist gewöhnungsbedürftig. Kein Schotter, aber nah dran, eine sandige, schmale und unübersichtliche Landstraße, definitiv nicht gebaut für Wohnmobile. Ich bin froh, dass unser Van verhältnismäßig klein ist.

Bei Tag muss das Panorama atemberaubend sein. Grüne Hügel und im Hintergrund die Santa-Lucia-Berge. Ich erinnere mich nur dunkel, dabei war ich damals Beifahrerin.

Uns begegnet kaum ein Fahrzeug, und ich werde auch nur einmal überholt. Es ist mir sehr recht, dass der Pick-up schnell hinter einer Staubwolke verschwindet.

Es ist windig, und in der einsetzenden Dunkelheit mit dem noch nicht so richtig vertrauten Fahrzeug fühle ich mich noch unsicherer als sowieso schon.

Auf der Karte hatte ich gesehen, dass die Straße weitgehend den Windungen des Carmel Rivers folgt. Der Fluss entzieht sich jedoch dem Scheinwerferlicht oder verbirgt sich hinter

Böschungen, kleineren Waldstücken mit Kiefern, Tannen und Erdbeerbäumen – und Zäunen.

Hier draußen leben Menschen. Wir kommen an drei Golfclubs und mehreren Resorts, Weingütern und Farmen vorbei – und natürlich an Weinbergen, Olivenhainen und Viehweiden. Schilder verweisen auf Hofverkauf, Kunstmärkte und Weinverkostungen.

Der Wagen holpert, ich schalte noch einen Gang zurück. Ich will Lilly-May nicht wecken. Die Straße ist kurvig, und ich habe Angst, den Abzweig zu verpassen. Er muss doch jetzt jeden Moment kommen … Habe ich mich wirklich so sehr verschätzt?

Ich war erst einmal da, vor ein paar Jahren zur Housewarming-Party, kurz nachdem Heather sich verlobt hatte und hierhergezogen war. Damals sind wir geflogen, Jesse und ich, direkt bis Monterey, und haben uns dort einen Mietwagen genommen. Ich war schwanger mit Lilly-May, und mir war die ganze Zeit schlecht.

*»Ras doch nicht so, Jesse!«*

*»Tu ich nicht, Baby. Das kommt dir nur so vor, weil dir übel ist. Genieß die Landschaft! Sieh mal, da drüben sind Pferde!«*

*Er ahmt gut gelaunt ein Wiehern nach. »Unser Baby muss unbedingt reiten lernen. Wir kaufen ihr ein Pony. Was hältst du davon?«*

*»In Vegas? Damit das arme Tier verglüht oder von einem weißen Tiger gefressen wird?«*

*»Haha, Baby, ich liebe deinen Humor!« Er greift nach meiner Hand, die schützend auf meinem Bauch liegt, wo sich langsam eine kleine Wölbung abzeichnet, und küsst sie.*

*Ich entziehe mich. »Lass die Hände am Lenkrad, Hon.«*

*Ich streiche mir eine Haarsträhne aus dem Gesicht und atme seinen Kuss auf meiner Haut ein. Er riecht säuerlich, nach Alkohol. Ich blähe die Nasenflügel.*

*»Kannst du die Klimaanlage einschalten und die Lüftung höher drehen? Es ist stickig hier drin.«*

*Ich sehe meinen Mann von der Seite an. Er würde niemals trinken, wenn er fährt, oder? Ich habe nichts mitbekommen. Auf Inlandsflügen wird kein Alkohol ausgeschenkt. Aber ich war kurz weggenickt. Wahrscheinlich spielen mir meine Sinne einen Streich. Ich bin überreizt und sehe überall Gespenster. Das sind die Hormone. Die Schwangerschaft ist anstrengend.*

*Jesse greift geduldig nach den Reglern. »Eben war dir noch kalt.«*

*Ich schweige stirnrunzelnd. Eine neue Welle der Übelkeit überrollt mich.*

*»Erzähl mir was von deiner Freundin. Wie ist sie so?«*

*»Kannst du bitte rechts ranfahren? Schnell!«*

Heather hat mich unzählige Male eingeladen wiederzukommen, gern mit Jesse (ausgesprochen), aber noch lieber ohne (unausgesprochen). Sie wollte mir eine Auszeit verschaffen. Mir Raum geben, um nachzudenken (über diese Ehe – ebenfalls unausgesprochen). Ich habe ihr Angebot nie angenommen, ich konnte nicht. Erst habe ich es auf Lilly-May geschoben, dann auf meinen anstrengenden Job in der Agentur. Dann auf Jesses Probleme, auf unsere Ehekrise (paradoxerweise), dann kündigte sich Baby Jeff an, und dann …

Meine Hände krampfen sich um das Lenkrad.

Stopp! Das muss aufhören.

Jetzt bin ich hier.

Ein Auto kommt uns entgegen. Die Scheinwerfer blenden mich. Der Wagen fährt viel zu schnell, für die Straßenverhältnisse sowieso. Ich muss ausweichen, damit er uns nicht touchiert. Wütend blicke ich in den Rückspiegel. Ich kann das Nummernschild leider nicht lesen, aber die Zulassung stammt definitiv nicht aus Kalifornien. Den roten California-Schriftzug in geschwungener Schreibschrift auf weißem Grund hätte ich sofort erkannt. Ortsfremd also noch dazu. Ich verstehe diese Leute nicht. Geräuschvoll atme ich aus. Nicht mein Affe, nicht mein Zirkus.

Kaffee würde mir jetzt guttun, richtig gut. Wenigstens geht es jetzt wieder geradeaus.

Ich blinzle und fixiere mein Navi. Dieser blöde Abzweig müsste doch jeden Moment kommen …

»Mommy, pass auf!«

»Was?« Ich habe nicht mitbekommen, dass Lilly-May aufgewacht ist. Verwirrt drehe ich mich zu ihr. Einen Moment nur, eine halbe Sekunde nicht mal, bevor ich ihrem ausgestreckten Arm mit den Augen zurück zur Straße folge.

»Da vorn! Da ist ein Kätzchen! Es ist verletzt! Fahr langsamer! Du musst bremsen!« Lilly-Mays Stimme überschlägt sich. Sie deutet zur Windschutzscheibe hinaus.

Hastig scanne ich die Straße vor uns ab. »Da ist nichts, Lollipop.«

Ich schalte trotzdem einen Gang runter und nehme noch mehr Geschwindigkeit raus. So ein Van hat ein anderes Fahrverhalten, als ich es gewohnt bin, er reagiert wesentlich träger.

»Jetzt ist es weg, aber eben war es da«, beharrt sie.

Ich kneife die Augen zusammen. Die Straße wirkt frei. »Du hast sicher geträumt, alle Kätzchen schlafen schon und sind brav zu Hause. Aber schön, dass du wieder wach bist. Du kannst mir helfen, diese Abzweigung zu finden. Wir sind nämlich gleich … FUUUCK!« Ich verreiße das Lenkrad.

Der Wagen schlingert. Da war tatsächlich was. Etwas Kleines, Taumelndes. Erschrockene Augen, die das Scheinwerferlicht reflektieren.

»Halt dich fest, Lollipop!« Ich stemme mich mit ausgestreckten Armen gegen das Lenkrad, als könne ich damit den Van bremsen, und steige mit beiden Füßen in die Eisen. Durch den Ruck schlage ich mit dem Hinterkopf hart gegen die Kopfstütze.

Hinter mir poltert und klirrt es.

Da war ein kleiner Körper vor dem Van. Wo ist er jetzt? Hat dieser Idiot, der uns entgegengekommen ist, das Tier womöglich angefahren?

»Mommyyy!« Lilly-Mays hohes Stimmchen schmerzt in meinen Ohren.

Der Wagen steht. Endlich.

Mein erster Blick gilt Lilly-May. »Geht's dir gut?«

Sie nickt.

Ich streiche ihr zärtlich über den Kopf. Die guten Augen hat sie von Jesse. Ich bin eher nachtblind, darum fahre ich so vorsichtig. Nicht erst seit jener Nacht, aber seitdem noch viel vorsichtiger. Wochenlang habe ich mich überhaupt nicht ins Auto gesetzt. Und jetzt so was.

Mit zittrigen Händen schalte ich die Zündung aus.

Habe ich das Tierchen erwischt? Was war das überhaupt? Wirklich ein Kätzchen? Oder vielleicht ein junger Waschbär? Die sind hier überall. Lieber Gott, bitte mach, dass ich kein Tier getötet habe!

Ich setze den Warnblinker. Sollte ich den Wagen an den Straßenrand bewegen?

Es hat nicht gerumpelt. Das ist gut, oder? Ganz sicher haben wir nichts Lebendiges getroffen. Der Van hat einen hohen Radstand. Vielleicht hat es auch der andere Wagen nicht gestreift, und es war einfach nur geschockt? Benommen?

Ich bleibe stehen, wo ich bin. Erst mal raus und nachsehen. Bestimmt ist das Tier längst über alle Berge. Hoffentlich.

Ich schalte die Notbeleuchtung ein und drehe mich um.

Die Schranktür über der Spüle ist aufgeflogen, eine Packung Frühstücksflocken und Cracker liegen auf dem Boden verstreut. Immer vergesse ich, die Türen zu verriegeln. Ich habe es noch nicht drauf, alles so zu verstauen, dass es eine harmlose Bremsung an einer umspringenden Ampel übersteht. Und das hier war eine Vollbremsung wie aus dem Lehrbuch.

»Das Kätzchen ist verletzt! Bist du ihm ausgewichen, Mommy? Sitzt es unterm Van?« Hektisches Klackern verrät mir, dass Lilly-May versucht, sich abzuschnallen. »Wir müssen ihm helfen!«

»Du bleibst sitzen!«, befehle ich. Meine Stimme ist härter als beabsichtigt. »Ich gehe raus und sehe nach.«

»Aber …«

»Keine Widerrede! Vielleicht treiben sich Pumas hier rum.«

Sie friert in der Bewegung ein. »Die sollen dem Kätzchen nichts tun!«

Das Herz wummert heftig in meiner Brust und bis hinauf in meinen Hals. Mit weichen Knien schlage ich die Tür der Fahrerkabine hinter mir zu, schalte die Taschenlampe an meinem Handy ein und leuchte die Fahrbahn ab. Da ist nichts. Nicht auf dieser Seite zumindest.

Ich glaube nicht an Gott. Nicht mehr. Und trotzdem bete ich in Gedanken. Lieber Gott, was immer das war, bitte mach, dass es uns ausgewichen und ins Gebüsch geflohen ist.

Mein Puls rast immer schneller. Kalter Schweiß bricht mir aus. Das Klackern der orangegelben Warnblinker zerrt an meinen Nerven. Mir ist flau.

Andere Bilder kommen in mir hoch. Bilder, die ich mir zusammenfantasiert habe. Immer und immer wieder. In Millionen Varianten, eine schrecklicher als die andere. Bilder einer anderen Nacht.

Glasscherben, Polizeisirenen, Lichter. Schreie, ein leises Wimmern. Dazwischen Jesses hysterisches Schluchzen. In manchen Versionen brüllt er, in anderen sagt er kein Wort.

Ich kam erst im Krankenhaus dazu.

Zu spät. Alles zu spät.

Ich schlucke.

Reiß dich zusammen, Dawn. Schließ damit ab! Fokus! Wo bist du?

Ich berühre den Van. Lege kurz meine Hände auf das Blech. Da drin ist Lilly-May. Ihr geht es gut. Ich bin hier. Wir sind zusammen, unterwegs in ein neues Leben. Wir dürfen das. Müssen es sogar. Ich bin es ihr schuldig. Ich bin es uns beiden schuldig. Wir leben.

Und jetzt sehe ich nach, was mit diesem Tier ist.

Ich nehme meinen ganzen Mut zusammen und zwinge mich, ruhig zu atmen, weiterzugehen, zu suchen. Am Kühlergrill ist nichts zu sehen, kein Fell, kein Blut. Das ist schon mal gut, schätze ich. Die Scheinwerfer blenden mich. Ich gehe um den Wagen herum, stütze mich bei jedem vorsichtigen Schritt an dem staubigen Blech ab. Wenn wir das Tier getroffen hätten, würde es doch hier irgendwo liegen … Oder im Graben? Ich leuchte alles ab, aber im Lichtkegel meines Handys ist nichts zu sehen.

Lilly-May klopft von innen ans Fenster. Sie hat sich abgeschnallt. Mein Herz setzt einen Schlag lang aus, weil sie so gespenstisch aussieht, wie sie ihr Gesichtchen an der Scheibe plattdrückt, mit der fahlen Notbeleuchtung dahinter.

»Guck *unterm* Auto nach, Mommy! Hast du da schon nachgesehen?« Ihre Stimme klingt dumpf und verstört.

»Bin dabei.«

»Du musst dich beeilen!«

Ich nicke, zitternd. Aber das kann sie von drinnen nicht sehen.

Behutsam lasse ich mich auf die Knie nieder und richte den Strahl der Taschenlampe seitlich zwischen die Achsen. Nichts. Vielleicht sehe ich von hinten mehr. Ich rapple mich hoch und klopfe mir im Gehen den Straßenstaub von der Hose. Total überflüssig, weil ich mich zwei Meter weiter, hinter dem Wagen, gleich wieder in den Staub werfe.

Und dann erahne ich etwas. Da hat sich was bewegt, oder? Ganz dicht am Hinterreifen. Deswegen habe ich es von der Seite nicht gesehen. Zuerst denke ich, es wäre ein Tumbleweed, so ein rundes, rollendes Pflanzenteil, das der Wind in der Wüste schon mal vor sich hertreibt. Meine Taschenlampe wirft Schlagschatten, genau in die falsche Richtung. Doch dann erkenne ich es. Definitiv ein Tier, braun und schwarz, kleiner als ein Waschbär, aber größer als eine Känguruuratte. Vielleicht ein Stinktier oder ein Opossum? Oder tatsächlich ein Kätzchen? Aber wie sollte das hierherkommen? Völlig egal! Lebt es? Ist es schwer verletzt? Dieser bescheuerte Raser! Die Handylampe fängt eine Kugel aus staubigem Fell ein. Ich kann das Tier nicht erreichen, nicht mal erkennen, wo vorn oder hinten ist oder ob es noch atmet. Aber da vernehme ich ein Geräusch, ganz leise. Ein Hecheln? Ich lege mich flach auf den Boden, verschwende keinen Gedanken an meine Kleidung, alles völlig egal, krieche halb unter das Auto, aber meine Arme sind zu kurz. Ich nehme das Handy zwischen die Zähne, um beide Hände frei zu haben, aber ich komme einfach nicht nah genug ran. Das kleine Wesen atmet, ganz flach, das Köpfchen vorgestreckt, und macht dabei komische Geräusche.

»Verdammt, verdammt, verdammt!«, fluche ich leise stöhnend vor mich hin.

Die dämliche Auspuffanlage ist im Weg, und die ist höllisch heiß. Alles, was ich ertaste, ist krümeliger Sand mit ein paar feuchten Stellen. Die Frage, ob wir uns die Ölwanne oder die Bremsleitung aufgerissen haben und irgendwas leckt, huscht mir flüchtig durch den Sinn. Bitte nicht! Doch als ich meine klebrigen Fingerspitzen ins Licht halte, sind sie rot verschmiert.

Bei diesem Anblick zittert meine Hand unkontrolliert los. Nicht jetzt, Dawn, du wirst jetzt nicht hysterisch! Reiß dich zusammen!

»Ich hol dich da raus, Schätzchen. Halte durch«, murmle ich leise und arbeite mich rückwärts unter dem Wagen hervor.

Ich stoße mir den Kopf an, zischender Schmerz, den ich kaum wahrnehme. Autogeräusche kommen näher. Hätte ich ein Warndreieck aufstellen müssen? Ich weiß nicht mal, wo das blöde Ding ist. Egal. Ich blende alles aus.

»Fuck, fuck, fuck«, brumme ich im Takt der Warnblinker.

Vielleicht geht es von außen. Es muss gehen. Ich muss dieses kleine Tierchen retten – ich muss! Für Lilly-May. Für mich. Für Baby Jeff.

Ich robbe um den Van herum, taste blind hinter das linke Hinterrad, meine Wange an den Reifen gequetscht. Endlich bekomme ich etwas Flauschiges zu fassen, dünn, schlaff, dann wieder fest. Es faucht, ganz leise – und entzieht sich, weil ich mich nicht traue, fest zuzupacken.

»Verdammt!«, fluche ich erneut und versuche, mich hinterherzuschieben. Geht nicht.

Ich muss es anders probieren, robbe raus und krabble einen Meter weiter. Auch bei diesem Versuch, es zu fassen, weicht mir das Tier aus.

# Kapitel 10

*River*

Es ist beinahe dunkel, als ich von Stans Hof rolle. Ich erwische mich dabei, dass ich während der Fahrt zwischendurch den Beifahrersitz anstarre. Ein seltsames Paradox: Er kommt mir so leer vor wie noch nie. Dabei ist er durchaus voller als üblich, denn auf dieser alten Pferdedecke ist eine erstaunliche Menge Hundehaare und Sand zusammengekommen.

»Ich glaube, ich werde dich dem alten Stan öfter mal abschwatzen, Kumpel. Mir hat das auch gutgetan.«

Als ich das nächste Mal auf die Straße sehe, traue ich meinen Augen kaum. Mitten auf der Fahrbahn hat jemand seinen Wagen angehalten.

Abrupt bremse ich ab und strecke dabei schützend meinen Arm nach rechts – um zu verhindern, dass der Hund, den ich eben bei seinem Herrchen abgesetzt habe, nach vorn geworfen wird. Anscheinend habe ich mich sehr schnell an meinen vierbeinigen Assistenten gewöhnt.

In Schrittgeschwindigkeit fahre ich näher heran. Einer von diesen selbst ausgebauten Touristen-Vans ist liegen geblieben und taucht mit seinem Warnblinker die Straße rhythmisch in orangegelbes Licht. An ein Warndreieck vor der Kurve hat allerdings niemand gedacht. Meine Scheinwerfer erfassen zwei ziemlich helle Frauenbeine in modischen Riemchensandalen, die unter dem Wagen herauslugen und herumhampeln.

Wieso kriecht eine Frau so spät am Abend und mitten auf der Straße unter ihrem Bus herum? Hat ein herumliegender Ast vielleicht die Bremsleitung des Fahrzeugs beschädigt? Hatte sie einen Wildunfall?

Die Frau schiebt sich ein Stück in die andere Richtung. Sie versucht ganz offensichtlich, seitlich noch weiter unter den Van zu gelangen.

Wie leichtsinnig, sich quer auf die Straße zu legen, auch wenn es auf der Schotterpiste hier nur wenige Autos und noch weniger Raser gibt. Einer hat mich allerdings erst vor zwei Minuten beinahe in den Graben gedrängt.

Seufzend fahre ich rechts ran und greife in den Fußraum hinter mir, wo ich mein eigenes Warndreieck und eine dicke Stabtaschenlampe aufbewahre. Für den Fall, dass es jemand auf einen schäbigen Tierarztwagen und Betäubungsmittel abgesehen hätte, die ich ohnehin nicht an Bord habe, wären die beiden Sachen außerdem halbwegs passable Erste-Hilfe-Waffen.

Was für ein Tag!

Ich schlage die Autotür zu – in erhöhter Alarmbereitschaft, falls mich hinterrücks ein durchgeknallter Hippie anspringt – und gehe mit ruhigen Schritten auf den Van zu.

Irgendwie kommt mir das Fahrzeug bekannt vor, aber ich kann es nicht zuordnen. Das Kennzeichen ist aus Nevada. Da kenne ich niemanden.

# Kapitel 11

*Dawn*

Ein fremder Scheinwerferkegel blendet mich. Ausgerechnet jetzt. »Fahr einfach weiter«, flüstere ich.

Ich tauche erneut bis zu den Schultern unter den Van und leuchte den Boden ab. Meine Handylampe schwächelt. Vielleicht ist sie auch einfach voller Staub.

»Wo bist du hin, Kitty? Ich will dir doch nur helfen!«

Der Wagen stoppt. Der Motor geht aus, eine Autotür klappt.

Oh, bitte nicht, kein pflichtbesessener Deputy jetzt!

Schritte knirschen auf mich zu.

Ich verdrehe die Augen, aber ich sehe unentwegt zu dem kleinen Schatten, der es irgendwie bis zur Vorderachse geschafft hat und jetzt lang gestreckt dort in der Mitte liegt. Es könnte tatsächlich ein Kätzchen sein, und es atmet erschreckend flach. Nur die Schwanzspitze bewegt sich ein kleines bisschen. Was macht es ganz allein hier draußen? Ob es sich verlaufen hat? Katzen gehören in die Wohnung. Da sind sie sicher!

»Kann ich Ihnen helfen, Ma'am? Ist Ihnen was passiert? Haben Sie eine Panne?«

# Kapitel 12

*River*

Es dauert einen Moment, bis ich eine Antwort bekomme. »Danke, nein. Dem Wagen geht's bestens, und mir au… Verflucht!« Die Stimme aus dem Dunkel klingt ein wenig kurzatmig, und die dazugehörige Person scheint unentschlossen, ob sie zu mir herauskrabbeln oder komplett unter das Fahrzeug kriechen soll. »Abgesehen von der fetten Beule, die ich morgen haben werde«, keucht sie und zieht sich jetzt bis zur Hüfte unter den Van. »Hier hockt ein verletztes Kätzchen, und ich krieg's nicht raus.«

»Ein Kätzchen?«

Ein Opossum, ein junger Waschbär oder Rehe wären in diesem Streckenabschnitt wesentlich plausibler. Ich leuchte suchend ein Stück um den Wagen herum. Aber auch im Schein der Taschenlampe kann ich keine Spuren entdecken, die auf einen größeren Wildschaden schließen ließen.

»Ja. Aber das ist auch völlig egal. Ich komme schon klar. Fahren Sie weiter! Es sei denn, Sie sind Tierarzt, dann wären Sie ein Geschenk des Himmels.«

Kurzzeitig springen meine Alarmglocken an. Ich runzle die Stirn und scanne unauffällig die Umgebung. Doch es wirkt nicht so, als ob noch jemand da wäre, der es auf mich abgesehen haben könnte.

»Tja, also, zufällig bin ich tatsächlich …«

»Bitte! Das ist jetzt kein guter Zeitpunkt, um mich auf den Arm zu nehmen, okay?«

»Das habe ich auch nicht vor.«

Sie flucht erneut und stößt sich mit der Fußspitze vom Boden ab, um sich weiter nach vorn zu schieben. »Lass dir doch helfen … du dummes … kleines … AU! Wieso kratzt du mich?«, kommt es ächzend unter der Stoßstange hervor. »Es atmet ganz komisch. Und hier ist Blut.«

Ich lasse das Warndreieck fallen – so viel zum Thema Sicherheit –, gehe in die Knie und leuchte unter den Wagen, bereit, es mit einer fauchenden Furie aufzunehmen. »Haben Sie etwa keine Handschuhe an? Verletzte Tiere können ziemlich wehrhaft sein!«

Im Lichtkegel meiner Lampe taucht nun ein dreckverschmiertes Gesicht mit wirren rotblonden Haaren und grünen Augen auf, die mich wütend anblitzen. »Hören Sie, Mister, mag sein, dass ich für so was nicht perfekt ausgestattet bin, aber das liegt vielleicht daran, dass es nicht zu meinen Hobbys zählt, im Dunkeln auf der Straße herumzurobben. Also, wenn Sie nur Sprüche draufhaben, dann …«

»Wo ist die Katze?«

»Da vorn. Am Radkasten. Ich komm nicht ran.«

Ich presse mich flach auf den Bauch und lasse den Strahl der Lampe weiterwandern. Da sehe ich die kleine Katze, ein Welpe, nicht mehr als ein kauernder grauer Schatten mit abgespreizten Ellbogen und weit nach vorn gestrecktem Kopf. Und dann höre ich es. Ganz leise nur, ein verhaltenes Schnurren, unterbrochen von dem pfeifenden Geräusch, wie es ein Tier mit massiven Atemproblemen von sich gibt.

»Okay«, sage ich gedämpft, krieche ein paar Zentimeter zurück und schiebe der Fahrerin meine Lampe hinüber. »Hören Sie zu! Ich möchte, dass Sie bitte ganz langsam auf die andere Seite gehen und die Kleine von dort …«

Das Geräusch der sich öffnenden Bustür unterbricht mich. »Mommy?«, fragt ein klägliches Kinderstimmchen, und zwei Füße hopsen direkt hinter dem verletzten Kitten auf den Boden.

Ein geölter Kugelblitz schießt auf mich zu, bremst ab, als er erkennt, dass da noch ein Hindernis ist, aber bevor die Katze wieder umdrehen kann, habe ich sie bereits gepackt, eine Hand sichernd im Nacken, die andere um die Vorderpfoten mit den messerscharfen Krallen geschlossen. Ich spüre das heftig puckernde Herz in meiner Hand, die verzweifelten Abwehrversuche, während ich mich umständlich zurück ins Freie kämpfe. Gerade als ich mich aufrichten will, kollabiert das Kitten.

»Verdammt!«

Vorsichtig lege ich das winzige Geschöpf auf der Straße ab. Jetzt gilt es, jede zusätzliche Aufregung zu vermeiden. Es ist nicht komplett weggetreten, aber das Herzchen rast. Der kleine Körper liegt hechelnd auf der Seite, die Zunge lugt zwischen den Zähnchen hervor, leicht bläulich verfärbt. Mist, Mist, Mist! Das Tierchen ist noch keine vier Monate alt, schätze ich.

»Was ist mit ihr?«, fragt die Frau besorgt.

»Ist sie tot?«, ruft das Mädchen. »Wieso hat er sie auf die Straße gelegt, Mommy? Sie darf nicht sterben!«

»Komm zu mir, Lilly-May!«

Das Kind schlüpft in die ausgebreiteten Arme seiner Mutter. Ich nehme die Bewegungen der beiden nur aus dem Augenwinkel wahr.

Das Kätzchen unternimmt keinen weiteren Versuch zu fliehen. Es ist immer noch völlig apathisch. Ein Hinterlauf scheint gebrochen zu sein. Es hat Fell und ein bisschen Haut eingebüßt, daher das Blut. Wie es aussieht, ist diese Wunde nicht lebensbedrohlich. Viel größere Sorgen macht mir die angestrengte Bauchatmung. In Situationen wie diesen wünsche ich mir einen kombinierten Ultraschall-Röntgenblick.

»Meine Tasche«, bitte ich halblaut, während ich das kleine Wesen ganz behutsam abtaste. »Sie steht auf dem Rücksitz. Könnten Sie mir die freundlicherweise bringen?«

Keine Reaktion. Ich hebe kurz den Blick. Die Frau starrt wie weggetreten auf meine Hose. Ach ja, das hatte ich ganz vergessen.

»Das Blut ist nicht von der Katze«, sage ich und bin mir im selben Moment ziemlich sicher, dass diese Aussage nicht unbedingt vertrauensfördernd wirkt.

# Kapitel 13

*Dawn*

Immer noch tickt der Warnblinker und verwandelt die ganze Szenerie in ein schreckliches Déjà-vu. Mein Herz rast ein paar Schläge lang, dann setzt es viel zu lange aus und galoppiert anschließend holprig weiter. Ich habe ein Pfeifen im Ohr. Es katapultiert mich achtzehn Monate zurück.

*»Mrs. Sanders? Hören Sie mich? Möchten Sie ein Beruhigungsmittel?«*

*»Ich möchte zu meinem Sohn«, höre ich mich monoton antworten. Ich erkenne meine eigene Stimme kaum wieder. Sie klingt so blechern, fremdgesteuert.*

*Ich bin im Krankenhaus.*

*Da liegt ein schmutziger Kittel auf dem Boden, der da gar nicht sein dürfte.* Ich *dürfte nicht dort sein.*

*»Mrs. Sanders?« Eine Schwester berührt mich am Arm, weil ich nicht auf sie reagiere.*

*Ich kann den Blick nicht von dem Kittel lösen, der in einer Ecke des Raumes liegt, in den sie mich gebeten haben. Da ist ganz viel Blut auf der dunkelgrünen Baumwolle. Es sieht beinahe schwarz aus. Das ist nicht real. Es kann nicht real sein.*

*»Wo ist mein Kind?«, frage ich stumpf. »Ich möchte zu ihm. Jeff Sanders.«*

*»Wir bringen Sie gleich … Geben Sie uns nur eine Minute, damit wir …« Die Schwester fuchtelt außerhalb meines Sichtfeldes herum.*

*Jemand schiebt sich zwischen mich und den Kittel, hebt ihn auf, bringt ihn weg. Es bleibt ein hauchzarter Abdruck auf dem PVC zurück. Feine, hellrote Linien.*

*»Ihr Mann hat wirklich Glück gehabt. Das grenzt an ein Wunder. Nur eine kleine Schnittverletzung über der Augenbraue, drei Stiche. Er ist gleich bei Ihnen.«*

*»Ich will ihn nicht sehen. Ich will zu Jeff. Mein Sohn heißt Jeff. Wieso lassen Sie mich nicht zu ihm?«*

*Hinter mir räuspert sich jemand. »Mrs. Sanders, ich bin der Arzt. Ich muss Ihnen leider mitteilen …«*

»Bitte! Ich brauche meine Tasche. Sonst kann ich dem Kätzchen nicht helfen.«

Verwirrt sehe ich den blonden Mann an, der vor mir kniet – oder eher vor dem angefahrenen Kätzchen. Sein eindringlicher Tonfall löst mich aus meiner Verkrampfung. Auf einmal sind auch die Geräusche der Nacht zurück, die Grillen, das Blätterrascheln, die sanfte Brise in den Bäumen. Lilly-Mays bebender Körper, der sich an meine Hüfte schmiegt. Ich halte sie in meinen Armen, aber erst jetzt spüre ich sie wieder. Das ist alles so unwirklich! Wo kommt das ganze Blut an seiner Hose her? Wieso läuft ausgerechnet uns dieses Kätzchen vors Auto?

»Jetzt!« Er sagt es nicht laut, es ist kein Befehl, nur eine Klarstellung der Dringlichkeit.

Endlich begreife ich. Komme wieder in meinem Körper an. Nicke. Ich zögere noch kurz, bevor ich Lilly-May loslasse, dann renne ich zu dem fremden Fahrzeug und reiße die hintere Tür auf. Da steht tatsächlich so was wie ein Arztkoffer. Natürlich auf der anderen Seite. Der Typ ist wirklich Tierarzt? Kopfschüttelnd greife ich zu. Was habe ich denn erwartet? Einen Massenmörder, der Katzen rettet? Sein Auto riecht nach nassem Hund. Ich schlage die Wagentür zu und laufe zurück.

Die Szene vor mir wirkt wie eine dieser modernen Off-Broadway-Inszenierungen: Surreal angestrahlt von kaltem Scheinwerferlicht und dem unerträglichen Warnblinkerrhythmus unseres Vans, kniet der Mann noch immer bei dem verletzten Tier. Er hält schützend seine Hände um das leblos scheinende Bündel und spricht mit ihm – oder mit Lilly-May – ich kann es auf die Entfernung nicht genau sagen. Seine Taschenlampe liegt eingeschaltet auf dem Boden zwischen den beiden. Lilly-May starrt das Fellhäufchen an, die Händchen in den Stoff ihres Kleids gekrampft. Ihre Schultern beben. Sie sieht so klein aus, so hilflos.

Atemlos eile ich zurück. Dieser Koffer ist ziemlich schwer.

Die Stimmlage des Mannes ist dunkel und ruhig. Ich kann seine Worte nicht verstehen, aber Lilly-May nickt.

Was machen wir hier?, denke ich. Komplett überfordert.

Nun bittet der Tierarzt Lilly-May, das Kätzchen zu streicheln. Ich bin unsicher, ob das eine gute Idee ist. Hat er nicht eben noch was über Handschuhe gesagt? Aber bevor ich widersprechen kann, kniet sie schon neben ihm. Also sage ich nichts.

»Ich habe Angst, dass ich ihm wehtue«, wispert sie so leise, dass ich sie kaum höre.

»Das wirst du nicht. Guck, hier ist eine gute Stelle. Ganz zart, so ist es richtig. Jetzt kann es dich spüren und weiß, dass du da bist und ihm helfen willst. Ich lege ihm inzwischen einen Venenzugang. Weißt du, was das ist? Darüber kann ich schmerzlos

Medizin in seine Blutbahn träufeln. Die verteilt sich in seinem Körper und wirkt blitzschnell.«

Lilly-May nickt. Ihr Gesicht ist ganz ernst.

Ich mustere den Mann. Blond, gebräunt, schlichtes T-Shirt, Jeans und Boots, etwa Mitte dreißig. Von seinem Gesicht kann ich nicht viel sehen, er beachtet mich kaum. Nur kurz lächelt er zu mir hoch, als er nach der Tasche greift, die ich immer noch halte, und spricht weiter in seinem melodischen Singsang mit Lilly-May. Ich weiß nicht, ob er eher die Katze, meine Tochter oder mich damit beruhigen will, es wirkt jedenfalls. Bei uns allen, wie es aussieht.

»Es ist übrigens ein Mädchen. Weißt du einen schönen Namen für sie?«, fragt er Lilly-May.

Mit einer Hand tastet er routiniert nach einer Vene an dem winzigen Vorderbein. Mit Hilfe der anderen Hand und seiner Zähne zieht er die Verpackung der Kanüle auf, legt den Zugang, fixiert ihn mit Verbandsmull und Tape. Jeder Handgriff sitzt.

»Es ist ja nicht meine Katze.« Lilly-May blickt unsicher in meine Richtung, dann ist sie wieder mit ihrer Aufmerksamkeit bei dem apathischen Tier. »Blue«, sagt sie entschlossen. »Ich würde sie Blue nennen.«

»Okay. Ich gebe Blue jetzt etwas gegen die Schmerzen, und eine Infusion bekommt sie auch, damit sich ihr Kreislauf ganz schnell wieder stabilisiert. In der Zwischenzeit versorge ich diese Schürfwunde an ihrem Hinterbein. Es könnte gebrochen sein, ein paar Rippen vermutlich auch, und vielleicht hat sie innere Verletzungen, die wir nicht sehen können. Darum kümmern wir uns dann in meiner Praxis …«

*Wir* – höre ich und beiße mir auf die Unterlippe, weil mein Gedankenapparat bereits wieder Probleme wälzt, die keine sind. Heather wird sich Sorgen machen. Wir sind doch so schon irre spät dran. Ich muss sie anrufen. Sie wird es verstehen, aber sie muss Bescheid wissen.

»Dort haben wir besseres Licht und ein warmes Bettchen. Jetzt geht es erst mal darum, dass sie die Nacht übersteht und ich herausfinde, was in ihrem Inneren los ist.«

Er zieht eine Spritze mit Flüssigkeit aus einer braunen Glasflasche auf. Behutsam injiziert er eine winzige Menge davon. Dann kümmert er sich um die offene Wunde am Bein.

»Wird sie wieder gesund?« Lilly-Mays tiefblaue Augen heften sich an seine.

Er atmet tief durch, pustet sich eine Haarsträhne aus dem Gesicht, weil er beide Hände an der Katze hat, und weicht Lilly-Mays Blick nicht aus.

Ich verkrampfe mich in den quälenden Sekunden, bis er antwortet, vielleicht noch mehr als mein Kind.

»Ich tue mein Allerbestes, okay? Aber ich bin nicht der liebe Gott.«

»An den glauben wir sowieso nicht.« Sie sagt es ganz beiläufig, aber ich höre den traurigen Unterton.

Mir fährt ein Messer durch die Brust. Er kennt die Geschichte dahinter nicht. Andererseits – warum sollte mir wichtig sein, was dieser Mann von mir denkt?

Aufmerksam beobachtet meine Tochter, wie er die Wunde mit einer sterilen Auflage abdeckt und dann eine Plastikflasche und einen abgepackten Schlauch aus seiner Tasche zieht.

»Bist du ein guter Tierarzt?«, fragt sie.

Der Fremde stutzt überrascht. »Hmm. Manche sagen das.« Als er bemerkt, dass ihr das nicht genügt, lehnt er sich vertraulich nach vorn und zwinkert ihr zu. »Ziemlich gut sogar, behaupten die Leute hier im Valley.« Seine Mundwinkel zucken leicht, als sie erleichtert aufseufzt.

»Okay.« Sie nickt. »Wo ist dein Hund?«, wechselt sie plötzlich das Thema und blickt sich um.

Gleichermaßen erstaunt sehen wir beide Lilly-May an.

»Wir haben dich doch am Strand gesehen«, erklärt sie. »Heute Nachmittag. Du hast deinen Hund mit Eis gefüttert.«

Ich kann mich nicht an einen Mann mit Hund erinnern.

»Mit Hundeeis«, betont er.

»Du hast das auch gegessen.«

»Natürlich. Ein guter Tierarzt passt auf, dass seine Patienten nur das Beste bekommen. Dazu gehört auch probieren.«

»Etwa alles?« Entsetzt reißt sie die Augen auf.

Ich auch. Wieder beiße ich mir auf die Zunge, um das Gespräch zwischen den beiden nicht zu unterbrechen. Lilly-May geht selten aus sich heraus. Mein kleiner Plapperfrosch ist schrecklich still geworden.

»Nein, nur die Sachen, bei denen ich mir sicher bin, dass sie mir auch schmecken.« Er sticht das Infusionsbesteck in die Flasche und hält sie hoch. Mit der anderen Hand entsperrt er ein kleines Rädchen am dazugehörigen Schlauch. Im Sichtfenster darüber beginnt die klare Flüssigkeit, langsam zu tropfen. Der Tierarzt löst seinen Blick davon und sieht sie ernst an. »Hunde und Katzen vertragen übrigens nicht alles, was wir Menschen mögen. Schokolade zum Beispiel ist sehr giftig für beide.«

Sie runzelt die Stirn. »Hast du schon mal Katzenfutter probiert?«

Er lacht leise. Unsere Augen treffen sich flüchtig. Ich komme mir vor wie ein Eindringling, als er mit einem Seitenblick zu mir Lilly-May ins Ohr flüstert. »Einmal, aber das verraten wir deiner Mommy nicht, okay?«

Meine Tochter zieht altklug die Augenbrauen hoch. »Sie steht doch hier und hat das gehört.«

Er hebt die Schultern. Breite Schultern, nicht klimatisiertes-Großstadt-Fitnessstudio-und-Hormone-breit, sondern … irgendwie natürlich. Mit sehnigen, sonnengebräunten Unterarmen und feinen blonden Härchen darauf.

Ich räuspere mich.

»Es hat jedenfalls scheußlich geschmeckt. Ich mag kein Fleisch.«

»Ich auch nicht.«

Er richtet sich auf, und immer noch strahlt er diese Ruhe aus, bei allem, was er tut. »So. Fertig. Kannst du das mal eben halten? Wie heißt du eigentlich? Darfst du mir das verraten?«

Sie sieht zögernd zu mir. Ich nicke.

»Lilly-May.«

»Okay, Lilly-May. Ich bin River. Halte die Infusion bitte ganz hoch, so wie ich. Ich muss noch etwas aus dem Auto holen.« Er will ihr die Plastikflasche überreichen.

Ich merke, dass Lilly-May damit überfordert ist. Denn dazu müsste sie aufhören, die Katze zu streicheln.

»Ich kann das tun«, springe ich ein wenig kurzatmig ein.

Zum ersten Mal sieht er mich richtig an. Unsere Augen treffen sich. River also. In meinem Bauch gluckert etwas. Er bemerkt es nicht. Zumindest hoffe ich das.

»Gern«, sagt er nur und gibt mir das Behältnis. Die Flasche fühlt sich wabbelig an. »Möglichst ruhig halten. Schaffen Sie das?«

# Kapitel 14

*River*

Am Wagen atme ich tief durch. Deswegen kam mir der Van bekannt vor. Die Mutter und das Kind vom Strand. Was für ein seltsamer Zufall!

Die beiden sehen so aus, als hätten sie einiges hinter sich, nicht wie gewöhnliche Touristen jedenfalls. Lilly-May strahlt nicht die übliche zufriedene Erschöpfung aus, die man nach einem Strandtag voller Sonne und Leben empfindet. Ich kann nicht sagen, wessen Augen mir trauriger vorkommen, die des Mädchens oder die der Mutter. Was wohl ihre Geschichte ist? Ich schüttle den Gedanken ab. Geht mich nichts an.

*Du und dein Helfersyndrom*, höre ich Marges belustigte Stimme in meinem Kopf.

Kann sein, dass sie damit recht hat. Aber immerhin bin ich Profi geworden: Ich kanalisiere es auf Tiere und lasse mich dafür bezahlen. Meistens jedenfalls. Streuner versorge ich gratis.

Wobei diese beiden nicht wie Streuner aussehen. Unauffällig schiele ich hinüber. Schlank, offenbar gebildet, teure Klamotten. Und doch scheint der Mutter ihr Aussehen nicht wichtig zu sein. Nicht mehr, würde ich vermuten. Wie es wohl klingt, wenn sie lacht?

Ich fange schon wieder an.

Kopfschüttelnd klappe ich die Tür des Fonds zu. Wieso habe ich die überhaupt geöffnet? Hier liegt nichts, was ich brauche.

Im Heck werde ich fündig. Vor Jahren habe ich mir den gesamten Kofferraum in eine maßgeschneiderte Schubfachfront umgebaut. Meine Wanderapotheke, mein Minilabor und mein Geräteschrank. Und weil ich ein echt cooler Tierarzt bin, habe ich unten rechts eine kleine Gasflasche mit Maske verstaut. Die will ich haben. Ich öffne das Schubfach. Die kleine Katze braucht Sauerstoff. Ich vermute, dass die gebrochenen Rippen einen Lungenflügel perforiert haben.

Im Geist spiele ich die nächsten Schritte durch. Kann ich das leisten, oder sollte ich das Tier lieber in die Klinik nach Monterey bringen? Vermutlich wäre Letzteres besser. Nicht für die Katze – ich bin mindestens so geschickt wie die Kollegen dort drüben –, sondern für mein Seelenheil.

»Oh, fuck it.« Mit einem Stoßseufzer greife ich nach der Sauerstoffflasche und einem faltbaren Transportkorb und klappe den Kofferraum zu.

Eins nach dem anderen.

Das blaugraue Kätzchen regt sich etwas unter der Sauerstoffzufuhr. Ein gutes Zeichen, aber der Gesamtzustand macht mir weiterhin Sorgen.

Ich packe Verbandsreste und Unterlage zusammen. Wir müssen hier weg, bevor der nächste Unfall geschieht. Am Abend sind allerdings fast nur Einheimische unterwegs, die die Straßen gut kennen. Die Ausflügler und Urlauber sind zurück in ihren Hotels und Lodges. Sie lassen den Tag bei einem Glas Wein ausklingen – oder schlafen längst, weil sie bei einem der Tastings, die auf den Weingütern im Valley veranstaltet werden, bereits zu tief in die Probiergläschen geschaut haben.

»Am besten wäre es, du würdest Blue während der Fahrt in meine Praxis begleiten«, erkläre ich Lilly-May. »Du könntest die Maske halten und aufpassen, dass Blue nicht an dem Katheter herumreißt.«

Warum sage ich das? Ich könnte das Sterofundin einfach am Handgriff oberhalb der Beifahrertür befestigen und den Katzenkorb neben mir anschnallen. Tausendmal so gemacht. Der Inhalator unterstützt das Tier selbst dann noch, wenn die Maske sich ein wenig verschiebt. Die Kanüle habe ich sorgfältig festgeklebt, da passiert so schnell auch nichts. Und sollte sich Blues Allgemeinzustand dramatisch verschlechtern, muss ich sowieso anhalten und mir was einfallen lassen.

»Sie glauben nicht ernsthaft, dass ich meine Tochter allein bei einem fremden Mann mitfahren lasse, oder?«

Auf einmal ist da wieder diese kratzbürstige Entschlossenheit, die Lilly-Mays Mom vorhin schon unter dem Van ausgestrahlt hat. Ich bin beinahe erleichtert darüber. Ich weiß selbst nicht, was mich bei dem Vorschlag geritten hat. Geht es mir um das Kätzchen? Um das Mädchen, das so aussieht, als könnte es einen vierbeinigen Freund gebrauchen? Oder etwa um die Mutter?

Was soll der Blödsinn, River? Du hast einen Patienten zu versorgen und Probleme genug!

Ich zucke mit den Schultern. »Mein Wagen ist für fünf Passagiere zugelassen. Ein Platz für mich, einer für Blue, drei Plätze wären noch frei. Sie und Ihre Tochter können gern beide einen haben. Oder von mir aus meinen Wagen nehmen, und ich fahre mit dem Van voraus und zeige Ihnen den Weg.« Behutsam hebe ich den Transportkorb vom Boden. »Es wäre super, wenn jemand ein Auge auf die Katze haben könnte – einfach für den Fall, dass sich während der Fahrt etwas verschlechtert. Aber ich verstehe, wenn Sie weiterwollen. Nichts für ungut.«

Sie starrt mich an, als hätte ich ihr vorgeschlagen, barfuß durch Alaska zu wandern. Das genügt mir als Antwort. Ich habe vielleicht ein Helfersyndrom und manchmal sicher auch verrückte Ideen, aber ich bin sensibel genug, um zu merken, wenn sie nicht ankommen.

Ich nehme ihr die Infusion ab, beuge mich zu Lilly-May hinunter und nicke dem Mädchen noch einmal zu. »Danke für deine Hilfe, Große! Du bist eine tolle Assistentin. Aber ich schätze, ihr müsst weiter. Wenn man den Unfall nicht verursacht hat, ist das okay. Wirklich.«

Die Kleine ist den Tränen nah. Himmel, das wollte ich wirklich nicht. Ich bin so ein Idiot!

»Mach dir keine Sorgen! Ich tue alles, was ich kann. Ich versprech's. Hier, warte …« Behindert durch die Sterofundin-Flasche, greife ich etwas umständlich in meine Westentasche und ziehe eine schon reichlich zerfledderte Visitenkarte heraus. »Falls ihr Blue besuchen mögt – oder anrufen, um zu fragen, wie es ihr geht.«

Das Kind nickt verdattert.

»Wir werden klarkommen, sie hat gute Chancen. Ich muss jetzt nur wirklich los.«

»Und was wird mit meinem Van, wenn wir mitkommen?«, reagiert ihre Mom plötzlich und nimmt Lilly-May die Visitenkarte ab. »Den kann ich ja schlecht einfach hier stehen lassen.«

Verdutzt halte ich in der Bewegung inne. »Ein paar Meter weiter ist eine übersichtliche Stelle, wo Sie ihn parken könnten, das wäre nicht das Problem. Ich kann Sie später auch gerne hierher zurückbringen.«

»Lassen Sie mich nachdenken«, sagt sie und mustert mich, als würde sie immer noch abwägen, ob ich eher der Typ Kindesentführer oder Autodieb bin.

»Mommy!« Lilly-May drängelt mit neuem Mut. »Ich will Blue nicht allein lassen.«

»Das will ich auch nicht, Lollipop. Da vorn kann ich den Wagen abstellen, sagen Sie?«

Ich nicke verblüfft.

»Okay, Mister …« Sie nimmt Lilly-May die Visitenkarte ab. »… Jordan. Dann warten Sie dort bitte auf uns. Wir fahren mit. Ich will, dass dieses Tier lebt, okay?«

# *Kapitel 15*

*Dawn*

Ich parke den Wagen um, sammle, so schnell ich kann, Handy, Geld, Papiere und Lilly-Mays Kindersitz zusammen und schließe den Van ab. Lilly-May rennt bereits mit unseren Jacken voraus.

*Ich will, dass dieses Tier lebt* – was rede ich denn für einen Schwachsinn? Wenn man so was bestellen könnte, dann … Ich breche den Gedanken ab. Das habe ich geübt. In der Therapie.

Ich frage mich, wieso ich mich so verantwortlich für eine kleine Katze fühle, dass ich dafür meine Freundin versetze und mit meiner Tochter zu einem Wildfremden ins Auto steige. Geht es dabei in Wahrheit immer noch um Baby Jeff, oder tue ich das für Lilly-May? Oder für mich? Setze ich mit diesem Abenteuer einen Gegenreiz? Was für ein Neuanfang soll das eigentlich werden?

»Beeil dich, Mommy!«

»Ich komm ja schon!«

Der Tierarzt wartet mit laufendem Motor. Die kleine Patientin ist auf dem Rücksitz untergebracht. Der Tropf baumelt von dem Haken, wo die Männer aus meiner Welt ihre Jacketts aufhängen. Der Tierarzt erklärt Lilly-May noch einmal genau, worauf sie achten soll, während ich ihren Sitz neben der Transportbox befestige. Im Fußraum hinter den Vordersitzen liegt eine hastig zusammengelegte Pferdedecke. Daneben fallen mir ein Eimerchen mit Futterproben, eine halb leere Wasserflasche, das Papier eines Müsliriegels und ein ganzer Karton mit handgemachter Olivenseife – zumindest steht das auf der Pappschachtel – ins Auge.

»Wer braucht denn so viel Seife?«, rutscht es mir heraus, während ich Lilly-May anschnalle.

»Serienkiller nach der Arbeit«, erwidert er verschmitzt und fügt sicherheitshalber hinzu: »Scherz! Hab ich heute vergessen, im Souvenirladen unten in Carmel abzugeben.«

Lilly-May kichert und sieht mich erwartungsvoll an.

»Aha«, mache ich. »Ich hatte ja keine Ahnung, dass der Souvenirladen ein Killertreff ist.« Augenzwinkernd gebe ich meiner Tochter einen Nasenstupser, bevor ich die Autotür hinter ihr schließe und draußen noch einmal tief durchatme.

Dann steige ich vorn ein, und wir fahren los.

Hinten plappert Lilly-May die ganze Zeit beruhigend auf das Kätzchen ein. Ich dagegen habe keine Ahnung, womit ich ein Gespräch beginnen soll.

Eine ganze Weile schweigen wir. Dann fällt mir ein, dass ich Heather immer noch nicht Bescheid gegeben habe, wo wir stecken.

»Würde es …«, beginne ich meine Frage.

»Wohin wollten …«, fragt er zeitgleich.

Wir brechen beide wieder ab.

»Sie zuerst«, sagt er schmunzelnd. Er hat ein warmes, offenes Lächeln.

»Ich müsste kurz telefonieren. Ich hoffe, das ist in Ordnung?« Hitze steigt mir ins Gesicht. Himmel, ich verhalte mich wie ein schüchterner Teenager!

»Kein Problem«, erwidert er, die Augen abwechselnd auf die Straße und in den Rückspiegel gerichtet.

Er fährt ziemlich zügig, aber vorausschauend. Vor jeder Bodenwelle, Unebenheit oder Biegung bremst er so weich ab, dass ich die Kurven kaum spüre. Hoffentlich geht es der kleinen Katze genauso.

Ich spiele nervös mit meinem Handy herum. Dabei fällt mir seine Visitenkarte in den Schoß. Die muss ich vorhin in die Hülle geschoben haben. »River Jordan«, lese ich vor. »Wie der biblische Fluss. Ihre Eltern haben Humor, scheint mir.«

»Hatten«, korrigiert er. »Schätze ich. Sie leben nicht mehr. Ich bin bei Pflegeeltern aufgewachsen.«

»Oh, das tut mir leid.« Ich beiße mir auf die Unterlippe.

»Alles gut. Lange her.« Er sieht kurz zu mir und lächelt. »Ich hätte es nicht besser treffen können. Meine Pflegemutter stellt die Seifen her. Möchten Sie vielleicht eine haben?«

»Danke«, erwidere ich höflich. Ich möchte ihn nicht vor den Kopf stoßen und direkt ablehnen. »Und was wollten Sie sagen?«

»Mir fiel nur gerade ein, dass ich gar nicht gefragt habe, wie weit Sie heute noch fahren müssen.«

Das erinnert mich wieder an mein Telefonat. Ich wedle mit dem Handy. »Nicht mehr weit eigentlich. Meine Freundin wird sich schon Sorgen machen, wo wir bleiben. Deshalb wollte ich ihr kurz Bescheid geben.«

»Na dann …« Er lächelt verhalten.

Herrje, jetzt denkt er bestimmt, ich wäre so misstrauisch, dass ich mich mit einem Anruf absichern will. Egal, ich muss mich wirklich bei Heather melden. Ich drücke die Kurzwahltaste.

Heather hebt sofort ab. »Dawn!«, ruft sie laut. »Wo steckst du? Alles in Ordnung?«

»Ja. Mir …« Ich drehe mich ein wenig zur Seite. »Uns geht's gut. Wir hatten einen kleinen Unfall.«

»Was?!«

»Also, nein, nicht wir. Ein Tier wurde angefahren, eine kleine Katze. Ein Tierarzt kam zum Glück gerade zufällig vorbei …«

»Zufällig …«, unkt Heather.

Ich hoffe, River hört es nicht.

»Ich wollte dir nur Bescheid geben, damit du dir keine Sorgen machst. Es wird ein bisschen später. Wir sind auf dem Weg in die Praxis, und zwar …« Ich halte die Visitenkarte in das fahle Licht der Notbeleuchtung.

»Im Bushmilldrive«, sagen River und ich gleichzeitig, und es gluckert wieder in meinem Magen, als unsere Blicke sich kurz treffen.

»Du bist mit River unterwegs? Ja, sag das doch gleich!«

»Ach … Kennst du ihn?«, frage ich möglichst unauffällig. Ich weiß nicht, wie viel River im Fahrtlärm von dem verstehen kann, was Heather antwortet.

»Den kennen alle hier. River Jordan, da ist jedes Tier in besten Händen.« Kichert sie etwa? »Ist es schlimm?« Nein, jetzt klingt sie wieder ernst.

»Was?«

»Die Katze.«

»Ach so, ja … ich glaube schon.« Ich stocke, denn ich möchte Lilly-May keine Angst machen, falls sie etwas von meinem Telefonat mitbekommt.

»Hey, alles gut? Wie geht's dir und der Kleinen?«

»Uns ist nichts passiert. Alles prima.«

»Wirklich?«

Ich nicke und bringe ein heiseres »Ja« heraus. Da ist plötzlich wieder diese Enge in meinem Hals. Heather kennt mich.

»Hör zu, manche Dinge sind Schicksal, okay? Sie geschehen einfach. Das hat nichts mit dir zu tun.«

»Ich weiß«, krächze ich und räuspere mich unbehaglich. »Danke.«

»Wir sehen uns später. Mach dir keinen Stress, es dauert, so lange es dauert, kein Ding. Euer Zimmer ist hergerichtet, ihr braucht nur noch in die Betten zu fallen, und etwas zu essen finden wir auch noch, falls ihr Hunger habt. Mag Lilly-May Spaghetti? Ach, was frage ich. Jedes Kind mag Pasta. Also, atmen nicht vergessen, und alles Gute für die Katze.«

»Du brauchst doch nicht … Wir können heute Nacht auch im Van schlafen …« Verdammt, der Van! »Heather? Du, hör mal: Ich weiß, das ist viel verlangt, aber könntest du uns später eventuell abholen?«

»Also ist euer Wagen doch kaputt? Was für eine Katze war das denn? Wir reden doch nicht etwa von einem Puma, oder?«

»Nein, es ist nur …« Ich widme River einen kurzen Seitenblick. »Es ist eine lange Geschichte.«

Sie gluckst leise. »Geht klar. Ruf einfach durch. Ich bleibe wach und nüchtern. Aber jetzt stelle ich doch einen Chardonnay kalt. Die Geschichte will ich hören.«

Seufzend lege ich auf.

»Wir sind gleich da«, sagt River leise und deutet mit dem Kinn nach hinten.

Lilly-May ist eingeschlafen, einen Arm im Katzenkorb versenkt. Ich will sie wecken, aber er hält mich davon ab.

»Alles gut. Ich habe eine Minikamera im Transportkorb. Hier. Sie spielt das Bild auf mein Smartphone.«

Mir war gar nicht aufgefallen, dass sein Handy in einer Freisprecheinrichtung an den Lüftungsschlitzen des Cockpits befestigt ist.

Lilly-Mays Hand in Schwarz-Weiß ruht neben dem Köpfchen des Katzenbabys. Es sieht fast so aus, als hätte das Tierchen sich mitsamt der Maske hineingekuschelt.

»Was wird das eigentlich alles kosten?«

Erstaunt sieht er mich an. Er scheint einen Moment nachzudenken. »Ist es Ihre Katze?«

»Nein. Das geht auch gar nicht. Wir …«

»Haben Sie das Tier angefahren?«

»Auch nicht. Wirklich nicht! Ich bin da in Schrittgeschwindigkeit entlanggekrochen, als uns dieser Verrückte mit einem Affenzahn entgegenkam. Die Kleine saß bereits ganz benommen auf der Straße.«

»Dann muss das nicht Ihre Sorge sein«, erklärt er ruhig.

»Ja, aber … Sie müssen doch auch …« Ich versuche, meine Erleichterung zu verbergen, weil es mir peinlich ist, überhaupt von Geld angefangen zu haben. Es entgeht ihm nicht.

»Wenn Blue die Nacht übersteht, wird sie viel Pflege brauchen«, sagt er. »Das ist ein viel größeres Problem als mein Honorar, denn das kann ich nicht leisten. Ich habe nicht mal eine regelmäßige Assistenz.«

»Ich kann das tun!«, kräht ein verschlafenes Kinderstimmchen hinter uns. Lilly-May reibt sich über die Augen.

»Schätzchen, wir …«

»Wir sind da«, unterbricht er mich und zieht die Handbremse an.

Ich habe gar nicht bemerkt, dass wir angehalten haben.

»Eins nach dem anderen«, sagt er in meine Richtung und spricht dann mit Lilly-May. »Wie geht es unserer Patientin? Alles im grünen Bereich da hinten?«

»Ich glaube, ja.«

»Prima. Dann übernehme ich jetzt wieder.«

# Kapitel 16

*River*

Die Praxis ist mein ganzer Stolz. Ich habe sie im Erdgeschoss eines schlichten Holzhauses eingerichtet, das ich halb verfallen bei meinen Streifzügen als Jugendlicher entdeckt hatte. Es liegt zentral genug, dass es für die meisten Bewohner des Valleys gut erreichbar ist, und gleichzeitig weit genug vom Trubel der Hauptstraße entfernt, im Grünen, sodass ich eine Rückzugsmöglichkeit habe, wenn mir danach ist.

Nach und nach habe ich das Gebäude wieder nutzbar gemacht und zu einer passablen Tierarztpraxis mit Quarantänestation, Behandlungsraum, Apotheke und einem kombinierten OP- und Röntgenraum ausgebaut.

Den Tag, als ich den Pflock mit dem Hinweisschild oben an der Abzweigung eingeschlagen habe, das Gefühl, als Joe mir stumm seine knorrige Hand auf die Schulter legte, werde ich nie vergessen.

Rings um das Blockhaus herum führt eine überdachte Veranda. Stühle in allen Formen und Farben, die ich im Laufe der Zeit zusammengesammelt habe, stehen unter dem Dachvorsprung der Frontseite, dazwischen Pflanzen mit breiten Blättern, die jedem einzelnen meiner vierbeinigen Patienten ein wenig

Privatsphäre und Versteckmöglichkeiten bieten. Wasserschalen gibt es natürlich auch, an jedem Sitzplatz eine eigene. Der nachfüllbare Wasserspender für die Patientenbesitzer befindet sich den Sommer über ebenfalls draußen.

Ich brauche nicht viel – abgesehen von Ruhe nach einem anstrengenden Tag. Büroräume, Küche und ein kleines Bad liegen hinter der Praxis und können durch eine Art abschließbare Hygieneschleuse – Marge nennt es *die Waschküche* – betreten werden. Freunde kommen hintenherum durch den Kücheneingang rein. Meine eigentliche Wohnung ist ein offenes Loft unter der Dachschräge, mit einem Panoramafenster und einem Balkon nach hinten raus, wo der Blick weit über die Hügel geht.

Der Bewegungsmelder springt an, und es wird hell, als wir die drei Stufen zum Praxiseingang hinaufgehen. Ich schiebe einen der gefüllten Wassernäpfe beiseite, damit meine Besucherinnen nicht hineintreten.

»Könnten Sie die Tür aufmachen?«

»Ja, natürlich. Entschuldigung.« Lilly-Mays Mom überholt mich und zieht den Fliegengitterrahmen auf. Dann dreht sie sich zu mir um.

Ich ziehe fragend die Augenbrauen hoch, bis ich begreife, dass sie auf Schlüssel wartet. »Ist offen.«

»Oh.«

Im Warteraum springt ebenfalls automatisch das Licht an. Auch dort gibt es Stühle und Pflanzen und ein Regal mit einem Wasserkocher, Tassen und Tee.

»Hier vorn gibt's nichts, was sich zu stehlen lohnen würde. Manchmal komme ich zu spät zur Sprechstunde, wenn ich durch einen Notfall aufgehalten wurde«, erkläre ich. »Dann ist es praktischer, wenn man direkt reingehen kann. Die Leute können bei schlechtem Wetter hier warten und sich etwas Warmes zu trinken machen. Selbst im Valley kann es im Winter ganz schön ungemütlich werden. Wo kommen Sie her?«

»Nevada«, sagt sie und lässt ihren Blick über die Bilder an den Wänden schweifen.

Es sind gerahmte Aufnahmen von Tieren und ihren glücklichen Besitzern und Besitzerinnen. Auf einigen sind die Vierbeiner auch allein zu sehen. Fast auf allen stehen handschriftliche Dankesbotschaften. Ein wenig peinlich, aber die Leute freuen sich, wenn ich ihre Fotos aufhänge. Mir ist unangenehm, wie ausführlich sie die Texte studiert.

»Vegas. Da sucht man eher Schatten.«

»Verstehe.« Vorsichtig stelle ich den Transportkorb ab und löse meine Schlüsselsammlung vom Hosenbund. »Ab hier beginnt der Sicherheitsbereich.«

»Dürfen wir trotzdem mit rein?«, fragt Lilly-May. »Blue fürchtet sich sonst.«

»Na klar.« Ich reiche ihr die Infusion, damit ich die Hände frei habe, um die schwere Stahltür aufzuschließen.

Sie weicht ohnehin nicht von der Seite des Korbs mit dem Kätzchen.

Die beiden tappen mir hinterher. Lilly-May sieht sich mit vor Staunen offenem Mund um, und ich muss lächeln. Ich kann es nachvollziehen.

Dieser Raum ist ganz anders als der vorige. Moderne Schubfachfronten in Weiß und Mintgrün, Hängeschränke mit Glastüren, eine OP-Leuchte, die größer ist als die meines Zahnarztes – und die ist gewaltig –, und in der Raummitte der Behandlungstisch.

Behutsam stelle ich Blue darauf ab und angle nach dem Infusionsständer. Dabei werfe ich einen raschen Blick auf das Katzenmädchen. »So weit, so gut«, stelle ich fest. Aber das stimmt nur halb. Das Bäuchlein wirkt aufgebläht. Ich würde sie gern für eine Thoraxdrainage in Narkose legen, aber das ist zu früh. Erst mal röntgen, dann weiß ich, ob sich mein Verdacht bestätigt. Und Luft abziehen.

Gedankenverloren öffne ich Schubfächer und sammle mein Handwerkszeug für den nächsten Schritt zusammen.

»Kann ich mich irgendwie nützlich machen?«, fragt Lilly-Mays Mom.

Im grellen Licht des Behandlungsraums wirkt sie blass. Zum ersten Mal sehe ich ihr Gesicht nicht nur im Halbdunkel. Sie hat hohe Wangenknochen und tiefe Ringe unter den Augen. Grün-graue Augen, deren Farbe mich an die Blätter der Agave auf Marges Terrasse erinnert. Lange dunkle Wimpern umrahmen ihren intensiven, aufmerksamen Blick. Fältchen im Mundwinkel und auf der Stirn verstärken einen Ausdruck, der von Stress und zu wenig Schlaf zeugt. Ein Gesicht, unter dessen Oberfläche eine natürliche Attraktivität hindurchschimmert.

*Agaven blühen nur einmal in ihrem Leben*, höre ich Marges Stimme in meinem Kopf. *Danach sterben sie.* Wo kommt das denn her?

Ich fokussiere mich auf das Kätzchen. Man sagt, die Samtpfoten haben sieben Leben.

»Ja«, sage ich leise und lächle sie an. »Das könnten Sie in der Tat. Haben Sie schon mal eine Katze geröntgt?«

# Kapitel 17

*Dawn*

»Das Ding ist schwerer, als ich gedacht hätte. Ich komme mir vor wie ein Michelin-Männchen!«

»*Zu* schwer?«

Ich schüttle den Kopf.

River schließt den Klettverschluss der Bleischürze in meinem Rücken und befreit eine vorwitzige Haarsträhne, die sich darunter verklemmt hat. Für einen Augenblick steht er so dicht hinter mir, dass ich seinen Duft einatmen kann. Eine würzige Note Duschgel oder Deo und darunter – Mensch. Angenehm, unaufdringlich. Es ist eine Weile her, dass ich bewusst das Aroma eines fremden Mannes eingeatmet habe.

Kurz denke ich an Jesse, den meist eine Wolke aus After Shave und Mundspülung umgab. Sein Inbegriff eines gepflegten Gefühls – und hilfreich dabei, eine Fahne zu kaschieren, wie ich viel zu spät begriffen habe. Daydrinking – wie oft wir darüber gescherzt haben! Ich wusste nicht, unter welchem Druck er in der Firma stand und was er ganz hinten in seinem untersten Schreibtischschubfach aufbewahrte. Niemand ahnte etwas davon, wie krank er damals schon war, wie tief ihn die Sucht schon in ihren gierigen Schlund gesogen hatte.

»Was geschieht als Nächstes?«, frage ich aufgesetzt munter. »Holen wir die Katze, oder?«

River geht voraus.

Lilly-May kichert ausgelassen, als sie uns in den überdimensionalen Röntgenschürzen sieht, und steigert sich noch mehr hinein, als River anfängt, wie ein Monster auf sie zuzulaufen.

»Ich bin der Muffin-Mann«, brummt er mit ausgestreckten Armen.

»Nein, bist du nicht«, quietscht sie begeistert und springt von ihrem Stuhl auf, um sich hinter mir zu verstecken.

Ich muss mitlachen. Wieder treffen sich Rivers und meine Augen, und ich wende verlegen den Blick ab und deute auf den Transportkorb, den Lilly-May in der Zwischenzeit bewacht hat. »Nicht so laut, Lollipop. Das Kätzchen erschreckt sich sonst.«

»Kannst du kurz hierbleiben?«, fragt River und beugt sich zu ihr herunter. »Wir müssen nebenan ein paar Bilder von Blues Knochen machen.«

»Ich weiß, was Röntgen ist«, erklärt sie, setzt sich dabei wieder an den kleinen Kindertisch in der Ecke und zieht sich einen Block und eine Dose mit Buntstiften heran. »Aber beeilt euch, ich bekomme langsam Hunger.«

»Trauen Sie sich zu, Blue zu halten?«, fragt er wenig später, als ich mit gewaschenen Händen aus dem kleinen Besucher-WC komme.

Ich nicke. »Ich heiße übrigens Dawn. Sie brauchen mich nicht zu siezen. Das fühlt sich … komisch an.«

»Okay … Dawn. Die personifizierte Morgendämmerung also.« Seine Mundwinkel zucken leicht, während er zwei überdimensionale blaue Topflappen neben dem Tier auf dem Röntgentisch platziert.

»Was?« Ich streichle das Kätzchen fortwährend.

»Entschuldigung, nichts weiter. Es ist nur so ein netter Zufall, da wir uns ja quasi in der Abenddämmerung begegnet sind.«

»Na, ob Blue das auch als *netten Zufall* bezeichnen würde?«

Wieso bin ich bloß so kratzbürstig?

»Eher als Segen, würde ich sagen«, entgegnet er sanft und legt die kleine Katze auf den Röntgentisch. »Zumindest hoffe ich, dass wir ihr Glück bringen.«

»Ja, das wäre schön«, murmle ich und schlucke meine Bemerkung darüber, dass wir uns außerdem zuerst am Strand getroffen haben, hinunter.

River zeigt mir, wo ich meine Hände um das Kätzchen platzieren muss, damit sie die Aufnahme nicht behindern. Er ist immer noch die Ruhe selbst, trotz der gebotenen Eile, und seine Ausstrahlung fängt an, sich ein wenig auf mich zu übertragen.

»Ganz vorsichtig«, sagt er leise. »So ist es gut.« Unsere Finger berühren sich. Zwangsläufig. Mein Herz klopft.

Bilde ich mir sein Stutzen ein, als er meinen Ehering sieht? Wieso trage ich den eigentlich noch? Um genau diese Reaktion hervorzurufen, Dawn! Weil ich so was nicht brauchen kann und jeder anständige Mann bei diesem Anblick von Flirtversuchen sofort ablässt.

Eindeutig verlegen sieht er mich an. »Wäre es sehr schwierig, den abzulegen?«

»Hmm?«

Er lächelt entschuldigend, als ich ihn verdutzt anstarre. »Nein, warte. Denkfehler von mir. Sorry! Schmuck kann Artefakte hervorrufen, also die Aufnahme verfälschen, aber in diesem Fall ist das schon in Ordnung. Deine Hände kommen ja eh nicht mit aufs Bild.«

»Ach so«, sage ich. »Nein, kein Problem. Ich wollte ohnehin

schon längst … Moment.« Fahrig reiße und drehe ich an dem Ding herum.

»Lass doch, es ist wirklich kein …«

»Nein. Geht schon. Ich hab's gleich«, sage ich eine Spur zu gereizt und stecke mir den Ringfinger in den Mund. Endlich löst sich der Ring. »Fertig.« Ich will das blöde Ding in die Hosentasche meiner Shorts stopfen, aber das geht natürlich nicht mit der Bleischürze. Also lege ich ihn auf ein kleines weißes Sideboard, atme durch und lächle tapfer.

»Okay.« Stirnrunzelnd löst er den Infusionsschlauch und schiebt den Ständer zur Seite, damit er uns nicht im Weg ist. Er legt einen mit Alkohol getränkten Tupfer in Reichweite. »Wenn sie schnurrt, müssen wir ihr den kurz vor der Aufnahme unter die Nase halten«, erklärt er. »Sonst wird das Röntgenbild unscharf.« Er arrangiert das Kätzchen und mich noch einmal nach.

Meine Hände und Blues Pfötchen verschwinden unter den Topflappen, die sich als dicke Bleihandschuhe herausstellen.

Ein Bild von rechts, Katze drehen, Griffposition wechseln, alles ganz vorsichtig wegen des Zugangs, linke Seite, Thorax, Becken und Hinterläufe. Dazwischen verlässt River jedes Mal den Raum, um den Auslöser zu betätigen.

Der staubige Rücken der kleinen Katze fühlt sich so flauschig an, so zerbrechlich. Sie lässt alles mit sich geschehen, eine Sedierung ist nicht nötig. Zweimal brauchen wir den Tupfer. Und jedes Mal schnurrt sie ein paar Sekunden später sofort weiter.

»Herzzerreißend«, sage ich leise.

Nachdem wir fertig sind, hilft River mir aus der Bleischürze und nimmt dann die Kleine auf den Arm. »Katzen tun das manchmal, um sich selbst zu beruhigen, wenn sie Angst haben oder große Schmerzen«, erklärt er leise, ständig in Bewegung mit diesen langgliedrigen, schlanken Fingern.

Ich habe ein Pfeifen im Ohr. Er müsse sich die Röntgenbilder ansehen, sie dann gleich weiterbehandeln, die Atmung gefalle ihm nicht, erklärt er durch das wattige Rauschen.

Nicht hektisch, aber doch eilig verbindet er die Infusion wieder mit dem Zugang.

Mein Blick fängt sich an der rot verfärbten Wundauflage über Blues Hinterbein. Ich drifte zurück in die Notaufnahme des Desert Rose Medical Centers. Nicht jetzt! Woher kommen diese Flashbacks? Ich hatte das doch alles hinter mir!

»Und hilft das?«, frage ich heiser und schiebe die Bilder aus Las Vegas beiseite. »Das Schnurren?«

Das Pfeifen und Rauschen ist wie eine beständige Warnung im Hintergrund. Wie eine Ertrinkende schnappe ich nach dem Ring auf dem Sideboard. Aber das kühle Edelmetall versagt mir den Halt. Ich muss hier raus!

River greift nach dem Infusionsständer und sieht mich nachdenklich an. »Ein bisschen, glaube ich«, erwidert er leise.

# Kapitel 18

*River*

Als ich zurück ins Wartezimmer komme, ist Lilly-May über ihrer Zeichnung eingeschlafen. Dawn hat ihr eine Jacke übergelegt. Sie sitzt neben ihrer Tochter, leicht vorgebeugt, mit verschränkten Armen, und starrt wartend ins Leere. Sie wirkt aufgewühlt, zerrissen. Wie jemand, der sich in einem ganz anderen Film befindet, und nicht, weil nebenan eine fremde Katze um eins ihrer sieben Leben kämpft.

Vielleicht war es eine Ausrede, dass sie nach dem Röntgen so dringend nach ihrer Tochter sehen und nicht weiter bei der Behandlung zusehen wollte. Blut und Spritzen sind nicht jedermanns Sache.

Ich habe ihre Hilfsbereitschaft genug strapaziert. Sonst erledige ich diese Dinge ja auch immer allein.

»Entschuldige, dass es so lang gedauert hat.« Ich flüstere, um ihre Tochter nicht zu wecken. »Ich bin hier noch ein Weilchen beschäftigt und kann Blue nicht allein lassen. Willst du deine Freundin anrufen, damit sie euch abholt? Ihr könnt hier nichts mehr tun.«

Aufgeschreckt sieht sie mich an. »Was ist los? Hat sich ihr Zustand verschlechtert? Wie geht es ihr?«

»Jetzt wieder besser. Sie hat einen Pneumothorax entwickelt. Das bedeutet, es hatte sich freie Luft zwischen Brustwand und Lunge angesammelt. Darum wurde ihre Atmung nicht besser. Ich musste den Brustkorb punktieren. Sie liegt jetzt in der Sauerstoffbox und ist mit Medikamenten abgedeckt, aber ich möchte sie nicht allein lassen.«

Dawn nickt verwirrt. »Ja. Ja, natürlich.«

»Wenn nichts Unvorhergesehenes mehr passiert, kann ich sie morgen oder übermorgen operieren. Nüchtern und stabil hat sie gute Chancen, vollständig gesund zu werden.« Ich versuche, zuversichtlich zu klingen. »Wie gesagt … sie wird noch eine Weile Pflege brauchen, und …«

»Du erwähntest das bereits. Ich muss darüber schlafen«, würgt sie mich ab und sieht mich im nächsten Moment zerknirscht an, beinahe erschrocken. »Das ist gerade alles ein bisschen viel. Ich weiß nicht, ob ich so viel Verantwortung … Wir müssen erst mal ankommen.«

»Ich wollte gar nicht … Ich finde eine Lösung. Du brauchst dich nicht zu rechtfertigen.«

»Das tue ich nicht.« Ihre Augen unter den langen goldbraunen Wimpern verändern sich. Als würde sie die Fensterläden ihrer Seele zuschlagen.

»Entschuldigung, ich habe manchmal so eine Art …«

»Nein, nein. Ich muss mich entschuldigen. Es ist nur … Es war ein langer Tag.« Sie wendet den Blick ab und zieht das Handy aus der Gesäßtasche ihrer Shorts, die Augen auf Lilly-May geheftet, die komplett im Tiefschlaf versunken ist.

»Ja. Natürlich. Danke für deine Hilfe. Nicht alle reagieren so, das ist nicht selbstverständlich.« Ich will noch etwas sagen, ich weiß nur nicht recht, was. Oder wie. »Ich hätte euch wirklich gern zurückgefahren. Ich hatte es versprochen, aber …«

»Nein, alles gut«, unterbricht sie mich. »Du brauchst dich auch nicht zu rechtfertigen.« Kein Vorwurf schwingt da mit, zumindest keiner, den ich heraushören könnte – reine Sachebene. Wieso frisst mich das dann insgeheim an?

Jemand hebt ab. Ich höre das Klicken in der kurzen Stille zwischen uns.

Wieder verändert sich ihr Gesichtsausdruck. Augenzwinkernd legt sie sich einen Finger auf die Lippen, als würde sie eine fröhliche Maske aufsetzen. »Heather. Hi. Bist du noch wach?«, antwortet sie der Stimme im Telefon und dreht sich wieder weg von mir. »Ja, genau … wir wären so weit … Zwanzig Minuten? Ach, wunderbar, du bist ein Schatz.«

»Tja, ich … sollte wieder nach Blue sehen …« Statt dieser Frau offensichtlich auf die Nerven zu fallen, ergänze ich im Kopf. Aber natürlich kann ich die Klappe nicht halten. »Geh ruhig rüber in die Küche und koch dir einen Kaffee. Oder du machst euch eine Kleinigkeit zu essen, während du auf deine Freundin wartest. Lilly-May hat gesagt, dass sie Hunger hat. Im Kühlschrank steht ein Pie mit Birnen, Gorgonzola und Walnüssen. Brot, Käse und Obst sind da auch und …«

Sie schüttelt lächelnd den Kopf. »Alles gut, wir werden in der nächsten halben Stunde nicht verhungern. Heather hat irgendwas Leckeres für uns vorbereitet. Was ist mit dir? Möchtest du etwas? Du hast doch auch schon eine Weile nichts gegessen.«

Ich atme ein. Überlege. Die Situation ist einfach absurd. »Ein Kaffee wäre tatsächlich schön«, stammle ich schließlich. »Wenn du kurz bei Blue bleibst, dann könnte ich …«

Sie lacht.

Kehlig.

Die Sorte Lachen, bei der es einem heiß den Rücken hinunterkribbelt. Mir zumindest.

Sie legt belustigt den Kopf schief. »Bei der Notfallversorgung von Katzen bin ich nicht so fit. Aber einen Kaffee bekomme ich durchaus hin.«

»Sicher? Ich meine … klar. Wenn dir das keine Umstände macht, dann …«

Hatte ich nicht gesagt, ich wüsste gern, wie sich ihr Lachen anhört? Ich muss raus hier!

»Du findest alles im Hängeschrank über der Spüle«, brabble ich und klammere mich an der Türklinke fest. »Ich sollte wieder rüber.«

Ich spüre ihre Hand auf meiner Schulter und halte die Luft an. »Warte kurz. Wo ist denn die Küche?«, flüstert sie mir leise hinterher.

Ich schließe die Augen.

Verdammt.

»Hier durch. Komm mit.«

# *Kapitel 19*

*Dawn*

Die Verbindungstür zu Rivers Küche ist gesichert wie Fort Knox.

»So teurer Kaffee?«, scherze ich, um meine Nervosität zu überspielen.

Hinter dem Behandlungsraum führt ein kleiner Flur an dem kombinierten OP- und Röntgenraum vorbei, den ich schon kennengelernt habe. Daran schließen sich ein Zimmer mit der Aufschrift Apotheke, ein Quarantäneraum und sein Büro an. Jetzt stehen wir vor einer Treppe – und der mit vier Schlössern abgeriegelten Küchentür. Ausgerechnet die ist eine Festung?

Er grinst. »Nur das Beste für die Gäste. Nein – es geht nicht um *rein* in die Küche, sondern *raus*: Die Sicherung ist wegen der Apotheke. Die Außentür meiner Küche schließe ich nie ab, genauso wenig wie das Wartezimmer: Es kann ja immer mal was sein. Aber die Mitte ist mein Heiligtum. Da dürfen nur Auserwählte rein.« Er rasselt mit seinem Schlüsselbund und zwinkert mir zu. Seine Augen lachen nicht mit, sie sehen genauso müde aus, wie ich mich fühle.

Natürlich. Erst denken, dann drauflosplappern.

»Okay, dann habe ich nur noch eine Frage: schwarz oder mit Milch?«, sage ich betont locker.

»Ich fürchte, es ist nur Hafermilch im Kühlschrank. Davon gern einen Schluck. Und einen Löffel Zucker. Energiehalber.«

»Geht klar, Doctor Jordan.«

Ich scheuche ihn scherzhaft aus seiner eigenen Küche und klappe auf der Suche nach Kaffeefiltern als Erstes den Hängeschrank auf.

River besitzt genauso eine altmodische Filterkaffeemaschine wie meine Mom. Vor einigen Jahren habe ich diese zu Weihnachten zwar entsorgt und gegen einen Vollautomaten getauscht – mit dem Ergebnis, dass meine Mutter das alte Ding noch vor Ende der Feiertage wieder aus der Garage geholt hat. Lilly-May ist die Einzige, die das teure Gerät zu schätzen weiß – man kann damit auf Knopfdruck auch heiße Schokolade brühen.

In mich hineinlächelnd fülle ich Kaffeepulver in den Filter und lasse Wasser in den Tank laufen. Willkommen in der Provinz.

Als ich auf einem der Holzstühle am Küchentisch Platz nehme und darauf warte, dass der Kaffee durchläuft, merke ich erst, wie erschöpft ich bin. Das Gurgeln der kleinen schwarzen Maschine lullt mich ein. Ich starre auf mein Handy, aber meine Daumen liegen still, unfähig, durch die Nachrichten zu scrollen, meine Mails oder den Wetterbericht zu checken oder was immer sonst funktioniert, um mich abzulenken, wenn ich irgendwo warte. Ich bin einfach nur gerädert. Von der Fahrt, der Seeluft, dem Unfall – und all dem anderen in meinem Kopf, meinem Herzen und der Seele.

Die Alten sagen, die Seele brauche ein paar Tage, um hinterherzukommen, wenn man zu schnell weit reist. Schön wäre es gewesen. Ich hatte darauf gehofft, ehrlich gesagt. Am liebsten wäre mir, sie würde mich gar nicht einholen. Dass ich zumindest den Erinnerungen hätte davonfahren können, ein paar

Tage Vorsprung nur. Aber das hat nicht geklappt. Nicht auf diese Art vermutlich. Nicht, wenn man in so einem Schneckentempo unterwegs ist wie ich. Immerhin hat meine therapieresistente Bummelfahrweise diesem grauen Kätzchen das Leben gerettet.

Ich starre durchs Fenster in die Nacht hinaus, denke an Baby Jeff und Jesse, an Lilly-May und die schwerverletzte Katze zwei Räume weiter.

River. Netter Typ. Tatsächlich ein guter Tierarzt, soweit ich das beurteilen kann – nicht, dass ich viele Vergleichsmöglichkeiten hätte.

In Vegas hatten wir nie Haustiere. Keine Zeit. Mein Job in der Bookingagentur ließ keinen Raum für so was. Dann kam Lilly-May. Jesse war auch zu viel unterwegs. Als dann Baby Jeff kam, hätte es passen können. Spätestens da hätte ich mir mehr Zeit für unsere Familie nehmen sollen. Aber wir mussten ja auch leben. »Mieten in Vegas sind teuer, Baby.« Natürlich habe ich ihm geglaubt, dass unser Geld nicht reicht, wenn ich zu Hause bleibe.

Verdammt.

Wie viele Jahre werde ich noch brauchen, um das alles so zu verarbeiten, dass ich zumindest wieder atmen kann? Einigermaßen nur? Ohne das Gefühl zu ertrinken. Ich rede ja nicht von einem neuen Glück oder so einem Scheiß. Von Lebensfreude gar … Ich will einfach nur wieder so funktionieren, dass Lilly-May ihre Kindheit fortsetzen kann. Dass wenigstens sie wieder glücklich und unbeschwert sein kann.

Sie hat genug durchgemacht und jetzt das: Wir sind noch nicht mal am Ziel, und schon ist erneut ein Unfall geschehen. Das Gedankenkarussell dreht sich, und alles geht von vorn los. Was soll mir das sagen? Ich glaube nicht an Zufälle. Ziehe ich so was an? Ist dieser Neuanfang von vornherein zum Scheitern verurteilt? Habe ich mir etwas vorgemacht?

Man nimmt sich selbst überallhin mit. Noch so eine Kalenderweisheit.

Mein Kinn zittert.

Beherrschung, Dawn! Beherrsch dich doch! Was soll River denken?

Der Mann sitzt nebenan in seinem Büro. Die kleine Quarantänestation hat eine große Sichtscheibe direkt an seinem Schreibtisch. Er hat beste Sicht auf den Monitor und jede Bewegung, die das Kätzchen macht, ohne dass seine Anwesenheit im selben Raum es stressen würde. Das Glas ist mit einer mattierten Spezialfolie bezogen und nur in eine Richtung durchsichtig, wie in diesen Verhörräumen im Film. Clevere High-Tech.

Sämtliche Verbindungstüren von der Küche bis zum Wartezimmer stehen offen, damit Lilly-May sich nicht ängstigt, falls sie aufwacht.

»Oh, Lollipop.« Ich halte die Luft an, schließe die Augen, atme stoßweise aus.

Wenn die Katze stirbt, ziehen wir zu Granny, beschließe ich. Es würde Wasser auf die Mühlen meiner Mutter bedeuten, die uns liebend gern unter ihre Fittiche nähme. Liebende Fittiche zwar, aber schon bei der Vorstellung, auch nur vorübergehend in Santa Clarita zu stranden, spüre ich die Panik, darunter zu ersticken. Das ist nicht mein Weg.

Es muss doch mal gut sein. Das ist nicht gesund. Meine Wunden habe ich mir lang genug geleckt. Die Therapie ist abgeschlossen.

»Also, abgemacht: Wenn du willst, dass wir bleiben, dann gib dir Mühe mit uns, Kalifornien«, murmle ich vor mich hin und schiebe das Handy beiseite.

Nach vorn sehen. Positiv denken.

Die Maschine signalisiert röhrend und röchelnd, dass der Kaffee fertig ist. Ich könnte auch einen gebrauchen.

Gerade als ich die Kanne herausziehe, klopft hinter mir jemand ans Küchenfenster. Um ein Haar lasse ich sie fallen.

Ich fahre herum.

Draußen steht eine Frau mit einem Gesicht wie ein Renaissancegemälde – nur, dass die europäischen Maler eher selten eine blauäugige Venus mit afroamerikanischen Wurzeln porträtiert haben dürften.

»Heather«, japse ich.

»Hey, Süße!« Sie winkt fröhlich. »Hat hier jemand ein Taxi ins Nandana Ranch Resort bestellt?«, ruft sie durch die Scheibe, und schon steckt sie mich mit ihrem Lachen an.

River hat das Geräusch offenbar auch gehört. Er betritt die Küche genau in dem Moment, als Heather über die Holzdielen der Veranda poltert und die Tür aufreißt. Ein hölzernes Windspiel klimpert wild und unterstreicht ihren bühnenmäßigen Auftritt. Das hat sie also immer noch drauf.

Ich breite grinsend die Arme aus, aber zu meinem Erstaunen fegt sie an mir vorbei und umarmt River.

»Schöne Männer zuerst!«

Ich schüttle nachsichtig mit dem Kopf. »Ts, ts, ts.«

Die beiden sind tatsächlich nahezu gleich groß. Ich habe glatt vergessen, wie unglaublich lang Heathers Beine sind. Nicht mal diese ausgeleierten Jogginghosen und das offen herumflatternde Baumwollhemd können das kaschieren.

»Außerdem gilt: Alter vor Schönheit«, quietscht sie und duckt sich weg, weil River ihr den Cowboyhut vom Kopf schubsen will.

»Ihr kennt euch?«, frage ich erstaunt und ein bisschen kurzatmig. Denn jetzt bin ich an der Reihe, stürmisch gedrückt zu werden.

»Seit ich hier wohne«, erklärt sie gut gelaunt. »Allerdings hat mich der heißeste Junggeselle des Valleys noch nie allein mit in seine Küche genommen.«

»Das stimmt doch gar nicht«, widerspricht River, und ich stelle erstaunt fest, dass seine Ohrläppchen rot anlaufen.

»Was jetzt genau?«, neckt ihn Heather munter weiter. »Das mit der Küche oder das mit dem Junggesellen?«

»Beides«, knurrt er.

Sie tut unschuldig. »Aber du *bist* doch Junggeselle?«

Inzwischen sind seine kompletten Ohrmuscheln tiefrot.

»Lass ihn«, springe ich ihm bei. »Deine Zunge ist immer noch so spitz, wie deine Beine lang sind.«

»Das ist nur der Neid. Aber dir gönn ich ihn. Biiiittte, Dawn, nimm ihn vom Markt, damit endlich Ruhe ist im Tal.« Sie grinst schelmisch von mir zu ihm.

River seufzt, und ich verdrehe die Augen. Kurz lächeln wir uns an und sehen dann schnell wieder woanders hin.

Heather klatscht in die Hände. »Fein. Und nachdem wir das geklärt haben – wo ist mein Goldstück?« Sie wendet sich an River. »Lilly-May ist der einzige Grund – neben ihrer bezaubernden Mutter natürlich –, dass ich es in meinem vorigen Leben und diesem Moloch von einer Stadt überhaupt so lange ausgehalten habe!« Sie lacht wieder ihr umwerfendes Lachen.

Ich weiß nicht, wie vielen Mädchen in der Agentur ich auszureden versucht habe, sich die Zähne zu bleichen. Heather ist mit diesem Weiß von Natur aus gesegnet. Niemals würde ich es wagen, sie auf ihr Äußeres zu reduzieren. Ich bewundere sie für ihren scharfen Intellekt, ihren schlagfertigen Humor und tausend andere Dinge. Aber zusammen mit ihrem dunklen

Teint, den eigenwilligen krausen Haaren und diesen unglaublich blauen Augen verleiht es ihr diese sehr besondere, einzigartige, geheimnisvolle Ausstrahlung, die ich in meiner ganzen Karriere nie wieder bei einem Model oder einer Schauspielerin entdeckt habe. Und ich habe viele gesehen in meiner Zeit als Talentscout, Bookerin und Fotografin – Berufskrankheit also. On Scene und off screen – sie hatte es einfach.

Heather folgt Rivers Fingerzeig und stürmt mit wehenden Hemdschößen in Richtung Wartezimmer.

Gebannt sehen wir ihr beide nach, und ich korrigiere mich: Sie hat es immer noch. Das Business lag ihr zu Füßen. Ich habe bis heute nicht ganz verstanden, wieso sie alles hingeworfen hat.

»Eine Urgewalt«, sagt River schmunzelnd.

»Ja, das ist sie.« Ich nicke verhalten lächelnd. »Immer schon.«

Wieder ist da diese Schüchternheit zwischen uns – und gleichzeitig eine Art seltsame … Verbundenheit, die irgendwie dennoch beklemmend ist. Ich streiche mir über die Arme und sehe mich im Raum um.

River räuspert sich. »Ja, also … ich sollte wieder nach Blue sehen.«

Ich nicke. »Ja. natürlich. Ich, äh … ich schaue besser mal nach, dass nichts im Wartezimmer liegen bleibt.«

»Nicht nötig, hab alles!«, kräht uns Heather entgegen.

Lilly-May hängt strahlend auf ihrem Rücken. In der Hand hat sie zwei Zeichnungen.

»Da war nur so ein herrenloses, künstlerisch hochbegabtes Feengeschöpf, das nehmen wir mit, oder? Und eine schicke Jacke, die habe ich mir auch geklaut.« Heather dreht sich kokettierend einmal um die eigene Achse.

Lilly-May kichert.

»Fehlt sonst noch was?«

»Ich muss Blue noch Tschüs sagen.« Lilly-May macht Anstalten, von Heathers Rücken herunterzuklettern.

»Große, Blue schläft schon. Komm lieber morgen vorbei«, schlägt River vor und ergänzt mit Seitenblick zu mir. »Oder wann immer es deiner Mom passt. Okay?«

# Kapitel 20

*River*

Ich bleibe in der geöffneten Küchentür stehen und sehe Heathers Kombi nach, bis die roten Rücklichter von der Nacht verschluckt werden. Ein Nachtfalter arbeitet sich flügelraschelnd am Fliegengitter ab und versucht hereinzugelangen. Behutsam schiebe ich mich an ihm vorbei und lösche das Licht.

Es sind nicht Heathers tiefblaue Augen, die auf beunruhigende Weise in mir nachhallen, sondern die grüngrauen von Dawn. Ihr angespanntes Gesicht habe ich vor mir, als ich die Augen schließe, ihren Duft nach Sonnenmilch, Kaffee und ein wenig Straßenstaub habe ich in der Nase, ihr kehliges Lachen im Ohr. Es ist eine Weile her, dass mir eine Frau auf diese Weise aufgefallen ist. Und natürlich ist es jetzt jemand auf der Durchreise, verheiratet, mit Kind.

Nachdenklich kehre ich in den Quarantäneraum zurück und zwinge mich, Dawn und ihre Tochter auszublenden. Fokus auf das angefahrene Katzenmädchen, River!

Die Daten auf dem kleinen Monitor der Sauerstoffbox sehen gut aus. Blue kauert nicht mehr im Katzenklo, sondern hat sich etwas entspannter auf die Decke daneben gelegt. Sie schläft. Die Atemfrequenz ist ruhiger und vor allem gleichmäßig, die Infusion läuft, wie sie soll. Ihre Ohren und die Schnurrhaare zucken, und sie macht Schmatzgeräusche. Blue träumt. Wo wohl ihre Geschwisterchen sind – und ihre Mutter?

Sie ist nicht gechipt, aber besonders verwahrlost wirkt sie auch nicht. Ich werde mal beim Deputy durchklingeln, ob jemand eine junge Katze als vermisst gemeldet hat. Aber ich weiß jetzt schon, wie die Antwort ausfallen wird. »Du wärst doch der Erste, der von so was erfährt, River.«

Seufzend überprüfe ich die Sauerstoffzufuhr. Alles in Ordnung.

»Mach so weiter, Kleine«, raune ich ihr zu. »Ich bin genauso wenig scharf drauf, dir noch mal Luft aus dem Brustraum abzuziehen, also schön atmen. Du schaffst das. Morgen früh kümmern wir uns um alles Weitere. Und dann finden wir jemanden, der dich wieder aufpäppelt – und dir im Idealfall ein Zuhause auf Dauer gibt.«

Joe würde sich vermutlich im Grab umdrehen, wenn ich schon wieder Marge um Hilfe bitte. Nein, wahrscheinlicher ist, dass er es gut finden würde: Ablenkung, Beschäftigung. Das haben Menschen und Tiere gemeinsam – beide brauchen Aufgaben. Von wem habe ich das schließlich gelernt?

Gähnend räume ich die Couch für eine weitere Nacht in Alarmbereitschaft frei. Die Fachzeitschriften wandern auf den Fußboden, genau wie der Roman, den ich schon vor Monaten begonnen und nur absatzweise weitergelesen habe.

Dann schlurfe ich ins Bad. »Bin gleich wieder da.«

Habe ich mich gerade allen Ernstes bei einer schlafenden Katze abgemeldet?

# Kapitel 21

*Dawn*

»Wo findet man denn so was Schönes?«, frage ich flüsternd.

Ich bin ganz verliebt in Heathers Tafelservice. Es scheint ein Unikat zu sein. Jeder Teller ist geringfügig anders dekoriert und bemalt. Bewundernd streiche ich über die feinen Verzierungen: dezente Arrangements aus Rosmarinzweigen und Olivenblättern am unteren Tellerrand. Das Werk einer Künstlerin.

»Ja, wunderbar, oder? Hat eine Freundin von mir gemacht. Du wirst sie sicher bald kennenlernen. June macht das schönste Geschirr hier im County – ach, was sag ich, in ganz Kalifornien, schätze ich. Und spülmaschinenfest ist es auch noch.«

»Wirklich tolle Arbeit.« Behutsam brause ich eine ovale Schale in der Spüle ab.

Lilly-May bekommt schon nicht mehr mit, wie wir geschirrklappernd die Reste des kleinen Festmahls aufräumen, das Heather für uns gezaubert hat. Meine Tochter hat sich auf dem Küchensofa zusammengerollt und ist dort eingeschlafen.

»Und wenn du mir jetzt noch das Rezept verrätst …«, frage ich beiläufig und fülle übrig gebliebene Nudeln in eine Tupperschüssel, während Heather das Geschirr in die Spülmaschine räumt.

Erstaunt hebt sie den Kopf. »Das ist doch einfach nur eine schnelle Mitternachts-Pasta gewesen. Tomaten, Kräuter, Kapern, Knoblauch, fertig.«

Ich schmunzle. »Ja, aber *welche* Kräuter? Und das waren doch auch nicht nur frische Tomaten und Kapern, oder?«

»Ich kann es dir verraten, aber dann muss ich dich leider töten.« Sie grinst breit. »Na gut, weil du's bist. Ich werfe immer noch eine Handvoll getrocknete Tomaten zusammen mit dem Knofi ins heiße Öl. Das habe ich mir von Raffaele abgeguckt.«

»Pah, der hat dir bestimmt nicht mit dem Tod gedroht!«

»Ich hab's selbst herausgefunden – okay – und ihn mit ehelichem Beischlaf bestochen.« Sie zwinkert mir zu. »Das eigentliche Geheimnis ist der frische Koriander zum Basilikum. Ganz am Schluss, das ist wichtig. Manche hassen ihn, ich könnte ihn prinzipiell zu allem essen – außer vielleicht zu Sahnetorte und Tiramisu. Apropos, das hätte ich fast vergessen. Nachtisch?«

Verzweifelt halte ich mir den Bauch. »Da passt nichts mehr rein.«

»Das rutscht nach und setzt sich in die Lücken.«

»Ich kann dir genau sagen, in welche Lücken das rutscht. Ich war seit Monaten nicht mehr beim Sport.« Seufzend knete ich meine Speckröllchen. »Das muss dringend anders werden.«

Heather lacht. »Dann nehme ich dich morgen früh direkt mit zur Yoga-Stunde, das wird dir guttun. Aber jetzt wird gelebt.«

Sie zaubert zwei Schälchen Dessert aus dem Kühlschrank und eine Flasche Weißwein dazu.

»Moment mal, ist dein Workshop etwa noch nicht zu Ende?«

Spitzbübisch lächelnd stellt sie den Wein ab und hebt die Hände zu einem Namasté-Gruß vor ihre Brust. »Du hättest es fertiggebracht, deine Ankunft nur noch weiter rauszuschieben, wenn ich es dir erzählt hätte. Der Kurs geht bis übermorgen, und ich habe angekündigt, dass du eventuell noch auf halber Strecke dazustößt. Du bist allen hier herzlich willkommen.«

»Aber ich habe noch nie Yoga gemacht!«

»Jede hat mal angefangen. Wir haben hier alle Zeit der Welt, und ich könnte Privatstunden organisieren – zufällig kenne ich die Lehrerin«, sagt Heather augenzwinkernd und entkorkt die Flasche. »Und da es ein *Yoga, Wine and Dine*-Seminar ist, mache ich mir erst recht keine Sorgen. Zwei von drei Dingen klappen ja schon sehr gut. Halt mal bitte.« Sie streckt mir die Gläser hin und füllt sie. »Nachdem du dich nach Schulen erkundigt hast, nehme ich an, dass du nicht vorhast, gleich nach dem Sommer wieder abzureisen, richtig?«

»Ja, ich … Himmel – aber du brauchst keine Angst zu haben, dass wir uns hier einnisten. Ich suche uns eine Wohnung, so schnell ich kann. Ich werde dir auch Miete zahlen – nein, keine Widerrede! Ich brauche nur zuerst einen Job. Übermorgen habe ich ein Bewerbungsgespräch in einer Werbeagentur in Monterey, die waren am Telefon ziemlich begeistert von mir und hatten eher Sorge, ob ich nicht überqualifiziert sei. Mit ein bisschen Glück kann ich nächste Woche schon dort anfangen. Der Van hat leider mein Konto ziemlich leergefressen. Aber wir werden dir nicht auf die Nerven fallen oder im Weg herumstehen. Sag einfach, womit ich dir helfen kann, dann …«

Sie legt mir eine Hand auf den Arm und lächelt beruhigend. »Komm doch erst mal an, Dawn. Ihr seid hier willkommen! Raffaele und ich freuen uns, dass ihr da seid. *Ich* freue mich! Auf euch beide! Wir haben uns viel zu lange nicht gesehen. Es ist alles gut. Atme!«

Nicht zum ersten Mal meine ich, direkt in das sanfte Tiefseeblau ihrer Augen zu kippen, und schlucke mühsam einen Kloß in der Kehle hinunter.

»Danke«, stammle ich und blinzle die Feuchtigkeit hinter meinen Lidern fort. »Äh … wo steckt Raffaele eigentlich? Es … es ist doch alles okay zwischen euch, oder? Oder bin ich jetzt womöglich in den fettesten aller Fettnäpfe getreten?« Ich verziehe das Gesicht.

»Alles bestens.« Heather scheint sich über irgendwas zu amüsieren. Ihre Mundwinkel zucken leicht. »Er hat geschäftlich in Oregon zu tun – das ist die offizielle Version. Bei meinen Workshops habe ich gern meine Ruhe. In drei Tagen kommt er zurück. Wir haben sturmfreie Bude. Also – wenn wir die anderen Gäste außen vor lassen … Aber die liegen schon längst in den Kojen.«

Ich ziehe verdutzt die Augenbrauen in die Höhe. »Du hast noch mehr Besuch? Ich dachte, die geparkten Autos wären … Hör mal, wenn wir stören, dann …«

»Die Yoga-Damen«, erinnert sie mich gut gelaunt. »Du bist schon ziemlich müde, oder? Sie sind meine Feriengäste. Alles gut! Darum steht das Gästehaus ja hier. Wir haben inzwischen drei davon. Zwei Jahre nach der Hochzeit habe ich mich damit selbstständig gemacht: Yoga, Wine and Dine – das sind die Säulen des Nandana Ranch Resorts. Raffaele kümmert sich um die Logistik, die Buchhaltung und die Weine – und ich mich um die Kurse und Retreats. Was soll ich sagen? Es läuft super. Ich war noch nie so glücklich.« Sie hält mir ein halb volles Weißweinglas hin. »Probier mal, das ist unser Hauswein.«

Ich schnuppere verzückt und lasse die goldgelbe Flüssigkeit ein wenig kreisen. »Chardonnay, oder?«

Sie nickt. »Und was für einer! Das Klima hier ist fantastisch für die Reben. Raffaele sagt, nicht mal in Italien ist der Boden so fruchtbar, die Sonne so freundlich und sind die Winde so mild.«

Ich lächle. »Das klingt irgendwie abgelesen.«

Heather nippt an ihrem Glas und grinst. »Ist unser Werbespruch. Er ist megastolz drauf.«

»Dieses Retreat-Dingens steht dir. Du bist immer noch die schönste Frau, die ich kenne«, rutscht es mir heraus. »Und du hast keine Ahnung, wie sehr ich dich vermisst habe.«

»Ooooh, ich dich auch, Hase.« Heathers Augen glitzern.

Noch einmal schließen wir einander fest in die Arme.

»Bleib, so lange du willst, okay? Ich möchte, dass du hier zur Ruhe kommst und dir Zeit für dich nimmst. Lass es langsam angehen mit einem neuen Job. Komm erst mal bei dir selbst an. Mi casa es tu casa.«

»Danke.«

Sie zögert. »Weißt du, was der Name Raffaele bedeutet?«

Ich schüttle den Kopf.

»Gott heilt«, sagt sie ernst. »Der Mann war meine Rettung. Ich wünsche dir, dass du auch Heilung finden wirst. Hier ist ein guter Ort dafür, weißt du?«

Ich nicke nachdenklich.

»So, genug davon.« Sie deutet mit dem Kinn nach draußen. »Komm mit, essen wir unseren Nachtisch auf der Veranda. Dort wecken wir Lilly-May nicht. Außerdem interessiert mich brennend, was du von unserem Katzendoktor hältst. Und das ist eher nichts für Kinderohren.«

»Du bist unmöglich, Heather Ramirez Santoro!«

»Na, das will ich doch schwer hoffen! Ich habe einen Ruf zu verlieren!«

Als wären die Monate und Jahre dazwischen nur ein Wimpernschlag gewesen, stellt sich sofort wieder diese innige Verbindung zwischen uns ein. Vielleicht ist es der buttrige goldgelbe Wein, der mir die Zunge löst, das Zirpen der Grillen oder die Glühwürmchen am Waldrand. Vielleicht ist es Heathers einmaliges Talent im Zuhören und Räumeschaffen. Oder ist einfach die Zeit dafür reif?

Vermutlich alles zusammen.

Jedenfalls sprudle ich los wie ein Wasserfall. Alles kommt noch einmal hoch, manches zum ersten Mal. Dinge, die ich bisher nie aussprechen konnte, weil sie immer noch so schrecklich schwer wiegen. Heather schweigt, nimmt mich in den Arm, fragt vorsichtig nach, ohne zu drängen, und ist da. Einfach nur da, mit offenen Armen und einem noch offeneren Herzen.

»Keine Mutter sollte jemals so etwas erleben müssen«, sagt sie leise. »Ich bewundere dich für deine Kraft und den Mut, diesen Neuanfang durchzuziehen, und das meine ich verdammt ernst. Du bist eine Löwin, Dawn. Ich bin so stolz und froh, deine Freundin zu sein.«

Ich hebe unsicher die Schultern. Eine Träne kullert auf mein Shirt. »Ach, na ja, weißt du … Wenn man sich zu lange die Wunden leckt, schließen sie sich nie, im Gegenteil. Die Haut wird nur immer dünner und dünner.«

»Verstehe«, sagt Heather sanft, beugt sich vor und reicht mir ein Taschentuch aus einer Box, die unterm Tisch stand. »Aber weißt du was? Mir hat mal eine kluge Frau etwas gesagt, das mich sehr geprägt hat.«

»Und das wäre?«, frage ich und putze mir die Nase.

»Der erste Schritt ist der schwerste, und den hast du bereits hinter dir. Sonst wärst du jetzt nicht hier.«

Ich muss gleichzeitig lachen und weinen, denn den Satz habe *ich* ihr gesagt, vor vielen Jahren, als sie völlig neben sich in der Agentur stand.

Wir denken offenbar beide an dieselbe Szene vor so langer Zeit.

»Keine Mappe, keine Fotos, keine Referenzen.« Heather

schlägt in gespielter Verzweiflung die Hände über dem Kopf zusammen.

»Und keine Ahnung, was das ist oder wie man sich in einer Bookingagentur bewirbt«, beende ich meinen Satz von damals. »Aber Selbstbewusstsein hast du, das muss man dir lassen.«

Als diese legendären Worte fielen, saß Heather als Häufchen Elend auf meiner Designercouch und tropfte heiße Tränen ins Velours.

*»Lady, ich habe keinen Schimmer, wovon Sie sprechen. Ich bin wegen eines Jobs hier. Irgendeines Jobs, hören Sie? Ich mache alles. Putzen, waschen, einkaufen. Ich weiß nicht, was für eine Mappe Sie brauchen, aber ich kann sie besorgen. Auf dem Weg hierher bin ich an einer Mall vorbeigekommen. Da haben die bestimmt so was. Pappe oder Plastik?«*

*»Wie bitte?«*

*»Pappe oder Plastik?«, wiederholt sie geduldig. »Diese Mappe. Und wie groß soll sie sein? Gibt es da Vorgaben? Reiche ich nach. Kein Problem. Daran lassen Sie es nicht scheitern, oder? Bitte, darf ich gleich noch mal wiederkommen?«*

*Verblüfft starre ich sie an. »Du hast tatsächlich keine Ahnung, was das ist oder wie man sich in einer Bookingagentur bewirbt, oder?«*

*Sie schüttelt den Kopf. »Das ist meine erste Bewerbung in der Stadt. Zu Hause kannte ich alle. Das ging per Handschlag, wenn ich irgendwo ausgeholfen habe.« Ihre Augen schwimmen. »Ich hätte nie mit Matt hierherkommen dürfen. Dad hatte recht, was diesen Mistkerl betrifft. Matt wollte, dass ich … Er hat … Da waren Männer im Hotel … Drei! Ich war so himmelnaiv!« Unwillig wendet sie den Blick zum Fenster und beißt in ihre Faust, bis ihr Kinn nicht mehr zittert. »Entschuldigung.«*

*Mit bebenden Fingern klappt sie einen zerfledderten Geldbeutel auf und fischt ein Plastikkärtchen heraus. Ihre Hände sind rau, die Fingernägel eingerissen und gesplittert.*

*»Hier ist mein Führerschein. Ich habe ihn seit vier Jahren und nie einen Unfall gebaut. Kommen Sie mit raus – an meinem Wagen ist keine einzige Schramme. Ich bin eine gute Fahrerin. Ich spreche fließend Spanisch und Englisch, und ich lerne schnell. Alles, was ich brauche, ist eine Chance. Der Typ im Trailerpark lässt mich nicht einziehen, wenn ich keinen Job nachweisen kann. Bitte!«*

*Ich werfe einen flüchtigen Blick auf die Lizenz. Sie stammt aus Arkansas. Das erklärt einiges. Vor mir sitzt nicht das erste gut aussehende Mädchen vom Land, das auf eins dieser Arschlöcher reingefallen ist, die ihrer Freundin die große Liebe versichern, um sie dann in Hotels und Casinos an schmierige, reiche Fettbäuche zu »vermieten«. Ich möchte sie einfach nur in den Arm nehmen und ihrem sogenannten Freund in die Kronjuwelen treten.*

*»Wieso gehst du nicht wieder zurück?«*

*»Zu meinen Eltern?« Sie reißt entsetzt die Augen auf. »Was soll ich denn meinem Dad sagen – und meiner Mom? Ich komme aus einer Kleinstadt, Lady. Die Leute werden reden, wenn ich …« Sie bricht ab.*

*»Wie heißt du?«*

*»Heather. Heather Ramirez.«*

*»Hallo, Heather. Bitte hör auf, mich mit ›Lady‹ anzureden. Wenn ich das richtig sehe, bin ich gerade mal vier Jahre älter als du. Ich heiße Dawn. Mit deinem Führerscheinfoto kann ich leider nichts anfangen. Ich brauche eine Sedcard, wenn ich dir Jobs verschaffen soll. Hast du keine Fotos mitgebracht?«*

*Zunehmend verzweifelt sieht sie mich an. Wieder fließen dicke Tränen, tropfen über ihr Gesicht, und ich muss mich wirklich beherrschen, sie nicht mit offenem Mund anzustarren. Ich mache diesen Job bei Screen Bookers schon zwei Jahre. Jeden Tag habe ich mit Models und Schauspielern aller Ethnizitäten zu tun. Aber noch nie habe ich einen dunkelhäutigen Menschen mit derart blauen Augen gesehen. Okay, sie sind gerötet und aufgequollen vom Weinen, und darunter liegen tiefe Schatten. Ihre Wangen sind ein bisschen hohl, die Figur eine Spur zu knochig. Doch da ist nichts, was eine vernünftige Maniküre, ein paar Nächte guter Schlaf, etwas Anständiges zu essen und vor allem andere Klamotten als dieser Glitzerfummel und der unmögliche Walmart-Jeansrock nicht ganz schnell hinbiegen könnten. Ihr Gesicht ist perfekt geschnitten. Magisch! Sie wäre ideal für die Kampagne, an der ich grade dran bin. Ich muss sie Harry vorstellen, so schnell es geht.*

*»Wozu denn Fotos? Ich bin doch hier!«, reißt sie mich aus meinen Gedanken.*

*»Keine Mappe, keine Fotos, keine Referenzen.« Ich ziehe die Augenbrauen hoch. Meine Mundwinkel zucken. »Aber Selbstbewusstsein hast du, das muss man dir lassen.« Mit einem Stoßseufzer atme ich aus und schnappe mir meine Handtasche. »Los, komm mit!«*

*»Wohin?«*

*»Wir gehen einkaufen.«*

*»Heißt das, ich habe den Job? Wo soll ich Sie hinfahren?«*

*»Was? Wieso fahren?«*

*Sie fummelt eine aus der Zeitung gerissene Anzeige aus ihrer Rocktasche. »Na, Sie suchen doch eine Fahrerin, oder etwa nicht?«*

*Ich stutze. Lese die Annonce. Gucke Heather an. Dann breche ich in Gelächter aus. Es dauert eine Schrecksekunde oder auch zwei, bis ich mich wieder unter Kontrolle habe. »Tut mir leid, Heather. Sei mir bitte nicht böse. Das ist das großartigste Missverständnis ever. Nein, das ist Schicksal! Es ist definitiv Schick-*

*sal! Heute ist dein Glückstag. Vergiss den Fahrjob, die Zeitung ist mindestens eine Woche alt. Hat dir noch nie jemand gesagt, dass du ein Cover-Gesicht hast?«*

*Sie zieht die Augenbrauen zusammen. »Oh doch! Matt hat das! Er meinte, ich wäre* Showgirl-Material. *Hören Sie, wenn das hier in dieselbe Richtung …« Sie springt auf.*

*»Material?! Heather. Um Gottes willen, nein! Ich rede nicht von dieser Art Model. Du gehörst auf die Titelseite der* Vogue, Cosmopolitan, Elle, Harper's Bazaar! *Ich kann dir nicht vorhersagen,* wann *dein Durchbruch kommt. Aber ich weiß,* dass *er kommen wird – wenn du das überhaupt möchtest und mir vertraust. Ich bin Casting-Agentin, ich kann dir Fotojobs verschaffen, Heather. Werbung. Vielleicht auch fürs Fernsehen. Seriöse Jobs, auf die du auch in Jahren noch stolz sein kannst und die du nicht in deiner Vita verstecken musst. Wir haben eine Dependance in L.A. – warum nicht? Aber eins nach dem anderen. Jetzt würde ich dir wirklich gern etwas zum Anziehen und ein bisschen Make-up kaufen. Und wenn du dich ausgeschlafen hast, buche ich dir einen Termin bei unserem Hausfotografen. Harry ist fantastisch. Oder – wenn dir das lieber ist, dann kann auch ich die Fotos machen. Bitte, sag Ja! Weißt du, wo du heute übernachten kannst?«*

*Sie hebt zögernd die Schultern.*

*»Kein Problem. Du kannst bei mir schlafen. Ich habe eine Couch. Die steht im Gästezimmer. Und das hat einen Schlüssel. Nur ein Angebot. Wäre das okay?«*

*Sie nickt.*

*»Schön!« Wir lächeln uns an. »Hast du Fragen?«*

*Sie nickt wieder. »Ich müsste mal ins Bad.«*

Wir lachen Tränen bei der Erinnerung an unser Kennenlernen. Eigentlich lache und weine ich gleichzeitig.

»Und jetzt wohnst du in Carmel Valley und hast Prada, Vuitton und Gucci wieder gegen Schlabberhosen getauscht.«

»Sag nichts gegen meine Pluderhosen. Die waren etwas teurer als die Joggingteile von Walmart damals.«

»Sie stehen dir auch besser. Aber du kannst eh alles tragen.«

»Ach, Dawn. Wie andere mich sehen, war mir nie wichtig. Du weißt das. Ich möchte inspirieren durch das, was ich tue, nicht durch das, was ich anhabe – oder *nicht* anhabe.«

»Und genau das liebe ich so an dir – und erzähle es all den jungen Frauen, die sich in der Agentur bewerben … Habe es erzählt«, korrigiere ich mich und nehme schnell einen Schluck Wein, weil sofort dieser Kloß wieder da ist.

»Bereust du, dass du gekündigt hast?«

Ich schüttle den Kopf. »Kein bisschen. Es ist höchste Zeit für was Neues. Wenn du das kannst, dann kann ich es auch. Hoffe ich jedenfalls. Ich bin gespannt auf diese kleine Werbeagentur. Da komme ich endlich auch wieder zum Fotografieren – und werde vor allem wieder mehr Zeit für Lilly-May haben.«

»Und für dich!« Heather sieht mich ernst an. »Ich bin dir unendlich dankbar für alles, was du für mich getan hast. Wer weiß, wo ich ohne dich gelandet wäre.«

Ich winke ab. »Genauso auf den Füßen wie ohne mich.«

»Stell dein Licht nicht unter den Scheffel, Dawn. Du bist die beste Agentin – und Freundin –, die ich mir je wünschen konnte. Und ich bin dem Universum sehr dankbar, dass ich dir endlich ein kleines bisschen zurückgeben kann.«

Ich beuge mich vor und drücke ihr einen spontanen Kuss auf die Wange. Sie hält mich ganz fest. Prompt fange ich wieder an zu heulen.

»Ich hätte viel früher hierherkommen sollen«, schniefe ich. »Es tut mir so leid. Mit dem Geld, das ich in all den Therapien gelassen habe, hätte ich eine Luxus-Weltreise zusammen mit dir machen können.«

Heather schiebt mich ein Stück von sich und nickt. »Allerdings, und *das* sollte dir wirklich leidtun!«

# Kapitel 22

*River*

Blue hat die Nacht gut überstanden. Die Luft in ihrem kleinen Körper scheint sich erheblich verringert zu haben.

»Zur Sicherheit werden wir dich nachröntgen«, erkläre ich dem Kätzchen. »Aber so, wie sich das anhört, muss ich nicht noch mal punktieren. Auf jeden Fall kannst du schon mal in eine normale Stationsbox umziehen. Und es gibt Frühstück. Was hältst du davon?« Erleichtert lege ich das Stethoskop beiseite. »Na, dann bereiten wir mal alles andere vor.«

Das Kätzchen faucht mich energisch an, als ich es hochhebe, um es zu wiegen. Gutes Zeichen. Sein Herz schlägt kräftig gegen meine Hand, und die Krallen funktionieren auch perfekt.

»Racker«, knirsche ich zwischen meinen Zähnen hervor und wische mit Desinfektionsmittel über den blutenden Handrücken, nachdem ich Blue in ihre neue Box gesetzt habe.

Cathy kommt gegen acht rüber. Ich hatte sie in der Nacht noch angefunkt und gebeten, ein wenig früher da zu sein. Die mittlere Tochter der Deli-Besitzerin unterstützt mich während der Sommerferien zwei- bis dreimal pro Woche in der Kleintiersprechstunde oder wenn Operationen anstehen. Sie finanziert damit den Sprit und die ständigen Reparaturen für ihren Roller.

Um Blue im wachen Zustand noch einmal zu röntgen und die Wunde an ihrem Hinterbein neu zu verbinden, sind vier Hände und Augen unbedingt notwendig. Die OP für den Bruch plane ich für den darauffolgenden Tag ein. Es wird nicht ohne Fixateur abgehen.

»Und wir haben immer noch kein Zuhause für dich.«

Mein Handy klingelt. Einen Moment lang beschleunigt sich mein Puls. Dann erkenne ich Marges Foto auf dem Display und schmunzle über mich selbst. Worauf hatte ich denn gehofft?

»Hi, Marge.« Ich betrachte die kleine Katze, die beim Versuch, sich den Straßenstaub von der dürren Brust zu lecken, halb im Katzenklo umkippt und daraufhin ihr verletztes Bein anfaucht.

»So gut gelaunt am frühen Morgen?«

»Sehr gut sogar«, antworte ich, klemme mir das Mobilteil zwischen Schulter und Ohr und ziehe eine neue Dosis Schmerzmittel auf. »Was kann ich für dich tun?«

»Nun, Claire hat mich angerufen und gefragt, wo …«

»Die Seife! Herrje, tut mir leid, Marge. Das ist komplett untergegangen gestern. Ich fahre gleich heute Mittag runter und erledige das. Brauchst du noch irgendwas aus dem Ort, wenn ich schon dort bin?«

Ich höre sie glucksen. »Hast du tatsächlich vor, mich dumm sterben zu lassen? Das kannst du nicht machen, River! Jetzt habe ich die Wette gegen Liz verloren. Seit wann geht das schon?«

»Was meinst du?«

»Schon gut, du musst nicht drüber reden.« Sie kichert. »Liz hat erzählt, dass sie auf ihrer Hunderunde gesehen hat, wie du – ich zitiere – mit einer teuer gekleideten, langbeinigen Schönheit und ihrer Tochter im Haus verschwunden bist. Zu sehr später Stunde. Und dass die Dame Gepäck dabeihatte.«

»Ungewöhnlich viel Gepäck«, ertönt eine zweite weibliche Stimme.

Ich verdrehe die Augen. »Das war eine Patientin, Marge. Sag Liz, sie soll sich eine neue Brille kaufen. Damit hätte sie bemerkt, dass der Koffer in Wirklichkeit mein faltbarer Notfalltransportkorb war. Und vielleicht sogar noch den Tropf erkannt, an dem eine angefahrene Katze hing.«

»Ha!« Marges Triumphschrei gilt Liz. »Gewonnen! Ich habe dir gleich gesagt, dass ich es vor dir wüsste, wenn da was wäre.«

»Um was habt ihr gewettet?«

»Sie muss mich zum Essen einladen, und ich darf das Restaurant wählen. Das wird teuer, meine Liebe.«

»Pah«, ruft Liz im Hintergrund. »Grüß mir den Jungen! Er soll sich mal ranhalten, sonst kann ich mir den Tierarzt bald nicht mehr leisten.«

»Hast du mich auf Lautsprecher?«

»Kann ich machen. Moment!«

»Wenn ihr weiter Wetten über mein nicht vorhandenes Liebesleben abschließt, werde ich nie eins haben, Liz. Aus Prinzip!«

»Wenn dir dein Unglück wichtiger ist als eine warme Mahlzeit für zwei alte Frauen, selbst schuld!«

»Nicht mal, wenn du noch ein Doggybag drauflegst!«

»Schon gut. Ich muss dann mal wieder.«

»Hab einen schönen Tag!«, wünscht Marge ihrer Freundin.

Gedämpft höre ich, wie die beiden sich verabschieden.

»Ist sie noch da?«

»Bin schon weg«, höre ich Liz.

»War mir eine Freude, Liz!«

Marge schaltet die Lautsprechfunktion aus.

Eine Tür schlägt zu.

»So, so.« Meine Pflegemutter amüsiert sich immer noch.

»Was hat mich verraten?«, frage ich übergangslos.

»Deine Reaktion. Sonst bleibst du immer gelassen, wenn Liz ihre Nase in Angelegenheiten steckt, die sie nichts angehen. Jetzt erzähl schon, wessen Anruf hast du erwartet?«

»Niemand, wirklich nicht. Sie ist auf der Durchreise, und sie ist nichts für mich.«

»Hat sie das gesagt?«

»Na ja, *du* hast angerufen, nicht sie. Im Ernst, Marge. Sie hat eine angefahrene Katze aufgelesen, und ich kam zufällig dazu. Das ist alles. Ende der Geschichte.«

»Es gibt keine Zufälle, Junge. Nur Chancen, die man nutzt, und solche, die man verstreichen lässt. Es würde dir guttun, dich mal für was anderes zu interessieren als immer nur für deine Arbeit.«

»Es gibt Patienten, die mich brauchen«, kontere ich. »Ich bin deren Chance, und meine Work-Life-Balance ist besser als die von manch anderen Leuten in dieser Familie.«

»Ich treffe mich aber immerhin noch mit Menschen außerhalb von Job und Familie!«

Ich grinse. »Hab dich lieb, Marge. Deine Seife ist so gut wie unterwegs, ich erledige das gleich nach der Sprechstunde. Ach, und …«

»Ja?«

»Du hättest nicht zufällig Zeit, dich um besagtes Kätzchen zu kümmern, falls wir seinen ursprünglichen Dosenöffner nicht finden?«

»Hast du eben ›wir‹ gesagt?«

»Ich häng jetzt auf. Grüß Joe von mir.«

# *Kapitel 23*

*Dawn*

»Achte ganz bewusst auf die Qualität deines Atems. Richte deinen Fokus nach innen. Welche Gefühle nimmst du wahr? Wie ist dein Stand? Bist du geerdet? Spürst du deine Füße auf dem Boden? Sei ganz ruhig, und bleib mit deiner Aufmerksamkeit vollkommen bei dir.« Heathers tiefe Stimme umhüllt meinen Körper wie eine leichte, samtige Decke.

Es fällt mir dennoch schwer, mich komplett auf ihre Yoga-Stunde zu konzentrieren. Zu vieles geht mir im Kopf herum. Wieso nur habe ich mich darauf eingelassen? Sonnenaufgangs-Yoga, noch vor dem ersten Kaffee. Weil sie recht damit hat, dass es mir guttut, etwas für mich zu tun. Und dass ich besser direkt am ersten Tag meines neuen Lebens damit beginne, gute Gewohnheiten zu etablieren.

Ein Teil meines Verstandes möchte die anderen Teilnehmerinnen beobachten. Sich vergleichen. Wenigstens den wunderschönen Sonnenaufgang ansehen. Oder noch besser: zurück ins Bett kriechen, wo Lilly-May ihr leises Kinderschnarchen schnarcht.

Ich bin immer noch hundemüde. Mein Kopf schreit nach Koffein und einer Aspirin. Wenn es hochkommt, habe ich drei Stunden geschlafen.

Konzentration, Dawn! Heraufschauender Hund, herabschauender Hund, wie soll man sich das alles merken? Unter »Sonnengruß« habe ich mir etwas weniger Schweißtreibendes vorgestellt. Und vor allem etwas weniger Peinliches. Ich bin so beweglich wie ein Stück Holz. Runter auf den Boden, dehnen, strecken, verrenken, wieder aufstehen. Ich keuche und beneide Lilly-May.

Es ist mir unangenehm, dass wir nicht den Bus nutzen, sondern in Heathers privatem Gästehaus untergebracht sind. Sie hat mir ein Dutzend Mal versichert, dass es leer steht und selbst dann noch frei bliebe, wenn sie komplett ausgebucht wäre. (Was sie ist, wenn ich mich so umsehe und durchrechne.) Angeblich ist das so, weil sie nach einem Wasserschaden beschlossen hat, es für die Familie vorzuhalten. Es ist wunderschön und die Lage ein Traum! Es steht ein wenig abseits von den Häuschen, in denen die zahlenden Gäste untergebracht sind, etwas dichter am Haupthaus, mit einem fast schon kitschigen Bilderbuch-Blick über die umliegenden Weinberge.

»Du bist Familie, Dawn«, waren ihre Worte, als sie mir gestern vor dem Schlafengehen den Schlüssel in die Hand schob.

Wasser steigt mir in die Augen, ich drücke es blinzelnd weg und versuche, den Anschluss zu finden. Wo sind wir grade?

»Uttanasana«, schnappe ich auf.

Das ist eine dieser Vorbeugen, die wir bereits geübt haben. Minutenlang haben wir am Anfang der Stunde einfach nur mit Stehen und Nach-vorn-Beugen verbracht. Mit runder Wirbelsäule, mit gerader Wirbelsäule, immer schön aus der Hüfte und nicht vom Rücken aus.

Ich spüre den Unterschied nicht einmal.

Ich schiele zu den anderen Frauen neben mir. Ganz selbstverständlich nehmen sie die nächste Position ein. Fließend sieht das bei denen aus, nur bei mir nicht. Hatte Heather nicht gesagt, dies wäre eine Anfängergruppe? Wieso muss eigentlich jeder dieser Bewegungsabläufe auf Sanskrit bezeichnet werden? Ich bemühe mich, entspannt auszuatmen, während ich meine Arme Richtung Boden führe. Bloß nicht die Knie durchdrücken, hat sie gesagt, das blockiert das Becken. Kopf und Oberkörper hängen lassen, locker bleiben, atmen – dass diese Kombination so anstrengend sein kann, hätte ich nie gedacht.

»Die Bewegung folgt dem Atem, nicht umgekehrt«, doziert Heather leise und wandert dabei durch die Reihen, um dezent an Körperteilen herumzubiegen und Haltungen zu korrigieren. Auch hinter mir bleibt sie kurz stehen. »Sehr schön«, lobt sie und geht weiter.

Ich bin mir sicher, dass das nicht stimmt. Anfängerbonus. Meine Oberschenkelrückseiten brennen. Die Frau schräg hinter mir kann ihre Nase förmlich zwischen die Beine stecken, während ich darum kämpfe, in dieser Position überhaupt Luft zu bekommen.

»Uttanasana lehrt uns etwas über Hingabe und Verbissenheit«, erzählt Heather. »Jeder Ausatemzug führt uns tiefer in die Entspannung, in die Zentrierung. Eine Bewegungseinheit nennen wir ›Asana‹. Diese Asana hier ist eine Wohltat, nicht nur bei Rücken- oder Kopfschmerzen. Sie lindert alle Arten von Unterleibsschmerzen und ist wunderbar gegen Stress. Aber es geht nicht in erster Linie um den Körper. Es geht um Achtsamkeit und Geist. Lasst die Schwerkraft wirken, wir wollen nichts erzwingen, lasst euch einfach hängen … Das ist es … Sehr gut macht ihr das. Mit eurem nächsten Einatemzug legt ihr die Hände an die Hüfte und richtet euch langsam, mit geradem Rücken wieder auf.«

Ich pruste wie ein Walross – als Einzige in dem großzügigen, überdachten Pavillon, der nur aus Bambus und Vorhängen und Frauen mit Gummigelenken zu bestehen scheint.

Heather lächelt sanft. Ihre Augen sprühen, als sie mir kurz zuzwinkert und dabei bereits ruhig weiterspricht. »Hebt jetzt die Arme über den Kopf für Urdvha Hastasana, die gestreckte Bergstellung. Stellt euch vor, wie eure Fingerspitzen die Wolken erreichen wollen. Aktiviert die Bauchmuskeln und bringt den Rücken ganz leicht in die Rückbeuge.« Sie macht die Übung vor, aber ihre Augen sind überall. »Mit der Ausatmung senkt ihr die Arme und bringt die Hände in Gebetshaltung vor euer Herz: Tadasana – die Berghaltung. Ein guter Stand ist die ideale Ausrichtung, die Körper und Geist zusammenbringt.« Sie lächelt in die Runde. Ihre Silhouette wird vom Morgenlicht rotgolden umrahmt. Die durchscheinenden Vorhangschals an den Säulen der Bambuskonstruktion bewegen sich sanft in der kühlen Brise. »Namasté, ihr Lieben. Wir sehen uns in einer halben Stunde zum Frühstück. Eure Blöcke und Gurte könnt ihr liegen lassen. Aber vergesst eure Wasserflaschen nicht. Heute Mittag treffen wir uns wieder hier.«

Als hätte sie die Stunde exakt darauf getimt, erreichen genau jetzt die ersten Sonnenstrahlen den Yoga-Raum. Die Frauen strömen fröhlich schnatternd in ihre Unterkünfte. Ich leere erst mal mit einem Zug meine noch halb volle Flasche mit lauwarmem Wasser. Noch so eine Yoga-Sache, die mir vollkommen fremd ist. In meiner Welt gibt es kochend heißen Espresso, abgestandene Cola oder Eiswürfel in Mineralwasser mit reichlich Kohlensäure. Und ausschlafen im Urlaub.

»Ich dachte, Yoga soll entspannend sein«, beschwere ich mich scherzhaft. »Ich muss vor dem Frühstück unbedingt noch mal duschen gehen.«

Lachend hakt sich Heather bei mir ein. Wir verlassen das

Plateau und schlendern nebeneinander die Stufen zum Gästekomplex hinab.

»Ich fand es heute Morgen auch fürchterlich früh. Aber war dieser Sonnenaufgang nicht umwerfend? Hast du die Farben gesehen?«

»Keine Zeit«, knurre ich. »Ich war entweder damit beschäftigt, meine Fußnägel zu fokussieren oder nicht umzukippen.«

Sie kichert. »Das ist auch ein guter Anfang, um wieder in die Balance zu kommen. Sei nicht so verkrampft. Yoga ist kein Wettbewerb, wer sich am besten verrenken kann. Es soll dir helfen runterzukommen, nicht dich noch mehr unter Druck setzen.«

»Tu ich ja gar nicht«, behaupte ich – und klinge dabei selbst in meinen eigenen Ohren wie meine Sechsjährige, wenn ich sie beim Mogeln erwischt habe. Schnell räuspere ich mich. »Du, sag mal … Falls das mit der Werbeagentur nichts wird … Wenn ich hier in der Gegend einen Job suche, wo würde ich am ehesten fündig? Weißt du sonst jemanden, der oder die jemanden wie mich brauchen könnte? Es kann ja auch etwas Artfremdes sein.«

Heather sieht mich mit gerunzelter Stirn an. »Willst du nicht erst mal ankommen und dich ein wenig erholen? Yoga tut dir gut. Lass dich drauf ein. Fällt dir das so schwer – oder beschäftigt dich noch etwas anderes?«

»Na ja.« Ich knispele am Saum meiner Trainingshose herum. »Ich will weder dir auf der Tasche liegen, noch unsere Ersparnisse überstrapazieren, wenn es nicht unbedingt sein muss.«

»Also, darüber mach dir bitte keine Sorgen, okay?« Heather amüsiert sich offenbar über mich.

»Außerdem fällt mir schnell die Decke auf den Kopf, und ich werde unleidlich, wenn ich nichts zu tun habe«, ergänze ich hilflos. »Ich möchte mich irgendwie revanchieren dürfen für deine Gastfreundschaft!«

Jetzt lacht sie. »Ach, daher weht der Wind! *Das* Problem lässt sich leicht lösen. Hier gibt es immer etwas zu tun. Ich versprech's dir. Spätestens, wenn die Weinlese beginnt, komme ich gern darauf zurück, verlass dich drauf!« Sie mustert mich mit hintergründigem Blick. »Aber andererseits auch frühestens dann. Wenn's nach mir geht, dann hast du im Moment nur eins zu tun: Sei für deine Kleine da, schöpft Kraft, erholt euch, alle beide. Damit schenkst du mir eine viel größere Freude, als du dir vorstellen kannst. Mach die Workshops mit, genießt das Essen! Bitte! Die Gruppe reist morgen Abend ab, dann habt ihr das ganze Gelände für euch. Seht euch um, schaut den Wolken zu, und saugt die Schönheit und Energie dieses Tals in euch auf. Brauchst du noch mehr Inspiration? Zähl Schmetterlinge mit Lilly-May, spielt was, schaukelt in der Hängematte, lauft barfuß am Fluss entlang, klettert über Steine, lest ein Buch, badet im Pool.«

»Ja, aber …«

Heather will von meinen Einwänden nichts wissen. »Von mir aus könnt ihr auch durch die Weingärten schlendern und zwischendurch mal in die Hände klatschen, um ein paar Vögel von den Trauben zu verscheuchen. Aber selbst das regeln eigentlich die automatisierten Vogelschreckanlagen.«

Sie ignoriert meine skeptischen Blicke. Ihr Grinsen wird immer breiter, als sie einem hupenden Mini Cooper zuwinkt, der gerade vor dem Bürogebäude einparkt.

Zwei Frauen steigen aus.

»Untersteh dich übrigens, Lindsay oder Rosa ins Handwerk zu pfuschen. Das sind unsere Perlen, die sich um die Sauberkeit der Anlage kümmern. Und damit wir das auch gleich geklärt haben: Die Küche ist mein Revier.«

»Aber Heather …«

»Nix Heather. Jetzt bin ich dran mit Geben, und es wird Zeit, dass du Annehmen lernst. Und Entspannen. Ich helfe dir dabei. Also *lass* dir helfen. Okay?«

»Okay«, sage ich ergeben.

»Wunderbar.« Sie strahlt, und ihre blauen Augen blitzen. »Dann haben wir das ja ein für alle Mal geklärt und können endlich frühstücken gehen. Ich verhungere nämlich. Du auch?«

# Kapitel 24

*River*

»Bye, Mrs. Finch! Und denken Sie dran, Pralinen sind nur was für Frauchen, nicht für Malteser. Das nächste Mal kommt er vielleicht nicht so glimpflich davon.«

Ich schließe die Fliegentür hinter der alten Dame und checke mein Handy, während ich das leere Wartezimmer durchquere. Zwei Anrufe mit unterdrückter Rufnummer, keine Nachricht vom Deputy Sheriff. Ich hatte nicht wirklich damit gerechnet, eher vielleicht gehofft, dass sich Dawn und Lilly-May gemeldet hätten.

Na ja. Sie wohnen bei Heather. Auf dem Weg nach Carmel könnte ich natürlich … Ich hatte Dawn eine Olivenseife versprochen – quasi. Zumindest hat sie nicht Nein gesagt, wir waren eben nur vom Thema abgekommen.

»Spinner«, murmle ich und schüttle den Kopf über mich. »Werd bloß nicht albern.«

Besser, ich versuche etwas über Blues Herkunft herauszufinden. Ich werde noch mal bei den Landbesitzern in der Nähe der Fundstelle nachhaken, auch wenn das eher vergebliche Liebesmüh sein wird. Sollte Blues Mutter eine Farmkatze sein, wird mir niemand sagen können, ob einer ihrer meist gut versteckten

Welpen fehlt. Allerdings sollten die meisten Katzen da draußen inzwischen kastriert sein. Schon seltsam.

Cathy schiebt sich an mir vorbei und setzt im Hinausgehen ihren Helm auf. »Ich bin dann auch weg, Boss.«

Erstaunt blicke ich hoch. »Hast du den Behandlungstisch desinfiziert?«

»Klar! Und alles aufgeräumt, den Müll rausgebracht und die Katze gefüttert.«

»Auch durchgewischt?«

»Mach ich heute Abend. Ist zu heiß.«

»Es sind zweiundzwanzig Grad!«

»Sag ich ja, und es ist noch nicht mal zehn!«

Seufzend stecke ich das Telefon ein. »Kann ich mich drauf verlassen, dass du gegen zwölf noch mal nach unserer Patientin siehst?«

»Ehrensache, Boss. Hab ich schon jemals ein Tier vergessen?«

»Nein, stimmt. Okay. Du weißt ja, wo der Schlüssel ist. Die OP morgen früh hast du auch auf dem Schirm, ja?«

Cathy ist bereits die Stufen runter. Sie dreht sich nicht noch einmal zu mir um, hebt aber zwei Finger zum Zeichen, dass sie mich gehört hat.

Ich seufze. Wenn ich von der Küste zurück bin, fahre ich runter zum Trout Lake, beschließe ich spontan. Dad hat mich früher im Winter gern zum Fliegenfischen mit dorthin genommen. Der See ist in privater Hand, im Winterhalbjahr vor allem bei Anglern beliebt, den Sommer über ein Paradies für Kajakfans, Badegäste und Naturfreunde. Die Olssens haben ein Schmuckstück daraus gemacht, von dessen bezaubernder Schönheit glücklicherweise nur vergleichsweise wenige Menschen wissen – für kalifornische Verhältnisse jedenfalls.

Mit einem hat Marge recht: Es würde mir guttun, ein bisschen mehr unter Leute und auf andere Gedanken zu kommen. Und durch Blue habe ich eine perfekte Ausrede, nicht zum Essen bleiben zu müssen, falls ich Henry Olssen und seiner Familie über den Weg laufen sollte.

Ich nehme zwei Stufen auf einmal nach oben, schnappe mir ein Handtuch und meine Badehose und stopfe beides in meine Sporttasche.

Unten überprüfe ich noch einmal den Status des Kätzchens, dann schalte ich die Videoüberwachung ein. Blue ist stabil und mit allem versorgt, sollte sich daran etwas ändern, bekomme ich sofort einen Alarm aufs Handy, und in zwei Stunden sieht Cathy nach ihr. Trotzdem halte ich einen Moment inne und starre ein wenig schuldbewusst in die Quarantänebox.

Die kleine Katze sieht nicht so aus, als würde sie den Typen, der sie ständig entweder mit irgendwas piekst oder ihr am Hinterbein herumzupft, in der nächsten Zeit schmerzlich vermissen. Es ist immer wieder erstaunlich, welche Widerstandskraft und Fähigkeit zur schnellen Regeneration gerade die Kleinen haben, wenn die Rahmenbedingungen stimmen.

Haben die Olssens eigentlich Katzen?

»Finden wir's raus! Drück mir die Daumen, Blue. Ich finde schon jemanden für dich, und zwar nicht nur zur Pflege, sondern ein gutes Zuhause für immer. Du weißt das noch nicht, aber du kannst dich auf mich verlassen.«

Pfeifend schließe ich die Praxis ab.

# Kapitel 25

*Dawn*

»Wie geht es Blue?« Lilly-May hebt ihr Köpfchen aus dem Kissen und sieht mich verschlafen an.

»Ich habe noch nicht angerufen«, gestehe ich. Die Bettkante knarzt, als ich mich setze und ihr eine verschwitzte Locke aus der Stirn streiche. Ich bin gerührt, dass ihr erster Gedanke nach dem Wachwerden der kleinen Katze gilt, und gleichzeitig habe ich ziemlich gemischte Gefühle, was den versprochenen Anruf betrifft. »Es ist noch zu früh, Lollipop.«

»Versuch's doch. River hat gesagt, er ist die ganze Nacht da und passt auf.«

»Na gut.« Ich bezwinge meinen inneren Widerstand und sehe mich in dem kleinen Schlafzimmer um. »Weißt du, wo ich die Karte hingetan habe?«

»In deine Handyhülle.« Lilly-May setzt sich im Bett auf und sieht mich vorwurfsvoll an. »Ruf schon an. Bitte!«

Ächzend strecke ich mich nach dem Smartphone, das auf dem Nachttisch auf der anderen Seite des Doppelbetts lädt. »Und dann kommst du mit zum Frühstück?«

»Vielleicht später. Evie möchte noch ein bisschen dösen und gekuschelt werden.« Zum Beweis drückt sie ihre Stoffpuppe fest an sich, aber ihre Augen sind auf meine Finger geheftet, die unschlüssig mit der Visitenkarte herumspielen.

»Okay, aber sei nicht enttäuscht, wenn er nicht drangeht, ja?«

Sie nickt und streckt die Hand aus. »Soll ich wählen?«

Ich lächle flüchtig. »Nein. Ich mach das.«

Es geht nur um Lilly-May und die Katze, sage ich mir. Aber das stimmt nicht. Nach dem weinseligen Gespräch mit Heather habe ich lange wach gelegen und in die Nacht gestarrt. Warum ist es Lilly-May so wichtig? Wieso ist es *mir* so wichtig, was aus diesem Tierchen wird? Wir haben alles für das Kätzchen getan. Heather meinte, es habe mit Baby Jeff zu tun oder mit unserem Neuanfang hier, vielleicht beides. Ich glaube weder an Seelenwanderung noch an irgendwelche mysteriösen Zeichen aus dem Universum. Aber irgendwas ist da. Muss ja da sein, wenn es uns beide so beschäftigt. Als ob der Ausgang dieser Geschichte die Weichen für unser Leben hier beeinflussen würde. Was natürlich Quatsch ist, rein rational betrachtet. Plötzlich sehe ich Rivers Gesicht vor mir, seine sanften grünbraunen Augen …

Heather hat keine weitere Anspielung zu ihm und seinem Single-Status gemacht. Aber ich habe ihr angesehen, dass es ihr schwerfiel, das nicht auch noch anzuführen.

Und wenn dieses Kätzchen doch so was wie ein …

Es tutet. Einmal nur. Schon klickt es, und ich höre Rivers Stimme, dunkel und warm.

»Tierarztpraxis River Jordan.«

Mein Herz stolpert überrumpelt. Zwar habe ich die Nummer gewählt, aber damit habe ich nicht gerechnet. Ich habe ja noch gar nicht fertig überlegt, was ich sagen will! Zum Glück ist es nur der Anrufbeantworter. Ich lege auf. Es ist ein Reflex. Ich atme beinahe erleichtert aus – und schäme mich dafür, als ich Lilly-Mays enttäuschtes Gesicht sehe.

»Wieso hast du nicht draufgesprochen?«, fragt sie und schiebt die Unterlippe etwas vor. So, wie sie es immer tut, wenn sie gekränkt ist.

»Ich weiß es nicht«, gebe ich zu. »Ich versuche es später noch mal, gleich nach dem Frühstück. Ehrenwort. Ich will ja auch wissen, wie es Blue geht.«

»Okay.« Sie rollt sich wieder mit ihrer Stoffpuppe zusammen.

»Willst du wirklich nicht mit rüberkommen und die anderen Frauen kennenlernen? Es gibt Pancakes mit Ahornbutter und jede Menge Obst.«

»Später«, murmelt sie. »Wenn Evie und ich schlafen, vergeht die Zeit schneller.«

Es ist seltsam und schön zugleich, mit einem halben Dutzend ausgelassener Frauen zusammenzusitzen und an einem Tisch zu frühstücken, den jemand anders als ich selbst mit Blumen, Servietten und Kerzen regelrecht festlich gedeckt hat. Für den Moment vergesse ich meine Sorgen und sogar das Kätzchen.

Sie alle haben unterschiedliche Gründe, sich dieses Yoga-Retreat gegönnt zu haben. Zwischen all der Grübelei in der Nacht habe ich Heathers Preise für ein *Yoga, Wine and Dine*-Paket gegoogelt. Das hätte ich besser bleiben lassen. Kalifornische Preise sind nie ohne, dafür sind Heathers Tarife sogar ziemlich günstig, aber auf meine Spende in die Kaffeekasse ist sie anscheinend wirklich nicht angewiesen. Ihr Promibonus ist das gewisse Extra, das sein Übriges beiträgt, dass sie mehr Zulauf hat, als sie eigentlich erfüllen kann. Das ist auch Thema des Tischgesprächs.

»Wieso expandierst du nicht?«, erkundigt sich eine sommersprossige Rothaarige in den Fünfzigern. »Dein Konzept ist fantastisch, du könntest eine Kette draus machen, Leute anstellen …«

»… oder wenigstens noch fünf Häuser anbauen«, ergänzt Sally. Den Namen der koreanischstämmigen New Yorker Brokerin habe ich vorhin zufällig mitbekommen. »Ich musste acht Monate auf einen freien Platz warten!«

Alle lachen.

Heather nippt an ihrem Smoothie und schüttelt lächelnd den Kopf. »Ich will die Freude an dem, was ich hier tue, behalten. Die Freude, die ich mit euch teile. Es ist Heathers Vinyard-Yoga und nicht Heathers-Subunternehmerinnen-egal-wo-Yoga. Ihr seid meine persönlichen Gäste. Mit euch möchte ich Erinnerungen schaffen, mit euch lachen, weinen, euren Geschichten zuhören und ein wenig von dem Frieden abgeben, den ich hier finden durfte – wenn ihr mich lasst.« Während sie spricht, wandert sie mit den Augen über die Köpfe und schenkt jeder der Frauen einen Wimpernschlag. Bei ihren letzten Worten verharrt ihr Blick ein wenig länger bei mir. Zumindest bilde ich mir das ein. »›Nandana‹ bedeutet übersetzt ›Paradies‹ oder ›himmlischer Garten‹. Es kann im Sanskrit gleichermaßen für ›glücklich‹ wie auch für ›glücklich machend‹ stehen. Das eine geht nämlich nicht ohne das andere. Es gehört zusammen. Diese Ranch ist mein Zuhause, mein sicherer Hafen«, fährt sie fort. »Mein sehr persönlicher Kraft- und Seelenort. Und meine Seele verkaufe ich nicht. Das habe ich weder in Vegas noch in Hollywood getan, und ich werde erst recht nicht hier im Valley damit anfangen. Eine ganz besondere Freundin hat mich davor bewahrt. Von ihr habe ich zwei Dinge gelernt, die nicht im Widerspruch zueinander stehen: Entscheidungen zu treffen, die gut für mich sind – und mich dem Fluss des Lebens anzuvertrauen.« Sie grinst und prostet mir mit ihrer Teetasse zu.

»Hast du?«, frage ich erstaunt und verschlucke mich fast an einem Stück Melone.

Alle Augen folgen Heather, und ich spüre, wie mir die Hitze den Ausschnitt hinaufkriecht.

»Natürlich. Du hast mir die Angst vor dem Scheitern genommen. Weißt du nicht mehr, was du damals zu mir gesagt hast?«

Ich hebe zögernd die Schultern. Die Aufmerksamkeit der gesamten Gruppe klebt an mir wie Teer. Ich hasse es, im Mittelpunkt zu stehen. Heather dagegen ist ganz in ihrem Element. Ein Grund mehr, weswegen ich nicht verstehe, wieso sie die große Bühne verlassen hat.

»Egal, wie sehr es auch stürmt«, zitiert sie mich. »Dein perfektes Boot wird nicht kentern. Kann sein, dass du Wind und Wasser abbekommst, manchmal auch mitten ins Gesicht. Vielleicht schlagen sogar Wellen über dir zusammen und lassen dich nach Luft schnappen. Du wirst Stromschnellen meistern und ruhige Fahrwasser erleben, sogar Flauten. Aber dein Boot wird dich tragen, weil es umgekehrt vom Fluss getragen wird.«

»Kein Boot ist unsinkbar«, widerspricht eine dunkelhaarige Frau am unteren Ende des Tisches. »Es gibt keine perfekten Boote.«

Als Baby Jeff starb, glaubte ich zu ertrinken.

Ich räuspere mich. »Vielleicht ist das so. Ich glaube, es spielt keine Rolle, weswegen wir über Bord gehen – ob es am Boot liegt, an Naturgewalten, am Schicksal. Die Frage für mich ist, was ich draus mache, wenn ein Tsunami mich unvermittelt mitreißt oder gigantische Wellen über mir zusammenschlagen. Gebe ich auf? Oder kämpfe ich mich zurück an Bord? Schwimme ich ans Ufer? Finde ich womöglich heraus, dass ich sogar stehen kann? Wenn wir uns Boot und Fluss anvertrauen, werden wir getragen.«

Die anderen nicken – beeindruckt bis nachdenklich.

»Ist das so? Manche ertrinken.« Die Dunkelhaarige mustert mich, ihre Mimik kann ich nicht einordnen.

»Ja, das gibt es. Es gibt Unglücke, tragische Ereignisse, Katastrophen. Menschen sterben, andere leben. Glaub mir, in mir ist eine Menge Wut, weil nicht alles gerecht zugeht, weil ...« Verdammt, wieso habe ich davon angefangen? Ich schüttle den Kopf. Eine Schmerzwelle steigt in mir auf, die mir die Luft nimmt. Ich wende mich ab und sehe zum Fenster hinaus, atme bewusst in den Bauch, bis sie abebbt, so wie ich es in der Trauergruppe gelernt habe. »Ich rede vom Fluss des Lebens«, sage ich dann mit fester Stimme. »Ich habe vor einiger Zeit für mich entschieden, dass ich ihn wähle, ich habe mich für das Überleben entschieden.« Und darum wird auch Blue leben, füge ich im Stillen hinzu. Weil dieser Weg verdammt noch mal gut für uns ist, und er wäre es nicht, wenn er mit einem toten Katzenkind beginnen würde.

»Es gibt also zwei Flüsse?« Die Skeptikerin zieht die Augenbrauen so hoch, dass sie unter ihrem Föhnwellenpony verschwinden.

»Mir kam es so vor. Wir haben immer eine Wahl. Manchmal scheint es erträglicher, das auszublenden und im Vorwurf zu verharren. Zumindest eine Zeitlang. Doch irgendwann sieht man ein, dass das nicht gesund ist.« Mir steigen Tränen in die Augen. Hilflos blinzle ich sie weg.

»Aber ...«

»Ich war da auch schon«, meldet sich eine der anderen Frauen zu Wort und lächelt mich an. »Wollen wir das Thema wechseln? Schön, dass du hier bist. Tee?«

Ich nicke dankbar.

»Ja, wirklich schön, das finde ich auch.« Heather hält ihre Tasse ebenfalls unter die Kanne und wendet sich noch einmal an die Gruppe. »Ich kenne das jedenfalls zur Genüge aus meinem Leben: Wenn ich mich diesem Fluss anvertraue, fühle ich sofort wieder Grund unter den Füßen. Oder es taucht plötzlich ein Boot aus dem Nebel auf. Du meine Güte, solche Gespräche führe ich sonst höchstens bei einem gepflegten Glas Rotwein. Also genug mit dem Tiefsinn am frühen Morgen! Wer möchte ein frisches Croissant? Die dürften jetzt fertig sein.«

Wie aufs Stichwort erklingt aus der Küche das leise *Ping* des Backofen-Timers.

»Ich geh schon«, biete ich an.

»Ich helfe dir.« Die Frau, die mir eben Tee eingeschenkt hat, schließt sich mir an.

Eigentlich ist mir gerade nicht nach Gesellschaft, aber sie sieht nett aus und scheint ein feines Gespür zu haben.

»Ich bin Emma«, stellt sie sich vor und bewaffnet sich mit zwei Ofenhandschuhen. »Du kennst Heather also schon länger?«

Ich nehme eins der Bastkörbchen von der Anrichte und ziehe die verschiedenen Schubfächer auf der Suche nach geeignetem Besteck auf.

»Ja, wir sind seit vielen Jahren befreundet.«

»Cool. Ich bin zum ersten Mal hier. Der Ort ist magisch, findest du nicht?«

Sie zeigt mit dem Kinn durch die große Panoramascheibe, weil sie bereits mit beiden Händen das Backblech hält, auf dem wunderbar duftende Croissants vor sich hin dampfen. Ich fülle sie mit einer Zange in das Körbchen und folge dem Blick der Frau. Das Fenster wirkt wie der Rahmen eines Gemäldes. Es zeigt sanft geschwungene grüne Hügel, Weite, Himmel. So friedlich sieht es da draußen aus. Still.

»Ich kann noch gar nicht richtig begreifen, dass ich wirklich hier bin«, rutscht mir heraus.

»Geht mir genauso«, sagt sie und seufzt. »Es war ein Weg. Und ich habe mir das verdient.«

»Ich auch«, sage ich aus vollem Herzen und erwidere ihr Lächeln. »Manchmal weiß man einfach, dass man alles richtig gemacht hat, auch wenn man noch keine Ahnung hat, was als Nächstes kommt, nicht wahr?«

Sie nickt.

»Mama?« Lilly-May taucht verschlafen im Türrahmen auf, barfuß, im Pyjama, ihre Puppe Evie im Arm.

»Hey, Lollipop. Ich dachte, du wolltest noch ein bisschen weiterschlafen?«

»Hab ich ja. Hast du inzwischen noch mal bei River angerufen? Es ist schon gleich zehn.«

Ich schneide eine entschuldigende Grimasse in Emmas Richtung.

Sie zwinkert mir zu und nimmt mir das Körbchen mit den Croissants ab. »Ich geh schon mal vor.«

»Danke.« Seufzend ziehe ich das Handy aus meiner Hoodie-Tasche. »Komm, machen wir's gemeinsam. Willst du diesmal wählen?«

# Kapitel 26

*River*

Es ist kurz nach halb zwölf, als ich an der Unfallstelle vorbeifahre. Dawns Van ist fort. Vermutlich hat Heather sie auf dem Rückweg dort abgesetzt, und Dawn und Lilly-May sind ihr von da im eigenen Wagen gefolgt.

Nichts deutet mehr auf die Ereignisse des Vorabends hin, zu viele Fahrzeuge sind hier bereits vorbeigekommen. Ich blicke auf das Gewirr aus Profilen im Staub. Werde ich etwa sentimental wegen ein paar Reifenspuren? Seufzend trommle ich mit den Fingerspitzen auf dem Lenkrad herum.

Zwei benachbarte Höfe habe ich schon abgeklappert, im Valley Vinyard habe ich von unterwegs angerufen. Niemand weiß von Kitten in der Gegend oder vermisst eine Babykatze.

Ich starte einen letzten Versuch auf dem Anwesen der Hammonds. Sie sind ein nettes Paar, haben sich gegen die Stadt entschieden und mit dem nötigen Kleingeld in der Tasche hier ihr Traumhaus gekauft.

Oliver Hammond ist in den Hardwarestore gefahren, aber seine Frau Amy versichert mir, dass es keins ihrer Tiere sein kann. »Du hast Trish und Meow doch selbst kastriert vor drei Jahren. Weißt du das nicht mehr?«

»Doch, natürlich.« Ich kratze mich hinterm Ohr. »Aber es kann ja immer sein, dass mal eine neue Fellpfote dazukommt. Das Kätzchen kann ja nicht vom Himmel gefallen sein.«

»Nein, sicher nicht.« Sie lacht. »Aber wenn wir eine Katze mehr hätten, würdest du das als Erster erfahren.«

Ich nicke. »Ich wäre froh, wenn alle hier draußen Impfungen und Check-ups so ernst nehmen würden wie ihr.«

»Urlauber vielleicht?«

Ich schüttle den Kopf. »Die hätten sich sicher längst im Polizeibüro gemeldet.«

»Oder jemand, der unerwünschten Nachwuchs loswerden wollte?« Ihre Augenbrauen ziehen sich zusammen. »So, wie du die Sache beschrieben hast ... Hast du schon mal dran gedacht, dass das Kätzchen vielleicht gar nicht angefahren wurde, sondern dass es jemand aus dem Auto geworfen hat?«

Ich presse die Lippen zusammen. Dann nicke ich zögernd. »Das würde sogar zu den Verletzungen passen. Danke, Amy. Ich hätte selbst draufkommen müssen.«

Sie schmunzelt. »Ich schätze, du hattest genug anderes im Kopf.«

Ich nicke erneut und steige wieder in meinen Wagen. »Noch mal danke jedenfalls.«

»Dafür nicht.«

Mein Blick fällt auf das letzte verbliebene Stück Olivenseife. Den Karton mit dem Rest habe ich direkt nach der Sprechstunde bei *Claire's* in Carmel-by-the-Sea abgegeben. Das war meine allererste Mission auf dieser Tour.

Gedankenversunken erwidere ich Amys Winken und rolle vom Hof.

Was habe ich zu verlieren? Soll ich es lassen? Sie wollte die Seife nicht wirklich ... Bestimmt wollte sie einfach nur höflich sein.

»Hmpf.«

Ich biege erneut auf die County Route G16. Weinberge und Hügel ziehen an mir vorbei, doch heute habe ich keinen Blick für die atemberaubende Landschaft.

Endlich taucht das Schild zu Heathers Nandana Ranch Resort vor mir auf. Entschlossen setze ich den Blinker und folge der Pfeilrichtung auf den Schotterweg, der hinunter zum Haupthaus führt.

Klar denken können ist Grundvoraussetzung für meinen Beruf. Ich muss dieses Stück Seife – und alles, was damit zu tun hat – schleunigst wieder aus meinem Kopf kriegen. Also gehe ich die Dinge besser mal an.

Die Anlage wirkt leer. So empfinde ich Landgüter allerdings fast immer, wenn nicht wenigstens ein paar Hühner herumlaufen oder ein Hund bellend auf mich zuschießt.

Ich parke im Schatten unter einer ausladenden Platane, greife nach der Olivenseife und meiner Sonnenbrille und lasse die Autotür hinter mir zuschlagen.

Das Büro ist geschlossen. Ich mache mich auf den Weg in Richtung der Gästehäuser und des Cateringbereichs. Dort auf dem Parkplatz habe ich immerhin den weißen Van zwischen ein paar anderen Pkw aus verschiedenen Staaten entdeckt. Heather hat also noch mehr Gäste.

Aus der Küche dringen lateinamerikanische Radiomusik und Geschirrklappern.

»Jemand da?«, rufe ich. »¿Hay alguien allí?«

»Sí, claro.« Rosa, die Küchenhilfe, streckt ihren Kopf durch das geöffnete Fenster. »Ah, River. Ist eins der Pferde krank? Dios mío, Heather hat gar nichts gesagt.«

»Nein, alles gut«, antworte ich. »Ich suche Dawn, eine Freundin von Heather. Kennst du sie?«

»Donna? Creo que no, lo siento.«

Bevor ich sie korrigieren oder Rosa mehr sagen kann, ertönt ein energisches Stimmchen hinter mir. »Ist was mit Blue?«

Ich drehe mich um. »Oh, hi, Lilly-May.« Ich drehe mich noch einmal zurück und winke Rosa zu. »Danke! Hat sich schon erledigt.«

Lilly-May stellt mich direkt zur Rede: »Was machst du hier? Solltest du nicht auf Blue aufpassen? Geht's ihr gut?«

Ich gehe in die Hocke, damit ich mit der Kleinen auf Augenhöhe bin. »Ich wäre niemals losgefahren, wenn es ihr nicht so gut ginge, dass ich es riskieren könnte, mich nach ihrem Zuhause zu erkundigen.«

»Ich denke, sie hat keins!?« Lilly-May sieht mich mit großen Augen an.

»Das dachte ich auch. Gibt's diesbezüglich was Neues?« Auf einmal steht Dawn hinter mir, ungeschminkt, in einer dieser tief geschnittenen Saronghosen und einem schlabbrigen T-Shirt, die Haare zu einem lockeren Pferdeschwanz geflochten, der ihr über eine Schulter fällt. Sie hat ein Geschirrhandtuch und ein Glas in der Hand und hantiert sichtlich nervös damit herum, weil ich Hornochse sie so anstarre. »Hallo, River, entschuldige, ich laufe sonst nicht so herum. Wir haben nur …«

»Was? Nein!«, stammle ich wie ein Highschool-Absolvent. »Du siehst fantastisch aus! Oh, das war jetzt nicht angebracht. Ich meinte damit nur … Ist völlig in Ordnung, stört mich nicht. Ich … ich mache auch gern Sport … Also, Joggen und Wandern … und …« Ich kratze mich am Kopf, weil es sich so anfühlt, als müsste jeden Moment das Stroh durchbrechen, das da drin offensichtlich überhandnimmt. »Ich finde es cool, Sport und Spiritualität zu verknüpfen.« Noch so ein geistiger Höhenflug, alle Achtung, River!

»Ach, tust du?« Sie lächelt. »Ich fange gerade erst damit an.«

»Und wie gefällt's dir?«

Wahrscheinlich denkt sie, ich hätte Flöhe. Also nehme ich die Sonnenbrille ab, gehört sich eh nicht.

»Bei *der* Lehrerin? Heather ist fantastisch.«

»Oh ja, das ist sie.«

Sie redet nicht sofort weiter, betrachtet das Glas, als ob sie noch nach nassen Stellen suchen müsste, und nickt versunken. »Es tut mir sehr gut.«

»Das ist schön«, sage ich unbeholfen.

Ich zwinge mich dazu, die Bügel der Sonnenbrille in Ruhe zu lassen und nicht ständig auf- und zuzuklappen.

Dawn sieht mir in die Augen, und das bringt mich noch mehr aus dem Konzept.

»Und wie geht's Blue?«, fragt sie bang und mit Seitenblick auf ihre Tochter.

Lilly-May hat einen Grashüpfer entdeckt und ist ihm ein paar Schritte auf den Rasen gefolgt. Aber als der Name des Kätzchens fällt, ist sie mit voller Aufmerksamkeit wieder bei uns.

»Kein Grund zur Sorge«, sage ich laut genug. »Das habe ich Lilly-May auch schon gesagt. Sie ist auf einem guten Weg. Morgen kann ich sie operieren. Leider vermisst niemand eine junge Katze. Ich bin überall rumgefahren. Es wäre sogar möglich, dass es gar kein Autounfall war, sondern dass jemand Blue …«, ich suche nach einer kindgerechten Formulierung, aber die gibt es nicht für so etwas, »… nicht mehr haben wollte und …« Ich breche ab, weil Lilly-May näher kommt, und setze neu an. »Ich berichte euch lieber das Positive: Ihre Lunge funktioniert wieder einwandfrei. Die Rippen müssen von selbst heilen, auch das sieht wirklich gut aus. Das Bein wird etwas mehr Arbeit, aber auch das ist machbar. Wir werden den Bruch von außen stabilisieren müssen. Mit einem Fixateur, das ist eine Art Metallgestell.«

Dawn greift sich ans Dekolleté und schließt kurz die Augen. »Ja. Ich weiß, wie die Dinger aussehen.«

Lilly-May ist sofort bei ihr, besorgt auf eine Art, die mir für eine Sechsjährige ungewöhnlich vorkommt. Dawn streicht ihr über den Kopf, sieht ihr Kind an und lächelt, wieder auf diese zerbrechliche Art.

»Es klingt wilder, als es ist«, versichere ich. »Ich habe die Operation schon mindestens fünfhundertmal durchgeführt. Macht euch keine Sorgen.«

Es scheint Dawn Mühe zu kosten, meinen Blick zu erwidern, aber sie nickt. »Klingt allerdings aufwendig.«

»Es ist weitgehend Routine. Ich habe schon schlimmere Brüche gesehen. Natürlich weiß man nie, was einen erwartet, wenn man …« Mir fällt ihre plötzliche Blässe rund um die sommersprossige Nasenspitze auf, und ich nehme an, dass sie nicht so versessen auf medizinische Einzelheiten ist. »Ich erspare euch die Details. Wenn alles gut heilt, wird Blue danach wieder wie neu sein. Gute Pflege ist das A und O.«

»Das können wir doch übernehmen, Mommy, oder? Heather hat gesagt, sie freut sich, wenn hier ein Kätzchen einzieht. Bitte, können wir Blue nicht behalten?«

Dawn seufzt, als ihr Lilly-May die Ärmchen um die Hüfte schlingt.

Verflixt, ich wollte keinen Druck aufbauen!

Um meinen Fauxpas wieder auszubügeln, wende ich mich direkt an das Mädchen: »Ein Kätzchen allein fühlt sich sehr einsam, Lilly-May. Solange sie krank ist, darf sie zwar gar nicht herumtollen, aber später braucht sie unbedingt eine andere Katze als Spielgefährtin. Ein Tier zu haben bedeutet eine Menge Verantwortung.«

»Ich weiß.«

»River, was das angeht, ich …« Dawn unterbricht sich und hält ihrer Tochter das inzwischen blank polierte Glas hin. »Lollipop, bringst du das eben rein zu Rosa?«

»Sí, claro.« Lilly-May hüpft summend die Treppenstufen hinauf.

Wir sehen ihr nach, bis sie im Inneren des Hauses verschwunden ist. Dawn knetet immer noch das Geschirrtuch. Als sie es bemerkt, hängt sie es sich seufzend über die Schulter und wischt sich die zweifellos trockenen Hände damit ab. Sie sieht mich an, und wieder huscht ein verlegenes Lächeln über ihr angespanntes Gesicht.

Ich frage mich kurz, wie ich Marge die Farbe ihrer Augen beschreiben würde, dieses ganz besondere milchige Graugrün. Aber wieso sollte ich das tun?

»Ich weiß nicht, wieso …«, sagt Dawn, und jetzt bin ich es, der stutzt, weil sich das nicht auf meine innere Frage beziehen kann.

Dann habe ich den Faden wieder. Natürlich nicht. Es geht um Blue.

Dawn bemerkt meine Verwirrung nicht. Sie holt tief Luft und breitet die Arme aus. »Ich fühle mich tatsächlich irgendwie verantwortlich für diese kleine Katze. Ich meine … Sie ist uns direkt vor die Reifen gekullert, als ob sie uns auf sich aufmerksam machen wollte. Das war so seltsam … als ob …« Sie bricht ab und sieht mich unsicher an. »Au weia. Das klingt jetzt total bescheuert, oder? Es liegt bestimmt nur daran, dass … Wir hatten so ein komisches Gespräch heute Vormittag, nach dem Yoga.«

Sie fährt sich durch die Haare. Lichtreflexe brechen sich darin und lassen die Farbe beinahe golden schimmern. Ich frage mich, ob sie sich so seidig anfühlen, wie sie aussehen, und habe erneut Mühe, mich auf ihre Worte zu konzentrieren.

»Ist ja auch egal«, sagt sie leise. »Es ist nur, ich … wir … hatten noch nie eine Katze. Ich wüsste gar nicht, auf was ich da achten muss. Und dann noch so eine komplizierte Pflegesituation …«

»In erster Linie muss in der Nachsorge nach der OP nur einfach jemand da sein«, versuche ich sie zu beruhigen. »Bei den Verbandswechseln helfe ich natürlich. Das ist ein Tierbaby. Es braucht vor allem jemanden, der verlässlich da ist, Streicheleinheiten verteilt und verhindert, dass es an die Naht oder die Metallstäbe der Wunde geht.«

Sie zuckt ein wenig zusammen, als ich das sage. »Genau das ist es. Als ich gestern diese Wunde bei Licht gesehen habe … Blue sah so zerbrechlich aus, wie sie da in der Sauerstoffbox lag. Und in unserer derzeitigen Situation … Wenn das Tier sich an uns gewöhnt … Und umgekehrt Lilly-May …« Sie fängt wieder an, das Geschirrtuch zu kneten. »Ich weiß noch gar nicht, wie lange wir hier bei Heather bleiben können. Ich bin dabei, mir einen neuen Job zu suchen, und die Betreuung von Lilly-May ist schon …«

»Nicht schlimm, du brauchst dich nicht zu rechtfertigen. Es tut mir aufrichtig leid, wenn ich Lilly-May damit einen Floh ins Ohr gesetzt habe. Ich wollte dich nicht unter Druck setzen, bitte entschuldige, wenn das so rüberkam.«

»Nein, nein, überhaupt nicht. Ich wollte dir einfach nur erklären, wieso wir dafür leider nicht infrage kommen. Ich will gern tun, was ich kann, und auch die OP bezahlen, zumindest einen Teil, aber die volle Verantwortung … Wenn etwas schiefginge, während Blue in unserer Obhut wäre …«

»Alles gut. Ich kann das anderweitig regeln. Es gibt immer eine Lösung. Das ist nicht eure Baustelle, der Tierarzt bin ich.«

»Danke.« Sie atmet erleichtert aus. »Und habe ich das richtig verstanden? Jemand hat sie aus dem Auto geworfen?«, fragt sie mit belegter Stimme. »Wie furchtbar!«

»Ich bin nicht von selbst draufgekommen, aber inzwischen gehe ich davon aus. Es passt einfach und würde die Verletzungen besser erklären als ein Zusammenstoß mit einem Wagen.«

»Das Fahrzeug, das uns entgegengekommen ist, war nicht in Kalifornien zugelassen.« Sie krallt sich mit einer Hand in den Unterarm. Ihr Blick verliert sich in der Weite. »Zu blöd, dass ich das Nummernschild nur so flüchtig erkennen konnte.«

»Blue ist eine Kämpferin, das wird wieder«, sage ich leise.

Sie nickt abwesend. »Ja«, haucht sie. Dann erst sieht sie mich an und blinzelt, als bräuchte sie einen Moment, um wieder in der Gegenwart anzukommen. »Ja. Und das ist wirklich gut. Es ist das kleine Wunder, das wir gerade gut brauchen können, Lilly-May und ich.« Sie streckt die Schultern durch und dehnt sich mit einem Seufzer. Ihre Augen glitzern. »Tja, dann gehe ich mal rein und bringe ihr die Nachricht bei.«

»Soll ich's auf mich nehmen?«, frage ich vorsichtig.

Dawn schüttelt den Kopf. »Nein. Das ist lieb gemeint, aber es ist wichtig, dass sie die Wahrheit erfährt, also – von mir.«

Sie dreht sich um, und ich sehe ihr nach, wie sie drei Schritte auf die Holztreppe zumacht und die Stufen hinaufgeht. Die Saronghose verrät nichts und alles über ihre Figur. Der indisch gemusterte Stoff in Blau- und Orangetönen spielt mit den Konturen. Ich habe die schlanken Beine in den Shorts vom Vorabend vor Augen.

Töricht betrachte ich die Seife in meiner Hand. Die habe ich ganz vergessen. Schon wieder.

»Dawn!«, rufe ich ihr nach und bin mit ein paar Sätzen bei ihr.

Erstaunt bleibt sie stehen und sieht mir entgegen.

»Hier. Das haben wir komplett vergessen, gestern Abend. Du wolltest doch eine, oder? Oder nicht? Ich war mir nicht sicher. Aber ich wollte wenigstens …«

Sie stutzt einen Augenblick. Der Moment dehnt sich ins Unendliche und gibt mir erschreckend viel Raum, mir furchtbar dämlich vorzukommen.

Dann lächelt sie, und ihre Augen strahlen mich an. »Danke. Wie schön, dass du dran gedacht hast!«

Ihre Finger berühren meine, als ich ihr die Seife reiche. Hauchzart nur, doch es bringt mein Herz aus dem Takt. Ich bin völlig überrumpelt.

Rezeptoren, Sensoren, Vibration, schießt mir durch den Kopf.

Haut reagiert auf Reiz und löst ein Kribbeln aus. Nicht nur in den Fingerspitzen, überall. Die Wahrnehmung setzt sich bis in den Magen fort. Ameisenheere. Nein, falsches Bild, angenehmer: süß, wie Ginger Ale oder Root Beer – passt auch nicht. Eher wie Bitter Lemon. Oder Tonic …

Wieso denke ich so viel – und so einen Blödsinn noch dazu?

Ich widerstehe dem Impuls, einfach nach ihrer Hand zu greifen. Verschlafe die Gelegenheit.

Völlig perplex.

Bis ich mich aus meiner Erstarrung löse, ist der Moment vorüber, und sie geht. Ich stiere auf ihren Rücken wie ein Idiot.

»Ach, äh …«

»Ja?« Sie dreht sich noch einmal um.

Was sagt mir ihre Mimik? Ist das angedeutete Lächeln freundlich neutral? Drückt es eher Neugier aus? Oder Verwunderung? Immerhin wirkt sie nicht genervt. Bleib cool, Mann. Denk nicht so viel. Hau's raus.

»Ich wollte noch kurz runter zum Trout Lake, bevor ich wieder in die Praxis zurückfahre, das warme Wetter ausnutzen. Man kann da baden oder Tretboot fahren, und es gibt ein kleines Café mit fantastischen hausgemachten Brownies. Ich weiß, in Vegas ist das Wetter immer heiß. Aber hier … Hättest du, ich meine, hättet ihr beide vielleicht Lust, euch anzuschließen? Ganz spontan?«

Ihr Gesichtsausdruck verändert sich. Die kleinen Fältchen um die Augen werden tiefer, die Mundwinkel sinken. Sie ist enttäuscht. Verdammt. Hat sie was anderes erwartet? Mir rutscht das Herz in die Jeans. Eine Geschäftsfrau aus Vegas. Junge, was hast du denn gedacht?

»Ach, wie schade«, sagt sie, und ich möchte ihr unbedingt glauben, dass sie mir das nicht nur aus Höflichkeit vorspielt. »Ich habe Heather vorhin dazu gekriegt, dass ich wenigstens ein Tiramisu zum Abendessen beitragen darf. Ich komme mir so blöd vor, wenn ich nichts tun kann. Heute ist Tag eins meines neuen Lebens, und es fällt mir schwer, einfach nur Gast zu sein.« Sie schneidet eine entschuldigende Grimasse.

Wieder zerplatzen in meinem Magen kribbelnde Kohlensäurebläschen. Tonic on Ice. Das ist es. Scheiße, River. Was ist los mit dir?!

»Ein andermal vielleicht?«

»Ja, gern.« Ich tippe mir mit zwei Fingern an meinen nicht vorhandenen Cowboyhut und gehe Richtung Wagen.

Höflichkeit. Nicht schlimm.

»River?«

Erstaunt drehe ich mich noch einmal um.

»Wollen wir gleich etwas ausmachen? Vielleicht morgen

oder übermorgen? Du hast recht, das Wetter muss man ausnutzen. Ich – also wir – würden den See wirklich gern sehen, wenn dein Angebot dann noch gilt und sich das mit Blues Versorgung vereinbaren lässt. Du hältst uns doch auf dem Laufenden, was das Kätzchen angeht, oder?«

Ich bemühe mich, nicht zu breit zu grinsen. »Unbedingt.«

# Kapitel 27

*Dawn*

»Es ist kein Date«, widerspreche ich. »Ich nehme Lilly-May mit.«

»Natürlich ist es ein Date«, widerspricht Heather lachend.

»Okay, okay. Die Klügere gibt nach. Einigen wir uns auf: Verabredung.« Ich wühle mich noch einmal von vorn durch meinen dürftigen Kleiderschrank. Nichts anzuziehen!

»Und wo ist da der Unterschied?«, will sie wissen.

Stöhnend lasse ich mich aufs Bett plumpsen. »Es gibt keinen. Soll ich absagen?«

»Untersteh dich! Was ist das Problem?«

»Ich kann ihn nicht einschätzen. Ich weiß nicht, ob er interessiert ist oder ob ich das überhaupt schon kann, wenn es so wäre. Warum habe ich das Ganze nicht einfach auf sich beruhen lassen? Es ist zu früh! Für alles!«

»Wegen Jesse oder wegen Baby Jeff?« Heathers Stimme hat einen sanften Klang angenommen.

Ich schließe die Augen. Sofort fühle ich mich zurückversetzt in unsere Wohnung in Vegas, vier Tage, bevor ich hierhergekommen bin.

*»Geh nicht, Dawn! Gib die Wohnung nicht auf. Tu das nicht!« Jesse steht in der offenen Schlafzimmertür, einen kleinen Pappkarton im Arm, in den er innerhalb von fünf Minuten ein paar persönliche Dinge geschoben hat, die ich beim Aufräumen noch gefunden hatte: ein signierter Baseball, ein altes T-Shirt, ein Autogramm von den Scorpions, drei Bücher, eine gerahmte Locke samt Foto von Baby Jeff.*

*Auf dem Foto war er ein Jahr alt. Ich habe das gleiche Bild in meinem Geldbeutel.*

*Jesse ist immer schon mit kleinem Gepäck gereist, eine Fähigkeit, um die ich ihn einmal beneidet habe. Ich habe ihn lange nicht gesehen. Seine Anzughose schlottert ihm um die Beine. Er ist dünn geworden.*

*»Was soll das, Jesse? Du warst seit Monaten nicht mehr hier – zumindest nicht, wenn ich es auch war. Du bist derjenige, der gegangen ist.«*

*Und das schon lange vor diesem heißen Wüstenmorgen, der unser Leben für immer verändert hat. Achtzehn Monate ist das laut Kalender inzwischen her. Ich bin fast jede Nacht wieder dort. Im Krankenhaus, im Polizeirevier.*

*»Lass uns nicht streiten.«*

*»Ich streite nicht, dazu bin ich viel zu müde. Es sind einfach nur Fakten. Unser Baby ist tot. Wir haben uns getrennt, ich ziehe weg. Es gibt nichts mehr, was mich hier noch hält.«*

*»Und dein Job? Und Lilly-May?«*

Auf einmal interessiert dich das?, *liegt mir auf der Zunge. Aber ich schlucke die Bemerkung hinunter. Ich weiß, dass Jesse krank ist. Heute riecht er nicht nach Schnaps, sondern nach Pfefferminz und Menthol. Ich weiß nicht, was schlimmer ist. Er hat mir zu oft versprochen, dass er sich Hilfe suchen will, und es bis heute nicht getan. Ich habe das alleinige Sorgerecht für meine*

*Tochter. Ich kann mit ihr gehen, wohin ich will. Wann ich will. Wann immer ich so weit bin, wie es der Therapeut formuliert hat, und das trifft es vermutlich eher.*

*Jesses Stimme nimmt einen flehenden Ton an. »Wir könnten es noch mal versuchen. Miteinander, mit einem Kind. Du könntest wieder schwanger werden.« Er stellt den Karton auf den Boden und macht ein paar unsichere Schritte auf mich zu, vor und zurück, wie ein Tänzer, aber mein Tonfall bremst ihn aus.*

*»Wie bitte?« Mir bleibt kurz die Luft weg.*

*Seine Schultern fallen ins Bodenlose. »Es tut mir leid. Ich meinte das nicht so, wie es rüberkam.«*

*Ich schüttle den Kopf. »Es ist Zeit, Jesse.«*

*»Ich habe auch ein Kind verloren, Dawn«, begehrt er noch einmal auf. »Ich habe Fehler gemacht, schreckliche Fehler. Aber jetzt bin ich hier. Wir können das schaffen. Du und ich, zusammen. Lilly-May braucht ihre Familie.«*

*»Ja, genau. Das tut sie«, sage ich ruhig. »Das ist der Grund, weswegen ich mit ihr fortgehen muss. Weil mich jeder Quadratmillimeter dieser Wohnung, dieser Stadt daran erinnert, was geschehen ist – immer erinnern wird. Und ich weiß, dir geht es genauso. Du hast keine einzige Nacht mehr hier geschlafen. Ich habe dich nie gefragt, wo du warst, und ich tue es auch jetzt nicht. Ich bitte dich einfach nur um deine Unterschrift.« Ich zeige auf die Scheidungspapiere auf der kleinen Kommode im Flur. »Ich kann hier nicht atmen. Vielleicht konnte ich es nie.«*

*Er nickt. Seine Augen laufen über. Es berührt mich nicht mehr. Als sein Stift endlich über das Papier kratzt, spüre ich nur eins: Befreiung.*

*»Tja. Dann war's das wohl. Alles Gute, Babe.«*

*»Dir auch, Jesse. Und das meine ich ernst.«*

*Familien verarbeiten Verluste unterschiedlich, habe ich in der*

*Therapie gelernt. Viele zerbrechen am Tod eines gemeinsamen Kindes. Unsere Beziehung war schon vorher zum Scheitern verurteilt. Auch das ist mir in der Klinik klar geworden. Und dass wir vielleicht nie eine Familie waren.*

*Jesse hat zu viele Geliebte. Er hat sie sehr lange und sehr perfekt vor mir versteckt. Sie heißen Bourbon Straight, Tequila oder Gin Fizz, und sie haben unser Baby auf dem Gewissen.*

*Ich bin sicher nicht ohne Schuld. Ich habe ihre Existenz verleugnet, nicht wahrhaben wollen, wie sehr sie ihn um den Finger gewickelt hatten, keine Konsequenzen gezogen. Ich kann nicht verstehen, dass er ihnen dennoch die Treue hält, sogar noch mehr als vorher. Sie sind die eigentlich Schuldigen, auch das habe ich inzwischen gelernt. Es ist eine toxische Beziehung, die er da aufrechterhält, im wahrsten Sinn des Wortes.*

*Jesse knallt die Schlüssel auf die Kommode, hebt den Karton auf und geht. Als seine Schritte sich im Treppenhaus entfernen, geben meine Knie nach. Ich rutsche an der Wand herunter und fange lautlos an zu weinen. Lilly-May schläft nebenan. Sie soll mich nicht hören.*

Heather holt mich sanft in die Gegenwart zurück. »Es ist nur eine harmlose Verabredung, am helllichten Tag noch dazu. Das wird dir guttun, ganz egal, was daraus wird.«

»Bist du dir da sicher?«

»River ist ein guter Mann. Die Pferde würden sich anders verhalten, wenn es nicht so wäre. Tiere spüren sofort, wenn sich jemand verstellt oder einen miesen Charakter hat.«

»Das traf auf Jesse auch beides nicht zu. Und dennoch …«, sage ich leise.

Sie nickt. »Das weiß ich …« Sie beugt sich vor und drückt meine Hände. »Wovor hast du wirklich Angst?«

Meine Augen füllen sich mit Tränen. »Davor, dass ich ihm wehtun könnte? Dass ich mich verlieben könnte? Dass ich es nicht tue?« Demonstrativ halte ich meinen Finger mit dem Ehering hoch. »Ich bin noch nicht einmal offiziell geschieden! Was, wenn er sich auf etwas Hoffnung macht, was ich ihm nicht geben kann?« Kraftlos lasse ich meine Hände in den Schoß sinken und drehe an dem Ring herum.

Warum habe ich ihn immer noch nicht abgenommen? Warum war es mir so unangenehm, als River mich darauf angesprochen hat? Lilly-May brauche ich nichts vorzugaukeln – und allen anderen auch nicht. Es ist zu früh. Es wird immer zu früh sein.

Heather packt mich bei den Schultern, sodass ich ihrem Blick nicht länger ausweichen kann, und lächelt mich milde an. »Du denkst zu viel. Genieß den Ausflug – und bevor du fragst: Oh ja! Du hast es dir verdient! Und jetzt komm her, damit wir dich passend anziehen können.«

Sie pickt zielsicher ein paar Sachen aus dem wilden Stapel Klamotten um uns herum. »Wenn du mich fragst: die helle Skinny Jeans, das grüne T-Shirt, ein bisschen Make-up – fertig. Brezel dich bloß nicht zu sehr auf, das könnte ihn verschrecken.«

»Aber …«

»Vertrau mir!«

Eine Dreiviertelstunde später hupt es vor unserem kleinen Gästehaus.

Lilly-May reißt sofort die Tür auf und hüpft hinaus. »Er ist da-haa! Los komm, beeil dich, Mommy!«

»Bereit?«, fragt Heather schmunzelnd.

Ich nicke und greife nach meiner Handtasche.

Heather klappt zufrieden ihr Make-up-Köfferchen zu. Ich

wollte nicht, aber sie hat darauf bestanden: nur etwas Lidstrich und Wimperntusche. Meine eigenen Stifte waren komplett eingetrocknet. Sie hat sie kommentarlos weggeworfen.

»Shit!«, rutscht es mir heraus. »Kann ich mich noch mal umziehen?«

»Upps! Das ist neu!« Heather späht mir über die Schulter und winkt fröhlich. »Keine Zeit mehr!«

River trägt ein kobaltblaues, frisch gebügeltes Hemd, seine Stiefel sind geputzt, und die Jeans hat er gegen cremefarbene Chinos getauscht. Sogar die Ärmelaufschläge haben eine Bügelfalte.

Innerlich verwünsche ich Heather, aber sie hat recht, jetzt ist keine Zeit mehr, mich seiner Kleiderwahl anzupassen. Er hat mich gesehen und hält bereits galant die Beifahrertür für mich auf.

»Du kannst das!« Heather versetzt mir von hinten einen unauffälligen kleinen Schubser.

Schwankend gehe ich los. Ich bin versucht, wenigstens noch ganz schnell die Schuhe zu wechseln. In den Birkenstock-Sandalen komme ich mir albern vor, weil River so schick ist. Aber in Pumps auf einen Bootsausflug zu gehen, ließe mich erst recht wie eine Idiotin aussehen.

Am meisten beunruhigt mich, dass mich das tatsächlich stört.

»Halt ihn kurz hin!«, flehe ich Heather an. »Ich brauche wenigstens eine andere Hose.«

# Kapitel 28

*River*

»Und es geht ihr wirklich gut? Tut das denn nicht weh?«

Wir sind mit einem der Tretboote von Henrys Anleger auf den See hinausgestrampelt und lassen uns in der Mitte treiben.

Dawn beobachtet durchs Fernglas den Fischadler, den ich ihr gezeigt habe.

Lilly-May starrt fasziniert auf das Live-Video von meinem Mobiltelefon. Die zahlreichen, teils seltenen Wasservögel um uns herum haben sie nur kurzfristig interessiert. »Wenn ich mir vorstelle, dass aus meinem Bein lauter Nägel rausschauen würden …« Sie schüttelt sich.

»Keine Sorge. Blue schläft sich jetzt erst mal die Narkose raus. Sie bekommt genügend Schmerzmittel, und sie ist jung. Da wächst das schnell wieder zusammen. Die Operation ist gut verlaufen, und sie hat sehr viel Glück gehabt.«

»Weil du der beste Tierarzt bist?«, fragt sie ernst und fährt mit dem Finger über das Display, als könnte sie Blue über die Entfernung damit streicheln.

»Vielleicht auch das.« Ich schmunzle. »Vor allem aber, weil ihr sie gefunden habt.«

»Jaaaa, schon«, sagt Lilly-May lang gezogen.

Ich folge ihrem Blick auf ihre Mutter, die mit geschlossenen Augen, das Fernglas inzwischen im Schoß, eine Hand durch die glasklare Wasseroberfläche des Sees gleiten lässt. Lilly-May hat Dawn noch nicht wirklich verziehen, dass sie die Pflege für Blue abgelehnt hat. Das ist ziemlich deutlich.

Dawn spürt meinen Blick, öffnet die Augen. Unsere Blicke treffen sich kurz, dann bin ich mit meiner Aufmerksamkeit wieder bei Lilly-May.

»Na komm, lassen wir Blue weiterschlafen.«

»Wann kann ich sie besuchen?«

»Heute nicht mehr«, sage ich und bemühe mich, die Antwort locker klingen zu lassen. »Wir können später noch mal über die Webcam nach ihr sehen, okay?«

Doch so schnell gibt die Kleine nicht auf. »Und morgen?«

»Da bringe ich sie zu Marge, meiner Pflegemutter.«

»Du hast eine eigene Pflegemutter für Katzen?« Schwer beeindruckt zieht sie die Augenbrauen hoch.

Dawn beißt sich auf die Zunge, um nicht loszuglucksen, und dreht sich schnell weg. Das Fernglas fällt polternd herunter. Ein paar Gänse fühlen sich gestört und fliegen laut kreischend auf. Nicht so einfach, unter diesen Umständen ernst zu bleiben. Aber alles andere würde mir das Kind nie verzeihen.

»Natürlich«, sage ich feierlich. »Ich habe dir doch versprochen, dass Blue die allerbeste Fürsorge bekommt. Marge hat Erfahrung. Sie hat für mich gesorgt, seit ich zwölf war. Und das hat sie sehr gut gemacht.«

Lilly-Mays Kinderstirn furcht sich in tiefen Rillen. »Ja, das hat wohl funktioniert. Ich kenne dich noch nicht so gut, aber Tante Heather hat vorhin gesagt, du bist ein guter Mann.«

Dawn schneidet eine Grimasse und verdreht peinlich berührt die Augen gen Himmel.

Jetzt grinse ich doch. »So, sagt sie das?«

»Ja«, bestätigt Lilly-May knapp. Das Verhör ist damit jedoch noch nicht zu Ende. »Wieso hast du eine Pflegemutter gebraucht? Hast du dir auch das Bein gebrochen? So wie Blue?«

Dawns Gesichtsausdruck verändert sich. Die kurz aufgeblitzte fröhliche Leichtigkeit ist erneut der pflichtschuldigen Mutter-Miene gewichen. »Lollipop, sei nicht so neugierig. Das ist unhöflich. Entschuldige, River.«

»Nein, lass sie doch. Ist völlig okay … Ich habe mir den Arm gebrochen, zweimal sogar. Aber das hatte damit nichts zu tun«, erkläre ich dem Mädchen. »Es ist ein bisschen wie bei Blue. Ich hatte kein richtiges Zuhause. Leute vom Staat haben das mitbekommen und versucht, mir zu helfen und einen Ersatz zu finden. Es hat ein paar Umwege gebraucht, bis ich zu Marge und Joe gekommen bin. Die beiden haben mich in ihre Familie aufgenommen. Und das ist das Beste, was mir je passiert ist – auch wenn ich am Anfang einen Moment gebraucht habe, um das zu begreifen.«

Lilly-May macht große Augen. »Waren sie sehr streng zu dir?«

Ich schüttle den Kopf. »Nein, gar nicht. Sie haben einfach klare Regeln für unser Zusammenleben aufgestellt. Es gab keine Strafen, wenn ich mich nicht an Abmachungen hielt, nur Konsequenzen. Weißt du, was das Wort bedeutet?«

Lilly-May schüttelt den Kopf. »Und wo wohnt sie? Kann ich Blue dort besuchen?«

»Wenn deine Mom das erlaubt, können wir das bestimmt mal einrichten. Marge freut sich sicher. Sie wohnt nicht weit weg von Heather, nur ein Stückchen weiter die Straße runter und über den Hügel. Eine Farm mit ganz vielen Olivenbäumen.«

Sie nickt zufrieden. »Was sind Konsekentsen?«

»Okay, ein Beispiel: Wenn ich zu spät zum Essen gekommen bin, war der Tisch bereits abgeräumt, und die Töpfe waren leer. Die Zutaten für meine Portion befanden sich im Kühlschrank. Ich hatte die Wahl, selbst zu kochen, mir einen Toast oder ein Müsli zu nehmen – oder hungrig zu bleiben und das nächste Mal pünktlich zu sein.«

»Und du wurdest nicht geschimpft?«

»Nie. Marge und Joe setzten voraus, dass ich gute Gründe für mein Verhalten haben müsste, und sagten mir von Anfang an, dass sie die respektierten, auch ohne sie zu kennen. Die einzige Bedingung war, dass ich nichts Ungesetzliches tat und niemand anderem bewusst schadete.«

»Das ist ganz schön viel Vertrauensvorschuss für … jemand Neuen in einer Familie«, sagt Dawn, die unser Gespräch aufmerksam verfolgt.

Ich nicke. »Sie fanden, ich sei alt genug und hätte genug erlebt, um kluge Entscheidungen zu treffen.«

»Und, hast du?« Sie beugt sich nach vorn, verschränkt ihre Hände und legt das Kinn darauf ab, die Ellbogen auf die Oberschenkel gestützt.

Ich grinse. »Sagen wir, ich habe im Laufe der Zeit gelernt, den Bogen nicht zu überspannen. Joe hat mir immer den Rücken freigehalten, sogar, wenn ich irgendwas angestellt habe. Schule schwänzen zum Beispiel.« Ich zwinkere Lilly-May zu. »Aber es gab eine Liste für solche Fälle, Dinge, die ich als Ausgleich zu erledigen hatte.«

»Was denn für Sachen?«

»Oh, Verschiedenes. Von Holz hacken bis Shakespeare lesen. Meist Dinge, die mir mehr über das Leben beigebracht haben als Highschool und College zusammen. Oder mir zumindest einen guten Grundstock dafür gegeben haben.«

»Und wenn du das nicht gemacht hast?« Lilly-May spielt aufgeregt mit den Schnüren ihrer Schwimmweste herum.

Ich lächle schief. »Einmal wollte ich es wissen. Ich kam viel zu spät nach Hause, hatte nicht Bescheid gesagt, wo ich war, die Schule geschwänzt und bin mit einem Freund Richtung Küste geknattert, weil wir Seehunde beobachten wollten. Ich hatte keine Ahnung, dass er das Mofa geklaut hatte und nicht mal einen Führerschein dafür besaß. In einer Kurve sind wir von der Fahrbahn abgekommen und hatten mehr Glück als Verstand. Außer ein paar Abschürfungen und einem verstauchten Handgelenk ist mir nichts passiert. Joe und Marge saßen in der Küche, als die Polizei mich nach Hause brachte. Vor ihnen standen meine gepackten Koffer. Auf dem Küchentisch lagen zwei Briefumschläge. Der eine – das waren meine Papiere für die Jugendfürsorge. Sie hätten mich, ohne mit der Wimper zu zucken, dorthin zurückgeschickt.«

»Und der andere?«, fragt Lilly-May mit großen Augen.

»Das war mein Freischein.« Ich seufze zerknirscht bei der Erinnerung. »Jeder hat eine zweite Chance verdient, hat mir Joe an jenem Abend erklärt – aber keine dritte. Ich durfte wählen, ob ich diesen Freibrief für den Vorfall einlösen und bleiben oder meine Sachen nehmen und gehen wollte. Ich habe die Regeln nie wieder infrage gestellt.«

»Das klingt aber doch ziemlich streng«, sagt Lilly-May und zieht die Nase kraus. Sie scheint abzuwägen, ob sie meine Pflegeeltern wirklich kennenlernen möchte.

Dawn lächelt still vor sich hin. Dabei streicht sie sich verstohlen über die Arme. Sie fröstelt, und ich Waldschrat habe meine Jacke im Wagen gelassen.

»Nein, nur konsequent«, sage ich. »Ich war ein ziemlicher Racker, weißt du. Ich war zwölf und musste erst lernen, die ganze Freiheit, die sie mir gewährt haben, richtig einzusetzen. So. Jetzt habe ich genug von mir erzählt. Mir wird allmählich ein bisschen kalt. Wollen wir zurück ans Ufer strampeln? Wer von euch hat Hunger? Wie wäre es mit einem von Jenny Olssens legendären Blueberry Pies?«

»Mit Eis und Sahne?«, fragt Dawn noch vor Lilly-May.

»Unbedingt«, antworte ich, nehme ihr das Fernglas ab und reiche ihr eine Hand, damit sie von ihrem Aussichtspunkt im Heck zurückklettern und wieder vorn neben mir Platz nehmen kann.

Es ist gar nicht so einfach, über das Boot zu balancieren. Sie stützt sich auf meine Schulter. Die Wärme ihrer Hand durchflutet meinen Körper und strahlt bis in die Fingerspitzen.

Ich hatte heute Mittag fast die Befürchtung, sie würde hochhackige Schuhe anziehen und einen engen Rock oder so was. Stattdessen komme ich mir nun dezent overdressed für diesen Anlass vor.

Unsere Augen treffen sich wieder. Ich würde gern die Traurigkeit in ihrem Blick verstehen.

»Und wie war deine Kindheit?«, platze ich heraus und komme mir im selben Augenblick selten dämlich vor.

»Behütet«, sagt sie. »Unspektakulär. Aber ich war drei Sommer lang die Königin im Kirschkernweitspucken.«

»Ach!«, sage ich überrascht. »Was du nicht sagst. Aber das kann ja jede behaupten. Ich fordere Beweise, ein Duell! Ich besorge die Kirschen. Und Lilly-May ist Schiedsrichterin.«

»Abgemacht.« Dawn lächelt. Offen. Unbeschwert. Und zum ersten Mal lachen ihre Augen wirklich mit.

# *Kapitel 29*

*Dawn*

Das kleine Café am Seeufer ist einfach nur bezaubernd. Die Wände sind aus grob behauenen Baumstämmen gezimmert, auf den Tischen stehen getöpferte Vasen mit frisch gepflückten Wiesenblumen, und der Blueberry Pie ist göttlich – genau wie River versprochen hat.

»Ich würde sterben, wenn ich das Rezept bekommen könnte«, sage ich und schiebe mit einem zufriedenen Seufzer den leeren Teller ein Stück weg von mir.

»Ach, Schätzchen, aber tot hast du doch nichts mehr davon!« Sofort ist die Wirtin zur Stelle und räumt klappernd unser Geschirr zusammen. »Das Geheimnis ist die Stärke. Nicht zu viel und nicht zu wenig, damit die Füllung weder zu dünnflüssig noch zu breiig wird. Und den Teig mindestens eine Nacht lang stehen lassen.« Sie zwinkert mir zu. »Noch einen Nachschlag für dich oder die Kleine?«

Ich betrachte Lilly-Mays rotviolett verschmierten Mund und greife zu einer Serviette. »Danke, sehr nett, aber nein. Ich glaube, sonst passt nachher kein Abendessen mehr rein.«

»Oh, ihr bleibt doch noch zum Essen hier, oder?«, meldet sich eine männliche Stimme hinterm Tresen. »Ich habe heute

Morgen ein paar Forellen rausgezogen. Sind schon in der Küche zum Entgräten und Filetieren. Die müsst ihr probieren!«

»Henrys gegrillte Forellen sind ein Gedicht«, bestätigt seine Frau.

»Ja, also … ich weiß nicht.« Fragend sehe ich zu River.

Der hebt die Schultern und verzieht gespielt leidend das Gesicht. »Und führe uns nicht in Versuchung, Jenny! Seit Jahren sind diese Fische und der Ziegenkäse eines Patientenbesitzers meine einzigen Sünden. Aber heute muss ich tapfer bleiben – Blue zuliebe. So lange möchte ich sie dann doch nicht allein lassen. Wollen wir das ein andermal nachholen?«

River sieht mich bittend an, und ich habe Mühe, meinen beschleunigten Puls zu ignorieren.

Ich mag seine Augen, die Art, wie er mit Lilly-May umgeht – und er hat unglaublich schöne Hände. Ich ertappe mich bei der Vorstellung, wie es wohl wäre, zärtlich von ihnen berührt zu werden. Ob er eine Freundin hat? Heather weiß sicher nicht alles, was in diesem Tal geschieht. Es geht mich aber auch nichts an.

Ich räuspere mich.

Seit anderthalb Jahren habe ich nicht mehr an einen Mann gedacht. Ach was, länger. Und kaum bin ich hier …

River versucht einfach nur, nett zu sein. Das nehme ich gern an. Wenn ich das mit der Veränderung ernst meine, muss ich raus aus der Komfortzone. Aber nicht so weit.

»Natürlich«, antworte ich und ignoriere mein Herzklopfen, als unsere Blicke sich begegnen.

Ein Lächeln umspielt seinen Mund. Und wenn er doch mehr will? Könnte ich mich darauf einlassen? Würde ich es auch wollen? Ich muss schnell woanders hinsehen.

»Darf ich rausgehen und noch mal schaukeln, bevor wir fahren?«, unterbricht Lilly-May meine Gedanken.

Ich nicke. »Aber bleib in Rufweite. Und geh nicht allein zum See runter! Auf keinen Fall!«

»Mommy!« Sie legt die ganze Nachsicht einer Sechsjährigen in ihr Stimmchen und stützt zur Bekräftigung ihre Fäuste in die Hüfte. »Die Schaukel steht doch hier oben. Ich winke dir zu. Aber du musst aus dem Fenster gucken. Okay?«

»Okay«, verspreche ich und sehe ihr nach, wie sie zur Tür hinausflitzt. »Ich reagiere immer noch zu oft über«, stelle ich fest und beiße mir auf die Lippe. »Oh … das war laut gedacht.«

River lächelt. »Es ist sicher nicht einfach, das richtige Gleichgewicht aus Beschützen und Laufenlassen zu finden.«

Ich nicke und gleite langsam mit dem Daumen über eine Schicht Kondenswasser auf meinem Glas hausgemachter Limonade, um meine Ruhe wiederzufinden, aber es funktioniert nur so semi. »Das kann man sagen«, erwidere ich hölzern.

Als ich hochblicke, sehe ich die Frage in seinem Gesicht, aber ich will sie nicht beantworten.

Nicht dieses Thema, nicht jetzt.

Es gibt keinen zuverlässigeren Stimmungscrasher als den Tod eines Kindes. Ich bin das ganze aufgesetzte Mitleid so satt, das hilflose Stammeln, die peinlich berührten, höflichen Anteilnahmen. Als ob man einen Stöpsel zieht, der unweigerlich jede Konversation innerhalb von Sekunden durch den Abfluss jagt und versiegen lässt. Ich möchte nicht, dass dieses Gespräch in betretenem Schweigen versickert.

»Und deine einzige Sünde ist also, ab und zu Fisch und Käse zu essen? Das soll ich dir glauben?«, frage ich betont locker und setze schnell das Glas an meine Lippen, weil mein schelmisches Lächeln etwas zittrig ausfällt.

Er macht das Spiel mit. »Zumindest, was das Essen angeht. Ich bin ein guter Mann – ich habe einen Ruf zu verlieren.«

»Oh, richtig. Das.« Wo ist plötzlich meine Schlagfertigkeit geblieben? Ich streiche mir eine Haarsträhne hinters Ohr und spüre, wie meine Ohrläppchen heiß werden, also lieber wieder unauffällig die Haare nach vorn. »Tja, was soll ich darauf antworten?«, sage ich lahm.

Ich bin zu lange raus, ich wollte doch auch gar nicht flirten, ich wollte doch nur …

River entschuldigt sich mit einer Geste und erhebt sich. »Darf ich euch beide einladen?«

»Auf gar keinen Fall«, widerspreche ich, springe auf und stelle mich ihm in den Weg. »Lass mich das übernehmen, bitte! Wenn ich schon nicht als Katzenmutter …« Irgendwie landet meine Hand auf seiner Brust. Eine halbe Sekunde lang spüre ich sein Herz, dann zucke ich zurück. »Entschuldigung.«

»Nein, nein. Ich …«

Mrs. Olssen kehrt zurück an unseren Tisch, eine gefüllte Papiertüte in der Hand, die sie einfach zwischen uns hält. »Hier, ihr Turteltäubchen. Mit besten Grüßen von Henry.«

»Wir sind keine …«, setze ich hastig an.

Irritiert sieht River mich an. Für den Bruchteil einer Sekunde zieht ein Schatten über sein Gesicht. Dann hat er sich wieder im Griff. Habe ich ihn verletzt?

»Papperlapapp.« Sie zwinkert uns zu.

»Jenny, das ist ein Miss…«, versucht es jetzt River, aber die Wirtin winkt ab.

»Das will ich alles gar nicht wissen. Ich habe meinem Mann die Forellen nur wegen besonderer Umstände abluchsen können. Wie groß die Katzen sind, die hier verarztet werden, interessiert mich nicht. Also verschwindet, bevor er es sich anders überlegt. Ein frisch gebackenes Baguette habe ich noch mit reingelegt. Rosmarinkartoffeln sind ebenfalls sehr lecker dazu.

Und der Blueberry Pie geht auf mich, damit das auch geklärt ist. Aber nur, wenn ihr nächste Woche noch mal wiederkommt. Da will ich ein neues Rezept ausprobieren und brauche Testesser.«

»Aber …«

»Das können wir nicht an …«

»Na gut. Dann gebt den Fisch wieder her!« Sie zuckt mit den Schultern und greift nach der Tüte.

»Nein!«, rufen wir beide. Wir sehen uns an und lachen.

»Also gut, einverstanden«, sage ich.

»Na, geht doch.« Zufrieden zieht Jenny ab und winkt durchs Fenster zu Lilly-May hinaus.

Ich mache mir zu viele Gedanken. Fließen lassen, hat Heather gesagt. Mich dem Fluss des Lebens anvertrauen. Oder war ich das?

Auf einmal fühlt es sich ganz leicht an.

Leben.

# Kapitel 30

*River*

»Zu mir oder zu dir dürfte damit wohl klar sein.« Augenzwinkernd halte ich Dawn die Wagentür auf.

Ich bin so erleichtert, dass wir diese unsichtbare Wand zwischen uns durchbrochen haben. Einen Schutzwall, wie ich ihn in dieser Form nur von meinen vierbeinigen Patienten kenne, wenn sie nicht wissen, ob sie angreifen oder fliehen sollen – oder mir vertrauen können.

»Zumindest, wenn es nach Jenny geht«, schränkt Dawn ein und legt den Kopf schief, als ob sie nachdenken müsste, ob sie es wagen kann einzusteigen.

Lilly-May ist bereits auf den Kindersitz auf der Rückbank geklettert und wartet mit zappelnden Beinen. »Mommy, komm endlich, wir müssen doch zu Blue!«, kräht sie, bevor ich etwas erwidern kann.

Verdammt, war ich zu forsch? Welpen sind wunderbar unbekümmert, egal, welcher Spezies sie angehören. Ich muss kurz an Jenny Olssens Spruch mit den Katzen denken. Wenn man Glück hat und kein Idiot ist, orientieren sich die Großen daran, und man kann sich ganz behutsam weiter vortasten. Oder man versaut es doppelt.

Dawns Mundwinkel zucken, als sie meinen erschrockenen Blick sieht. »Und nach meiner Tochter«, ergänzt sie lächelnd und nimmt mir die Tüte mit dem Fisch und dem Baguette ab, um sie in den Fußraum zu stellen.

Wieder berühren sich unsere Finger. Vielleicht einen Moment zu lange. Sie übergeht es und sieht schnell weg, um sich anzuschnallen, aber ich erhasche einen Blick auf ihren Mund, während ich die Wagentür hinter ihr zuschlage. Sie hat sich auf die Unterlippe gebissen, als hätte sie versucht, sich ein Lächeln zu verkneifen. Ganz kurz nur, aber die Fältchen um ihre Augen haben sich vertieft. In der nächsten Sekunde dreht sie sich zu ihrer Tochter um und entzieht ihr Gesicht meinem Blick. Ich starre auf ihren Rücken, ertappe mich dabei in der Spiegelung der Fensterscheibe, gehe um den Wagen herum und atme endlich aus, bevor ich selbst einsteige.

Die paar Schritte genügen für ein Gedankenfeuerwerk. Amüsiert Dawn sich über mich? Findet sie mich einfach nett und hilfsbereit? Wie alle hier? Oder flirtet sie mit mir? Moment, flirte ich etwa?

Vorsicht, River! Verbrenn dich nicht, sie trägt einen Ring!

Vielleicht ist das nur ein Schutzschild – wegen Idioten wie mir!

Sie kommt immerhin mit zum Essen. Wegen Blue, du dummer Kerl! Nur der Katze und Lilly-May zuliebe.

Ich räuspere mich und drehe den Zündschlüssel.

Wieso nur hat Jenny das mit den Katzen gesagt? Himmel, ich bin schon viel zu lange raus aus diesem …

»Mist. Ich habe Stan vergessen«, rutscht es mir heraus.

»Wen?«, fragt Lilly-May sofort.

»Lollipop, wir haben darüber gesprochen«, mahnt Dawn nach hinten und sieht mich kurz von der Seite an. »Wir können ein andermal zusammen essen. Ich meine … Die Forelle hält sich sicher auch bis morgen … Falls du morgen … oder natürlich irgendwann anders … Nicht schlimm.« Sie knibbelt an einem unsichtbaren Fleck auf ihrer Jeans herum.

»Nein, nein«, sage ich, bevor die Wand wieder hochfährt. »Das wird keine Ausrede. Ich muss unbedingt zuerst zurück in die Praxis. Diese beiden Fische haben verdient, nicht umsonst gestorben zu sein und gebührend gewürdigt zu werden.«

Oh, River, was für ein Stimmungsburner! Ist das mein Ernst? Wie muss denn das für sie klingen? Wieso ist mir der alte Stan ausgerechnet jetzt eingefallen? Na, weil ich in Gedanken bei Sonnenuntergang über den Strand geschlendert bin. Händchen haltend. Und weil ich Bro versprochen habe, ihn regelmäßig dorthin mitzunehmen. Darum.

»Es gibt da diesen alten Hund«, versuche ich die Situation zu retten. »Er hat chronische Atemwegsprobleme. Die Seeluft tut ihm gut, und ich habe seinem Herrchen versprochen … Egal. Uns klaut auch keiner, wenn wir im Dunkeln dort hinfahren. Also, den Hund und mich. Später. Nach dem Essen. Ich meine …«

Wieder entdecke ich diesen verschmitzten Zug um Dawns Lippen.

»Können wir nicht mitkommen?«, kräht es von hinten.

Energisch dreht Dawn sich um. »Ganz sicher nicht, Lollipop. Wir wollen Rivers Geduld nicht überstrapazieren. Wir besuchen jetzt Blue und essen zusammen, und dann geht es ab nach Hause und ins Bett für kleine Damen.«

»Aber …«

»Nein. Genug erlebt für einen Tag.«

Einen Moment lang herrscht Schweigen.

Dann fügt Dawn sehr leise hinzu: »Manchmal möchten Erwachsene auch einfach mal unter sich sein.«

Jetzt bin ich es, der ein Schmunzeln unterdrückt.

In der Praxis ist alles ruhig. Blue ist bereits halbwegs fit und hat sogar schon die Katzentoilette benutzt. Der Schutzkragen scheint sie zu nerven, aber das lässt sich nicht ändern. Würde sie an der Operationsnaht herumlecken, wäre das schlimmer. Ich kontrolliere das Wärmekissen und die Infusion und erkläre den beiden, dass sie heute noch nichts fressen darf, wir ihr aber gern ein bisschen von der Forelle fürs Frühstück aufheben können.

Lilly-May möchte Blue unbedingt Gesellschaft leisten.

Ich schaue sie eindringlich an. »Von meiner Seite aus spricht nichts dagegen, solange du nicht an den Geräten herumspielst oder die Käfigtür öffnest, okay?«

Sie nickt ehrfürchtig. Ihre beiden Zopfgummis mit den bunten Perlen klimpern durch die Bewegung, und Blue legt neugierig den Kopf schief und hebt leicht die Vorderpfote, als wollte sie danach greifen, traue sich aber nicht. Die beiden sind ganz ineinander vertieft.

»Das sieht gut aus, oder?«, flüstert Dawn.

Überrascht drehe ich mich zur Seite. Meint sie den Genesungsstatus der Katze oder das Miteinander der beiden? Keine Ahnung.

Sie ist plötzlich so dicht neben mir, dass mein Oberarm ihre Schulter streift, und alles andere wird zur Nebensache. Unsere Augen treffen sich.

»Ja, finde ich auch«, murmle ich und spüre der irritierend kribbelnden Wärme nach, die mich durchströmt.

Dawn zieht den Arm nicht weg, nicht gleich. Ich würde gern so stehen bleiben, irgendwas sagen oder tun – da ist der Moment vorüber.

Sie legt Lilly-May eine Hand auf die Schulter, und ich nehme eine sonderbare Leere wahr, wo wir eben noch Haut an Stoff Kontakt hatten. Abwesend streiche ich mir über den Arm.

Ich träume zu viel. Schon wieder. Dawn ist verheiratet – oder sie war es und hat die Trennung noch nicht verwunden. Der Ring ist ein überdeutliches Finger-weg-Signal. Schnall das doch endlich, sonst hätte sie ihn inzwischen abgelegt!

»Küche?«, frage ich, weil mich in diesem Moment sogar die Grammatik eines ganzen Satzes überfordert.

Sie nickt. Ihre Augen strahlen warm.

Wieder grätscht diese fies rationale Stimme in meinem Kopf dazwischen: Das liegt einfach daran, dass sie Katzen mag. Bilde dir nichts ein!

Ja, ich würde sie jetzt gern an mich ziehen. Aber das geht nicht. Was soll sie von mir denken? Es schmerzt beinahe körperlich, dem Impuls nicht einfach nachgeben zu können. Und es verwirrt und versetzt mich zusätzlich in Aufruhr, solche Empfindungen an mir festzustellen. Wie lange ist das her? Lange genug offenbar, um komplett eingerostet zu sein. Außerdem muss ich ein Hühnchen mit Marge rupfen. Wenn sie mir gestern früh nicht diesen Floh ins Ohr gesetzt hätte mit ihren Vorahnungen …

Ich halte Dawn die Tür auf und lasse sie vorgehen. Eine leichte Parfümwolke streift meine Nase. Unaufdringlich, elegant. Sie streicht sich eine Locke hinters Ohr, als würde sie meinen Blick auf ihrem Nacken spüren. Auch Menschen haben Instinkte. Mein Herz klopft doppelt so schnell wie normal. Verdammte Axt.

Anfangs arbeiten wir überwiegend schweigend. Dawn halbiert die Kartoffeln mit Schale, schneidet sie schachbrettartig ein und verteilt sie mit Olivenöl, Knoblauchscheibchen, Salz und Pfeffer auf dem Backblech. Mein Job ist die Forelle. Da ist allerdings nicht viel zu tun, Henry hat im Prinzip alles vorbereitet. Ich rühre eher alibimäßig in einem kleinen Topf mit geschmolzener Butter herum und verfolge jede ihrer Bewegungen wie eine Katze einen Laserpointer an der Wand.

»Hast du zufällig Hartkäse im Haus?«

Ich löse meinen Blick von ihren öltriefenden Fingern und nicke lahm. »Ja, im Kühlschrank müsste ein Stück Ziegen…«

»Wunderbar! Bist du offen für ein Experiment?«

»Klar…« Meine Antwort gerät ein wenig heiser.

Dawn beugt sich bereits ins Innere der Kühlung und sucht kurz, bevor sie die Box mit dem Käse findet.

Ich greife schnell nach einem Teelöffel, beträufle die schmetterlingsförmig aufgeschnittenen Forellenfilets mit der geschmolzenen Butter und bemühe mich, nicht auf ihren Hintern zu starren – aber es fällt mir schwer. Energisch ratsche ich die Pfeffermühle über den Fisch. Gesalzen hatte ich ihn schon, oder? Verflixt.

»Ah, hab ihn. Perfekt. Und eine Reibe dazu?«

Sie richtet sich auf, wischt sich mit dem Handrücken eine rotblonde Haarsträhne aus der Stirn, und ich drehe mich hastig zum Küchenschrank, öffne das entsprechende Schubfach und reiche ihr das Gewünschte. Sie sucht Blickkontakt, und ich erwidere unbeholfen ihr Lächeln.

In meiner eigenen Küche weiß ich nicht, wohin mit mir, also widme ich mich wieder den Forellenfilets und suche sie nach Salzkristallen ab. Ich bemerke selbst, wie albern das ist, stelle den Salzstreuer beiseite und kommentiere stattdessen dusselig, was sie tut – was es auch nicht wirklich besser macht: »Du reibst den Ziegenkäse auf das Backblech?«

Dawn lacht und deutet mit einem Löffel auf meine Brust. »Richtig«, sagt sie gut gelaunt. Sie ahmt den Tonfall einer dieser Fernsehköchinnen aus den Kochshows nach, die Marge früher so gern gesehen hat. »Aber das ist noch nicht alles, River.« Sie zieht den Löffel über das Blech und erklärt weiter. »Ich vermische ihn mit dem Öl und den Gewürzen, und dann …«, sie legt den Löffel beiseite, dehnt die Schnittflächen der Kartoffeln ein wenig auseinander, drückt sie in die Käsemischung und verteilt sie neu auf dem Blech, »… dann kommt noch mal Käse obendrüber.«

Sie greift erneut nach der Reibe, bedeckt die Kartoffeln mit einer feinen weißen Schicht aus Käseraspeln, und ich frage mich, wie sie es anstellt, das so verdammt sexy aussehen zu lassen.

»So, fehlt nur noch Rosmarin.«

»Hm?«

»Sonst werden es keine Rosmarinkartoffeln.« Sie lächelt immer noch. Milde? Spöttisch? Amüsiert? Merkt sie, was mit mir los ist? Genießt sie das Katz-und-Maus-Spiel?

»Ach ja, klar. Draußen.« Hilflos zeige ich aus dem Fenster. »Äh, hole ich.«

»Danke.«

An der frischen Luft atme ich erst mal durch. Stammeln und stottern? Wahnsinnig reif und attraktiv, River Jordan. Ich hab's echt drauf.

# *Kapitel 31*

*Dawn*

»Na? Wie war's?«

Kaum habe ich Lilly-May ins Bett gebracht, lehnt Heather im Türrahmen unseres Gästehäuschens und klopft dezent.

Weite, sehr bequem aussehende Stoffhosen fließen um ihre langen, trainierten Beine. Darüber trägt sie eine übergroße Strickjacke.

Sie hat zwei Kelche mit Rotwein in der Hand, nippt an einem und hält mir den anderen hin. »Absacker? Du warst lange weg. Das kann zweierlei bedeuten.« Sie lächelt hintergründig.

Ich gucke unschuldig. »Nämlich?«

»Entweder, ihr seid gar nicht erst bis zum Trout Lake gekommen, sondern habt unterwegs einen Notruf bekommen und stattdessen eine komplizierte Zwillingsfohlengeburt gemeistert … Aber dafür sehen deine Jeans zu sauber aus.«

»Oder?«

»Oder es war ein sehr schöner Abend.«

Ich nehme ihr dankbar das Weinglas ab und folge ihr auf die kleine private Veranda. Während ich bei Lilly-May war, hat Heather dort offensichtlich das Terrassenfeuer entfacht.

»Letzteres«, bekenne ich.

»Also seht ihr euch wieder?« Sie tut, als würde sie sich eine Fluse von der Jacke zupfen, und linst neckisch durch ihre Stirnfransen. »Nicht, dass ich neugierig wäre …«

»Tja«, sage ich und setze mein Pokerface auf. »Das wird wohl nicht ausbleiben. So oder so. Etwa nicht?«

Heather lacht und setzt sich. »Touché.« Sie klopft neben sich auf das einladend mit vielen Kissen dekorierte Korbsofa. »Und … möchtest du das?«

Ich kuschle mich in eine der bereitliegenden Wolldecken und rücke ganz nah an das knisternde Flammenspiel heran.

Wenn ich an ihn denke, habe ich sofort Rivers Gesicht vor Augen. Die Art, wie er leicht den Kopf schief legt, wenn er zuhört, sein warmer Blick, das dunkle Timbre seiner Stimme, die niedliche Unsicherheit, wenn … Die Erinnerung an unsere zufällig scheinenden Berührungen löst gleich wieder dieses quirlige Gluckern in meinem Magen aus, das ich vor vielen Jahren zuletzt gefühlt habe. Da war ich ein lebenslustiger Teenager und noch keine Mutter mit einem Riesenkoffer – und einem kleinen Sarg.

»Schon … irgendwie.« Gedankenversunken nage ich an meiner Unterlippe und nehme eins der Kissen auf meinen Bauch.

Nicht alle diese Berührungen waren aus Versehen.

Heather zieht ihre Clogs aus und schlägt die Beine im Schneidersitz unter. »Zu früh? Nicht dein Typ? Oje … Ich hoffe, ich habe es durch meine lose Klappe vorhin nicht im Keim erstickt.«

»Was? Nein, nein«, sage ich rasch. Es sollte beruhigend klingen, aber es kommt wohl eher hektisch heraus.

*In Gedanken stehe ich noch einmal auf dem Gehweg vor dem Eingang des Gästehauses, ein wenig fröstelnd und verloren in der Nachtluft. Frisch ausgespuckt, vermisse ich bereits die Behaglich-*

*keit von Rivers Wagen. Die Arme eng um mich geschlungen und ein wenig neidisch auf die Körperwärme, sehe ich dabei zu, wie Lilly-May ihn ganz unbekümmert umarmt. »Wir sehen uns ganz bald wieder, und dann besuchen wir Blue, ja? Du vergisst es nicht. Du hast es versprochen.«*

*»Versprochen ist versprochen und wird auch nicht gebrochen«, reimt River.*

*Über Lilly-Mays Schulter sieht er mich dabei an. Lächelt. Zurückhaltend, ein wenig schüchtern sogar – unsicher, ja, ganz bestimmt. Seine Augen glitzern im Laternenschein. Er setzt sie ab, und Lilly-May rennt ins Haus.*

*Nur wir beide sind jetzt noch hier draußen. Es ist spät geworden, auch ohne dass wir noch mal an den Strand gefahren wären. Zu spät für einen alten Farmer und seinen Hund. Zu spät, um Heather zu bitten, ein Auge auf Lilly-May zu haben, wenn wir noch mal losgefahren wären. Zu zweit. Ans Meer. Im Mondschein. Wo es nach Heckenrosen duftet. Es ist besser so. Nicht das Schicksal herausfordern.*

*Die Nacht ist sternenklar, Grillen zirpen, und es ist naheliegend und natürlich, dass auch wir uns nun zum Abschied umarmen. Ungezwungen. Freundschaftlich. Ein wenig befangen dann doch, weil es eben nicht nur freundschaftlich ist. Oder? Ein Teil von mir wünscht sich, dass es mehr wäre als das – und der andere zuckt allein bei dem Gedanken erschrocken zusammen.*

*»Danke für den wundervollen Abend«, sagt River leise, und seine Daumen streichen sanft über meinen Rücken.*

*Ich schmiege mich an ihn, schließe kurz die Augen, eine Wange an seiner Brust. Mein Herz klopft wie verrückt, und ich würde mich so gern fallen lassen. Aber ich kann nicht.*

*Er scheint es zu spüren, zumindest lösen wir uns beide gleichzeitig voneinander.*

*Aufgeregt. Ein wenig überhastet. Irgendetwas ist jetzt anders. Er hält meine Hand. Betrachtet sie. Betrachtet mich. Wie geht es jetzt weiter?*

*Ich lege meine freie Hand an seine Brust. Ganz kurz nur. Zu intim? Mein Blick fällt auf den Ring.*

*Dann entziehe ich mich. Ich spüre Traurigkeit, ob seine oder meine, kann ich nicht mit Gewissheit sagen. Rivers Augen liegen im Schatten.*

*»Den Spaziergang mit Bro holen wir unbedingt nach, okay?«, durchbreche ich bittend das Schweigen.*

*Er nickt, bereits einen halben Schritt von mir entfernt, aber meine Hand liegt noch in seiner. Ich spüre seine Fingerkuppen auf dem Handrücken, ein kribbelnder Schauer kriecht mir unter die Haut und setzt sich fort bis in die Haarspitzen. Ganz langsam gleiten meine Finger durch seine. Ich krümme sie noch einmal, um den unausweichlichen Moment hinauszuzögern. In Zeitlupe lässt er mich los, lasse ich ihn gehen. Seine Hand, seine Augen. Ich möchte einen Schritt auf ihn zutun, aber ich bleibe ohnmächtig stehen.*

*Ich friere bis ins Mark, als er einsteigt und den Motor startet.*

*Ein fremder Mann, den ich gerade erst kennengelernt habe. Bleib bei mir, flüstert es leise in mir. Da drinnen tobt ein verwirrender Sturm. Interpretiere ich zu viel in seine Hilfsbereitschaft und Freundlichkeit hinein? Hätte ich ihn küssen wollen? Er hat es nicht versucht. Das ist gut so. Oder nicht?*

Eine Stunde ist das gerade mal her.

Sechzig Minuten. Höchstens.

Ich hatte wirklich kein Date geplant.

»Ich habe aus dem Küchenfenster gesehen, wie du seinem Wagen nachgeblickt hast, als er gefahren ist«, sagt Heather leise.

Als hätte sie meine Gedanken gelesen. Das war schon immer ihr Talent.

Ich nicke mit gerunzelter Stirn. Der Sturm in mir hallt nach. »Es war wirklich sehr schön. River ist supernett. Mister Perfect. Aber …«

»Aber?«

Unbewusst streichle ich mir über den Handrücken, dort, wo ich seine Finger auf meiner Haut gespürt habe, bemerke es und ziehe die Schultern hoch bis an die Ohren.

»Ich muss hier erst mal ankommen. Einen Job finden, damit ich dir nicht zur Last falle.«

»Aha …?« Heather sieht mich ungläubig an.

Ich kann ihren Blick nicht recht deuten, sie wirkt beinahe verletzt.

»Er ist der Bilderbuchheld aus einem Hollywood-Skript«, platze ich heraus. »Er hat ja sogar die sprichwörtliche Katze aus dem Handbuch für Drehbuchschreibende gerettet. Dazu ist er charmant, klug, gut aussehend, er hat diese fantastische ruhige Ausstrahlung, sodass man sich beinahe beherrschen muss, nicht in seine Arme zu fliegen, das weißt du ganz genau – und Lilly-May vergöttert ihn …«

»Und du?«, fragt Heather schlicht und nippt an ihrem Weinkelch.

Hilflos lasse ich die Arme fallen. »Ich suche nach einem Haken.«

»Sag bloß! Merkt man kaum. Und wenn es keinen gibt?«

»Ich fürchte es ja. Und vielleicht ist genau *das* der Haken.« Ich schlucke und drehe wieder einmal an meinem Ring.

Heather bemerkt es sofort. Sie beugt sich zu mir und drückt meine Hand. »Geht es um Jesse?«

Ich schüttle den Kopf. »Das Thema ist durch. Vollständig.«

»Was spricht dann dagegen, River eine Chance zu geben?«

Ich starre in die prasselnden Flammen. Tausend Gründe fallen mir ein, und alle sind fadenscheinig und an den Haaren herbeigezogen. Aber ich weiß, was dahintersteckt. Sie alle lassen sich auf ein zentrales Motiv herunterbrechen.

»Ich habe Angst, Heather. Vor der Zukunft, dem nächsten Tag. Vor den nächsten Schritten in meinem Leben. Denn jeder Schritt führt mich weiter weg von Baby Jeff.« Eine Welle steigt in mir auf, als ich nur daran denke, und drückt mir die Kehle zu. Ich kämpfe, um die Enge herunterzuschlucken. »Ich muss immer noch verdammt aufpassen, dass … dass mich dieser Schmerz nicht unter Wasser zieht und ich darin ertrinke.« Hilflos blicke ich meine Freundin an. »Da ist so viel Liebe in mir, wenn ich an meine beiden Babys denke. Und ich weiß, dass ich weitergehen *muss* – für Jeff, für Lilly-May, für mich. Und ich will es auch. Aber …«

Heather sieht mich mitfühlend an. »Fürchtest du, Jeff zu verraten, wenn du dich neu verliebst?«

Ein kleiner Ast zerbirst knackend im Feuer. Die übrigen Scheite rutschen nach.

Ist es das? Habe ich Angst, die Trauer loszulassen, weil sie das Letzte ist, was mich mit meinem toten Kind verbindet?

Stirnrunzelnd beobachte ich das Flammenspiel.

Nach einer Weile schüttle ich den Kopf. »Nein, du hast recht. Ich kann ihn nicht noch einmal verlieren, nicht auf diese Art. Mein kleiner Sohn hat einen festen Platz in meinem Herzen. Es geht um River. Ich glaube, ich habe Angst, dass ich River als Starthelfer missbrauchen könnte. Ich möchte ihm nicht wehtun. Er wirkt wie ein sehr wertvoller Mensch.«

»Das ist er.« Heather lächelt wissend über den Rand ihres Weinglases. »Also bist du interessiert. Hab ich es doch geahnt!

Und nun stellst du erstaunt fest, dass du noch etwas anderes fühlen kannst als Schmerz. Schon mal drüber nachgedacht, dass es auch umgekehrt sein könnte? Dass *du* Angst hast, neu zu vertrauen und vielleicht verletzt zu werden?«

Verblüfft hebe ich den Kopf. »Ist das so offensichtlich?«

»Ich kann dir nicht raten, was du tun oder lassen sollst. Sich zu öffnen birgt immer ein Risiko – wenn du mich fragst, allerdings mit der schönsten Perspektive überhaupt. Hättest du dein Baby etwa nicht in dein Herz gelassen, wenn du gewusst hättest, was passiert?«

»Doch, natürlich!«, fahre ich auf. »Das kann man nicht vergleichen!«

»Entschuldige, nein, das kann man nicht. Es war blöd von mir.«

»War es gar nicht«, sage ich leise und seufze. »Was machst du denn in solchen Situationen?«

Heather lacht leise gurrend. »Was ich auch in den Kursen lehre und was viel zu oft unterschätzt wird: atmen und vertrauen.«

# Kapitel 32

*River*

In der Nacht bekomme ich kein Auge zu. Ich schiebe es auf Blue und die Matratze auf der Schlafcouch im Büro, aber das stimmt natürlich nicht.

Erstens hätte ich auch nach oben gehen können – es geht meiner kleinen Patientin, den Umständen entsprechend, inzwischen wirklich gut: Der Verband sitzt, sie macht keine Anstalten, an dem Fixateur herumzuspielen, sie trinkt, ist wieder vollständig bei Bewusstsein, alles wie aus dem Lehrbuch. Ich hoffe, das bleibt so.

Aber zweitens ist das Kätzchen eine willkommene Ausrede, bei jedem Rascheln aufzustehen und nach dem Rechten zu sehen. Bestimmt ein Dutzend Mal in dieser Nacht. Zu Beginn werde ich mit wacher Neugier begrüßt. Während der zweiten Hälfte meiner ständigen Besuche blinzelt Blue mich allenfalls noch schläfrig aus einem halb geöffneten Auge an. Einmal stürzt sie sich immerhin dankbar auf die unerwartet frühe Extraportion Futter. Ab drei Uhr morgens schläft sie dann so fest, dass es sie nicht einmal mehr interessiert, dass ich aus lauter Verzweiflung ihr Katzenklo saubermache. Ich könnte auch den Mond anheulen.

Oder joggen gehen – das hilft. Glaube ich. Ich war schon ewig nicht mehr laufen. Ob das auch was für Bro wäre? Ich kann den alten Stan schlecht mitten in der Nacht aus dem Bett werfen und fragen. Na ja, ich bin sein Tierarzt. Spazierengehen ist vermutlich besser.

Stöhnend tippe ich auf mein Handy, um das Display zu aktivieren. Immerhin schon halb fünf durch. Die zwanzig Minuten schaffe ich jetzt auch noch. Stan ist ein Frühaufsteher. Nur noch ein kleines bisschen Zeit totschlagen. Dann kann ich mich wunderbar damit herausreden, dass ich es gestern nicht geschafft habe und der Strand morgens vor der Sprechstunde noch so schön leer ist.

Und überhaupt kann es mir völlig egal sein, was alle denken.

Ob es blöd ist, wenn ich bei Heather anhalte und gucke, ob Dawn schon wach ist? Immerhin bedeutet ihr Name Morgendämmerung! Und es ist nur ein winzig kleiner Umweg.

Ich werfe mich auf die andere Seite und starre die Wand an. Sofort habe ich wieder Dawns Gesicht vor Augen. Ihre geschwungenen Augenbrauen, den milchig grüngrauen Blick, der mir so viele Rätsel aufgibt, die hohen Wangenknochen und die gerade Nase mit den schmalen Nasenflügeln, auf denen winzig kleine Sommersprossen tanzen. Ihre Lippen haben einen warmen Roséton. In meiner Vorstellung lächelt sie mich an. Offen und unbeschwert, ich kann ihre Zähne sehen, aber sie versteckt sie gleich darauf schüchtern hinter ihren Fingern. Mädchenhaft, was so gar nicht zu ihrem sonstigen Auftreten passt. Zu dieser Kraft und Energie, mit der sie unter dem Van nach der Katze geangelt hat, der mütterlichen Wärme und dem Schutz, mit dem sie ihre Tochter umgibt – und dieser seltsamen Aura aus Traurigkeit und Stärke, die da noch mitschwingt.

Beim Tretbootfahren auf dem See hat sie erzählt, dass sie

in Vegas als Bookerin für eine Castingagentur gearbeitet hat, Schauspiel und Werbung, seriös, nicht so ein halbseidenes Casino-Model-Ding. Das war ihr wichtig zu betonen. Es erklärt ihren Stil und die teuren Klamotten. Daher kennt sie auch Heather. Ich vergesse immer, dass Heather ziemlich berühmt war, bevor sie dem Showbiz den Rücken gekehrt hat.

Vielleicht hat Dawn das auch vor? Ich frage mich, was bei ihr dahintersteckt. Irgendwie stockte unser Gespräch an der Stelle, und Dawn wirkte sehr erleichtert, als es von Lilly-May unterbrochen wurde.

Seufzend starre ich an die Zimmerdecke.

Das Licht der Hoflaterne lässt die Schatten des Eukalyptusbaums vor dem Haus über die Decke tanzen.

Ich spüre wieder Dawns Hand in meiner. Ihren Kopf an meiner Schulter, als wir uns verabschiedeten. Ich erinnere mich an den Duft ihres Haares, über das ich so gern gestrichen hätte, wenn ich nicht mit all meinen Fasern ihre Anspannung und Furcht gefühlt hätte. Ich möchte sie besser kennenlernen, ihr tausend Fragen stellen oder einfach nur ihrer Stimme lauschen – selbst wenn sie stumpf die Beipackzettel sämtlicher Medikamente aus meiner Apotheke vorlesen würde.

Es macht mich irre.

Wütend darüber, dass ich die Bilder in meinem Kopf nicht kontrollieren kann – vor allem aber die Gefühle, die dahinterstehen –, schlage ich die Decke zurück und stapfe nach nebenan. Zum dreizehnten, vielleicht auch schon zum vierzehnten Mal in dieser Nacht sehe ich nach der Katze.

Arme Blue. Mit schlechtem Gewissen, weil ich sie ständig störe, fülle ich ihren Napf ein weiteres Mal auf, natürlich nur mit einer entsprechend kleinen Portion.

Das Kätzchen schnurrt mich halb dösend an, streckt die

Vorderbeine und spreizt die Pfötchen. Sie wird morgen – oder vielmehr heute – vermutlich richtig viel Schlaf nachholen müssen. Vielleicht macht ihr das die erneute Umstellung und den Umzug zu Marge leichter. Es steckt ja in allem etwas Gutes drin. Auf jeden Fall bin ich mir sicher, dass sie den Transport gut verkraften wird.

»Zähe kleine Maus«, sage ich zärtlich und streichle ihr über das inzwischen wieder plüschig weiche Welpenfell.

So eine Vollnarkose ist auch praktisch für Säuberungsaktionen aller Art. Cathy hat die Gelegenheit nicht ungenutzt verstreichen lassen, da kommt die große Schwester durch, nur dass ihre kleinen Brüder sicher nicht so stillhalten dürften. Mit Engelsgeduld hat sie die schlafende Blue mit Flohkamm und Anti-Ziepspray auch jenseits der fürs OP-Feld gereinigten und rasierten Stellen entheddert, gekämmt und gewaschen. Irgendwas Langhaariges muss in Blues Ahnenreihe liegen, Maine Coon vermute ich. Ohne die Kletten, blutverkrusteten Knötchen und all den Staub erkennt man dieses Erbe jetzt noch viel deutlicher.

»Und ganz schön hübsch bist du außerdem. Kein Wunder, dass du Lilly-Mays Herz im Sturm erobert hast. Da seid ihr Katzen eindeutig im Vorteil. Was meinst du – ob einer von uns beiden das auch bei ihrer Mom hinkriegt?«

Blue öffnet halb ihre Augen, maunzt leise und rollt sich neu zusammen, so gut das mit der Stahlapparatur an ihrem Hinterlauf eben geht. Schon schläft sie wieder ein und schnurrt leise dabei. Ich schließe die Käfigtür. Urvertrauen und Gelassenheit. Katzen sind die besten aller Zen-Meister. Man kann so viel von ihnen lernen!

# Kapitel 33

*Dawn*

Atmen.

»Tief ins Hara«, sagt Heather. »Das ist dieses kleine Energiezentrum, etwa zwei Fingerbreit unterhalb deines Bauchnabels. Wenn du es gefunden hast, fühlt es sich einfach richtig an.«

Das sagt sich so leicht. Wann hat sich zum letzten Mal in meinem Leben etwas einfach richtig angefühlt?

Gehorsam lege ich die Hand auf meinen Unterbauch und stutze. Es ist gar nicht so lange her … Die Entscheidung, nach Carmel zu kommen – das war so ein Moment. Blue zu retten war noch einer. Mit River in die Praxis zu fahren. An den See. Gemeinsam zu kochen … Irgendwie fühlt sich alles, was mit River und diesem Ort zu tun hat, einfach richtig an. Aber ruhiger macht mich diese Erkenntnis nicht, eher im Gegenteil. Ich keuche auf, weil es mir komplett den Atem verschlägt.

»Mir hat mal eine Tanzlehrerin geraten, mein inneres Zumba zu finden.« Heather kniet neben mir. Lächelnd, gelassen, mit kerzengerader Wirbelsäule und geschlossenen Augen.

»Mein was?«, frage ich perplex.

»Dein inneres Zumba. Etwas, das dir Kraft gibt, gute Laune, das dich aus einem Tief reißen kann, dich ausfüllt, wofür du brennst. Für sie war es Zumba. Für mich ist es Yoga. Und bei dir?«

»Aha … Keine Ahnung. Muss ich so was haben?« Es ist zu früh, um vernünftig denken zu können.

Ich linse meine Freundin durch halb geschlossene Augen an. Wie ich ist sie barfuß, in Top und Leggins und einer leichten Sweatjacke – obwohl es an diesem Morgen so kalt ist, dass ich im Kerzenschein Wölkchen ausatme wie eine alte Dampflok. So fühle ich mich auch, nur eben ganz und gar nicht so mollig warm.

»Müssen musst du gar nichts.« Sie lächelt sanft.

Mir ist nach Federbett und dicken Wollsocken. Zählt fünf Uhr nicht noch zur Nacht? Stattdessen habe ich mich breitschlagen lassen, in dieser Herrgottsfrühe mit Heather zum Meditieren auf den Yoga-Hügel zu kommen. Okay. In Wahrheit hat sie mir nur von ihrer Morgenroutine erzählt und angeboten, dass ich sie begleiten könnte, wenn ich möchte – und ich habe Ja gesagt, bevor ich richtig drüber nachgedacht hatte. Das habe ich nun davon. Zumba.

»In deinem Zentrum bist du heil und unberührt, hat Osho einmal gesagt. Dieses Zitat hat vor vielen Jahren etwas in mir angestoßen, ich glaube, es war der Auslöser für die Reise, die mich hierhergeführt hat.« Heathers Stimme lullt mich angenehm ein. »Ins Hara atmen, das erinnert uns an unseren Lebensquell, an die Urenergie, die in uns steckt. An unsere Unverwundbarkeit, egal, wie viele Verletzungen auch im Außen geschehen. Sie bleiben an der Oberfläche. Nichts durchdringt diesen Kern. Nichts als Atem, Licht und Liebe.«

Heather kniept mich durch ein halb geöffnetes Auge an und rutscht ein Stück näher, als sie meinen skeptischen Blick wahrnimmt. Sie legt ihre Hand auf meine, und ihre energievolle Präsenz hilft mir endlich, mich zu fokussieren. Ich spüre ein Pulsieren unter unseren Fingern und öffne den Mund, um es ihr mitzuteilen, aber sie schüttelt sanft den Kopf und schließt die Augen wieder.

»Spür einfach hin. Bleib mit deiner Aufmerksamkeit ganz bei diesem Kern.«

Ich will ja, aber ich kann nicht. Es ist noch dunkel draußen. Die gläsernen Schiebetüren stehen offen, der Wind spielt mit den Gardinen und lenkt mich ab. Meine Gedanken kreiseln wie der aufgebauschte Stoff, wie aufgewirbelte Blätter, die sich nicht entscheiden können, wo sie landen sollen. Habe ich das laut gesagt?

»Lass sie ziehen«, sagt Heather sanft mit ihrer dunklen, samtigen Stimme. »Halt sie nicht fest. Fließe du selbst mit deinem Atem. Ein und aus. Die kosmische Lebensenergie, das Prana, wird getragen durch deine tiefen Atemzüge. So verbindest du deinen Körper mit Geist und Seele und findest in deine Mitte zurück. Einfach atmen. Nur atmen. Mit ein bisschen Übung kannst du spüren, wie sich dein Hara hebt und senkt wie Wellen am Ufersaum. Folge seinem Rhythmus. Ganz gleichmäßig. Hier findest du Ruhe und Stille. Und aus dieser Ruhe wird die Kraft geboren. Kraft für den Tag, Erholung für die Nacht.«

Ich schließe die Augen und versuche es noch einmal. Diesmal klappt es besser. Ich kann tatsächlich fühlen, wie ich ruhiger werde. Ein schönes Gefühl. Kraftvoll und doch geborgen. Bin ich jetzt in meiner Mitte? Dieser Eso-Jargon war noch nie meins. Aber es funktioniert. Rund um meinen Nabel breitet sich Wärme aus – klar, das liegt an unseren Händen, schaltet sich noch einmal mein Verstand ein. Dann gibt er endlich Ruhe. Ich spüre, wie sich meine Bauchdecke im Atemrhythmus hebt und senkt.

»Ich zähle bis fünf und atme ein«, murmelt Heather und macht es vor, »… und zähle bis fünf und atme aus. Dazwischen *bin* ich. Ich bin einfach nur, unerschütterlich fest verankert im Kosmos. Ein winziger Teil eines unendlichen Ganzen.«

Wir atmen gemeinsam, und ich spüre tatsächlich, dass ich ruhiger werde. Mit jedem Atemzug entspanne ich mich ein wenig mehr. Faszinierend.

»Das ist mit Erdung gemeint«, flüstert Heather nach einer Weile. »Diese Zentrierung. Atem ist die Basis vom Yoga. Von jeder Meditation, vom Leben überhaupt. Dein Atem trägt und beruhigt dich. Das beste Mittel gegen Stress überhaupt. Wir tragen es in uns und setzen es viel zu selten gezielt ein. Guten Morgen, Sonnenschein.«

Ich blinzle und öffne träge die Augen. Es dämmert. Hinter den Glasfronten kann ich die Silhouetten der Bäume und Weinberge erkennen. Die Nacht ist vorbei. Das hat etwas Sinnbildliches.

Reifen knirschen über den Kies. Mit katzenartiger Eleganz und Neugier durchquert Heather den Raum und späht durch die Vorhänge, bevor ich überhaupt auf den Beinen bin.

»Na, dann werde ich den Sonnengruß wohl ohne dich praktizieren.« Sie zwinkert mir zu. »So wird das nie was mit Yoga und dir.«

»Wieso? Wer ist das denn?«, frage ich und bete gleichzeitig, dass mein Herzschlag sich nicht in falsche Hoffnung verrennt.

Heather grinst. »Tja. Mit dem Milchmann habe ich keinen Vertrag, mein Zeitungsabo habe ich gekündigt, und der Postbote kommt nicht so früh hier raus. Soll ich den Tierarzt fragen, ob er etwas weiß, was ich nicht mitbekommen habe? Oder willst du das übernehmen? Bis eben dachte ich noch, meinen Pferden geht's gut?!«

Panisch sehe ich an mir herunter. »Ich kann doch aber nicht so, wie ich bin … Und was ist mit Lilly-May?«

»Die lässt du hübsch weiterschlafen. Sie ist hier gut aufgehoben. Denk dran, Dawn: Atmen.« Heather klopft mir spielerisch mit der flachen Hand auf den Bauch. »Du kannst nicht gleichzeitig Panik haben und tief atmen. Niemand kann das. Also – wofür entscheidest du dich?«

Ich pruste meinen Protest hinaus.

Sie lacht. »Soll ich ihn fragen, was er hier will?«

»Untersteh dich!« Ich halte Heather zurück, die so tut, als würde sie gleich loslaufen. »Grüß du mir die Sonne, den Rest übernehme ich selbst.«

An der Tür sehe ich kurz zu Heather zurück. Sie macht eine scheuchende Bewegung, die bestimmt nicht zu einer ihrer Asanas gehört, beugt sich nach vorn und legt mit durchgestreckten Knien ihren Kopf auf den Oberschenkeln ab. Sogar in dieser Position höre ich sie leise giggeln.

Atmen also. Na gut.

Aus dem Wagen tönt leises Hundegewinsel. Auf der Rückbank erahne ich einen dunklen Schatten mit spitzen Ohren. Das muss Bro sein, der Hund des alten Farmers, von dem River erzählt hat. Ich hatte ihn mir irgendwie kleiner vorgestellt.

»Hey«, begrüßt mich River, als ich die letzten Stufen vom Yoga-Hügel herunterkomme.

Es ist anstrengend, langsam zu gehen, wenn man eigentlich fliegen möchte.

»Du bist schon auf. Das hatte ich gehofft«, sagt er herrlich geradeheraus.

Ich lache. »Das heißt nicht, dass ich schon wach bin. Heather hat sich in den Kopf gesetzt, mir das Atmen beizubringen. Vor dem ersten Kaffee bin ich willenlos.«

Herrje, ich hoffe, es ist noch dämmrig genug, dass er nicht sieht, wie mir die Röte den Hals hinaufschießt, als ich mich das sagen höre. Das könnte man auch ganz anders verstehen!

»Der frühe Vogel fängt den Wurm.« Jetzt grinst River und kratzt sich verlegen an der Schläfe.

Ich gehe also nicht davon aus, dass er meine Steilvorlage genutzt hat. Eher, dass er einfach nur süß ist. Oder auch ein Talent für Doppeldeutigkeiten hat – oder beides? Ich muss grinsen, die Situation ist zu komisch, wie wir hier zusammen stehen und mit Sprache kämpfen.

»Okay, das kam jetzt nicht so raus, wie ich es meinte …« River hat ein echt ansteckendes Lachen. »Eigentlich wollte ich dich fragen, ob du vielleicht Lust hättest, mit zum Strand zu kommen? Gestern bin ich ja nicht mehr dazu gekommen, mit Bro ans Meer zu fahren. Und da ich heute Vormittag Großtiertermine habe und Blue vorher bei Marge abliefern will … Heathers Resort liegt für mich ja quasi auf dem Weg, und da dachte ich … Aber es ist nicht schlimm. Ihr habt gerade meditiert, oder? Ich wollte euch nicht in der Yoga-Praxis …«

»Gern«, unterbreche ich ihn und beiße mir auf die Unterlippe, während ich ihn beobachte, um nicht laut loszulachen. Und gleichzeitig bin ich …

Er ist frisch rasiert! Um diese Uhrzeit! Ob er immer so früh aufsteht?

River dreht sich nach dem Hund um und sieht dann wieder zu mir, seine Finger spielen mit dem Autoschlüssel. Wieso hat er den überhaupt abgezogen? Er ist nervös! Nervöser als ich!, stelle ich beinahe erleichtert fest. Mein Bauch gluckert.

»Ich komme gern mit«, wiederhole ich und zeige an mir herunter. »Wenn du mich so mitnimmst?«

River strahlt.

Das soll mir genügen. Mein Herzschlag überholt sich schon wieder selbst.

»Gib mir eine Minute. Ich hole mir nur schnell eine Jacke und andere Schuhe.«

Drei Minuten später bin ich leicht außer Atem zurück am Wagen.

»Bis wir bei Marge sind, müsstest du allerdings hinten sitzen«, entschuldigt River sich zerknirscht. »Ist das okay? Ich habe den Transportkorb vorn stehen. Da habe ich Blue einfach besser im Blick, wenn sie …«

»Aha. Du traust also nur Lilly-May, was das angeht«, flachse ich und verschränke die Arme. »Ich merk das schon.«

»Nein, ich …«

»Oder hat Bro noch nicht gefrühstückt?«

River atmet hörbar aus und schüttelt schmunzelnd den Kopf. Jetzt begreift er, dass ich ihn hochnehme. »Der ist auf Diät. Keine Menschen vor neun. Aber wer hält sich schon an die Anweisung des Tierarztes?«

Galant hält er mir die Tür zum Fond auf.

Bro bleibt friedlich auf seiner Seite sitzen und wedelt mich an. Dafür schlägt mir eine Wolke aus Hund, Desinfektionsmittel und Katzenfutter entgegen. Eine Geruchsmischung, die mir normalerweise den nüchternen Magen umdrehen würde. Aber in diesem Augenblick finde ich sie einfach nur ganz wunderbar.

In Rivers Nähe fühle ich mich unbeschwert.

Leicht.

Federleicht sogar.

# Kapitel 34

*River*

Ich bin Marge zutiefst dankbar, dass sie keine Fragen stellt, wieso ich ihr die Quarantänebox mit Blue quasi bei Sonnenaufgang in die Wohnküche schleppe – in Begleitung einer ihr unbekannten Frau.

»Na, sieh mal, wer die Katze hereingetragen hat«, ist ihr einziger launiger Kommentar, als sie in Nachthemd, Bademantel und Filzpantoffeln hinter uns ins Zimmer schlurft.

Ein einzelner silberweißer Flechtzopf reicht ihr fast bis zum Frotteegürtel. Mir ist noch nie aufgefallen, wie lang ihre Haare geworden sind – wie denn auch? Tagsüber trägt sie sie meist hochgesteckt.

Sie winkt zu Dawn hinüber, die am Käfig stehen geblieben ist und sich durchs Gitter mit Blue beschäftigt.

»Marge, das ist Dawn. Sie und ihre Tochter haben Blue gefunden«, stelle ich sie vor. »Dawn – das ist meine Pflegemutter Marge.«

Dawn kommt einen Schritt näher. Dabei hält sie sich die Hand vor den Mund. Irgendetwas scheint sie zu amüsieren. Mühsam beherrscht reicht sie Marge die Hand. »Dawn Sanders. Bitte entschuldigen Sie, dass ich lachen musste.« Sie wischt sich eine Träne aus dem Augenwinkel. »Meine sechsjährige Tochter war sehr beeindruckt davon, dass River eine eigene Pflegemutter für tierische Not-Felle hat – ich glaube, ich werde den Begriff nie wieder hören können, ohne daran zu denken.«

Marge lacht schallend. »So habe ich das noch nie betrachtet. Ein aufgewecktes Kind demnach. Vielleicht lerne ich sie ja mal kennen. Sie darf Blue gern besuchen kommen, so oft sie möchte. Ich bin berühmt für meine Raspberry Chocolate Cookies. Möchtet ihr einen Kaffee?«

Dawn stockt, nicht viel länger als ein Wimpernschlag. Ich bin mir sicher, dass Marge es auch bemerkt hat. Sie lässt sich nichts anmerken, doch ich spüre Dawns Zögern beinahe körperlich, und Marge hat noch feinere Antennen als ich.

»Wir möchten wirklich keine Umstände machen«, weicht Dawn aus und entschuldigt sich gleich noch einmal. »Wir konnten Blue leider nicht aufnehmen. Wir sind selbst nur zu Gast im Nandana Ranch Resort.«

»Oh, bei Heather?« Marge zieht erfreut die Augenbrauen hoch. »Ich hörte, man braucht ziemliches Glück, um einen Yoga-Kurs bei ihr zu ergattern.«

»Ja – das habe ich auch schon mitbekommen.« Dawn entspannt sich etwas. Ihre Schultern scheinen nicht mehr mit den Ohrläppchen verwachsen zu sein. »Sie ist fantastisch in allem, was sie tut … Wir sind alte Freundinnen. Aus ihrer Zeit in Vegas. Wir … haben dort zusammen gearbeitet.«

»Dann freut es mich umso mehr, Sie kennenzulernen.«

»Du hast sie gemanagt, oder?«, mische ich mich ein.

Überrascht sieht Dawn zu mir herüber.

Ich fülle gerade das Wasser in Blues Napf auf. »Heather hat mir das erzählt, als wir zum Trout Lake gefahren sind und ich auf dich gewartet habe.«

Ich werde rot und weiß nicht einmal, warum. War das ein Fettnapf?

Marge spitzt die Ohren.

»Na ja, ich habe ihr ein wenig Starthilfe gegeben. Nicht, dass sie es wirklich nötig gehabt hätte. Nach Hollywood hat sie es ganz allein geschafft – und wieder zurück.«

Marge lächelt. »In einem Haifischbecken ist es umso wichtiger, Freunde an seiner Seite zu haben. Ich schätze, Sie waren so jemand für sie – und sind es offensichtlich immer noch.«

Meine Pflegemutter mag bescheidene Menschen. Ich kann förmlich sehen, wie sie Dawn Pluspunkte auf ein unsichtbares Konto gutschreibt.

Ich räuspere mich und stelle einen Karton mit Katzenfutter auf das Dach der Box. »Hier ist alles drin, was Blue in den nächsten Tagen braucht. Ich komme am Nachmittag noch mal vorbei und sehe nach ihr.« Ich nicke Dawn zu. »Wollen wir?« Dann wende ich mich wieder an Marge. »Wir haben wirklich nicht viel Zeit. Ich bin um neun mit dem ersten Patienten verabredet, und ich habe Bro Seeluft versprochen«, erkläre ich. »Er braucht das dringend.«

»Tut er das? So, so.« Ihre Mundwinkel zucken.

Wenn sie jetzt auch irgendwas in Richtung *Turteltäubchen* oder *Katzen* sagt, muss ich sie leider lynchen.

»Na, dann wollen wir uns mal keinen Ärger mit dem Tierarzt einfangen, nicht wahr? Wie gut, dass ich eine Thermoskanne Kaffee fertig habe.« Sie greift hinter sich und drückt mir einen Jutebeutel in die Hand.

Jetzt bin ich es, der erstaunt die Augenbrauen hochzieht.

Marge zwinkert Dawn vergnügt zu. »Keine Angst, ich habe manchmal recht unspezifische Vorahnungen. Und ich habe mir abgewöhnt, sie infrage zu stellen. Ich lebe damit – und mit allerlei vierbeinigen Pflegekindern. Das muss man wohl mit einem Tierarzt als Sohn. Also, ab mit euch.«

»Grüß Joe von mir«, sage ich wie immer.

Marge klopft mir liebevoll auf die Schulter und schiebt mich zur Tür hinaus.

»Entschuldige.«

»Wofür?«

Ich erhasche einen verwunderten Seitenblick von Dawn, die nun neben mir sitzt und Bro, der hechelnd zu ihren Füßen liegt, hingebungsvoll das Fell krault. Der Rüde hat sich klammheimlich von der Rückbank in den Fußraum des Beifahrersitzes gemogelt.

Wir haben das Valley hinter uns gelassen und sind kurz vor dem Abzweig an die Küste.

Ich muss mich wieder auf die Straße konzentrieren.

»Es war vielleicht ein bisschen früh, dir meine Mutter vorzustellen.« Grinsend setze ich den Blinker. »Im Bademantel und um die Uhrzeit noch dazu. Das war keine Absicht. Ich wollte dich nicht in Verlegenheit bringen.«

Sie kichert leise. »Schon in Ordnung. Unser Kleidungsstil hat ja wunderbar zusammengepasst. Und wenn wir Blue aufgenommen hätten, dann …«

»Das ist doch absolut verständlich in eurer Situation. Bitte!«

Wieder versteift sich Dawn unmerklich. Sie dreht an ihrem Ring, bis Bro sie ungeduldig auffordert, ihn weiter zu streicheln. Ich beiße mir auf die Zunge.

»Ist dein Pflegevater unterwegs?«

Ich stutze. »Wie kommst du darauf?«

»Na ja, mir ist aufgefallen, dass … Du hast ihn grüßen lassen, aber auf dem Küchentisch stand nur ein benutztes Gedeck.«

»Nein … das liegt daran, dass … Er ist gestorben. Vor ein paar Jahren schon. Marge besucht ihn jeden Tag auf dem Friedhof und erzählt ihm, was sie so erlebt hat. Sie richtet meine Grüße aus, wenn ich nicht mitkommen kann. Es hat sich zu einer Art Tradition entwickelt. Für uns ist er immer noch da. Findest du das gruselig?«

Sie schüttelt den Kopf, den Blick immer noch auf Bro gerichtet, und massiert hingebungsvoll weiter die Ohren des alten Hundes. »Nein. Ich finde das auf traurige Art sehr schön … Mein Beileid, River.«

»Danke. Wir haben auf diese Weise einen guten Weg gefunden, damit umzugehen, denke ich.«

Einen Moment lang schweigen wir.

»Was hat Heather dir eigentlich noch über mich erzählt?«, fragt Dawn dann plötzlich.

»Nichts. Wieso? Ach, wegen vorhin? Oje, glaub bitte nicht, dass ich sie hinter deinem Rücken ausgequetscht hätte. Dazu war ja auch die Zeit viel zu kurz, als ich dich abgeholt habe.«

Diesmal geht sie nicht auf meinen blöden Scherz ein. Sie schweigt.

»Gibt es denn etwas, das ich wissen müsste?«, frage ich vorsichtig nach.

»Hm?« Sie scheint in Gedanken gewesen zu sein. »Nein«, sagt sie dann schnell und fügt mit flüchtigem Lächeln hinzu: »Keine Banküberfälle oder Leichen im K… Scheiße. Eben doch.« Sie bricht ab, stockt, setzt neu an. Atmet, mit geschlossenen Augen jetzt, eine Hand auf ihren Bauch gelegt.

Ich traue mich kaum, mich zu bewegen. Irgendwas habe ich da angestoßen. »Du musst mir nichts sagen, was du nicht sagen willst«, sage ich leise. »Ich meine, wir kennen uns ja kaum. Also, bisher. Ich fände es sehr schön, wenn sich das ändern würde.

Aber … Ich rede auch gern über das Wetter mit dir. Oder das Meer. Oder gar nicht … Andererseits: Ich kann auch Weltuntergänge vertragen. Ich habe keine Angst vor schweren Themen. Wir sind übrigens gleich da.«

Sie nickt. Mehrmals. Als ob sie sich selbst damit Mut machen will.

Bro winselt leise.

»Das ist schön zu wissen. Ich …« Sie holt noch einmal tief Luft und knetet dabei unablässig weiter Bros Ohren. »Ich habe ein Kind verloren, River. Lilly-Mays Brüderchen. Er wurde nicht mal zwei Jahre alt. Es war ein Unfall, den mein Mann – mein Ex-Mann – verschuldet hat. Deswegen sind wir hier. Ich habe Vegas nicht mehr ertragen. Die mitleidigen Blicke. Die Oberflächlichkeit, den Trubel. Alles.«

Ich schlucke. Nicke. Komme mir unglaublich bescheuert vor. Was soll ich darauf antworten, was nicht nach einer abgedroschenen Phrase klingt?

»Oh, Dawn, ich … Gib mir einen Moment …«

Ich verwerfe meine ursprüngliche Idee, bis hinunter zum Hundestrand am Garrapata State Park zu fahren. Das dauert alles zu lange. Wir müssen jetzt irgendwo halten.

Carmel-by-the-Sea liegt längst hinter uns. Eben haben wir den Abzweig zum Point Lobos State Reserve passiert. Aber wenden bringt nichts, der Nationalpark öffnet seine Pforten erst um acht. Hunde sind im Naturschutzgebiet außerdem eh nicht erlaubt. Bro dürfte nicht mal im Auto auf uns warten, und das wäre ja auch gar nicht Sinn unseres Ausflugs – auch wenn sich meine Prioritäten nun dezent verschoben haben. Ich fühle Dawns Kummer beinahe körperlich, und dann habe ich eine Eingebung. Ob ich die Stelle noch finde? Ob man überhaupt noch durchkommt? Vor ein paar Jahren, als Joe gestorben ist, war ich das letzte Mal dort … Was soll's, wir riskieren es einfach.

Auf der Straße ist wenig los. Für die Touristenscharen, die später wieder den Highway One bevölkern werden, ist es noch viel zu früh. Ich kneife die Augen zusammen und suche nach der richtigen Stelle.

Dawn interpretiert mein langes Schweigen falsch. »Tut mir leid, ich wollte nicht … Ich fand nur, du solltest wissen, woran du bist. Du hast recht, wir kennen uns noch nicht so gut, und ich …«

»Was? Nein! Warte bitte einen Moment …«

Da vorn ist die Weihnachtsbaumplantage. Gegenüber kommt die alte Reklametafel ins Blickfeld, die ich gesucht habe. Von dort sind es nur ein paar Meter zu Fuß, es muss einfach klappen. Ich setze den Blinker – reiner Reflex, es ist niemand hinter uns. Dann ziehe ich ziemlich rasant rechts rüber und würge im Parken den Motor ab. Egal.

Aufgewühlt drehe ich mich zu ihr hinüber. »Dawn … Jetzt kann ich. Wenn ich noch nichts gesagt habe, dann weil ich die richtigen Worte finden wollte für dein Vertrauen, für diesen Schmerz, den ich mir nicht einmal im Ansatz vorstellen kann, für deinen Mut und deine Kraft. Ich wollte keine hilflosen Phrasen dreschen, die du sicher schon tausendmal gehört hast und die vermutlich einfach nur nerven und daneben sind. Noch mal … du musst mir überhaupt nichts erzählen. Aber ich … Es bedeutet mir sehr viel, dass du es tust. Ich halte das aus. Ich möchte dir zuhören! Das kann ich ziemlich gut, behaupten einige. Was die meisten allerdings nicht wissen: Ich bin der weltbeste In-den-Arm-Nehmer. Vielleicht ist das sogar mein geheimes Supertalent! In den Arm nehmen und schweigen. Und das biete ich nicht jedem an. Herrje, ich rede zu viel, oder? Was ich also eigentlich nur sagen wollte, ist: Ich bin da. Ich möchte gern für dich da sein! Denn wenn ich eins weiß, dann, wie es sich anfühlt, allein zu sein mit seinem Schmerz, weil man für andere tapfer sein muss. Oder glaubt, das zu müssen – wobei du natürlich nicht allein bist. Du hast Heather und …«

Plötzlich spüre ich Dawns Lippen auf meinem Mund. Und da halte ich endlich die Klappe.

# Kapitel 35

*Dawn*

Ich sitze in diesem nach Tier riechenden Wagen. Am Straßenrand irgendeines wie ausgestorben wirkenden Abschnitts der Küstenstraße. Neben River. Einem Mann, den ich kaum kenne, aber gern kennenlernen möchte, damit er mir so vertraut wird, wie es sich jetzt schon anfühlt. Ich kraule einen alten Hund, der mir dösend den Kopf auf den Oberschenkel gelegt hat, nicht nur, weil er es verdient hat und einfach nur zuckersüß ist, sondern auch, um meine Hände zu beschäftigen, damit sie nicht unkontrolliert River um den Hals fallen.

Weil er so wunderbar reagiert.

Und einfach nicht aufhört zu reden.

Ich könnte sofort losheulen. Aber ich habe genug geheult. Und er redet und redet … Also schnalle ich mich ab und rutsche ein Stück zu ihm hinüber. Er redet immer noch und starrt dabei blind zur Windschutzscheibe hinaus ins Grau des anbrechenden Tages. Er ist völlig auf seine Worte konzentriert, die Hände ums Lenkrad geklammert. Er merkt es nicht – bis ich sein Gesicht mit beiden Händen umfasse und ihn küsse. Weil ich diesen Mann einfach küssen muss. Damit er still ist und weil …

»Dawn«, haucht er perplex, als ich meine Lippen von seinen löse.

Dann küsst er mich zurück.

Lange.

Bis Bros Winseln uns aus irgendeinem Paralleluniversum wieder zurück ins Auto transportiert.

Es war schon lange überfällig, dass ich auf mein Herz höre.

»Wo sind wir hier eigentlich?«, frage ich nach Trillionen Jahren.

»Hab ich vergessen«, flüstert River kehlig, und wir küssen uns noch einmal.

Wind zerrt am Wagen. Bro jault etwas lauter. Lachend lösen wir uns voneinander.

»Ich glaube, er muss mal. Wir sollten aussteigen. Entschuldige. Und nimm besser deine Jacke mit. Es wird frisch sein.«

Erstaunt sehe ich mich um. »Wo gehen wir denn hin?«

»Ich möchte dir gern etwas zeigen. Im Naturschutzgebiet.« Er zögert kurz. »Der Park hat aber noch geschlossen, und normalsterbliche Hunde dürfen da nicht hin. Begleitest du mich auf einen ungesetzlichen Spaziergang? Ich habe als Teenager einen Weg hinein gefunden, als es mir sehr schlecht ging. Und wir bestehlen niemanden. Der Eintritt ist eh frei, und ich bin sogar Mitglied in der Point Lobos Foundation. Oh, da fällt mir was ein.« Er beugt sich an mir vorbei zum Handschuhfach und zieht Kotbeutel und ein Hundegeschirr mit dem Ausdruck »Service Dog« heraus. »Nur für den Notfall«, behauptet er und legt es Bro an. »Falls du dich das fragst: Ich mache so was normalerweise nicht. Und das Geschirr stammt vom Diabeteshund meines Pflegevaters. Der war ein Halbbruder von Bro. Es bleibt also quasi in der Familie.«

»Du scheinst ja ein richtig schlechtes Gewissen zu haben«, necke ich ihn.

Er nickt verschämt. »Ich werde im Fegefeuer dafür braten, mit Fug und Recht. Aber erstens lege ich für Bro meine Hand ins Feuer. Der alte Junge hat ganz andere Probleme, als Kormorane zu jagen oder Seehundbabys aufzuscheuchen. Zweitens ist die Brutsaison der Kormorane vorbei, und drittens ist es mir das wert. Ich kenne eine Stelle, wo man einen perfekten Blick hat. Wir schaden niemandem.«

»Also, ich vergebe dir auf jeden Fall. So was muss man wohl mit einem Tierarzt in Kauf nehmen«, zitiere ich seine Pflegemutter und kichere aufgekratzt. »Ich bin dabei.«

River grinst mich schelmisch und zugleich überrumpelt an. Er atmet aus. »Himmel, damit habe ich nicht gerechnet«, sagt er.

»Womit genau?«, frage ich.

»Das hier. Du. Alles«, sagt er und streicht mir zärtlich eine Haarsträhne hinters Ohr. »Wie schön du bist.«

»Zumindest weißt du jetzt schon, wie ich morgens um sechs und komplett ungeschminkt aussehe.«

»Wunderschön«, sagt er leise und zieht mich noch einmal an sich. »Ich träume wahrscheinlich. Bist du noch da, wenn ich aufwache?«

»Wirst *du* es sein?«

Wie Teenager auf der Suche nach einem verschwiegenen Fleckchen quetschen wir uns durch eine versteckte Lücke im Maschendrahtzaun. Anscheinend sind wir nicht die Einzigen, die diesen verborgenen Einlass kennen. Da sind noch mehr Fußspuren und sogar Trittsiegel von Hasen und Rehen, auf die mich River aufmerksam macht. Es sind nur wenige Meter, bis wir auf einen befestigten Weg stoßen, den Plateau Trail, wie River mir erzählt.

»Wie kommt es, dass du dich hier so gut auskennst?«

Er kratzt sich an der Nase. »Na ja, ich habe dir ja schon mal von Joes Liste erzählt. Als Jugendlicher habe ich es phasenweise nicht in geschlossenen Räumen ausgehalten – vor allem nicht in Schulräumen. Um zur Ruhe zu kommen, hat mir das Alleinsein in der Natur geholfen. Joe wusste das. Eine der Aufgaben aus seiner Liste war daher, fremden Müll aufzusammeln. Irgendwann habe ich ältere Jungs beobachtet, die abends zum Trinken hierhergekommen sind. Ich habe mich an ihre Fährte gehängt. Der Rest ist Geschichte.«

»Er scheint ein guter Pflegevater gewesen zu sein.«

River lächelt. »Der beste.«

Hand in Hand wandern wir auf sandigen Pfaden an den Steilhängen entlang, tauchen unter moosbehangenen Zypressen hindurch, die ihre Äste wie geschmeidige Tänzer im Wind gebeugt haben. Ich versinke in der atemberaubenden Landschaft. Bis hier oben höre ich die Brandung rauschen – und das Blut in meinen Adern. Bro benimmt sich vorbildlich und geht artig an der kurzen Leine, als wäre er stolz auf seine Beförderung zum Assistenzhund.

»Warst du schon mal hier?«, fragt River.

Ich schüttle stumm den Kopf. »Ich war als Kind oft in Monterey und Carmel, aber an Point Lobos kann ich mich nur vage erinnern. Und wenn, dann vor allem an Autoschlangen und Unmengen von Menschen auf den Wegen.«

River breitet die Arme aus. »Dann hat sich der Ausflug doch schon gelohnt. Ich möchte dir China Cove zeigen. Es ist wunderschön da unten. Das Wasser ist kristallklar und schimmert in verschiedensten Blau- und Grüntönen.« Er lacht verlegen. »Deine Augen haben genau diese Farbe. Darum ist mir dieser Ort vermutlich vorhin eingefallen. Die Bucht ist abgesperrt, man darf nicht mehr runtergehen, weil Seehunde dort im Frühling ihre Jungen gebären und aufziehen. Das Meer davor gehört ebenfalls zum Nationalpark. Fischen und Jagen sind nicht erlaubt. Das garantiert ihnen enormen Fischreichtum. Und uns einen Blick ins Paradies.«

Er hat recht. Der Blick hinunter auf die schmale Bucht ist atemberaubend. Am linken Ende des Strandes hat das Wasser die Felsen höhlenartig ausgewaschen. Blühende Blumen und sogar Bäume klammern sich an das Gestein darüber, die Farben von Strand und Wasser sehen aus wie mit einem breiten Pinsel gemalt: Zuerst ein Streifen trockenen weißen Pudersandes, dann folgt feuchter Sand in Beige, die Flachwasserzone schimmert in milchigem Grün, und wo das Wasser ins Tiefe abfällt, changieren die Farben von leuchtend Türkis zu dunklem Tiefblau. Der Uferabschnitt hat etwas Magisches – etwas Märchenhaftes geradezu. Ich kann mich nicht sattsehen. Im Wasser nehme ich einen schnellen, schlanken Schatten wahr und dann noch einen.

»Seeotter«, flüstert River, aber er zeigt auf eine andere Stelle am Strand, etwas weiter rechts. »Wir haben noch mehr Glück!«

Tatsächlich! Was ich auf den ersten Blick für Felsen und Seetang gehalten hatte, ist in Wirklichkeit eine Gruppe Seehundmütter, und sie haben Jungtiere dabei. Fasziniert halte ich inne. Wir hocken uns auf den Boden, Arm in Arm, Bro zwischen uns, der nicht so richtig begreift, was die ganze Aufregung soll, und beobachten die friedlich dösenden Meeressäuger und ihren Nachwuchs.

Viel zu früh fange ich an zu frösteln. Der Morgen ist empfindlich kalt, ein deutliches Temperaturgefälle zum Valley, obwohl wir vom Wind kaum etwas abbekommen. River hüllt mich in seine Jacke und legt schweigend den Arm um mich. Dankbar schmiege ich mich an seine Seite.

»Was für ein Geschenk, danke!«, durchbreche ich die Stille.

»Ich kann es nicht glauben, dass ich anscheinend noch nie hier war.«

»Habt ihr hier öfter Urlaub gemacht?«

Ich nicke. »Meine Eltern und ich haben fast jeden Sommer hier verbracht. Meiner Patentante gehörte ein kleines Häuschen direkt am Meer. Ich erinnere mich an eine gigantische Hängematte voller Kissen, die im Garten zwischen zwei Zypressen gespannt war. Heckenrosen wuchsen da und Lupinen. Das ist für mich heute noch der Duft einer absolut heilen Welt. Ich habe mich nirgends so glücklich gefühlt wie bei Tante Lucy.«

»Heckenrosen«, murmelt River versunken. »Diesen Duft liebe ich auch … Was ist aus Tante Lucy und dem Haus geworden?«

Ich hebe die Schultern. »Meine Patentante ist gestorben, als ich vierzehn war. Im Sommer darauf haben sich meine Eltern scheiden lassen, damit war es mit gemeinsamen Ferien vorbei. Ich glaube, das Haus wurde abgerissen. Ich habe es halbherzig gesucht, am Tag, als Lilly-May und ich hier angekommen sind, aber ich habe es nicht gefunden. Ehrlich gesagt weiß ich nicht einmal mehr genau, wo es stand.«

»Wie schade.«

»Nicht schlimm.« Ich lächle zaghaft. »Ich habe den Duft und das Gefühl, in dieser Hängematte zu träumen, abgespeichert. Und im Moment schaffe ich neue Erinnerungen.« Ich lege den Kopf an seine Schulter.

River haucht einen Kuss auf meinen Scheitel und gibt mir von seiner Wärme ab.

»Wollen wir weiter?«, fragt er nach einer ganzen Weile. »Es gibt noch so viel Schönes hier, was ich dir zeigen möchte – bevor die Touristenströme einsetzen. Die kennst du ja schon.«

Wir setzen unseren Weg fort, Arm in Arm, langsam schlendernd, Bro gibt das Tempo vor. Ab und zu hebt er witternd die Nase in die salzige Luft. Ich glaube, ihm tut der Ausflug genauso gut wie mir. Ich komme zur Ruhe. Die Kälte spüre ich kaum noch.

Langsam kriecht die Sonne über die Hügel, wärmt mir den Rücken und wirft erste glitzernde Reflexe vor uns aufs Meer. Rosafarbene Schlieren färben den Himmel und verlieren sich. Aus Grau wird Blau. Wir wandern an einem riesigen weißen Felsen vorbei.

»Bird Rock«, erklärt River.

Dort ist alles voller Kormorane, die Luft ist erfüllt von Vogelstimmen, die den neuen Tag begrüßen – oder sich um Futter streiten. Seeotter spielen auch hier zu ihren Füßen im Tang. Ich wünschte, ich hätte ein Fernglas dabei.

Auch am Gibson Beach ist es windstill, genau wie River vorhergesagt hat.

Eine lange, ziemlich schmale Holztreppe führt hinunter ans Wasser und direkt in den schneeweißen Pudersand. River schultert den alten Rüden und trägt ihn. Bro lässt es mit wehenden Ohren geschehen. Er sieht glücklich aus. Da sind wir schon zwei.

Ich ziehe mein Handy aus der Hosentasche, um den Moment festzuhalten. Am China Cove bin ich tatsächlich nicht mal auf die Idee gekommen, irgendwas zu fotografieren. Mein altes Ich scheint unendlich weit weg.

Wir laufen ein ganzes Stück, beobachten Bro, der an jedem Seetanghaufen stehen bleibt und schnuppert, und schmiegen uns aneinander.

Ich hebe ein paar Muscheln für Lilly-May auf.

Viel zu schnell verfliegt die Zeit.

Dabei erzähle ich ihm meine Geschichte, und River hört zu, ohne mich ein einziges Mal zu unterbrechen.

»Achtzehn Monate ist es her, dass Jesse den gelben Schulbus übersehen und ihm frontal in die Seite gefahren ist. Zwei Monate davon habe ich in stationärer Therapie verbracht. Dass ich dorthin gegangen bin, dafür gab Jesse letztlich den Anstoß, und dafür bin ich ihm dankbar, auch wenn seine Beweggründe ziemlich egoistisch waren. Seine dringlichste Motivation war, dass er Lilly-May nach Büroschluss, wenn der Kindergarten dichtmachte, nicht mit in die Casinos oder den nächsten Schnapsladen nehmen konnte. Ich verging vor Trauer und kam nicht mal aus dem Bett – bis er sich weigerte, Lilly-Mays Grundversorgung weiter zu übernehmen. Er hat mir an den Kopf geworfen, dass ich mich nicht länger in meinem Bett verstecken dürfe. Er hat mich an meine Verantwortung für meine Erstgeborene erinnert. Daran, dass Lilly-May noch da ist, sich auf mich verlässt, mich braucht. Das war brutal – und gut. Seine eigene Sucht hat er aber leider nicht in den Griff bekommen.

An dem Tag, als Jesse Baby Jeff in die Krippe bringen wollte, hatte er fast drei Promille im Blut, wie mir der Polizist später gesagt hat.

Vermutlich war das gemeinsame Kind ein unbewusster Versuch, unsere Ehe zu kitten. Zerbrochen war sie schon vorher. Die Katastrophe hat ihr den Rest gegeben. Die Scheidung läuft.

Jesse hat mich nicht ein einziges Mal in der Klinik besucht. Mich nicht und Lilly-May auch nicht. Im Nachhinein bin ich froh, dass wir noch nicht verheiratet waren, als sie zur Welt kam, und dass er sie nie adoptiert hat.«

River zieht mich wortlos auf den Boden. Wir setzen uns in den trockenen Sand, er hält seine Jacke auf, und ich schlüpfe hinein. Bro legt sich zu unseren Füßen hin, und Rivers Arm an meinem Rücken gibt mir die Kraft weiterzusprechen.

»Je mehr ich wieder halbwegs funktionierte, desto weiter zog

Jesse sich zurück. Er wich mir aus, stürzte sich in die Arbeit … und in Affären. Immer seltener ist er nach Hause gekommen, er ließ mich mit Entscheidungen allein, die kein Elternteil allein treffen müssen sollte.

Zuerst dachte ich, er könnte meinen Anblick nicht ertragen, weil ich ihn an seine Schuld erinnerte. In Wahrheit spürte er meinen Zorn, und darauf reagierte er mit Flucht. Von einer Therapie für uns beide – geschweige denn für sich – wollte er nichts wissen. Ich weiß nicht, ob ich ihm jemals vergeben kann. Den Unfall – und dass er nicht für Lilly-May da war, wenn schon nicht für mich.

Lollipop – also Lilly-May – wurde zu meinem Anker. Sie war lange Zeit mein einziger Ansporn, weiterzuatmen, aufzustehen, mir zumindest so häufig die Haare zu waschen, dass sie sich nicht meinetwegen schämen musste, wenn ich sie in den Kindergarten brachte oder mit ihr zum Spielplatz ging.

Meine Mutter ist eingesprungen, als ich in der Therapie war. Und auch das werde ich Jesse nie verzeihen – dass ich sie darum bitten musste. Wasser auf ihre ewigen Mühlen.« Ich lache sarkastisch auf. »Sie war mit meinen Männern nie einverstanden. Aber sie war für ihre Enkelin da, und sie wäre es auch für mich gewesen, wenn ich sie gelassen hätte. Ich habe Lilly-May beinahe die Kindheit geraubt, dieses unbeschwerte Lachen, die Leichtigkeit, und verstrickte mich lange Zeit in einen Teufelskreis aus Kummer, Selbstmitleid, Vorwürfen, Reue, Wut und Schmerz.«

»Aber du hast es geschafft«, sagt River. »Ihr beide habt es geschafft. Und jetzt bist du hier.«

Ich nicke.

River schließt beide Arme um mich. »Ich hätte deinen kleinen Sohn gern kennengelernt«, sagt er schlicht. »Darf ich dich etwas fragen?«

Ich nicke wieder und wische mir verstohlen eine Träne aus dem Gesicht.

Seine Hand spielt mit meiner, er betrachtet meine Finger. »Wieso trägst du nach alldem immer noch Jesses Ring?«

Ich erkläre es ihm.

Seine Arme schließen sich noch fester um mich und geben mir Schutz und Trost. Er hat nicht untertrieben. Er *ist* der weltbeste Umarmer.

Ich atme ihn ein, seine Duftmischung aus Tierarzt, Bro, After Shave und Pfefferminz, und ich wünschte, man könnte sie als Aromaspray kaufen. Ich würde immer daran riechen, wenn ich Halt und Wärme brauche. Egal, was morgen ist.

Ein paar Wanderer kommen plaudernd die Treppe herunter und werfen scheele Blicke auf unseren »Assistenzhund«.

River grüßt freundlich.

»Na, wenn das kein Signal für den Rausschmiss ist. Es wird Zeit, lass uns zurückgehen. Stan wird sich eh schon wundern, wo ich mit seinem Hund abgeblieben bin.«

Mir klopft das Herz. Ist es etwa bereits nach acht? Hat der Park geöffnet? Himmel, wie lange sitzen wir denn schon hier? Erschrocken sehe ich auf meine Armbanduhr.

River steht auf und reicht mir eine Hand, um mich hochzuziehen. »Wie lange schläft Lilly-May?«

»Das ist ganz unterschiedlich«, antworte ich mit leichtem Magengrummeln. Auf einmal bin ich unruhig. Darf ich wirklich hier sein? Allein? Ohne mein Kind?

River bemerkt es. »Heather ist da. Mach dir keine Sorgen.«

Ich nicke. »Ja, und das ist wirklich ein Geschenk. Ich bin noch ein wenig ungeübt darin, auch mal an mich zu denken … Oje!« Ich ziehe die Nase kraus. »Das klingt jetzt irgendwie … Es ist einfach schon eine Weile her«, hasple ich.

Er lacht und zieht mich wieder an sich. »Da sind wir schon zwei.«

Die Ruhe, die er ausstrahlt, fängt mich ein und bringt mich wieder runter.

»Erzähl mir mehr von dir«, bitte ich auf dem Rückweg zur Treppe.

»Da gibt es nicht so viel«, behauptet er. »Das meiste weißt du bereits. Ich bin vierunddreißig Jahre alt, eins fünfundachtzig groß, achtundsiebzig Kilo schwer. Ungefähr jedenfalls, ich wiege mich nicht jede Woche.« Er grinst und verbeugt sich spielerisch. »Und ich bin Tierarzt mit Leib und Seele.«

»Hast du jemals in Erwägung gezogen, etwas anderes zu machen?«

»Hmm … eigentlich nicht. Wieso fragst du?«

»Ich dachte lange Zeit, ich hätte mit der Agentur in Vegas meine Berufung gefunden. Ich war wirklich gern Bookerin – und Fotografin. Eine ziemlich gute sogar. Aber … Es fühlte sich nicht mehr richtig an. Auf einmal war es nur noch schal, oberflächlich. Eine glitzernde Scheinwelt. Ich habe sogar den Großteil meiner Kamera-Ausrüstung verkauft und das Geld in den Van gesteckt. Es ist vorbei, und das ist wirklich okay.« Ich runzle die Stirn. »Nur – jetzt fehlt mir ein Teil dessen, wer ich war. Und ich kann nicht stillsitzen. Ich muss etwas tun. Ich habe mich in einer kleinen Werbeagentur beworben.« Ich grinse. »Die haben Angst, dass ich überqualifiziert bin, aber ich habe mich nicht abwimmeln lassen. Ich bin nicht so die Texterin, aber ich kann ganz gut layouten und Korrektur lesen – oder eben fotografieren. Ich hoffe, sie haben Verwendung für mich. Irgendwie werde ich mich schon nützlich machen können.«

»So, so.« Rivers Augen ruhen auf Bro.

Der Rüde legt River ein Stück angeschwemmtes Treibholz

vor die Füße, das in seinem Radius war. River wirft es eine Leinenlänge weit weg, und der alte Hund strauchelt schwanzwedelnd darauf zu, um es erneut zu apportieren und sich dafür überschwänglich loben zu lassen. River streichelt ihm ausgiebig übers Fell und richtet sich wieder auf.

»Ein Leben ohne Tiere kann ich mir nicht vorstellen. Aber wenn das mit der Tiermedizin nicht geklappt und ich der Kirche nicht abgeschworen hätte, wäre ich alternativ womöglich Pastor geworden.« Er grinst.

Die Morgensonne strahlt sein Gesicht an, das markante Kinn, die römische Nase, die Lippen, deren Geschmack ich noch auf meinen habe … Er streicht sich eine blonde Haarsträhne aus der Stirn, und in meinem Magen zerplatzen ein paar Brauseblasen.

»Tun kann man eine Menge. Was hat dir am meisten an deinem Job gefallen?«

Darüber muss ich nicht lange nachdenken. »Ich habe Menschen zusammengebracht, genetzwerkt, Karrieren angeschoben. Und ich gebe zu: Ich mochte auch den Glitzer – als Agentin war ich oft mit in den Studios. Das hat sich so entwickelt. Ich habe den Fuß in die Tür bekommen, indem ich Fotos für die Sedcards der Talente aufgenommen habe.« Ich lächle schwärmerisch in der Erinnerung. »Das ästhetische Flair habe ich geliebt! Die Stimmung in den Studios, die Mode, das Make-up, die Luft am Set … Und das alles, ohne selbst vor die Kamera zu müssen! Ich war genauso schrecklich naiv am Anfang wie viele der jungen Models. Das Business ist hart und nicht immer fair … Aber das Kreative daran fehlt mir jetzt schon. Ich hoffe, dass ich das in der Werbeagentur wiederfinde. Alles andere …« Ich hebe vielsagend eine Schulter und schneide eine Grimasse. »Du ahnst nicht, wie viele profilneurotische Menschen es da draußen gibt. Deine Pflegemutter hat völlig recht: ein Haifischbecken.«

River hört konzentriert zu, während er bedächtig einen Fuß vor den anderen setzt. »Ich stelle mir so einen Agenturberuf wahnsinnig stressig vor.«

»Ja. Das war er.« Ich nicke. »Ungesund stressig. Wenn das mit Baby Jeff nicht passiert wäre …« Ich stocke kurz. »Heute frage ich mich, wieso ich unbedingt in dieser Scheinwelt dazugehören wollte – wovor ich in Wahrheit geflohen bin oder wem ich etwas beweisen wollte.«

»Und hast du es herausgefunden?«

Ich neige zögernd den Kopf. »Diese Rolle hat mir Selbstsicherheit gegeben. Ich habe mich wichtig gefühlt, gebraucht. Aber als ich ausgefallen bin, sind sie alle verschwunden – wie Motten, wenn man das Licht ausknipst.«

Ich bücke mich nach einem flachen Kiesel und werfe ihn ins Meer. Er tanzt nicht. Er geht unter.

»Kennst du den Grund? War das vielleicht aus Hilflosigkeit? Mit trauernden Menschen können die wenigsten umgehen.«

Erstaunt drehe ich mich zurück zu River und ergreife ganz selbstverständlich seine Hand, die er mir geöffnet hinstreckt. Warme Finger schließen sich um meine. Sein Griff ist angenehm fest, aber nicht erdrückend.

Wie macht er das nur? Über diese Dinge habe ich noch nie so offen mit jemandem außerhalb der Trauma-Therapie nach Baby Jeffs Tod gesprochen.

Langsam schlendern wir weiter.

»Teilweise, sicher«, antworte ich ehrlich. »Aber vor allem, weil ich nicht mehr nützlich war und jemand anders an meine Stelle getreten ist. In der Branche wird die Rolle hofiert. Nicht der Mensch. Heather hat das System viel früher durchschaut als ich.«

»Es hat dich überhaupt erst zu Leuten wie ihr geführt«, gibt er zu bedenken. »Alles hat seine Zeit.«

»Ja, das stimmt wohl.« Ich nicke und streiche mir eine widerspenstige Haarsträhne aus dem Gesicht. »Und Heather ist die Beste. Ich frage mich manchmal, womit ich ihre Freundschaft verdient habe.«

»Du warst in einer schwierigen Phase für sie da – und jetzt ist sie es für dich.« Er sagt es ganz lapidar.

Wir sind wieder an der Treppe angelangt. Nachdenklich beobachte ich, wie River den Hund hochhebt, um ihn die vielen steilen Stufen nun auch hinaufzutragen.

Meine Bitterkeit schwindet. Hier ist mir zum ersten Mal überhaupt bewusst geworden, dass ich noch so einen Stachel im Herzen sitzen habe. Da muss erst ein Mann wie River kommen, und die Eiskönigin fängt an zu tauen. So sorgfältig habe ich diese Mauer um mich errichtet. Und wenn sie fällt? Was geschieht dann mit mir? Oh, Heather, wenn du wüsstest! Ich hoffe, ich bin bereit für diesen Schritt. Ich möchte das hier auf keinen Fall versauen.

»Es ist vorbei«, flüstere ich einmal mehr mein Mantra und blicke hinaus aufs Meer, das in der Morgensonne glänzt. »Ich kann das. Und ich darf es auch.«

Mit einem tiefen Seufzer atme ich aus und stapfe diesem faszinierenden Mann hinterher.

»Geben und nehmen, hm? Wie ist das mit dir? Verausgabst du dich nicht, wenn du immer nur für andere da bist? Und wieso hast du eigentlich keine Freundin?« Ich bemühe mich, ein geschmiertes Pfund Flapsigkeit in meine Stimme zu legen, um die Nervosität zu überspielen. »Oder gibt es womöglich eine Frau in jedem Stall des Valleys, die mir spätestens morgen die Augen auskratzen will?« Okay, das war jetzt doch eine Spur zu viel, aber zurücknehmen kann ich es nicht.

Das Herz hämmert in meiner Brust, und das liegt nicht nur

an dem steilen Aufstieg. Woher will ich denn überhaupt wissen, ob das mit uns – was auch immer es werden mag – irgendwie weitergeht? Und falls ja, was dann?

River lacht und setzt den Hund ab. Wir sind oben angekommen.

»Keine Sorge. Ich habe das ernst gemeint, als ich gesagt habe, dass ich schwer an meiner Work-Life-Balance arbeite. Falls du nach Haken suchst: Ich übe immer noch, besser für mich zu sorgen, mir kleine Auszeiten zu nehmen, jeden Tag. Ich war ein richtiger Workaholic – früher. Das hat keine Frau lange ausgehalten.« Er zwinkert mir zu.

Ein Stein löst sich aus meiner Brust, kullert den Abhang hinunter ins Meer und taucht mit einer Riesenwelle unter.

Der Humor in Rivers Stimme weicht einer dunklen Traurigkeit, als er weiterspricht, und ich fasse automatisch seine Hand fester. »Mein Pflegevater ist vor ein paar Jahren an seinem Diabetes gestorben, sein Hund Cooper kurz nach ihm. Er hat den Tod seines Herrchens nicht verwunden, ich glaube sogar, er hat sich die Schuld gegeben, dass Dad gestorben ist. Aber niemand konnte etwas dafür. Menschen sterben. Tiere auch.« Er seufzt und blickt aufs Meer. »Seither passe ich auf Marge auf und helfe ihr, so gut ich kann.«

»Und einigen anderen Leuten im County.«

Rivers sanfte grünbraune Augen sind schmal und dunkel geworden, als er stehen bleibt und mich ansieht. Er verzieht versuchsweise die Mundwinkel, aber es wird nicht mal ein schiefes Grinsen. »Das Leben der anderen, geben und nehmen, Selbstfürsorge, Tod – das sind große Themen für erste Dates, oder?«

Mein Lächeln soll ihm die plötzliche Befangenheit nehmen. »Ich finde das schön.«

»Ja.« Er nickt ernst und steckt die Haarsträhne, mit der ich im Dauerzwist bin, hinter mein Ohr. »Sehr.«

»Meine Herausforderung ist das Loslassen, schätze ich.«

»Das Leben hat dir dafür die brutalste Aufgabe gegeben, die ich mir vorstellen kann. Ich vermag mir nicht ansatzweise auszumalen, wie es für eine Mutter sein muss …«

Ich lege ihm einen Finger auf die Lippen. »Schhh. Bitte nicht. Nicht jetzt.«

In mir rumort es. Mein Kopf drängt nach vorn und will davon einfach nichts mehr hören. Reden ist gesund, ja, aber ich habe genug über das Thema geredet. Mit so vielen Menschen. Ich will den Zauber dieses Morgens behalten. Ihn genießen. Mich als begehrenswerte Frau fühlen, nicht als bemitleidenswerte Mutter eines toten Kindes. Und schon haben die Zweifel einen anderen Weg in mein Hirn gefunden. Darf ich das denn? Mich neu verlieben?

Langsam gehen wir weiter.

Ich schulde River eine Erklärung für mein Verhalten. Zumindest dafür, dass ich nicht länger über Baby Jeff reden möchte. »In der Trauergruppe sagte eine Mutter, ihr helfe die Vorstellung, wie sie das Licht im Kinderzimmer löscht, nachdem ihre Tochter nach einem anstrengenden Tag eingeschlafen ist. Wie sie sich auf leisen Sohlen hinausschleicht, um sie nicht zu wecken, und wie sie die Tür zuzieht in dem Wissen, dass Engel ihren Schlaf bewachen.« Meine Stimme zittert ein wenig, aber ich spreche weiter. »Das hat auch mir geholfen, mich nicht länger so hilflos und ohnmächtig zu fühlen, so … als Opfer. Denn ich bin keins. Jeden Tag, wenn ich Lilly-May ins Bett bringe, erinnere ich mich daran. Nachdem ich die Tür geschlossen habe, arbeite ich, koche, tausche die Mutterrolle gegen die anderen Teile meines Selbst. Anfangs – lange – musste ich mich zwingen, nach vorn zu sehen. Und jetzt … jetzt möchte ich noch einen Schritt weitergehen und wieder leben. Auch für mich.«

Er streichelt nachdenklich über meinen Rücken. »Vielleicht können wir uns dabei gegenseitig ein wenig Hilfestellung geben. Joes Tod – das war ein Schuss vor den Bug für mich. Er ist nur siebenundsechzig geworden. Er – *wir* – wir hatten noch so viel vor.« River legt den Kopf schief und lächelt traurig. »Ich habe viel genommen als Kind und Jugendlicher. Ich war immer der Kleinste. In den Heimen und den ersten Pflegefamilien lernte ich, schnell zu sein, wenn ich nicht unter die Räder kommen oder verprügelt werden wollte. Bis dahin habe ich mich lieber allein durchgeschlagen. Durch Marge und Joe habe ich lernen dürfen, was Zusammenhalt ist. Dass jemand bedingungslos hinter mir steht und dass es okay ist zu nehmen – solange man einen Ausgleich schafft. Ich habe ihnen alles zu verdanken, was aus mir geworden ist. Als ich zu ihnen kam, hatte ich dieses Vertrauen noch nicht. Ich kannte es nicht anders, ich war gierig. Wie jeder Streuner von der Straße, der nicht weiß, wann er wieder etwas zu fressen bekommt. Jetzt bemühe ich mich zurückzugeben, so viel ich kann.«

*Zurückgeben, so viel ich kann* – was kann *ich* denn geben? Was kann ich nehmen? Bin ich wirklich bereits in der Lage, diese Gefühle zu erlauben? Das Rumoren in meinem Inneren wird stärker. Bist du wahnsinnig?, brüllt diese Stimme in mir, aber ich halte ihr mit aller Kraft den Mund zu.

Ich. Möchte. Mein. Herz. Öffnen.

Ich. Möchte. Mich. Spüren.

Atmen.

In den Bauch.

Man kann nicht gleichzeitig Angst haben und in den Bauch atmen. Hat Heather das nicht gesagt?

»Das klingt schön«, sage ich zitternd, ziehe ihn am Arm zu mir und strecke mich auf die Zehenspitzen, um ihm einen Kuss auf die Wange zu drücken.

»Danke«, wispert er.

»Wofür?«

»Dass du Blue gerettet hast. Sonst hätte ich dich vielleicht nie getroffen.«

»Das wäre sehr schade gewesen.«

»Finde ich auch.«

# Kapitel 36

*River*

Auf der Rückfahrt schweigt Dawn. Immer, wenn es der lebhafter werdende Verkehr hergibt und ich zu ihr hinüberschiele, blickt sie zum Fenster hinaus, streichelt den Hund oder spielt gedankenverloren mit ihrem Ring. Wenn sie meine Augen auf sich spürt, lächelt sie unsicher und sieht sofort wieder weg. Etwas daran beunruhigt mich.

»Alles okay?«, frage ich nach einer Weile. Dabei spüre ich doch, dass es das nicht ist.

»Ja, klar.« Sie nickt und knetet wieder Bros Ohren.

»Klingt aber nicht so, wenn ich ehrlich bin.«

Dawn schweigt. Die Ohren des alten Hundes scheinen ihre ganze Aufmerksamkeit zu fordern.

Endlich seufzt sie tief. »Das mit uns, diese Tiefe … Das habe ich schon sehr lange nicht mehr erlebt.«

»Mhmm«, mache ich ahnungsvoll.

Bro winselt leise und fängt an zu hecheln. Tiere sind exzellente Stimmungsbarometer.

»River, ich … Unser Strandspaziergang war wunderschön. Wie ein Traum, atemberaubend! Ich fürchte nur, das geht mir alles zu schnell. Ich … Ich brauche ein bisschen mehr Zeit, um mich so einzulassen, wie ich es möchte, glaube ich. Ich bin gerade erst im Valley angekommen. Heute Vormittag habe ich dieses Job-Interview, und Lilly-May … Kannst du das verstehen?«

*Alles … Ein bisschen mehr Zeit … Glaube ich …* Textbrocken mit dem Klang ihrer Stimme schwirren in meinem Kopf herum, unterlegt mit einem brummenden Warnton. War es das? Es hat doch noch gar nicht begonnen! *Das mit uns …* Hat sie sich hinreißen lassen, und jetzt fährt das Gedankenkarussell wieder und … Habe ich zu viel von mir erzählt? Zu viel Schwere? Bin ich einfach nicht ihr Typ? Meine Gedanken fahren Achterbahn. Atemberaubend – heißt das auch, sie kriegt keine Luft mehr?

»War ich zu forsch?«

»Nein. Nein, das warst du nicht. Wirklich nicht.« Sie lächelt verlegen. »Immerhin habe ich dich zuerst geküsst.«

»Und ich habe dich totgequatscht. Ich hab's versaut.« Meine Stimme klingt härter als beabsichtigt.

Bro hört abrupt auf zu hecheln. Erstaunt hebt er den Kopf und sieht mich aus seinen trüben braunen Hundeaugen an.

»Nein, das hast du nicht.« Dawn legt sanft ihre Hand auf meinen Arm.

Es kostet mich ziemlich viel Kraft, sie nicht wegzuschütteln, obwohl ich mir nichts sehnlicher wünsche als ihre Nähe.

»Bitte«, sagt sie, und es klingt flehend. »Ich brauche wirklich einfach nur ein bisschen Zeit. Lass uns nur ein wenig Tempo rausnehmen. Für mich. Für Lilly-May. Ich habe Sorge, dass es zu schnell sein könnte, wenn wir in dieser Geschwindigkeit … Wäre das für dich in Ordnung?«

»Klar«, presse ich heraus und hoffe, dass sie mir die Angst nicht anmerkt.

Tempo rausnehmen. Was zur Hölle meint sie damit? Es ist

ja nicht so, dass wir hemmungslosen, wilden Sex mitten in der Öffentlichkeit gehabt hätten.

»Okay. Natürlich. Dann … Wie soll das konkret aussehen?«

Sie schließt für einen Moment die Augen.

Jemand zieht hupend an uns vorbei. Ich verreiße das Lenkrad.

»Idiot!«, bricht es aus mir heraus. »Touristen.«

Dabei hatte der Fahrer recht. Ich bin zu weit Richtung Mittelstreifen gekommen. Zähneknirschend lockere ich meinen Klammergriff ums Lenkrad und konzentriere mich wieder auf den Verkehr.

»Einfach nur langsam«, sagt Dawn leise. »Lass es uns nicht kaputtmachen.«

Ich nicke verkrampft. Was soll ich auch sonst tun?

Der Rest der Fahrt vergeht schweigend. Ich schätze, wir hängen beide unseren Gedanken nach. Ich zwinge mich, ausschließlich auf die Straße zu achten und mir nicht das Hirn zu zermartern. Natürlich braucht sie Zeit. Nach dem, was sie mir eben erzählt hat … Es geht hier nicht nur um mich, um mein Gefühl von schnell oder langsam. Wenn ich diese Frau will, dann muss ich mich ihrem Tempo anpassen.

Das Schild des Nandana Ranch Resorts taucht vor uns auf. Es zeigt Heathers Silhouette im Lotussitz mit über den Kopf gestreckten Armen und gefalteten Händen. Im Hintergrund des Bildes leuchten die Weinberge im Abendlicht. Zwei Gläser Wein, Käse, Trauben und Baguette runden die Werbetafel ab. Ich fand das Schild immer geschmackvoll, heute kommt es mir albern vor.

Ich setze den Blinker und biege ein. Das Knirschen des Kiesbelags unter den Reifen klingt unnatürlich laut.

»Entschuldige, Dawn«, sage ich, als wir am Parkplatz sind.

Ich lasse den Motor laufen und starre stumpf auf die Kühlerhaube vor mir, während sie sich abschnallt.

»Wofür?« Ich spüre die Drehung ihres Kopfes mehr, als dass ich sie sehe, ihren verwunderten Blick, der zu mir herumfährt, gerade als sie den Griff in der Wagentür an sich heranzieht, um auszusteigen. Ihre Mimik wechselt ins Schuldbewusste.

Hat sie ein schlechtes Gewissen?

»Bitte, River. Ich muss mich entschuldigen. Es tut mir so leid. Ich …«

Sie hat eins. Aber das soll sie nicht haben.

»Nein. Es ist wichtig, auf seine innere Stimme zu hören.«

Sie gibt ein bitteres Geräusch von sich, als sei genau das ihr Problem.

»Ich bin da für dich«, sage ich leise.

Ihre Augen füllen sich mit Tränen. »Danke. Ich ruf dich an.«

Noch während ich mich frage, ob es in Ordnung ist, wenn ich sie zum Abschied umarme, verlässt sie fluchtartig den Wagen.

»Viel Glück beim Vorstell …«

Die Autotür schlägt zu. Ich brauche eine Sekunde, bis ich den Rückwärtsgang einlegen und zurücksetzen kann.

»Und genau deswegen lassen wir uns normalerweise nicht auf Frauen ein«, erkläre ich Bro. »Das macht nur alles kompliziert.«

# *Kapitel 37*

*Dawn*

Ich weiche aus. Ich weiche Heather aus und auch Lilly-May. Ich will nicht darüber reden.

»Wie war es?«, fragt Heather natürlich trotzdem.

Beim Frühstück auf der Terrasse, gerade als ich mich in Sicherheit wiege, als ich denke, ich wäre drum herumgekommen.

Lilly-Mays Kopf schießt hoch, als ich klirrend mein Glas auf dem reich gedeckten Frühstückstisch abstelle. Sie ist so sehr in ihr Bild versunken, das sie mit bunten Wachsmalstiften neben mir am Tisch malt, dass die Crunchies in ihrem Müsli bestimmt schon ganz labbrig sind. Es scheint sie nicht zu stören. Abwesend nimmt sie einen Löffel und malt kauend weiter. Liebevoll streiche ich ihr über den Hinterkopf.

Heather nippt pustend an ihrem Becher mit schaumig geschlagenem Matcha-Tee und wartet.

»Schön«, sage ich knapp. »Die Natur ist magisch in Point Lobos.«

»Oh, *dort* wart ihr?« Erstaunt zieht sie die Augenbrauen hoch. »Ich dachte, ihr hattet einen Hund dabei? Macht der Nationalpark nicht erst um …«

»Ja. Hatten wir«, falle ich Heather ins Wort. »Er heißt Bro.

Und tut er. Aber River …« Ich unterbreche mich selbst. Lilly-Mays Kreiden schaben und kratzen über meine Nerven. »Hör mal, nicht böse sein. Können wir später darüber reden? Ich bin ein wenig nervös wegen meines Bewerbungsgesprächs.«

»Ja. Klar.« Ich spüre Heathers blaue Augen, die fragend auf mir ruhen.

Geflissentlich ignoriere ich ihren Blick und tue so, als forderte es meine ungeteilte Aufmerksamkeit, einen Toast mit Erdnussbutter und Marmelade zu bestreichen.

Das Job-Interview ist mein geringstes Problem. Aber ich kann selbst meiner Freundin nicht erzählen, warum wir genau dort waren. Und ich kann Rivers Geheimnis nicht verraten, das wäre schäbig von mir. Vor allem aber weiß ich, dass ich noch ganz andere Dinge preisgeben würde. Was wirklich mit mir los ist, zum Beispiel.

Ich habe kein Pokerface. Ich bin keine gute Lügnerin. Und Heather kennt mich viel zu gut. Im Handumdrehen würde sie mir alles tatsächlich Relevante aus der Nase ziehen und in drei Sätzen sämtliche Punkte widerlegen, mit denen ich mein Verhalten gegenüber River vor mir selbst rechtfertige. Und dann würde ich mir noch schäbiger und dümmer vorkommen als ohnehin schon.

Ich kann das mit uns nicht öffentlich machen. Es ist zu früh für etwas Festes. Zu früh selbst für eine Affäre. Zu früh, diese Szenarios auch nur gedanklich durchzuspielen. Aber was mich am meisten beschäftigt, ist die Angst, dass ich River damit verletze. Verletzt habe.

Ich will jetzt einfach nicht mehr daran denken. Ich nippe an meinem Kaffee und blinzle in die Morgensonne.

Aber mein Gedankenkarussell tobt weiter. Ich habe mich bescheuert benommen. Oder nicht?

»Ich bin weggerannt«, platze ich heraus. »Es war blöd. Ich hab's versaut. Aber ich habe keine andere Möglichkeit gesehen, um meine Haut zu retten.«

Heather öffnet den Mund, um etwas zu antworten, aber meine Tochter ist schneller.

»Hast du dich denn nicht eingecremt, Mommy?«, fragt Lilly-May, ohne aufzusehen. Hochkonzentriert fährt sie immer noch in raschen Hin-und-her-Bewegungen mit grüner Kreide über das Blatt Papier – wie ein Seismograf während eines Erdbebens. »Man kann vor der Sonne nicht weglaufen, weißt du? Sonnenmilch ist besser. Sagst du auch immer. Wegen dem UFO-Filter.«

Heather verschluckt sich an ihrem Tee und hustet.

Ich atme tief durch. »Ja, den UV-Filter habe ich wohl vergessen. Da hast du recht.«

Heather murmelt etwas von »gebranntem Kind« und »Lichtschutzfaktor«.

Seufzend stelle ich meine Tasse ab. »Was malst du da eigentlich?«

Lilly-May schiebt die Zeichnung ein Stück in meine Richtung. »Uns«, sagt sie schlicht und deutet auf die einzelnen Personen, die Hand in Hand auf einer grünen Wiese stehen und einen Regenbogen betrachten. »Das bin ich, und das bist du. Das sind Heather und ihr Mann, und da auf dem Baum ist Blue. Wenn sie wieder gesund ist. Und Baby Jeff ist hinter dem Regenbogen. Den kannst du nur nicht sehen.«

»Aha?«, frage ich. »Woher hast du denn die Idee?«

Sie zuckt beiläufig mit den Schultern. »Ich bin selber draufgekommen. In Rivers Wartezimmer waren so Bilder von Hunden und Katzen, die gestorben sind. Die sind jetzt auch im Regenbogenland.«

Heather schiebt behutsam das Geschirr zusammen, um uns nicht zu stören.

Ich räuspere mühsam den Knoten in meiner Kehle weg. »Und der andere Mann? Ist das Daddy?«

Jetzt erst hebt Lilly-May den Kopf. Erstaunt und beinahe entrüstet sieht sie mich an. »Nein. Der ist doch nicht hier. Das ist River. Das sieht man doch am Statuskoop.« Sie zeigt auf ein Gebilde um den Hals des Männchens, das ich für eine Krawatte gehalten hatte.

»Natürlich. Entschuldige.«

Lilly-May seufzt großzügig und malt weiter. »Schon gut.«

Heather schneidet wilde Grimassen in meine Richtung und nickt mit dem Kinn hinüber zur Küche. »Wir müssen reden«, malen ihre Lippen in die kühle Morgenluft.

Ich bewaffne mich mit Butter und Toastkorb und folge der Inquisition nach drinnen.

»Was hast du angestellt?«, fragt Heather geradeheraus, sobald wir außer Lilly-Mays Hörweite sind.

»Ich habe bislang immer sehr an dir zu schätzen gewusst, dass du nicht bohrst«, erwidere ich mit verkniffenem Mund.

»Tue ich ja gar nicht. Aber dann darfst du nicht solche Sachen beim Frühstück raushauen, wenn wir nicht frei reden können.«

»Reine Taktik«, behaupte ich.

»Aha.« Sie mustert mich.

Ich muss zuerst wegschauen. Ihre Mundwinkel zucken.

»Was soll ich tun?«, frage ich hilflos. »Ich mag ihn. Sehr. Aber das geht mir alles zu schnell, ich bin noch nicht so weit.«

»Komm mal her!« Heather schließt mich in ihre Arme. »Lilly-May ist ein sehr kluges Mädchen«, sagt sie nach einer Weile und lässt mich sanft los. »Das Ding mit der Sonnenmilch … das hat mich an etwas erinnert. Es gilt auch fürs Energetische. Du bist ziemlich dünnhäutig gerade, aber dagegen kann man was tun.«

»Atmen, ich weiß«, sage ich mit einem Stoßseufzer. »Hat aber nicht so viel gebracht.«

»Rom ist nicht an einem Tag gebaut worden«, erinnert sie mich sanft. »Es gibt da eine nette Übung, die dich vielleicht unterstützen kann – und ich rede jetzt natürlich nur davon, bei deinem Bewerbungsgespräch nachher cool zu bleiben.«

»Schon klar«, brumme ich.

Heather lacht. »Meine Ausbilderin sprach immer von ihrem persönlichen Lichtschutzfaktor. Ich stelle es mir wie einen Schutzmantel aus Licht vor. Da dringt nichts durch, was mir nicht guttut. Er wärmt und schützt mich und hilft mir, meine Energie zu halten. Und er hat eine eingebaute Wunderpflasterfunktion. Darunter kann man heilen. Probier's aus!«

»Wenn das so einfach wäre …«

»Oh, es gibt eine wissenschaftliche Untersuchung darüber. Der Hautwiderstand verändert sich messbar. Offenbar können wir uns ein dickeres Fell tatsächlich anziehen.« Sie grinst. »Gut gegen Falten ist es auch noch. Schau mich an.«

»Haha.«

Mir liegt eine spitze Bemerkung darüber auf den Lippen, dass meine Vergangenheit sich durch Vorstellungskraft und Atmen nicht einfach ausradieren lässt. Aber ich schlucke sie herunter. Weil sie recht hat und mir helfen möchte. Wenn ich diesen Neuanfang wirklich will, muss ich nicht nur lernen weiterzuatmen. Ich muss auch neue Bilder malen – so wie Lilly-May. Binsenweisheiten, murrt eine Stimme in mir. Jammern oder ändern, kontere ich stumm. Ich weiß, dass ich es wagen möchte.

»Okay, zeig's mir!«, bitte ich Heather. »Wenn's beim Job-Interview funktioniert, sehen wir weiter. Ich hoffe nur, dass ich River nicht verprellt habe.«

Heather zwinkert mir zu. »Der Mann ist Tierarzt, Dawn. Ich weiß ja nicht, was passiert ist – aber ein Tritt vors Schienbein wird ihn nicht gleich in die Flucht schlagen.«

»Dein Wort in wessen Gehörgang auch immer.«

»Kann ich mitkommen?« Plötzlich steht Lilly-May hinter uns, fertig angezogen, ihre Puppe und die Zeichnung im Arm, nur die Schnürsenkel sind noch offen.

»Wohin?«, fragt Heather verdutzt und hält in der Bewegung inne.

Wir waren grade im dritten Durchlauf dieser Schutzmantelübung, von der sie mir erzählt hatte.

»Nein«, antworte ich meiner Tochter und lasse die Arme sinken. »Ich mache keinen Ausflug, Lollipop. Ich habe ein Bewerbungsgespräch. Das habe ich dir doch erklärt.«

»Wann bist du zurück?«

»Es wird nicht lange dauern.«

»Wenn wir eh schon unterwegs sind, könnten wir hinterher Blue besuchen. Es spart Sprit, wenn man vernünftig plant, sagst du immer.«

»Das ist schwierig, Lollipop. Wir überlegen uns was, wenn ich zurück bin, okay?«

»Darf ich dann allein zu Blue? River hat gesagt …«

»Auf gar keinen Fall!« Ich packe Lilly-May fest an den Schultern. »Du bist hier, wenn ich zurückkomme, okay?«

Sie schmollt. »Du hast es aber versprochen.«

Ich seufze und drücke ihr einen Kuss auf die Wange. »Wir machen das auch. Wenn ich wieder hier bin, habe ich den Kopf frei, und dann überlegen wir uns was zusammen, einverstanden? Es tut mir leid, dass Blue noch ein bisschen auf dein wunderschönes Bild warten muss. Drückst du mir trotzdem die Daumen für den Job?«

Lilly-May nickt. Aber ihre Unterlippe macht einem Breitmaulfröschchen Konkurrenz. Wenn auch dem niedlichsten der Welt.

# Kapitel 38

*River*

Die Vormittagssprechstunde zieht sich zäh wie Kaugummi. Es ist nicht viel los. Alles Routine. Eine Granne im Ohr eines Cockerspaniels, Krallen schneiden beim Pekinesen von Mrs. Wang, eine Impfung, ein paar Wurmkuren, eine verstopfte Analdrüse.

Dazwischen habe ich viel zu viel Zeit zum Nachdenken. Ein bisschen Tempo rausnehmen hat sie sich gewünscht. Und eine Stunde vorher küsst sie mich, als gäbe es kein Morgen mehr.

Verdammt.

Passt natürlich – so gesehen.

Die letzte Patientin ist ein erkältetes Meerschweinchen. Die junge Besitzerin erinnert mich in ihrer rührenden Besorgnis an Lilly-May.

Und schon denke ich wieder an Dawn. Ich schmecke noch ihren Kuss auf meinen Lippen. Ich spüre ihre Finger auf meiner Haut. Ich rieche noch den Duft ihres Haares.

Verdammt.

Und noch mal: Verdammt.

Nach der Sprechstunde gehe ich ins Büro. Mein Blick fällt auf die leere Sauerstoffbox. Ich schleiche weiter in die Küche, um mir einen Kaffee zu holen. Dort am Tisch haben wir die Forelle zubereitet und gegessen. Wie kann man innerhalb von so kurzer Zeit so viele Erinnerungen aufbauen? Mein Innenleben spielt verrückt. Dabei haben wir noch nicht einmal miteinander geschlafen.

Ich muss den Kopf frei kriegen. Und ich brauche einen Rat.

Eine halbe Stunde später sitze ich auf einer verwitterten Holzbank in der Parkanlage der Saint Dunstans Episkopalkirche und starre auf das Kolumbarium. Die Asche meines Pflegevaters befindet sich in einer Urne unter einem der gemauerten Quader.

Vereinzelt stehen Blumentöpfe auf den kleinen Feldern. Vertrocknete pinkfarbene Blütenblätter der Bäume um mich herum zaubern Farbkleckse in die Stille. Eine Truthahnfamilie pilgert kollernd auf dem Weg von der Kirche in Richtung Schule an mir vorbei. Sie haben keine Angst vor mir.

Mit den Fingerkuppen befühle ich das morsche Holz der geschwungenen Lehne. Eine frische Brise weht, niemand sonst ist hier. Nicht einmal aus der Schule dringt Lärm.

Ich bin selten hier. Dies ist Marges Ort. Sie kommt jeden Tag. Wenn ich Joe brauche, finde ich ihn überall in der Natur – normalerweise. Heute tut es gut, zumindest so etwas wie den Nachklang vergänglicher Moleküle in der Nähe zu wissen.

Ich weiß, was Verlust ist. Und doch ist es etwas grundlegend anderes, um ein Elternteil zu trauern, das am Ende müde und krank war und auf ein reiches Leben zurückblicken konnte, als sein Kind zu verlieren. Ich kann mir nicht vorstellen, was Dawn durchgemacht hat.

Da ist auf der einen Seite dieses ganz klare Stoppsignal – Finger weg.

Und auf der anderen ist etwas in mir erwacht, das kämpfen will. Das sich neu verlieben möchte. Verliebt *hat* – in diese Frau. Und nun nicht richtig weiß, wie es ab hier weitergeht.

»Was soll ich tun, Dad?«, murmle ich vor mich hin, stütze die Ellbogen auf die Knie und vergrabe mein Gesicht in den Händen.

»Du brauchst einen Rat?«

Ich stelle mir vor, wie er neben mir sitzt, die Arme verschränkt, beide Beine von sich gestreckt und die Knöchel lässig überschlagen. Mit diesem amüsierten, unerschütterlichen Zug um die Lippen, die halb unter seinem eisengrauen Schnauzbart verschwinden. Seine Haut ist nach wie vor zerknittert, aber die Gesichtsfarbe hat nichts mehr von dieser kranken Fahlheit. Die lebenskluge Wachheit ist in seine hellblauen Augen zurückgekehrt, genau wie das Sprühen.

»Hör ihr zu. Sei da, sei ihr Freund. Erwarte nichts, bring sie zum Lachen. Der Rest findet sich.«

»Das ist deine Empfehlung?«, frage ich, ohne meine Position zu verändern.

»Bei deiner Mutter hat es funktioniert.«

Ich hebe den Kopf und blicke zur Seite. Die Bank ist leer, aber ich höre, sein leise glucksendes Lachen in den Bäumen.

»Was machst *du* denn hier?«

Ich blinzle gegen das Mittagslicht. Marges Schatten fällt auf mich und erleichtert mir die Sicht. Prustend stellt sie eine volle Einkaufstasche auf die Bank.

»Mit Dad reden«, antworte ich wahrheitsgemäß.

»So, so.« Sie setzt sich neben mich. »Die junge Frau in der Jogginghose? Dawn?«

Ich nicke stöhnend und strubble mir durch die Haare.

Marge lächelt. Sie legt mir eine Hand aufs Knie. »Und was hat er dir geraten?«

»Was wohl?!«, brumme ich und sehe sie an. »Aber wie stelle ich es an, für sie da zu sein, wenn sie die Dinge langsam angehen lassen möchte?«

Meine Pflegemutter lacht auf. »Ach, Junge! Erinnerst du dich noch an deine Liste? Genauso haben wir es gemacht, weißt du nicht mehr? Wir haben dich laufen lassen, und doch waren wir immer da. Wir haben dir nur Ideen gegeben, wie es sein könnte. Dein Leben. Bei uns. Aber das Tempo hast du bestimmt. Immer … Dieses Gefühl braucht sie auch. Verletzte Seelen – damit kennen wir uns aus, nicht?« Sie zwinkert mir zu. Ihre Augen glitzern fröhlich in der Sonne. »Hätten wir Druck ausgeübt, wärst du weg gewesen.«

Ich nicke überrascht. »Du bist eine kluge Frau, Marge Greenfield.«

»Ich war auch mit einem sehr klugen Mann verheiratet. Dein Dad ist sehr stolz auf dich.« Sie lächelt verschmitzt. »Ich liebe dich, River.«

»Ich dich auch, Mom.«

Das Handy in meiner Hosentasche vibriert. Ich riskiere einen schnellen Blick. »Arbeit«, erkläre ich und stehe auf.

»Was sonst?« Marge lacht.

»Soll ich dich nach Hause fahren?«, frage ich, bevor ich den Anruf entgegennehme.

Sie schüttelt den Kopf. »Ich bleibe noch einen Moment bei Joe sitzen. Die Einkäufe sind für Abigail. Sie hat sich den Knöchel verstaucht. Ich bin mit dem Wagen hier.«

Ich weiß, wie ungern Marge fährt. »Das hätte ich doch tun können.«

Sie schüttelt energisch den Kopf und macht eine scheuchende Bewegung. »Kümmre dich zur Abwechslung mal um dich selbst. Und geh endlich ans Telefon. Das Brummen weckt ja Tote auf! Wir sehen uns heute Nachmittag zum Verbandswechsel. Das mache ich nicht allein. Wozu habe ich einen Tierarzt großgezogen?«

# Kapitel 39

*Dawn*

Ich habe mir Lippenstift von Heather geliehen. Sie hat mir auch ihren Wagen angeboten, aber ich kann genauso gut mit dem Van fahren. Während ich den Lidstrich nachziehe, überlege ich kurz, Lilly-May vielleicht doch mitzunehmen.

»Sie kann ja wirklich im Van auf mich warten. Der ist voll klimatisiert, und sie beschäftigt sich hervorragend alleine. Das Gespräch wird ja nicht so lange dauern. Sie hat jede Menge Hörbücher, Malblocks und Knete …«, erkläre ich Heather.

»Und dann kommt fünf Minuten später der Deputy und schlägt dir die Scheibe ein.« Heather stemmt die Arme in die Hüfte und sieht mich missbilligend an. »Ich hab dir doch gesagt, ich passe auf. Es braucht ein Dorf, um ein Kind großzuziehen. Hier hast du eins, also greif darauf zurück. Wir besuchen die Pferde, falten Servietten und begrüßen Raffaele. Uns fällt garantiert nicht die Decke auf den K…«

»Ach du liebe Zeit!«, falle ich ihr ins Wort. »Wann kommt er denn an? Heute schon? Das habe ich ganz vergessen. Dann hast du doch sicher …«

»Noch zwei Augen mehr, die aufpassen, genau. Verschwinde endlich! Du bist unerträglich, wenn du nervös bist.«

»Bin ich nicht.«

»Wetten? Du verlierst!« Lachend schiebt sie mich zur Verandatür hinaus. »Und denk dran: Zumba! Alles andere zählt nicht!«

Im Schritttempo rolle ich vom Gelände des Ranch Resorts. Heather und Lilly-May winken mir nach, bis ich um die Kurve verschwinde.

Mein Fokus verschiebt sich, bis ich in meine eigenen Augen blicke. Dezent geschminkt, ganz hübsch eigentlich, wenn die Sorgenfalten auf der Stirn nicht wären. Das Gesicht im Rückspiegel kommt mir fremd vor. Es ist eine Weile her, dass ich Haarspray und Lippenstift benutzt habe.

»Wird Zeit, was zu tun.«

Entschlossen blicke ich nach vorn.

»Und was hast du vorher gemacht?«, will mein potenzieller Arbeitgeber wissen.

Der schlaksige junge Mann in den Zwanzigern, in Jeans und Hemd mit aufgerollten Ärmeln, hängt mehr im Sessel gegenüber, als dass er sitzt. Er wirkt, als sei er direkt von der Redaktion einer College-Zeitung in dieses Büro geschlittert. Die Wände sind dekoriert mit gerahmten Zeitungsausrissen von Werbeanzeigen. Seine Agentur war nicht ganz einfach zu finden. Keine Hinweistafel, kein Schaufenster, nicht mal ein größeres Firmenschild – nur klitzeklein das Logo an der Eingangstür, die sich allerdings im Hinterhaus des Hauptgebäudes befindet. Vielleicht bin ich overdressed in diesem schicken Hosenanzug? Ich hatte mir den Laden doch ein kleines bisschen größer vorgestellt.

»Ich war hauptsächlich für das Booking und die Betreuung von Künstlern und Künstlerinnen zuständig«, antworte ich wahrheitsgemäß. »Aber dazu gehörten auch Modefotografie,

Sedcard-Produktion, Verträge, Begleitung bei Presse-Events und so was. Ein bisschen Mädchen für alles – gerade der Mix hat mir Spaß gemacht. Ursprünglich habe ich Kunst und Fotografie studiert.«

»Cool. An welcher Uni warst du?« Zum ersten Mal gibt er die bequeme Stütze der Rückenlehne auf und neigt sich ein Stück nach vorn.

»An der CalArts – dem California Institute of the Arts in Santa Clarita.«

»Oh.« Das war's schon wieder mit dem Anflug einer Körperspannung. Er nickt beeindruckt.

Die CalArts ist eine der Top-Schulen in Kalifornien, wenn nicht im gesamten Westen.

»Ich habe ein gutes Auge, bin kreativ, und jede Art von Werbung fasziniert mich – wenn das Produkt stimmt.«

»Tja.« Der Geschäftsführer der kleinen Werbeagentur lächelt säuerlich. »Der Mix klingt gut. Aber … ich bin eigentlich ein Ein-Mann-Betrieb. Mein Freund macht nur die Buchhaltung. Der Laden wirft noch nicht genug ab für zwei, geschweige denn für drei.« Er mustert mich und spielt dabei mit seinem Kugelschreiber herum. »Ich fürchte, unsere Kunden und Produkte sind ein wenig anders als das, was du gewohnt bist. Wir sind weniger Glamour und mehr so: ›Rabattaktion in der Drogerie zum 4. Juli – kannst du uns einen launigen Coupon entwerfen?‹« Er sieht mich an, als erwarte er, dass ich bei der Aussicht auf Annoncen für Aspirin und Sonnenbrillen einen Rückzieher mache.

Aber so leicht werde ich nicht aufgeben. »Ich kann auch zeichnen und layouten, klar. Texten ist nicht meine größte Stärke, aber wenn's drauf ankommt … Außerdem bin ich gut in Akquise«, werfe ich hinterher.

Sam trinkt einen Schluck aus einem Becher, dessen eingetrocknete Kaffee-Laufspuren davon zeugen, dass das Ding schon länger in Benutzung ist, als vermutlich gesund ist, und mustert mich mit unverhohlener Neugier weiter. »Was willst du hier, Dawn?«

Das frage ich mich inzwischen auch. Aber ich brauche ein Einkommen. Kunst nur um der Kunst willen ernährt die wenigsten. Mit diesem Glaubenssatz bin ich groß geworden.

»Einen Job«, sage ich stur.

»Du bist überqualifiziert. Von dem Honorar, das ich dir vermutlich zahlen müsste, können Phil und ich ein halbes Jahr lang die Miete und den Parkplatz finanzieren.«

Er hat recht. Es ist der falsche Weg, die falsche Richtung. Aber was soll ich dann tun? Ich kann ja nichts anderes!

»Dann macht es doch erfolgsabhängig«, höre ich mich sagen und drifte zurück zu einem Musikvideo-Release in Vegas.

Eine von mir betreute Schauspielerin hatte darin mitgespielt. Als sie die Rolle übernahm, ahnten wir nicht, dass die Band ein paar Wochen später als beste Newcomer diverse nationale und internationale Preise abräumen würde – entsprechend groß war der Presserummel vor der Veröffentlichung der neuen Single.

*Ich stehe am Büfett und kann mich nicht zwischen dem Crevetten-Cocktail und dem Kanapee mit Lachstatar entscheiden. Aus den Lautsprechern dröhnt Musik.*

*»Hallo, schöne Frau.« Jesse haucht mir einen Kuss in den Nacken und fährt zärtlich mit dem Finger meine Rückenlinie nach.*

*Ich drehe mich zu ihm und erkenne, was das kühle Kribbeln ausgelöst hat. Er hat zwei Gläser in der Hand.*

*Eins hält er mir entgegen. »Champagner für die Dame? Du hast ihn dir verdient, Babe.«*

*Lächelnd nehme ich ihm das Glas ab. »Noch hast du das Video nicht gesehen.«*

*»Aber ich habe mit Marc von der Music Company geplaudert. Er hat mir die Vorverkaufszahlen ins Ohr geflüstert.« Er deutet mit einem Finger am Glas in Richtung des Sales Managers.*

*Ich kann das Eis in seinem Bourbon klimpern hören.*

*Marc wird auf uns aufmerksam. Ich winke höflich und proste ihm zu.*

*»Du tust so, als wäre ich an den Umsätzen beteiligt, Jesse. Ich habe nur die Künstlerin vermittelt.«*

*»Und dafür bekommst du Provision.«*

*»Fünfzehn Prozent der Gage.«*

*»Und die steigt auch mit dem Erfolg.«*

*Er deutet auf das üppig dekorierte Essen. Auf dem Vorspeisenbuffet wechseln Eisskulpturen mit kunstvoll geschnitztem Obst, Salatschalen und Gemüse. Ein exotischer Fisch scheint in einem bunten Meer aus essbaren Blüten zu schwimmen. Mich fasziniert die Kunst. So viel Arbeit und Können stecken da drin, übersehen und unbeachtet von den meisten. Ich frage mich, mit welchen Werkzeugen und welchem Fingerspitzengefühl man so feine Ziselierungen hinbekommt, ohne dass etwas bricht – und es stimmt mich traurig, dass in spätestens zwei Stunden nichts mehr davon übrig sein wird.*

*Jesse meint etwas anderes. Er sieht die Dollars. Hinter den Rechauds mit den Hauptspeisen stehen Köche – oder als solche verkleidete Kellner – in weißen Schürzen und Hauben. Der Nachbartisch biegt sich unter einer Auswahl verschiedener Gläschen mit Desserts. Und überall laufen Servicekräfte in schrillen Hotpants und bauchnabelfreien Blusen herum und reichen Getränke.*

*Der Lärmpegel der Mischung aus in Grüppchen herumstehenden Menschen, dröhnenden Bässen und schnellen Upbeats verursacht mir Kopfschmerzen.*

*»Ich möchte gern einen Moment an die frische Luft«, sage ich leise.*

»Dawn? Ist dir nicht gut?«

»Wie bitte?« Ich schrecke hoch, als Sam seinen Kaffeebecher abstellt und mich besorgt ansieht.

»Möchtest du ein Glas Wasser?«

»Ja. Ja, das wäre nett.«

Er greift hinter sich in einen Metallcontainer, zieht eine Flasche Mineralwasser und ein Glas heraus und schiebt mir beides über den Schreibtisch zu. Die Flasche ist zimmerwarm, aber noch originalverschlossen, und das Glas wirkt immerhin einigermaßen sauber.

Ich räuspere mich verlegen. Bin ich wirklich so versnobt, dass mir so was auffällt? Die Geste ist freundlich! »Entschuldigung«, sage ich.

»Hast du so was öfter? Dass du so wegdriftest?«

Ich schüttle den Kopf. »Das Wetter«, schwindle ich. »Ich habe schlecht geschlafen und bin ein wenig nervös. Das ist alles.«

Er lacht und schüttelt den Kopf. »Also gut. Versuchen wir's. Hier.« Er zieht sein Schreibtischschubfach auf und reicht mir einen Umschlag. »Matt Henderson in Monterey. Er möchte neue Speisekarten für sein Diner, aber eigentlich kein Geld in die Hand nehmen. Vielleicht hast du mehr Glück. Fahr hin und rede mit ihm.«

»Bis wann brauchst du die Entwürfe?«

Wieder schüttelt er den Kopf. »Mach das mit ihm ab. Provisionsbasis, richtig? Du bekommst zehn Prozent von dem, was nach Produktionskosten und Steuer übrig bleibt.«

»Fünfzehn«, pokere ich.

Er nickt. »Deal.«

»Ich habe einen Job«, erzähle ich der Frau im Rückspiegel, nachdem ich mich in den Van gehievt und angeschnallt habe.

Erschöpft lasse ich mich gegen die Lehne plumpsen und puste mir eine Haarsträhne aus dem Gesicht. Mein Spiegelbild kommt mir immer noch fremd vor – und nicht besonders euphorisch über den Erfolg, wenn ich ehrlich bin.

Ächzend löse ich einen Hosenknopf und betrachte ein wenig unschlüssig den Umschlag auf dem leeren Kindersitz neben mir. Ich trommle auf dem Lenkrad herum. Es ist noch früh. Heather rechnet nicht vor Mittag mit mir. Der Vorstellungstermin in der Montessori-Schule im Valley ist morgen. Da werde ich wenig Zeit haben. Wenn ich das Schulgeld für Lilly-May nicht von meinen Reserven aufbringen oder meine Mom anschnorren will, kann ich es genauso gut gleich angehen.

»Matt Henderson in Monterey«, murmle ich und drehe den Zündschlüssel. »Na gut.«

# Kapitel 40

*River*

»Sie ist nicht da, oder?«

»Nein.« Heather steht auf der Veranda und sieht mich bedauernd an. »Leider nicht. Ich schätze, ihr Vorstellungsgespräch dauert länger. Ist das ein gutes Zeichen?«

»Richtig, das Vorstellungsgespräch … Bestimmt.« Ich nicke abwesend und schlage mir mit der Hutkrempe ein paar unsichtbare Staubflocken von der Jeans, bevor ich den Stetson wieder aufsetze. Immerhin bedeutet das, dass sie sich nicht verleugnen lässt.

Im Lauf des Vormittags hat es sich zugezogen. Jetzt nieselt es leicht. Die Wolken hängen so tief über den Weinbergen, dass man meint, die Reben würden sie ansaugen. Leichte Schwüle liegt in der Luft.

»Tja, dann grüß sie von mir und sag ihr … oder nein. Sag ihr nichts. Sie wird sich melden, wenn sie es will.«

»Sie will ganz sicher«, sagt Heather mit weicher Stimme. »Sie braucht einfach nur Zeit. Sie hat eine Menge durchgemacht, weißt du?«

Ich nicke. »Ja, sie hat mir davon erzählt. Ich will sie zu nichts drängen. Ich dachte nur …«

»Ich sag ihr, dass du da warst. Es wird sie freuen.«

»Danke, Heather.«

»Grüß Marge von mir!«

»Mach ich.« Ich gehe Richtung Wagen.

»Ach, ähm …«

»Ja?« Fragend drehe ich mich noch einmal um.

Heather wirft mir ein strahlendes Lachen zu und beugt sich spielerisch über die Brüstung. »Da du schon mal hier bist. Du hast nicht zufällig Lust, mir zu helfen, den Pferden ihre Wurmkur zu geben? Dann wärst du nicht völlig umsonst hergekommen.«

Ich grinse breit. »Du willst dir ja nur die Anfahrtskosten für einen Gratisblick auf die drei sparen.«

»Und einen Teil des Honorars noch dazu! Ich könnte dich mit frischem Lavendelmousse und Apfel-Schoko-Brownies bestechen. Lilly-May hat mir beim Backen geholfen. Könnte das klappen? Oder hast du's eilig? Was sagst du?«

»Ich bin mir nicht sicher, wie ich das versteuern müsste«, behaupte ich augenzwinkernd.

»Nachbarschaftshilfe?«, schlägt Heather vor. »Die Brownies sind noch warm!«

»Na, das lässt mir die Buchhaltung immer durchgehen.«

»Wann darf ich Blue besuchen?«, fragt Lilly-May, kaum dass ich in der Küche angekommen bin. Sie steht auf einem Stuhl und schleckt mit Hingabe die Teigschüssel aus, die Rosa ihr vergeblich zum Abspülen wegnehmen will. »Kommst du mich abholen? Hat Mommy dich geschickt, um mich zu überraschen?«

Sie erwischt mich kalt. Ich wünschte, es wäre so. »Äh.«

Heather springt ein. »Du darfst bestimmt bald zu dem Kätzchen. Wir klären das später mit deiner Mom, Honey, okay?«

»Wann kommt sie denn wieder? Ich kann sie ja anrufen und fragen!«

»Wollen wir nicht erst mal eine Eissorte für die Brownies aussuchen?«

»Jaaa!« Begeistert reicht Lilly-May Schüssel und Löffel an Rosa weiter und klettert vom Stuhl.

Ich atme aus. Das Kind bricht mir das Herz. Ich hätte nicht herkommen sollen.

Heather öffnet die Tür des riesigen Gefrierschranks und zieht eine Schublade auf. »Ich hätte anzubieten: Buttered Pecan, Cookie Dough, Moose Tracks und natürlich Vanille. Was meint ihr?«

»Für mich Vanille«, bestellt Lilly-May.

Heather zieht die gewünschte Packung heraus und sieht mich an.

»Ich verlasse mich auf die Auswahl der Chefin.«

Sie nickt und wendet sich zu Rosa. Die kneift sich selbst nur giggelnd in den Bauch, winkt ab und verlässt den Raum.

Oh Mann! Was tue ich hier?

Heather legt mir eine Hand auf die Schulter und stellt einen hübsch angerichteten Teller vor mir ab.

Reiß dich zusammen, River. Einfach nur Zeit. Das ist kein Weltuntergang. Ihr Tempo, ihre Regeln. Meine Ideen.

Die Brownies sind köstlich. Sie schmelzen förmlich auf der Zunge. Der Teig ist in der Mitte noch leicht feucht und zusammen mit der säuerlichen Apfel-Aprikosen-Füllung und dem Pekannuss-Eis, das Heather für uns ausgesucht hat, eine Geschmacksexplosion. Wir essen schweigend.

»Vielleicht können wir ja nachher deine Pflegemutter besuchen? Ich könnte ihr einen Brownie mitbringen«, durchbricht Lilly-May die Stille. »Die sind dann nur leider schon kalt.« Sie runzelt die Stirn. »*Jetzt* hast du wohl keine Zeit, oder? Jetzt wären sie noch warm, und wir könnten zurück sein, bevor Mommy wieder da ist.«

Schmunzelnd lege ich meine Kuchengabel beiseite. »Nein, das geht leider tatsächlich nicht. Erstens können wir deine Mom nicht fragen, ob es ihr recht ist, und zweitens muss ich jetzt erst mal meine Schulden bezahlen und ein paar Pferden ihre Wurmkur geben.« Ich zwinkere Heather zu.

»Und heute Nachmittag? *Mit* Mommy?«, bohrt Lilly-May. Sie lässt nicht locker.

»Ich weiß nicht, ob sie …« Ich schicke Heather einen hilfesuchenden Blick.

»Aber wäre es denn für *dich* in Ordnung? Deine Pflegemutter ist zu Hause, oder? Sie muss ja zu Hause sein, wegen Blue, richtig? River?!«

Ich seufze.

Heather reagiert nicht.

»Von meiner Seite wäre das absolut in Ordnung. Ich bin mir nur nicht sicher, was deine Mutter …«

Endlich fängt Heather meine Signale auf. »Honey, lass uns warten, bis deine Mom zurück ist, okay? River kann das nicht entscheiden.« Sie hält Lilly-May den Kuchenteller vor die sommersprossige Stupsnase. »Nimm dir noch einen Brownie, magst du? Hier, ich habe sogar noch einen mit ganz viel Frosting entdeckt.«

Lilly-May ignoriert das Angebot ebenso wie Heathers Einwand. »Wenn es nicht so weit ist zu ihr nach Hause, könnte ich auch zu Fuß kommen.«

»Das ist vielleicht keine gute Idee. Ich glaube nicht, dass …«

Sie unterbricht mich. »Aber du hast gesagt, es ist nur die Straße runter!«

»Ja, das stimmt. Allerdings …« Hilflos breche ich ab. Wie komme ich aus der Nummer wieder raus, ohne Dawn den Schwarzen Peter zuzuschieben?

»Wieso willst du nicht mehr, dass ich Blue besuchen komme?« Plötzlich glitzern Tränen in den Augen des Mädchens.

»Gib ihr etwas Zeit, sich an ihre neue Pflegemutter zu gewöhnen«, rettet mich Heather einmal mehr. »Die Umstellung ist bestimmt nicht so einfach für ein kleines Kätzchen, nicht wahr?«

Ich nicke dankbar.

»Vielleicht klappt es morgen, nachdem ihr euch die neue Schule zusammen angesehen habt?«

»Ich will keine neue Schule, ich will nicht bis morgen oder auf Mommy warten. Immer sagt ihr: Später! Ich will Blue.« Aufgebracht schiebt Lilly-May ihren Teller zurück und springt auf. »Jetzt!«

»Na so was«, sage ich leise und schiebe meinen Kuchenteller ebenfalls ein Stück in Richtung Tischmitte. »Ich kann sehr gut verstehen, dass du Sehnsucht nach ihr hast und jetzt traurig bist. Das ist wirklich schade, denn ich hatte gehofft, dass du mir dabei helfen würdest, den Pferden ihre Wurmkur zu verabreichen. Mit schlechter Laune geht das allerdings nicht so gut. Das merken Pferde nämlich sofort. Hast du die drei eigentlich schon kennengelernt?«

Lilly-May schüttelt erstaunt den Kopf.

Ich lächle. »Nicht schlimm. Dann mache ich das mit der Wurmkur allein mit Heather, und wir gehen ein anderes Mal gemeinsam zu ihnen runter. Okay?«

»Ich bin gar nicht mehr schlecht gelaunt«, sagt Lilly-May und wischt sich schnell mit dem Handrücken über die Augen.

Heather grinst verstohlen und reckt den Daumen. »Wunderbar! Und wer möchte ihnen die Äpfel mit runternehmen?«

Lilly-May begleitet uns hüpfend zu den Stallungen und Weiden. Voller Stolz trägt sie die Schüssel mit Apfelresten vor der Brust. Keine Spur mehr von Tränen und Trotz.

Heathers Quarter-Stute Amber und die beiden Paint-Wallache Speedy und Sancho stehen am Zaun des Paddocks und wiehern uns entgegen.

»Die freuen sich schon auf ihre Kur!«, ruft Lilly-May.

»Das vermutlich nicht. Eher auf die Äpfel«, erklärt Heather lachend. »Sie wissen, dass es immer was zu naschen gibt, wenn ich komme.«

Gespannt sieht Lilly-May dabei zu, wie ich drei Tuben aus einer Pappschachtel angle und den Dosierring auf das richtige Pferdegewicht einstelle, während Heather die Halfter holen geht.

Lilly-May hält Abstand zu den Tieren. »Und wieso bekommen sie das?«, fragt sie skeptisch und betrachtet abwechselnd die Packung und die Pferde. »Ihre Haare sehen doch schön aus. Nur die Schwänze sind ein bisschen dünn.«

Heather kehrt zurück. Sie sieht mich mit großen Augen an. Ich begreife das Missverständnis eine Millisekunde, bevor ihre Mundwinkel zu zucken beginnen. Sie dreht sich schnell weg, taucht unterm Zaun durch und richtet emsig die schwarze Stirnlocke von Sancho, dem sie als Erstes das Stallhalfter umschnallt.

»Die Schweife sehen bei dieser Pferderasse immer so aus«, erkläre ich und nehme Lilly-May den Eimer ab. »Das ist normal. Eine Wurmkur ist Medizin zum Schlucken, keine Haarkur zum Auftragen. Sie ist dafür da, Wurmeier und Larven abzutöten, die Haustiere aus Versehen mitgefressen haben könnten.«

»Katzen auch?«

»Und Hunde«, ergänze ich. »Die bekommen meist Tabletten. Huftieren wie Pferden gibt man eine Paste ins Maul.«

»Das klingt *eklig*«, sagt Lilly-May inbrünstig.

»Schmeckt wohl auch so«, gebe ich zu. »Die Pferde mögen das Zeug nicht besonders. Aber es hilft hervorragend gegen das Bauchweh, das sie sonst durch die Würmer bekommen würden. Und ich habe einen Trick«, verrate ich ihr lächelnd und fische zwei Apfelstücke aus dem Eimer. »Willst du mir helfen?«

Sie nickt aufgeregt. »Wie geht dein Trick?«

»Ich nenne das die Sandwich-Methode: Erst gibt es ein Stück Apfel. Dann führe ich ein ernstes Gespräch mit dem Pferd. Ich erkläre ihm, wieso die Medizin wirklich wichtig ist, und gebe ganz offen zu, dass es kurz unangenehm ist, sie zu schlucken. Dafür bekommt es ein noch viel größeres Stück Apfel gleich hinterher.«

»Du redest mit den Pferden?«

»Natürlich! Und du weißt ja, ich halte meine Versprechen. Die Pferde wissen das auch. Wenn sie mir zugehört haben, machen sie ihr Maul meist schon freiwillig auf.«

»Das glaube ich dir nicht.«

»Musst du auch gar nicht. Komm mit rüber, dann siehst du es. Es ist sowieso meistens besser, wenn man sich selbst von Dingen überzeugt, statt blind alles zu glauben, was Erwachsene einem erzählen.«

Ich fange einen Seitenblick von Heather auf.

»Was ist?«, frage ich.

»Ich überlege gerade, ob deine Sandwich-Methode auch bei Menschen funktioniert.«

»Du warst noch nie bei einem Gebrauchtwarenhändler, oder?« Ich grinse. »Unangenehme Wahrheiten zwischen Brötchenhälften zu verstecken ist die psychologische Basis fast aller Verkaufsgespräche. Achte mal drauf!«

»Hab ich schon. Funktioniert auch mit Kätzchen in der Küche, oder?«

Ich schneide Heather eine beschwörende Grimasse, damit sie Lilly-May kein neues Stichwort gibt. Aber die ist glücklicherweise durch den Anblick der Pferde abgelenkt.

Sie zögert, als wir näher herangehen, und bleibt zwei Meter vor dem Zaun stehen. »Die sind aber ganz schön groß.«

»Hast du schon mal ein Pferd gestreichelt?«, fragt Heather.

Der gescheckte Wallach senkt seinen geigenkastengroßen Kopf über den Zaun. Lilly-May zuckt zusammen, als Sancho schnaubt. Sie schüttelt den Kopf und versteckt sich halb hinter mir, kurz davor, sich mit der Hand schutzsuchend an mein Jeansbein zu klammern. Als ihr bewusst wird, dass ich nicht ihr Dad bin, stoppt sie in der Bewegung und krallt die Hand in ihren eigenen Pulli, aber die Geste rührt mich trotzdem.

»Pferde sind groß, aber sehr sensibel«, sage ich leise. »Sie beißen nicht. Man muss nur ein paar Dinge beachten. Ich zeig's dir.«

Ich nehme Heather Sanchos Halfter ab, lege mir ein Stück Apfel auf die flache Hand und halte es dem Wallach unters Maul. Behutsam nimmt er es mit den Lippen und zermalmt es anschließend sabbernd.

»Willst du es versuchen?«

Lilly-May kommt zögernd aus ihrer Deckung, verneint aber. »Ich guck euch lieber zu.«

»Okay. Magst du mir dann bitte noch ein Stück Apfel geben? Ein richtig großes Stück.«

Gebannt hört Lilly-May zu, als ich dem Schecken mit ruhiger Stimme von den Gefahren der Parasiten erzähle, während ich ihm den Arm um die Nase lege und er auf seinem ersten Apfelstück herummalmt. Beiläufig schiebe ich ihm die Tube in den Maulwinkel und drücke den Inhalt hinterher. Bevor er für einen Moment angewidert innehält, halte ich schon den Belohnungsapfel vor seine Nase. Gierig schnappt Sancho zu und kaut weiter.

»Guter Junge«, lobe ich das Pferd und kraule ihm den Hals. »Gib mir ruhig noch einen«, bitte ich Lilly-May. »Das hat er toll gemacht.«

»Aber er hat nicht von allein das Maul geöffnet, wie du gesagt hast.«

»Probieren wir mal, ob sein Freund Speedy das tut«, schlage ich vor und tausche die Führstricke mit Heather, die den zweiten Wallach für mich bereithält. »Bist du startklar?«

Lilly-May nickt und will mir den Eimer mit den Äpfeln anreichen.

»Nicht ganz so nah«, mahnt Heather, und das Mädchen macht gehorsam einen halben Schritt zurück, gerade als Speedy seinen Hals vorstrecken und sich selbst bedienen will.

»He!«, beschwert sich Lilly-May und wischt sich eine Schaumflocke von der Jacke – einhändig, damit sie den Eimer nicht verliert. »So geht das aber nicht, du!«

Schmunzelnd nehme ich ihr die Äpfel ab und beginne das Wurmkur-Ritual von vorn. Speedy schüttelt ein wenig mit dem Kopf und flehmt, bevor er eilig seine Belohnungsration annimmt.

Lilly-May will sich ausschütten vor Lachen. Ihre helle, unbeschwerte Heiterkeit stößt etwas in mir an, ein warmes Gefühl breitet sich um mein Herz aus.

Pferd Nummer drei ist Heathers Stute Amber. Wenn die Sonne im richtigen Winkel auf ihr Fell trifft, wirkt es tatsächlich wie der namengebende Bernstein. Und mit der beinahe kitschig weißen Mähne und dem gleichfarbigen Schweif sieht die Stute aus wie ein lebendig gewordenes Barbie-Pferd. Sie benimmt sich nur nicht so. Im Gegensatz zu ihren Weidegefährten will sie von den Äpfeln nichts wissen.

»Kluge Lady«, kommentiert Heather fröhlich, taucht unterm Zaun zurück auf die sichere Seite und lässt mich mit der wild am Strick reißenden, herumtänzelnden Stute allein. »Sie hat den Braten gerochen. Das ist mein Mädchen, klüger als die Jungs!«

»Ich liebe diese Reaktion bei Pferdeleuten«, brumme ich. »Müsste dir das Wohl deines Tierarztes nicht mehr am Herzen liegen?«

Damit Amber sich nicht noch mehr aufspult, folge ich den Bewegungen der nervösen Stute, so gut ich kann am lockeren Strick. Dabei rede ich beruhigend auf sie ein. »Gutes Mädchen … fein … Du brauchst keine Angst zu haben.«

»Ich glaube nicht, dass sie Angst hat«, ertönt Lilly-Mays Stimmchen irgendwo hinter mir. »Sie mag nur einfach die Wurm-Medizin nicht.«

»Das scheint mir auch so«, höre ich plötzlich eine andere Stimme.

Meine Nackenhärchen stellen sich auf, mein Puls beschleunigt sich.

Dawn.

»Mommyyy!«

Ich bin höchstens eine halbe Sekunde unaufmerksam, doch das genügt Amber. Sie zerrt mir den Strick aus der Hand und prescht mit erhobenem Schweif in gestrecktem Galopp den Hügel hinauf.

Mit roten Ohren bücke ich mich nach meinem Hut, der durch die erzwungene Drehung im Gras gelandet ist.

Dawn sieht umwerfend aus. Sie ist dezent geschminkt und trägt einen hellen Hosenanzug, der ihre schlanke Figur betont. Lilly-May ist ihr auf den Arm gesprungen und hat Arme und Beine um ihre Mom geschlungen.

Langsam gehe ich auf die Frauen und das Kind zu. Plötzlich

bin ich befangen. Ich weiß nicht, was ich sagen soll – außer: »Hi.«

Dawn wirkt ebenfalls nervös. Ihr Blick flattert unruhig um mich herum. »Entschuldige, ich wollte nicht … War das mein Fehler?«

»Ich fang sie ein!«, ruft Heather giggelnd und läuft bereits den Hügel hinauf.

»River hat uns gezeigt, wie man Pferden ein Sandwich gibt«, bricht Lilly-May das Schweigen zwischen uns und will wieder heruntergelassen werden.

»Aha?«, macht Dawn und gibt ihrem Zappeln nach.

»Ja. Vorführeffekt«, sage ich mit kratziger Stimme und bearbeite die Krempe meines Stetsons mit den Händen, bevor ich ihn mir umständlich wieder auf den Kopf setze. Ich räuspere mich. »Normalerweise klappt das wunderbar.«

»Tut mir wirklich leid. Wenn ich da in irgendwas reingeplatzt bin, dann … Ich gehe besser wieder, oder?«

# Kapitel 41

*Dawn*

Dieser Mann bringt mich total aus dem Gleichgewicht.

Ich habe keine Ahnung, wovon die drei eben geredet haben. Ich will es auch nicht wissen. Ich dachte, ich wäre cooler, erwachsener irgendwie.

Rosa hatte nur erzählt, dass ich Lilly-May mit Heather hier unten bei den Pferden finden würde. Die unverhoffte Begegnung mit River hat mein Herz schneller schlagen lassen und meine Schritte beschleunigt.

Dann habe ich Heathers Lachen gehört, auf diese bestimmte Art … Schon auf die Entfernung erfasst mein Radar die Vertrautheit zwischen den beiden. Sie gehen so natürlich miteinander um, beneidenswert unverkrampft, und Lilly-May mittendrin. Das könnte ich sein, huscht mir durch den Kopf – stattdessen bremst mich der Anblick irgendwie komplett aus. Bin ich etwa eifersüchtig? Neidisch? Beides?

Total albern.

Es gibt keinen Grund für Eifersucht, ich weiß, wie dämlich dieses seltsame Nagen in meiner Brust ist. Heather ist glücklich verheiratet, River ist *an mir* interessiert, und ich bin diejenige, die ihn um Zeit gebeten hat. Und doch versetzt es mir einen

Stich. Er könnte jede haben. Wieso sollte er ausgerechnet auf mich warten?

Dann rückt die Bewunderung, mit der Lilly-May sich an River hängt, in meinen Fokus. Plötzlich ist da diese Angst, dass sie enttäuscht werden könnte. Dass sie sich falsche Hoffnungen macht, zu viel in ihm sieht. Dass ich ihre Erwartungen nicht erfüllen kann.

Druck.

Zu viel Druck.

Ich weiß nicht, was ich will.

Nicht mal hundertprozentig, was ich *nicht* will.

Das Bewerbungsgespräch war schräg.

Das Gespräch mit Henderson war unbefriedigend.

Ich will raus aus diesen Klamotten.

Das ist nicht mehr meine Welt. Alle wirken richtig an ihrem Platz. Aber wo gehöre ich hin?

Ich fühle mich einfach nur schrecklich müde.

»Lilly-May, kommst du bitte?« Ich wende mich zum Gehen.

»Was? Nein! Wir sind noch nicht fertig, Mommy. Amber braucht doch noch ihre Wurmkur!« Sie schiebt die Unterlippe vor und verschränkt die Arme. Dabei macht sie ein paar Schritte rückwärts.

»Sie stört nicht«, mischt sich River ein.

Er mischt sich nicht wirklich ein, er sagt es leise. Sanft. Seine Nähe ist mir nur einfach zu viel gerade. Alles ist zu viel.

»Wie lief dein Vorstellungsgespräch?«, fragt er jetzt auch noch.

»Lange Geschichte«, weiche ich aus und flüchte mit den Augen zu meinem Kind.

Lilly-May will mir ihre Hand nicht geben.

River bleibt bei den beiden gescheckten Pferden stehen. Als ob er auf etwas wartet. Er nickt.

Verletzt, oder? Guckt er verletzt?

Es ist beinahe symbolhaft, wie er sich mit beiden Händen an dem Zaun abstützt, der zwischen uns steht – jederzeit bereit, aus dem Stand drüberzuspringen. Als ob er dazu nur auf ein Signal von mir harrt. Ich würde es ihm so gern geben. Mich einfach nur an ihn schmiegen und alles vergessen. Alles, was war, alles, was ist. Mit drei, vier Schritten könnte ich bei ihm sein. Die Distanz zwischen uns überwinden.

Aber ich kann nicht. Ich stehe mir selbst im Weg.

Heather kommt mit dem sandfarbenen Tier zurück. Es scheint sich beruhigt zu haben, zumindest trottet es mit hängendem Kopf hinter ihr her und lässt sich widerstandslos neben River festbinden. Als einer der beiden Schecken näher kommt, legt das Pferd die Ohren an.

Das könnte auch ich sein.

Ich winke Heather kraftlos zu.

River dreht sich weg von mir. Hin zu dem Pferd, das seine Wurmkur bekommen soll.

»Hey, na? Wie ist es gelaufen?«, fragt Heather lächelnd.

»Ich hab den Job. Aber ich weiß nicht, ob ich ihn noch will«, antworte ich widerstrebend. »Es scheint, als ob Annoncen verkaufen nicht meine Stärke ist.«

Das ist nur die halbe Wahrheit. Henderson hat mir aus der Hand gefressen. Die Speisekarten sind in trockenen Tüchern. Ich habe mit ihm zusammen ein paar Entwürfe dafür geskribbelt, die er gleich abgesegnet hat, und er möchte, dass ich einige Fotos für seine Homepage mache. Ich habe ihm dafür, ohne nachzudenken, den Satz genannt, den ich in Vegas genommen hätte – und er fiel logischerweise aus allen Wolken. Ich hätte mich mit Sam besser absprechen müssen. Es ist nichts passiert. Die beiden haben telefoniert, Sam hat alles geradegerückt, der

Auftrag bleibt bestehen. Mein erster Tag und so. Alles gut. Nur mir sitzt es quer. Ich bin diese Hierarchien nicht mehr gewohnt. Kompetenzgerangel, ein jüngerer Chef, der mich einnordet. Tag eins … trotz alledem. Es geht gut los …

Und jetzt nieselt es auch noch.

»Mommy! Du hörst mir nicht zu.«

»Wie bitte? Entschuldige, Lollipop.«

Zwischen den Augenbrauen meiner Tochter furcht sich eine Zornesfalte. Sie hat die Fäuste in die Hüfte gestemmt und sich vor mir aufgebaut. »Wann wir zu Blue fahren, habe ich dich gefragt!«

»Zu Blue?« Mir fehlen offenbar ein paar Sekunden. »Lollipop, lass mich erst mal richtig wieder hier ankommen, okay? Ich muss noch ein bisschen arbeiten. Der Tag war anstrengend, und morgen …«

»Der Tag ist nicht mal halb um!«, widerspricht sie erbost.

»Ich muss ein paar Sachen erledigen. Lass uns später darüber sprechen. Danach können wir überlegen, ob wir vielleicht in ein paar Tagen …«

»Überlegen?«, wiederholt sie fassungslos. »In ein paar Tagen?«

»Morgen sehen wir uns die neue Schule an, schon vergessen?«

Ich riskiere einen Blick hinüber zu River und Heather, die nichts von unserer Diskussion mitzubekommen scheinen.

»Ich weiß ja auch gar nicht, wann es Marge passen würde …«

Die beiden stehen sehr eng beisammen und betrachten konzentriert einen Huf der Stute, den Heather hochgehoben hat. Wieso denn das? Ich dachte, das Tier braucht eine Wurmkur!

»Mommy!«

Ich möchte weg von hier.

»Müssen wir das hier besprechen? Komm mit.« Wieder halte ich Lilly-May meine Hand hin.

»Nein! Ich will zu Blue! Heute!« Ihre Stimme überschlägt sich.

Natürlich spürt sie, dass in mir Chaos herrscht.

»Lilly-May, das hast nicht du zu bestimmen!«, sage ich etwas schärfer.

»Und du auch nicht! River hat gesagt, es ist okay.«

Ich ziehe die Augenbrauen hoch und drehe mich um. »So? Hat er das?«

Anscheinend hat er seinen Namen gehört. Verwundert sieht River mich an.

Und ich weiß nicht, ob ich wegrennen, ihm die Augen auskratzen oder ihn küssen soll.

# Kapitel 42

*River*

Verblüfft starre ich Dawn an. »Ich wollte dir ganz bestimmt nicht in den Rücken fallen.«

»Ich weiß.« Zerknirscht sieht sie mir in die Augen. »Lilly-May hat eine besondere Art, Menschen zu manipulieren. Es tut mir leid. Ich bin einfach nur hundemüde und unzufrieden und …«

»Du brauchst dich nicht zu rechtfertigen. Es ist okay. Ich kann mir lebhaft ausmalen, unter welchem Druck du stehst. Gibt es irgendwas, was ich tun kann, um dich zu entlasten? Ohne Hintergedanken! Meine Mutter pflegt zu sagen, es braucht ein Dorf, um ein Kind großzuziehen.«

»Den Satz höre ich in letzter Zeit öfter.« Sie seufzt und sieht kurz den Weg hinauf.

Heather hat sich vor ein paar Minuten dezent zurückgezogen, um nach Lilly-May zu sehen. Sie hat ein untrügliches Gespür dafür, wenn zwei Menschen Zeit zum Reden brauchen.

Wann Lilly-May davongestapft ist, habe ich gar nicht mitbekommen. Auch wie wütend sie war und dass ich bei dem Streit offenbar eine unfreiwillige Rolle eingenommen hatte, habe ich jetzt erst durch Dawns etwas ungehaltene Nachfragen erfahren. Wie gut, dass dieses Missverständnis aus der Welt ist.

Ich war vollkommen in die Untersuchung von Ambers Fesselbein vertieft. Heather hatte etwas Schwerwiegenderes hinter dem leichten Ticken der Stute vermutet, aber die Beugeprobe ergab keinen Befund. Also haben wir Amber mit kühlendem Gel und einer Bandage zurück auf die Weide entlassen. Wenn es bis morgen nicht besser ist, komme ich noch mal wieder.

»Danke. Lilly-May muss sich nur ein wenig ausdampfen. Und was mich betrifft, ich glaube, ich möchte erst mal einfach aus diesen Klamotten raus und heiß duschen. Aber wenn ich vorher vielleicht für zehn Sekunden auf deine Stärke als weltbester Umarmer zurückgreifen darf? Wäre das okay?«

»Unbedingt!« Überrascht breite ich meine Arme aus, und sie fliegt beinahe hinein und presst sich an mich.

»Es tut mir wirklich leid«, murmelt sie an meiner Brust. »Es ist nur gerade alles so viel. Ich habe einfach nicht damit gerechnet, dass mir so schnell … jemand wie du über den Weg laufen würde. Das ist nicht fair.«

Mein Herz schlägt heftig. Ich halte sie so fest, wie ich mich traue, streiche ihr dabei zärtlich über den Rücken und wünsche mir, dass dieser Augenblick sich ins Unendliche dehnt.

»Alles in Ordnung. Ich bin für dich da«, verspreche ich Dawn. Und ich hoffe inständig, dass ich es halten kann und darf. Ich möchte diese Frau niemals enttäuschen.

Oben am Haupthaus klappen Autotüren.

»Jemand zu Hause?«, ruft eine Männerstimme.

Die Antwort ist ein schrilles Juchzen, gefolgt von aufgeregtem Stimmengemurmel. Anscheinend ist Raffaele zurück.

Dawn öffnet ihre Hände, die sie um mich gelegt hatte, und streichelt mir sanft über den Rücken. Etappenweise löst sie sich aus meiner Umarmung. »Das hat sehr gutgetan, danke, River.«

»Das klingt wie ein artiges Dankeschön«, rutscht mir heraus.

»Wie ein Danke: ja! Artig: nein!«, sagt sie mit verschmitztem Lächeln und streckt sich auf die Zehenspitzen, um mir einen Kuss auf den Mund zu hauchen.

»Nanu? Hattest du dir nicht heute Morgen noch gewünscht, es langsam angehen zu lassen?«, frage ich.

Meine Lippen kribbeln, und es kostet mich all meine Selbstbeherrschung, sie nicht etwas stürmischer zurückzuküssen.

Dawn nickt, jetzt wieder ernst. »Mein Kopf sagt, es ist das Richtige. Mein Herz will etwas anderes. Aber langsam ist relativ, oder? Es muss ja nicht faultierlangsam sein, vielleicht mehr so … schildkrötenlangsam?«

Aus meiner Kehle dringt ein hilfloses Geräusch. Was soll ich denn auch darauf sagen? Ich werde bestimmt nicht mit ihr darüber diskutieren, dass Schildkröten gar nicht so langsam sind, wie viele glauben – zumindest nicht, wenn sie ein Ziel haben.

»Ich möchte nichts falsch machen. Das mit uns, River … Ich könnte Lilly-May vorschieben, aber es geht um mich. Ich bin es. Ich habe wohl tatsächlich Angst, verletzt zu werden. Mein Verstand sagt mir aber auch, diese Angst wird nicht verschwinden, wenn ich vor dir – beziehungsweise vor mir und meinen Gefühlen – weglaufe.«

»Derselbe Verstand, der dir sagt, du sollst es langsam angehen lassen?«

Sie nickt und beißt sich dabei verlegen auf die Unterlippe. »Derselbe … Ergibt das trotzdem irgendwie Sinn?«

Ich seufze. »Dawn, ich würde dich niemals …«

Sie legt mir einen Finger auf die Lippen, damit ich sie weitersprechen lasse. »Ich weiß. Ich sage ja: Es liegt nicht an dir. Es ist mein Thema, ich bin es. Und ich … Oje …« Sie lacht verlegen. »Ich zerrede gerade alles, oder? Wie kommt es nur, dass ich mich hier um Kopf und Kragen rede und dir einfach alles anvertrauen möchte, was mich beschäftigt? Ich habe dich doch gerade erst kennengelernt!«

Ich grinse schief. »Man sagt, das ist meine Tierarztaura. Kommt im Ranking gleich nach Frisör und Pfarrer.«

»Na, da bin ich aber froh, dass du kein Pfarrer bist.«

Sie lacht und küsst mich noch einmal, und diesmal küsse ich sie zurück. Ich muss einfach. Ganz sanft schiebt sie mich von sich – zweieinhalb Küsse später, vielleicht auch drei. Sie legt ihre Hand in meine, und wir wandern langsam den Hügel hinauf in Richtung Parkplatz. Ich werde nicht schlau aus dieser Frau, aber das ist mir in diesem Moment auch völlig egal.

»Der Tod von Baby Jeff, die Trennung von meinem Mann … Das ist alles noch so frisch«, sagt sie leise. »Es ist so viel geschehen in den vergangenen anderthalb Jahren, was weder Lilly-May noch ich vollständig verarbeitet haben. Vielleicht werden wir es nie ganz schaffen. Es stimmt immer noch, was ich heute Morgen gesagt habe: Es ist viel, was derzeit in meinem Leben passiert, vielleicht zu viel. Ich habe keine Ahnung, wohin mich diese Reise führt. Aber meine Gefühle für dich, die kann ich nicht wegdiskutieren. Ich will wirklich nicht davor weglaufen. Das ist mir klar geworden. Nur, wenn es schiefgeht, und wir haben zu schnell … Es geht ja dabei nicht nur um mich. Ist diese … Herangehensweise für dich ein Problem?«

Ich bleibe stehen und ziehe sie an mich.

Erstaunt blickt sie mich an.

»Das Leben ist wie eine Schachtel Pralinen. Du weißt nie, was du bekommst. Wer hat das noch mal gesagt?«

Sie lacht. »Forrest Gumps Mutter, oder?«

Ich nicke. »Dawn, ich habe auch Ängste. Jeder Mensch trägt einen Rucksack mit sich herum. Meine letzte Beziehung ist schon eine ganze Weile her. Ich arbeite zu viel, aber mein Job …

Das ist nicht einfach nur ein Job für mich, das *bin* ich. Diese Tiefe zwischen uns, dass wir offen über diese Dinge reden, ich glaube, das ist eine gute Basis. Ich möchte dich gern besser kennenlernen, Dawn Sanders. Und ich möchte dich küssen und … Wenn ich ehrlich bin, dann möchte ich noch ganz andere Dinge mit dir erleben.« Sie holt Luft, um etwas zu erwidern, aber ich bremse sie aus. »Wenn die Zeit dafür reif ist. Ich habe alle Zeit der Welt – *wir* haben alle Zeit! Solange du mir nicht wegläufst und wir ehrlich miteinander sind. Keine Spielchen. Das würde mich verletzen. Magst du mir das versprechen?«

Sie nickt wild. Ihre Augen schwimmen, und eine Träne stiehlt sich über ihre Wange. Ich fange sie mit einem Finger auf.

»Und schon habe ich eine Frau zum Weinen gebracht. Läuft bei mir«, sage ich leise.

Und dann sage ich nichts mehr, weil wir uns noch einmal küssen. Lange. Intensiv. Und eher gar nicht langsam.

Sie spürt, dass ich sie will, das kann ich nicht verleugnen. Und ich glaube, sie will mich auch.

Vielleicht brauche ich es ihr gar nicht zu erzählen. Vielleicht weiß sie ganz genau, dass Schildkröten verdammt schnell sein können, wenn sie etwas wollen.

# Kapitel 43

*Dawn*

Etwas außer Atem kommen wir bei den Gebäuden an.

»Wo bleibt ihr denn?«, ruft Heather fröhlich.

Raffaele winkt. Er hat einen Arm um seine Frau gelegt.

Ich zögere kurz. River nimmt mir die Entscheidung ab. Er drückt meine Hand noch ein letztes Mal, dann lässt er los. Nicht fluchtartig, es wirkt fließend und natürlich und vermittelt mir das Gefühl, dass es in Ordnung ist. *Alle Zeit der Welt,* hat er gesagt. Ich bin immer noch sprachlos, aufgeregt, unsicher und habe eine Scheißangst – und doch fühlt es sich einfach nur wunderbar an, offen und ehrlich geredet zu haben.

Ich habe Schmetterlinge im Bauch, ich finde ihn unglaublich sexy. Ob ich es nun will oder nicht, ich bin auf dem besten Weg, mich Hals über Kopf in diesen Mann zu verlieben.

Ich bin mir sehr sicher, dass Heather die kleine Geste zwischen uns gesehen hat. Sie sagt kein Wort, natürlich nicht, aber Heather könnte niemals Pokerspielerin werden. Ihre Mimik spricht Bände: Sie hat unsere Hände bemerkt. Unsere Blicke – und die Funken sowieso. Oh, sie wird mir keine Fragen stellen. Nicht mit Worten. Aber das braucht sie auch nicht. Sobald wir allein sind, werde ich übersprudeln.

»Dawn! Es ist so schön, dich endlich wiederzusehen!«, begrüßt mich Raffaele. Er und Heather kommen uns entgegen. Herzlich umarmt er mich und haucht mir nach italienischer Art links und rechts Küsschen auf die Wangen. Dann wendet er sich schmunzelnd an meinen Begleiter. »Dich natürlich auch, River – obwohl deine Besuche hier mich meist teuer zu stehen kommen.« Er lacht. »Ich hoffe, das ist diesmal anders. Na, kommt erst mal rein. Habt ihr schon gegessen? Wenn ich nach Hause komme, muss ich kochen.«

Grinsend blicke ich zu Heather. Ich dachte, die Küche wäre ihr Revier? Jetzt stellt sich heraus, dass die Königin dort gemeinsam mit ihrem König regiert.

»Der Pastateig ruht bereits im Kühlschrank. Den habe ich mitgebracht. Was haltet ihr von frischen Pansotti mit Salsa di Noci als Vorspeise und danach …«

»Danach genügt uns ein bunter Salat«, ergänzt Heather und fällt ihm lachend in den Arm.

»Ich bin ausgehungert, meine Liebe«, beschwert Raffaele sich gespielt entrüstet. »Tagelang musste ich zugunsten deiner Yoga-Damen auf meinen Herd und deinen Ofen verzichten!«

Spöttisch streichelt sie ihm über den kleinen Bauchansatz. »Mein armer, armer Schatz.«

Das Bäuchlein war bei der Hochzeit noch nicht vorhanden. Ich grinse heimlich in mich hinein.

»Dann wird es dich freuen, dass ich zum Nachtisch Lavendelmousse vorbereitet habe. Aber italienische Pasta ist für alle außerhalb deiner Heimat ein vollständiges Hauptgericht, das sich jedem Nicht-Italiener und jeder Nicht-Italienerin sofort auf die Hüfte brennt. Na, was ist?«, wendet sie sich an uns. »Ihr bleibt doch, oder? Es gibt nämlich auch was zu feiern«, erklärt sie Raffaele und zeigt auf mich.

»Aha?« Interessiert blickt er von mir zu River. »Noch mehr Neuigkeiten?«

Einen Moment lang bleibt mir fast das Herz stehen. Aber Heather meint den Job. Nur den Job.

»Dawn hatte heute ihren ersten Arbeitstag!« Sie lächelt erst mich, dann ihren Mann an.

»Brauchen wir dafür Prosecco, Weißwein oder Champagner?«, fragt Raffaele prompt. »Was darf ich aus meinen heiligen Kellergewölben für euch ans Tageslicht bringen?«

River schüttelt bedauernd den Kopf. »Weder noch für mich, Raff. Ich habe leider ein paar Patienten, die sicher bereits auf mich warten. Lasst uns das nachholen, einverstanden?«

Raffs Blick streift die anderen nur und bleibt auf mir haften. »Und du bist damit einverstanden, wenn er geht, bevor wir anstoßen?«, dringt seine Stimme durch das Pochen meines Herzens zu mir durch.

Ich hebe die Schultern. Mir ist nicht wirklich zum Feiern zumute, zumindest nicht, wenn es um diesen Werbejob geht.

»Für mich auch keinen Alkohol, bitte. Ich muss später vielleicht noch mal los … Auto fahren.« Hilflos blicke ich zu Heather. »Du hattest vermutlich recht mit dieser Werbeagentur. Es ist nicht das Richtige … Ich bin mir nicht sicher. Ich muss das erst mal sacken lassen und brauche anscheinend wirklich mehr Zeit für mich … für …« Ich zwinge mich, nicht schon wieder zu River zu sehen. »Zum Ankommen.«

»Und das gelingt am besten am Tisch im Kreis von Freunden.« Raffaele ist unerschütterlich. »Na komm, River. Gehen wir rein!« Er macht eine einladende Geste.

»Ich muss wirklich los. Aber wir holen das ganz bald nach, ja?« Rivers letzter Blick gilt wieder mir.

»Capisco«, sagt Raffaele in gespielter Verzweiflung. »Dann

widme ich mich jetzt einsam dem Pastateig und seiner Kräuterfüllung. Essen in einer Stunde?«

Ich nicke langsam und sehe River nach, wie er Richtung Wagen geht. Schildkrötenlangsam. Ich beiße mir verstohlen auf die Unterlippe. Er ist ein wundervoller Mensch, er sieht verdammt hübsch aus, und … zum ersten Mal nehme ich bewusst wahr, dass seine Kehrseite eine richtig gute Figur in der Jeans macht. Wann habe ich zum letzten Mal einem Mann auf den Hintern gestarrt – und dabei ein Prickeln gespürt? Fasziniert genieße ich den Anblick, bis er eingestiegen ist. Mein Bauch kribbelt. Mein Nacken auch.

Ich atme tief aus und drehe mich um.

Raffaele ist in die Küche verschwunden. Heathers eisblauer Röntgenblick ruht auf mir. Sie sagt nichts, beobachtet nur, aber ihre Mundwinkel zucken amüsiert. Wieder einmal.

»Wenn Raff die Pasta selbst füllt, kommt das tatsächlich hin mit einer Stunde bis zum Essen, oder?«, gehe ich geschickt darüber hinweg. »Dann würde ich jetzt am liebsten schnell duschen. Wo steckt Lilly-May eigentlich? Küche oder Gästewohnung?«

Fragend zieht Heather die Augenbrauen hoch. »Ist sie denn nicht bei euch gewesen? Sie wollte vorhin nicht mit mir reden. Ich hab's versucht, aber irgendwas hat sie beschäftigt. Sie hat mich nur um einen Brownie gebeten und ihr Bild geholt, um es River zu zeigen.«

Mir wird flau. »Wann war das? Sie ist nicht zu uns zurückgekommen.«

»Kurz bevor Raffaele kam, lass es zwanzig Minuten her sein, maximal eine halbe Stunde. Wieso?«

Entsetzt starre ich Heather an. »Wir haben uns ziemlich heftig gestritten«, murmle ich. »Wegen Blue.«

Sie runzelt die Stirn. »Das war heute Vormittag auch schon mal kurz Thema. Ich dachte, ihr hättet …« Hektisch sieht sie sich um. »Himmel, wo kann sie …«

Ich mache zwei Schritte rückwärts, dann renne ich kopflos die Einfahrt hinunter und winke wie verrückt Rivers Wagen hinterher.

Heather ruft mir nach. »Sie kann nicht weit sein. Bist du dir sicher, dass sie sich nicht hier irgendwo versteckt hat?«

»Ganz sicher«, keuche ich über die Schulter. »Aber ich ahne, was sie vorhat.«

Endlich reagiert River auf meine Verrenkungen.

Er bremst.

Und ich gebe jetzt richtig Gas.

# *Kapitel 44*

*River*

Im Rückspiegel nehme ich eine Bewegung wahr. Das ist Dawn! Sie läuft winkend in meine Richtung. Heather rennt ihr nach. Die beiden reden und gestikulieren wild miteinander. Schließlich bleibt Heather stehen, Dawn rennt immer weiter, eine Hand mit schmerzverzerrtem Gesicht an die Seite gepresst.

»Da wird doch der Hund in der Pfanne verrückt«, murmle ich und lege den Rückwärtsgang ein. »Was ist denn jetzt los?«

Gefühlte zwei Sekunden später reißt Dawn die Beifahrertür auf. »Kannst du mich mitnehmen?«, keucht sie mit hochrotem Kopf. »Ich muss Lilly-May finden! Sie ist weg … zu Blue, wie es aussieht. Sie hat eine halbe Stunde Vorsprung.«

»Ach du … Was? Ja! Ja, natürlich. Spring rein.« Ich pflücke den Stetson und meine Müsliriegel vom Sitz und werfe beides achtlos nach hinten. Mit quietschenden Reifen fahre ich an, da hat Dawn sich noch nicht einmal komplett angeschnallt. »Du meinst, sie will zu Marge? Auf eigene Faust?«

Sie nickt, völlig außer sich. »Ich habe noch nicht mal …« Mit zitternden Fingern hantiert sie an ihrem Handy herum und lässt es dann in ihren Schoß sinken. »Verdammt! Ich kann sie nicht mal anrufen, weil man einer Sechsjährigen nun mal kein Smartphone erlaubt! Das war ein ewiger Streitpunkt mit Jesse. Ich könnte es mir nie verzeihen, wenn jetzt ausgerechnet das …«

»Ganz ruhig«, sage ich. »Wir sind hier nicht in Vegas, sondern auf dem Land. Wenn sie wirklich zu meiner Mutter unterwegs ist, dann …«

»Eben! Sie kennt sich hier nicht aus, River. Was, wenn sie sich verläuft? Sie hat nichts zu trinken dabei. Sie weiß nicht, welche Beeren ungenießbar sind, sie erkennt weder giftiges Efeu noch Gifteiche. Hier gibt es Schlangen. Und was ist, wenn sie zu irgendeinem Monster ins Auto steigt? Oder in einen Graben stürzt und sich ein Bein bricht? Oder von einem wilden Tier … Du hast gesagt, hier oben gibt's sogar Pumas!«

»Dawn! Dawn, beruhige dich doch.« Ich greife mit einer Hand nach ihrer. »Es ist helllichter Tag! Wir haben sie im Nullkommanichts eingeholt. Sie kann noch nicht lange weg sein. Und auf dem Weg zu Marge kann man sich gar nicht verlaufen. Weder querfeldein noch …«

»Sie ist sechs, River! Und sie ist alles, was ich habe! Wenn Lilly-May was passiert, dann …« Dawn umklammert meine Hand.

Mein Telefon klingelt. Ausgerechnet jetzt. Wahrscheinlich Mrs. Meyer, die sich wundert, wo ich bleibe. Ich will den Anruf ignorieren, da sehe ich, dass es Marge ist. »Lass mich kurz rangehen.«

Dawn lässt meine Hand los. Sie fällt in sich zusammen, den Blick starr nach vorn gerichtet. Mit den Händen krallt sie sich in die Arme. »Bitte entschuldige, ich führe mich auf wie eine hysterische Furie. Du hast recht …«

Ich bin zerrissen. Ein Teil von mir möchte sofort rechts ranfahren und sie einfach nur halten und trösten. Der andere würde am liebsten den Allradantrieb einschalten und mit Bleifuß und brennenden Reifen quer über die Hügel auf die Farm fliegen. Beides ist keine gute Idee.

»Mach dir keine Sorgen, Dawn. Wir finden sie.« Ich schalte auf Freisprechmodus und fahre so schnell weiter, wie ich es verantworten kann. »Hallo, Marge. Alles in Ordnung? Ich bin gerade auf dem Weg zu dir.«

»Ach, das trifft sich ja hervorragend«, sagt sie. »Ich habe nämlich einen kleinen Überraschungsgast hier.«

Dawn gibt einen erstickten Schrei von sich und schlägt sich die Hände auf den Mund.

Erleichtert nehme ich den Fuß etwas vom Gas.

»Wir trinken gerade warmen Kakao, streicheln Blue und haben auch schon das Katzenklo zusammen saubergemacht. Ich dachte, das solltest du wissen. Ihre Mommy macht sich sicher schreckliche Sorgen. Kannst du sie erreichen?«

»Sie sitzt neben mir im Wagen und hat mitgehört. Wir sind zusammen unterwegs zu euch.«

»Lilly-May«, haucht Dawn tonlos. »Oh Gott, danke, Marge!«

»Es geht ihr gut. Sie ist bei mir und Blue, und wir drei unterhalten uns ganz wundervoll. Wir suchen jetzt einen schönen Platz für das Bild, das sie Blue gemalt hat, und dann wollen wir basteln. Sie ist eine sehr begabte kleine Künstlerin. Fahrt langsam. Hier ist alles gut, wir sind schwer beschäftigt.«

Es klickt in der Leitung, und Dawn bricht in Tränen aus.

Ich halte den Wagen am Fahrbahnrand an und ziehe sie an mich. Ihr Herz klopft heftig gegen meine Brust.

»Es ist meine Schuld. Ich bin ein Schaf. Ich hätte das mit Blue ernster nehmen müssen, ihr besser erklären, zuhören …«

»Ich glaube nicht, dass es eine Frage von Schuld ist.« Ich streiche ihr übers Haar, bis das Beben unter meinen Fingern sich etwas beruhigt. »Es ist nichts passiert. Sie hat ein Abenteuer erlebt, das du ihr vermutlich nie erlaubt hättest. Natürlich darf sie nicht einfach so losmarschieren und ihren Willen durchsetzen, das will ich gar nicht schönreden. Aber indem wir unsere Grenzen ausloten und auch manchmal übertreten, mit allen Konsequenzen, wachsen und lernen wir. Das gilt für Kinder und Erwachsene.«

Beinahe unmerklich nickt sie.

Wir schweigen. Lange.

»Wirst du sie bestrafen?«, frage ich irgendwann leise.

Dawn fährt hoch und sieht mich aus rot verquollenen Augen an. »Was? Nein! Was soll das bringen?«

»Gut.« Erleichtert lächle ich sie an. »Redet miteinander. Hör ihr zu. Dann erfährst du, was sie dazu bewegt hat. Bereit?«

Dawn nickt und wischt sich über die Augen. »Nur eine Minute. Hast du ein Taschentuch?«

Ich starte den Motor. »Im Handschuhfach.«

Sie putzt sich die Nase und entschuldigt sich schon wieder. »Wieso weißt du so viel über Kinder?«

Ich grinse breit. »Tue ich das? Ach, ich erinnere mich nur daran, wie es war, selbst eins zu sein. Und ich kenne mich ganz gut mit Tieren aus. Weltbester Tierarzt und so.« Ich zwinkere ihr zu. »In vielen Bereichen ticken wir ähnlich – große Menschen, kleine Menschen: Wir alle wollen vertrauen und darin nicht enttäuscht werden. Wir brauchen eine Aufgabe und sehnen uns nach Sicherheit und Liebe. Der Rest ergibt sich.«

»Ist das so? Ich scheitere gerade ziemlich an meinen Aufgaben – und an allem anderen offenbar auch.«

»An allem? Was meinst du?«

»Nein. Na ja. Nicht ganz … hoffe ich zumindest.« Sie betrachtet ihre Fingernägel. »Manches ist ganz klar und fühlt sich richtig an, auch wenn es schwierig ist. Und anderes …« Sie holt tief Luft und seufzt. »Wie soll ich mein Kind anständig großziehen, wenn ich selbst schon am ersten Tag alles wieder hinwerfe? Was für ein Vorbild bin ich denn?«

»Immer noch der Job? Jetzt weißt du zumindest, was du nicht mehr willst. Du stehst doch schon längst nicht mehr am Anfang. Hab ein bisschen Vertrauen in dich selbst und in das Leben. Und denk zur Abwechslung vielleicht mal nur an den nächsten Schritt.«

Überrascht sieht sie mich an. »Du bist ganz schön weise, River Jordan. Schon mal über eine Zweitkarriere in der Kalenderweisheiten-Branche nachgedacht?«

»Bringst du mich groß raus?«

Sie legt den Kopf schief und guckt verschmitzt. »Ich denk drüber nach. Aber erst, wenn ich meine Tochter wiederhabe. Danke, dass du da bist!«

# Kapitel 45

*Dawn*

»Mommy!«

Lilly-May sitzt mit Marge an einem kleinen Tisch auf der überdachten Veranda und hantiert mit irgendwelchen Werkzeugen. Als wir aussteigen, lässt sie alles fallen und kommt mit ausgebreiteten Ärmchen auf mich zugeflogen. Ihre Hände sind lehmverschmiert bis zu den Ellbogen, den Pulli hat sie aufgekrempelt. Sie riecht nach Erde und trägt eine dreckstrotzende Schürze, die sich bei näherem Hinsehen als übergroßes Herren-T-Shirt herausstellt. Ist mir völlig egal, ich reiße sie an mich und wirble sie durch die Luft.

Dann angle ich mit einer Hand nach meinem Handy und gebe Heather Entwarnung. »Sie ist da. Wir haben sie. Es geht ihr gut … Bei Marge, genau … Danke, du auch.«

»Es tut mir so leid, Mommylein«, flüstert Lilly-May an meinem Ohr.

Sie legt mir die Arme um den Hals und die Beinchen um die Taille, aber bereits einen Moment später windet sie sich und verlangt zappelnd, wieder auf eigene Füße gestellt zu werden. Ich gebe ihrem Wunsch mit schmerzendem Mutterherzen nach und beuge mich fragend zu ihr hinunter.

Ernst sieht sie mich an. »Ich wollte dir keine Angst machen«, erklärt sie stockend. »Ich wollte nur zu Blue. Ich habe nicht nachgedacht. Aber …« Unsicher blickt sie zu Marge zurück.

Die nickt ihr aufmunternd zu.

»Kein Aber«, sagt Lilly-May tapfer, streckt den Rücken durch und verzieht das Gesicht zu einer schuldbewussten Grimasse. »Bist du mir böse?«

Ich schüttle den Kopf. »Wie geht es Blue denn?«

»Gut. Ich töpfere ihr gerade einen Futternapf. Aber ich kriege es nicht so hin, wie es sein soll. Kannst du mir helfen?« Sie streicht mit den Händen Lehmkrümel am Bauch ihres Shirts ab – ganz offensichtlich nicht zum ersten Mal – und zieht mich in Richtung Terrasse, bevor ich etwas erwidern kann.

Marge ist aufgestanden. Sie wischt ihre Finger auf die gleiche Art an der Schürze sauber. Lächelnd sieht sie uns entgegen.

»Ich hoffe, sie hat dir keine Umstände gemacht«, entschuldige ich mich.

»Ach was, nein. Wir haben uns gemeinsam die Zeit vertrieben. Sie hat Talent. Wollt ihr zusammen weitermachen? Ich koche derweil Kaffee. Hilfst du mir, River?« Sie nickt ihm zu, und er folgt ihr ins Haus.

Als er an mir vorbeigeht, streicht er mir sanft über den Rücken. Ich schließe für eine Sekunde die Augen. Es fühlt sich gut an. Besser als gut.

Als ich die Augen wieder öffne, beobachtet Lilly-May mich aufmerksam.

Darf ich das? Darf ich wirklich meinen Gefühlen so einfach nachgeben? Was würde eine gute Mutter an meiner Stelle tun?, geht es mir sofort wieder durch den Kopf. Ich muss mich um meine Tochter kümmern, um einen Job, der uns ernährt. Und dann erst um mich.

*Sieh dir dein Kind doch an!*, fährt mir ein Satz von Jesse in den Sinn – im Streit gesagt, vor Wochen und in einem ganz anderen Zusammenhang. Damals war Lilly-May unglücklich. Wir beide waren es. Und wenn ich sie mir jetzt ansehe … Wir sind gerade mal drei Tage hier, und ihre Augen strahlen wieder. Es war richtig zu gehen. Es ist goldrichtig, hier zu sein.

Schritt für Schritt, ermahne ich mich. Atmen.

»Zeig mal. Was ist denn mit deinem Futternapf? Habt ihr ihn zusammen getöpfert?«

»Nein, das war ich allein. Marge kann das viel besser. Bei mir reißt der Ton. Und je mehr Wasser ich nehme …«

»Na, dann zeig mal her, Lollipop.«

Es ist Jahre her, dass ich zum letzten Mal Ton unter meinen Händen hatte. An der Uni muss das gewesen sein. Ein paar meiner Arbeiten hatten es sogar in die Abschlussausstellung geschafft und Käufer gefunden. Ein ganz anderes Leben, so kommt es mir vor.

»Wenn du den Ton so verstreichst, mit ein klein wenig Druck deiner Finger, dann wird er schön glatt, siehst du? Du brauchst gar kein Wasser.«

»Mhmm.«

Ich kremple mir die Ärmel hoch und setze mich. Es ist tatsächlich eine Herausforderung, aus dem inzwischen recht eingetrockneten, rissigen und kinderhandwarmen Ton noch etwas herauszuholen. Aber so leicht gebe ich nicht auf. Zur Not kann man die Unebenheiten später immer noch mit Glasur kaschieren – wenn der Napf den Schrühbrand überlebt. Gedankenversunken bearbeite ich das Gefäß.

Dann wird mir bewusst, dass es Lilly-Mays Werkstück ist, und ich reiche es ihr zurück. »Probier mal. Das kannst du auch.«

Sie schüttelt den Kopf und malt mir dabei hingebungsvoll

ein Lehmherz auf den Unterarm. »Ich bekomme ganz trockene Finger von dem Matsch. Ich möchte lieber was malen. Kannst du das nicht fertig machen? Für Blue? Es soll ja auch schön werden.«

»Aber …« Ich bin viel zu perplex, um zu reagieren, da hüpft sie bereits ins Haus.

Nachdenklich betrachte ich das Schälchen, dessen wabbeliger Boden sich in meiner Hand von den Seitenwänden löst.

Wenn man mehrere Teile aneinanderfügt, genügt es nicht, sie einfach nur miteinander zu verschmieren, die Verbindungsflächen müssen vorher gründlich aufgeraut werden, damit sie wirklich haften und nicht im Trocknungsprozess oder spätestens im Ofen auseinanderfliegen.

Ich greife nach einer alten Zahnbürste, die genau für diesen Zweck auf dem Tischchen liegt, und mache mich ans Werk. Nach und nach füge ich neue Tonmasse hinzu, gleiche aus, baue auf, bringe in Form. Die Arbeit hilft mir, mich zu beruhigen. Ich vergesse Zeit und Raum.

Nach dem Futternapf entsteht noch ein Wassernapf. Und damit man die beiden Gefäße besser anfassen und ihren Zweck auseinanderhalten kann, modelliere ich jeweils ein Kätzchen dazu, dessen geringelter Schwanz zum Henkel wird. Das eine schlabbert Wasser, das andere hat das Mäulchen weit aufgerissen, um sich auf das Futter zu stürzen, sobald der Napf gefüllt wird.

Zutiefst erfüllt betrachte ich das Ergebnis. Es ist beinahe schade, dass ich schon fertig bin.

»Du bist ja eine Zauberin!« Marge klatscht in die Hände und reißt mich aus der Versenkung. »Das hast du doch nicht beides in so kurzer Zeit gemacht?«

»Oje, Entschuldigung. Ich wollte nicht … Wo ist Lilly-May?«, frage ich aufgeschreckt.

»Alles gut«, höre ich nun Rivers Stimme. »Sie ist über ihrem

Bild eingeschlafen.« Er weist mit dem Kinn hinter sich ins Haus. »Ich schätze, das sind die Nachwirkungen ihres Fußmarsches. Ich war mir nur unsicher, ob ich sie wecken soll oder ob ich es mir dann völlig bei ihr verscherze.«

»Nein, das brauchst du nicht. Ich kümmere mich darum. Ich wasche mir nur schnell die Hände. Würdest du mir eben zeigen, wo? Nanu?« Hinter mir steht ein fertig gedeckter Kaffeetisch mit Tellern und Tassen und einer Kanne Saft. »Wann habt ihr denn das gemacht? Ich war völlig abgetaucht. Ich habe nichts mitbekommen!«

»Der Apfel fällt nicht weit vom Stamm«, verkündet Marge fröhlich. »Aber keine Angst, der Tisch war schon gedeckt, als ihr beide angekommen seid. Du hast ihn nur nicht bemerkt. Lilly-May und ich hatten das bereits vorbereitet. Ich habe nur noch eben Kaffee gekocht.«

»Und deine vierbeinigen Klienten?«, wende ich mich an River.

»Ich konnte einen Termin schieben, ich habe noch ein wenig Zeit. Und Blue ist ja auch eine Patientin. Lilly-May hat mir geholfen, ihren Verband zu wechseln. Deswegen hat es eben etwas länger gedauert. Aber du scheinst dich hervorragend beschäftigt zu haben.« Bewundernd beugt er sich über die beiden Schalen. »Die sind wirklich toll. Wie viele Talente schlummern denn noch in dir?«

Ich spüre, wie mir die Farbe ins Gesicht schießt. »Es hat mir einfach Freude gemacht, mal wieder Ton in den Händen zu haben.«

»Na, was für ein doppeltes Glück, dass ich die Sachen noch hier hatte. Ich wollte den alten Kram eigentlich schon vor Wochen an die Straße stellen. Manchmal ist es doch gut, dass ich zu nichts komme, oder?«

»Das ist doch kein alter Kram«, widerspreche ich und blicke sehnsüchtig auf die Ränderscheibe, die verschiedenen Messerchen, Schwämmchen und Modellierwerkzeuge. »Darf ich Ihnen die Sachen bitte abkaufen?«

»Für Lilly-May?«, fragt sie verwundert. »Ich dachte …«

»Nein. Für mich«, gestehe ich.

»Ach so.« Marge schüttelt den Kopf. »Oh nein, Schätzchen. Das ist ein Geschenk. Ich bin froh, wenn ich diesen ganzen Krempel loshabe. Joe, mein verstorbener Mann, hat mir das alles mal zum Geburtstag geschenkt. Aber es ist nichts für mich und macht mich nur traurig. Drüben steht noch ein Karton. Alles voller Pulverglasuren und … wie heißt dieses andere Zeug, das man schon vor dem Brennen zum Anmalen verwenden kann?«

»Engoben«, hauche ich leise.

»Ja, das wird es wohl sein. Es steht mir in meiner kleinen Werkstatt nur im Weg rum.« Sie zwinkert mir zu. »Seifen und Öl vertragen sich nicht so gut mit Lehm und Schmadderschlickerdings. Ich hatte am Vormittag so ein Gefühl, dass ich die Kartons heute loswerden würde. Also habe ich die Tonkiste rübergebracht.« Sie zwinkert mir zu. »Mir scheint, die Sachen haben nur auf dich gewartet, Dawn. Zu schade, dass ich June damals den Brennofen verkauft habe.«

»Einen Brennofen gibt es auch?«

»Den wird sie dir nicht wiedergeben, fürchte ich.« Bedauernd sieht sie mich an.

»Was? Oh, nein, nein. So war das nicht gemeint«, sage ich schnell. »Aber vielleicht könnte ich ihr diese Schalen als Beigut zum Brennen geben?«

»Das lässt sich ganz sicher arrangieren, den Gefallen ist sie mir schuldig. Sie ist eine Freundin von Heather. Hast du sie noch nicht kennengelernt?«

»Ich bin mir nicht sicher. Vielleicht damals bei der Hochzeit?«

»Du hast jedenfalls ganz bestimmt schon von ihren Keramiken gegessen«, sagt Marge und deutet lächelnd auf die gedeckte Kaffeetafel. »Die Etagere hat sie gestaltet. Heather hat sicher noch viel mehr Geschirr von ihr.«

»Oh ja, natürlich.«

Ich erinnere mich sofort. Das wunderschöne Steinzeug mit reliefartigen Reben und Oliven war mir schon am ersten Abend in Heathers Küche aufgefallen. Ich hatte es Raffaeles italienischen Wurzeln zugeschrieben. Aber Junes Stil ist unverwechselbar. Die Etagere von Marge zieren kleine Früchte und Beeren.

Voller Bewunderung trete ich einen Schritt näher. Am liebsten würde ich die Kekse beiseiteschieben, damit ich das Muster besser erkennen kann. Ein Wechsel aus reliefartigen Strukturen und in den Ton geritzten Linien. So zart, und doch wirkt es nicht zerbrechlich. Ich frage mich, ob sie die Blütenblätter und Beeren aufgesetzt oder aus der Grundstruktur herausgearbeitet hat … Ich strecke die Hand aus und amüsiere mich über mich selbst – wie ein kleines Kind, das alles anfassen und untersuchen will. Schmunzelnd lasse ich den Arm sinken und sehe zu Marge und River.

»Besser, ich gehe rein und wecke Lilly-May auf. Ich brauche jemanden, der unauffällig die Kekse wegfuttert, damit ich die Keramik besser beurteilen kann.«

Marge lacht. Ich spüre Rivers Blick über mich gleiten, und mein Herz klopft. Aber diesmal nicht nur seinetwegen.

# Kapitel 46

*River*

Dawn wirkt wie ausgewechselt, als ich sie und Lilly-May nach dem Essen zurück auf Heathers Farm chauffiere. Ihre Wangen sind gerötet, und sie dreht sich während der Fahrt immer wieder um.

»Lilly-May geht's prima«, versichere ich ihr grinsend. »Soll ich noch langsamer fahren?«

»Was? Nein, nein. Alles bestens. Obwohl … Lollipop, nicht mit den Füßen gegen den Karton treten, ja?«

»Mach ich nicht.« Lilly-May haucht gegen die Fensterscheibe und malt Katzengesichter in die beschlagene Malfläche.

Dawn seufzt und sieht wieder nach vorn.

Weil ich – notfallbedingt – keinen Kindersitz dabeihatte, haben wir aus einer Hundedecke, einem flachen Karton mit Einmalhandschuhen und zwanzig Kilo in zwei länglichen Plastikwürsten eingeschweißtem Ton eine ziemlich coole Sitzerhöhung gebastelt. Lilly-May wirkt begeistert. Neben ihr auf der Rücksitzbank und zu ihren Füßen stehen drei Pappschachteln mit Töpferzubehör. Und insgeheim frage ich mich, ob Dawn eher um die Unversehrtheit ihrer Geschenke bangt als um das Wohl ihres Kindes.

»Fotografieren, Töpfern … Wie viele verborgene Leidenschaften schlummern da wohl noch? Wieso machst du nicht was Künstlerisches zu deinem Beruf?«

Sie wirft mir einen Blick zu, aus dem ich höchstes Erstaunen lese.

»Hast du das noch nie in Erwägung gezogen?«

Dawn schüttelt den Kopf. »Dass ich Kunst studiert habe, war für meine Familie fast schon so was wie Blasphemie. Ich konnte es durch die Zweckgebundenheit rechtfertigen: Fotografie für Werbung und Zeitschriften, das ließen sie mir gerade noch durchgehen. Ich glaube, sie waren schon wieder besorgt, als ich durch ein paar Porträt-Aufnahmen für Sedcards ins Booking gerutscht bin. Aber Agentur ist Agentur. Dieser Beruf war in ihren Augen zwar immer noch grenzwertig und gefährlich freischaffend, aber alles besser, als Skulpturen zu töpfern wie ein Hippie.« Sie betont den letzten Satz, als sei er ein Zitat, und bricht kopfschüttelnd ab, den Blick in die Unschärfe der Vergangenheit gerichtet. Ich weiß nicht, was sie sieht, aber eine Sekunde später löst sie sich ruckartig davon und blickt mir in die Augen. »Lieber Künstler und Künstlerinnen vermarkten, als selbst so etwas Brotlosem nachzugehen. Daran habe ich mich gehalten.«

»Und heute?«

Sie hebt kurz die Schultern. »Ich habe ein Kind zu versorgen. Ich glaube, dieses Sicherheitsdenken ist ziemlich tief in mir verankert.« Hinter ihrer Stirn arbeitet es. »Außerdem gibt es ja offenbar schon eine recht erfolgreiche und sehr talentierte Töpferin im County. Und ich habe seit der Uni keinen Ton mehr in den Fingern gehabt. Höchstens ein wenig Kinderknete – und davon das meiste eher in den Haaren.« Sie lacht schief, ein wenig unbeholfen, ihr Blick ist weich und verwundbar.

»Es scheint so zu sein wie Fahrradfahren«, sage ich lächelnd.

»Offenbar hast du es nicht verlernt. Wenn man für etwas schon so lange brennt, sollte man es nicht vorschnell aufgeben. Es wirkt auf mich, als ob es dir hinterhergelaufen ist und dich eingeholt hat, um dir eine zweite Chance zu geben. Entschuldige … Klingt das dumm?«

»Nein«, sagt sie leise. »Vielleicht hast du recht. Das ist ja schon ein seltsamer Zufall, oder?« Sie räuspert sich. »Hängt Marge denn gar nicht an den Sachen – weil Joe sie ihr geschenkt hat, meine ich? Wird sie es nicht bereuen?«

Ich zucke mit den Schultern. »Nein, mach dir darüber keine Gedanken. Du hast sie ja gehört. Sie geht eher in den Dingen auf, die sie mit dem Olivenöl macht. Diese Bäume hat sie mit meinem Dad gepflanzt, lange bevor ich in die Familie kam. Das, die Farm, die sie zusammen aufgebaut haben, und die Früchte, die sie trägt – das ist ihr Leben. Darin spürt sie ihn jeden Tag. Das ist ihre Verbindung zueinander.«

»Aber …« Sie zögert. »Ich will das in keiner Weise schmälern, nur: Wusste Joe das nicht? Wieso hat er ihr dann Ton geschenkt?«

Ich grinse. »Doch, er wusste das sehr genau. Ich glaube, er hat versucht, ihr eine Alternative aufzuzeigen. Für den Fall, dass irgendwas schiefgeht … nach seinem Tod. Dass sie die Lust an den Oliven verliert oder der Farm. Sie sollte sich nicht verpflichtet fühlen, sondern frei sein, neue Wege auszuprobieren. Es war seine Art, ihr zu sagen, dass sie seinen Segen hat, falls sie eines Tages umziehen und sich verkleinern möchte.«

»Das wird sie niemals tun, oder?«

Ich schüttle schmunzelnd den Kopf. »Alte Bäume verpflanzt man nicht. Damit hat er gerechnet. Auch, dass sie einen anderen Menschen damit glücklich machen würde. Das haben die beiden gern getan.«

»Was genau?«

»Einander Dinge geschenkt, von denen sie wussten, dass sie eigentlich für jemand anderen sein würden, eines Tages. Es war ein Spiel zwischen ihnen, den perfekten Empfänger zu finden – oder die Empfängerin. Ein sehr eleganter Weg übrigens, sich ungeliebter Geschenke zu erwehren, ohne den Schenkenden vor den Kopf zu stoßen. Mein Pflegevater war ein sehr philosophischer Mensch.«

»Klingt nach einer vielschichtigen Person, die ich gern kennengelernt hätte.«

»Ja.« Ich lächle ein wenig wehmütig. »Vielschichtig, das trifft es ziemlich gut.«

Dawn verfällt in Schweigen. Ihr Blick verliert sich in der langsam an uns vorbeiziehenden Landschaft.

Die Fahrt ist viel zu kurz. Obwohl ich nur im Schritttempo fahre, erreichen wir bereits die Einfahrt zur Nandana Ranch.

»Und?«, frage ich und blinke. »Bist du glücklich?«

»Glücklich?« Dawn sieht mich nachdenklich an. »Das hat mich schon lange niemand mehr gefragt. Ich weiß nicht. Aber, ja, doch. Ich glaube, ich bin auf einem guten Weg dahin, River. Dieser Tag heute – du, Marge … Danke. Für alles!«

Ich helfe ihr, das schlafende Kind ins Haus zu tragen. Lilly-May wacht nicht einmal auf, als ich sie aufs Bett lege und Dawn ihr die Schuhe abstreift.

Heather stürmt herein. Sorge und Erleichterung zugleich im Blick, späht sie in den Raum, aus dem wir eben kommen. »Da ist sie ja. Wirklich alles in Ordnung? Dem Himmel sei Dank!«

Dezent ziehe ich mich zurück, lade die Kartons mit den Töpfermaterialien aus und wuchte sie auf die kleine Veranda.

Dawn kommt heraus, als ich Mrs. Meyer gerade informiert

habe, dass ich jetzt losfahre, und das Handy in meine Hosentasche stecke.

Heather folgt ihr auf dem Fuß. »Ich sage Raff Bescheid!« Sie winkt mir kurz zu und eilt zurück in ihr Haus.

Dawn macht zögernd einen Schritt in meine Richtung, die Arme um sich geschlungen. Wie macht sie das nur, dass mein Herz erst mal ein paar Takte stolpert und dann schneller schlägt, jedes Mal wieder, sobald ich sie sehe? Ich versuche, an meine Arbeit zu denken, meinen nächsten Patienten.

Mrs. Meyers Pudel wird übel, wenn er Auto fahren muss, darum mache ich Hausbesuche bei Edgar und seinem Frauchen. Edgar ist vierzehn und hat kleine Knötchen unter der Haut, bisher alles Lipome, gutartige kleine Fettgeschwulste, die keiner weiteren Behandlung bedürfen, solange sie nicht stören. Aber ich fahre natürlich trotzdem jedes Mal hin, wenn sie wieder so einen Knubbel gefunden hat. Um Mrs. Meyer zu beruhigen, um Edgar ein paar Kekse zu geben und ihn durchzuchecken. Auf die Laborergebnisse der jüngsten Blutuntersuchung warte ich noch. Spätestens morgen müssten sie in meinem virtuellen Postfach landen. Ich hoffe, dass Mrs. Meyer mit ihrer Angst vor Krebs dem armen Kerl nichts herbeiwünscht. Nicht, dass ich abergläubisch wäre. Ich bin Mediziner. Aber ich bin auch bei Marge und Joe aufgewachsen. Und ihr Glaube an die Dinge zwischen Himmel und Erde hat mich ebenfalls geprägt.

Dawn steht jetzt direkt vor mir, viel zu nah.

»Ich muss los«, erkläre ich bedauernd.

Im Moment würde ich Edgar und sein Frauchen am liebsten um weitere fünf Stunden vertrösten. Mindestens. Mrs. Meyer sagte am Telefon, Edgar würde immer noch mit dem Futter mäkeln. Wir haben ihm vor einigen Wochen erst Zahnstein entfernt und zwei schadhafte Zähne gezogen. Beim letzten Kontrollbesuch sah alles top aus. Die Fäden hatten sich bereits aufgelöst, das Zahnfleisch war fest und entzündungsfrei. Ein neuer Blick kann natürlich nicht schaden bei einem alten Tier. Auch wenn es sich nicht dringend anhörte, mehr nach der Übervorsicht und Einsamkeit einer alleinstehenden alten Dame: Ich bin trotzdem beunruhigt.

»Alles okay mit Lilly-May?«

»Sie schläft wahrscheinlich durch bis morgen früh. Das war ganz schön viel Aufregung für ein kleines Mädchen.« Ein scheues Lächeln huscht über Dawns Lippen.

Ich nicke. »Ich bin froh, dass alles gut ausgegangen ist.«

»Ja. Ich bin auch sehr erleichtert.«

Ich deute auf die Pappkartons. »Ich wusste nicht, wo du sie gern hättest.«

»Gute Frage.« Ihr Blick fällt auf die Schachtel mit den beiden Katzennäpfen, und ihre Miene hellt sich schlagartig auf. Sie bückt sich und nimmt die in Küchenrolle geschlagenen Kunstwerke vor ihren Bauch.

Eine Haarsträhne fällt ihr ins Gesicht. Ich würde sie ihr gern hinters Ohr streichen, aber ich weiß nicht, ob das passend wäre.

»Als Erstes bringe ich die hier in Sicherheit«, verkündet sie mit leisem Lächeln. »Der Rest findet sich.«

»Gut.«

Unschlüssig bleiben wir voreinander stehen.

Dawn bewegt die Näpfe leicht. »Vielleicht frage ich Heather, ob sie irgendwo eine Ecke hat, in der ich noch ein wenig weiter daran arbeiten könnte.«

»Für mich sind die beiden perfekt, wie sie sind«, sage ich leise und räuspere mich.

Dawn errötet. »Ich wollte sie bemalen, bevor ich Heather

bitte, June für mich zu fragen, ob …« Sie bricht ab. »River, ich …«

»Schhh«, mache ich sanft und beuge mich nach vorn, um sie zu küssen. Ein paar Zentimeter vor ihrem Gesicht halte ich fragend inne.

Dawn streckt sich auf die Zehenspitzen und kommt mir das letzte Stück entgegen. Sie schließt die Augen, als unsere Lippen sich berühren. Für einen Moment bleibt die Zeit stehen.

Dann vibriert das Telefon in meiner Tasche erneut.

»Du musst los«, wispert Dawn.

Ich nicke und riskiere einen Blick auf das Display. Mrs. Meyer schon wieder.

»River? Ich möchte nicht hysterisch wirken. Aber Edgar hechelt ganz komisch, und seine Schleimhäute sind so blass. Wie lange wird es noch ungefähr dauern, bis du hier bist?«

# *Kapitel 47*

*Dawn*

River springt beinahe panisch in seinen Wagen und fährt los. Mit pochendem Herzen blicke ich ihm nach. Gedankenverloren spiele ich mit den angefeuchteten Papiertüchern, unter denen die trocknenden Werkstücke ruhen. Meine Finger suchen den kühlen Ton. Mit pulsierenden Kuppen berühre ich die inzwischen lederharten Kätzchen.

River ist nicht nur der weltbeste Umarmer, er kann auch ziemlich gut küssen. Sein plötzlicher Aufbruch bestürzt mich. Ich frage mich, was das für ein Notfall war, und hoffe, dass er dem armen Tier helfen kann. Er wirkte äußerst beunruhigt. Dann ertappe ich mich bei dem Gedanken, dass ich gern weiter mit ihm vor dem Haus gestanden hätte, ohne die Schachtel zwischen uns.

Vielleicht hätte ich sie auf das kleine Bambustischchen gestellt, und wir wären hineingegangen. Wir hätten die Tür zu dem kleinen Zimmer geschlossen, in dem Lilly-May tief und fest schläft, wären eng umschlungen hinüber zum Sofa getanzt, und einer von uns hätte die Vorhänge zugezogen. Vielleicht wäre uns das tiefstehende Sonnenlicht auch egal gewesen. Mein Magen zieht sich angenehm kribbelnd zusammen, ich ziehe die Unterlippe langsam durch die Zähne, als ich mir vorstelle, wie seine Hände zärtlich über meinen Rücken gewandert wären … unterm Pulli. Vielleicht bis zum Verschluss meines BHs? Er riecht so gut. Nach Orangen, Tieren, Zedern und Meer – und einem Hauch Desinfektionsmittel. Mein Magen kribbelt, und darüber klafft so etwas wie ein Sehnsuchtsloch in meinem Herzen.

Unwillig schüttle ich den Kopf. Schnell an etwas anderes denken. Ich blähe die Nasenflügel. Ein bisschen kurzatmig betrachte ich die Schachtel in meiner Hand und decke die gewässerten Papiertücher wieder darüber. Ich muss einen Platz für die Sachen finden, wo sie langsam und ungestört trocknen können.

Fokus, Dawn! Dann wird sich auch mein Puls wieder beruhigen. Jedenfalls früher oder später. Noch spüre ich den Nachhall seiner Lippen viel zu sehr. Seiner Lippen und seiner Hände.

»Shit.« Um ein Haar rutscht mir der Karton aus den Fingern.

Ich bringe die Sachen hinein. Mein Blick streicht über die kleine Anrichte in der Küche der Gästewohnung, über das offene Regal und bleibt schließlich auf einem etwas erhöhten, nur halb gefüllten Bücherbord an der Wand hängen. Das ist der perfekte Ort! Für die Werkzeuge, Glasuren und das übrige Zubehör muss ich mir später etwas überlegen. Vielleicht kann ich mir eine Ecke auf der überdachten Veranda einrichten, wo ein paar Tonkrümel und Lehmflecken niemanden stören.

Summend schiebe ich zwei Kochbücher beiseite, lege eine alte Zeitung als Unterlage auf das Buchregal, stelle meine Schätze darauf und decke sie behutsam mit dem feuchten Tuch zu. Da oben sind sie in Sicherheit, meine Katzennäpfe.

Wer hätte gedacht, dass ausgerechnet Katzennäpfe das Erste sein würden, was ich nach so vielen Jahren aus einem zufälligen Klumpen Ton formen würde. Und dass ich sofort wieder Blut lecken würde, kaum dass ich diesen unvergleichlichen erdigen Duft in der Nase habe. Vielleicht sollte ich wirklich etwas daraus machen. Im Ins-kalte-Wasser-Springen bekomme ich ja langsam Übung.

Seufzend sehe ich auf die Uhr. Eigentlich wollte ich Heather und Raffaele heute nicht mehr stören. Die beiden möchten sicher ein wenig Zeit für sich haben, auch wenn Heather natürlich vorhin gleich versucht hat, mir das auszureden. Sie hat mich zum Abendessen eingeladen und meine Anwesenheit fast schon zu meiner heiligen Christenpflicht erhoben. Durch die ganze Aufregung hat niemand mehr an Raffs Pasta gedacht – ich zumindest habe in den vergangenen Stunden keinen Gedanken an seine kulinarische Kunst verschwendet. Das stochert natürlich mein schlechtes Gewissen an. Das und ein dezentes Magenknurren. Die paar Kekse bei Marge hat das Adrenalin in meinem Körper längst vollständig verstoffwechselt. Ich bin hundemüde, aber um mich neben Lilly-May aufs Bett zu werfen, ist es noch zu früh. Und die Alternative zu Pansotti mit hausgemachter Salsa di Noci und Lavendelmousse wären trockene Haferkekse und Salzstangen.

Wenn Lilly-May aufwacht, sollte ich ihr etwas Besseres bieten, ich Rabenmutter.

Ich spähe noch einmal durch den Türspalt in das kleine Schlafzimmer, das ich mit ihr teile. Alle viere von sich gestreckt, nimmt mein wilder Engel die volle Breite des Bettes ein. Sie schnorchelt leise vor sich hin, ein monotones Näseln, das nur Kindern bis zu einem gewissen Alter eigen ist, wenn sie in die tiefsten Tiefen des Schlafes abgetaucht sind. Für mich klingt dieses Blubbern wie das Ventil einer einzigartigen Zaubertauchermaske, ein untrügliches Zeichen, dass Lilly-May noch für Stunden in den Weiten eines lichtfunkelnden Universums schweben wird, ganz nah an der Schöpfung, am Ursprung selbst, völlig entrückt.

Eine Träne rollt mir über die Wange. Überrascht streiche ich mir übers Gesicht. Wo kommt das denn jetzt her?

Ich trete behutsam zurück, schließe die Tür bis auf einen Spalt und schalte das Licht in der Küche ein. Wie ich Heather und Raffaele kenne, wird es dunkel sein, bis ich zurückkomme. Ist es albern, für eine Sechsjährige ein Babyfon anzuschaffen? Ich bin gleich nebenan, aber ein Teil von mir würde sie am liebsten in den Van schaffen und abschließen. Sie hat mir heute einen solchen Schrecken eingejagt, dass ich allein beim Gedanken daran spüre, wie mein Herz erneut zu galoppieren beginnt.

»Ich bin gleich nebenan«, murmle ich beschwörend vor mich hin.

Lilly-May hatte noch nie Angst im Dunkeln. Das bin nur ich.

Die warme Begrüßung von Heather und Raffaele lässt mir das Herz aufgehen. Der Tisch ist draußen gedeckt, auf der dem Gästehaus zugewandten Seite, damit ich alles mitbekomme, was dort vor sich geht.

Wir sitzen im Schein von Kerzen und Kaminfeuer auf der Veranda, und Raff bedient uns, Gang um Gang: Pasta, Salat, Wein. Und natürlich hat er in der Zwischenzeit das Menü doch noch ergänzt, als dritten Gang serviert er uns vegetarische Arancini, mit Gemüse und Käse gefüllte frittierte Reisbällchen, und dazu ein noch ofenwarmes Focaccia-Brot, das förmlich auf der Zunge schmilzt.

»Ich könnte mich reinsetzen«, sage ich schnurrend, schließe die Augen und genieße.

Raffaele entschuldigt sich. »Morgen gibt es ein anständiges

Ciabatta, das verspreche ich feierlich. Auf die Schnelle war nicht viel mehr möglich. Ein guter Teig muss über Nacht ruhen.«

»Ach, Raff.« Heather zieht ihren Mann auf das Rattansofa neben sich und krault ihm liebevoll den Nacken. »Du bist der König des Understatements. Du weißt sehr wohl, wie gut du kochst, oder?«

»Nur halb so gut, wie du backst, geliebte Zwillingsseele.« Formvollendet küsst er Heather die Hand und arbeitet sich dann schmatzend ihren Unterarm hinauf.

Sie quietscht ausgelassen, und ich verschütte fast meinen Wein vor Lachen. Die beiden tun mir gut mit ihrer Leichtigkeit und der Fähigkeit, jeden Moment des Lebens zu genießen. Ich kann noch so viel von ihnen lernen!

# Kapitel 48

*River*

Tausend Worte liegen mir auf der Zunge, während ich in Mrs. Meyers Wohnzimmer knie und den kleinen Edgar an eine Infusion hänge. Seine Schleimhäute sind weiß.

Wieso hat sie mir nicht gleich gesagt, was mit ihm los ist? Wieso war sie so bescheiden? Ein Notfall ist ein Notfall! Hat sie es nicht gemerkt? Aber die Vorwürfe gelten eigentlich nicht *ihr*, sondern mir. Warum habe ich die Abfahrt so lange hinausgezögert?

Ich muss Edgars Kreislauf stabilisieren. Er hechelt vor Schmerzen. Das haben wir gleich. Ich ziehe Schmerzmittel auf und lasse es mit dem Kreislaufmittel einlaufen. Der kleine Organismus kämpft, sein Herz pumpt. Innerlich fühle ich mich an die Landstraße zurückversetzt, in die Nacht, als ich Lilly-May und Blue kennengelernt habe – und Dawn. Nicht jetzt, River, kein guter Zeitpunkt für Déjà-vus. Ich ziehe mir das Stethoskop aus den Ohren und rede beruhigend auf den alten Pudel ein.

Als ich ankam, hatte er sich unterm Sofa verkrochen. Kein gutes Zeichen. Im Geist gehe ich mögliche Diagnosen und die Reihenfolge der nächsten Maßnahmen durch. Er muss in die Praxis. Hier kann ich nicht viel mehr für ihn tun. Sein Bauch reagiert schmerzempfindlich. Ich möchte einen Ultraschall machen, röntgen, Bluttests. Am liebsten würde ich notoperieren, aber das würde sein Herz nicht mitmachen. Eine Vergiftung scheidet aus. Also ein geplatzter Milztumor? Bitte nicht! Aber es spricht alles dafür. Der gesamte Unterbauch fühlt sich seltsam teigig an, als wäre da Flüssigkeit im Bereich der Leber. Sein Herz gefällt mir nicht. Der Kreislauf ist kurz vorm Kollabieren.

Ich will mir das Stethoskop wieder aufsetzen, aber Mrs. Meyer hält meine Hand.

»Was ist denn mit seinen Zähnen? Die hast du dir noch gar nicht richtig angesehen, oder? Ist es vielleicht eine Entzündung? Habe ich das Antibiotikum zu früh abgesetzt? Oh, soll ich dir einen Kaffee machen, River? Entschuldige meine Unaufmerksamkeit. Ich bin so nervös. Es war doch in Ordnung, dass ich noch mal angerufen habe, oder? Ich wollte nicht drängeln, ich mache mir nur einfach solche Sorgen.«

Mrs. Meyer sitzt neben mir auf dem Sofa. Mit einer Hand knetet sie ihr obligatorisches Spitzentaschentuch, mit der anderen streichelt sie unablässig den hechelnden Rüden.

»Es sind nicht die Zähne, Mrs. Meyer. Die Wunde heilt gut.«

»Wieso siehst du dann so besorgt aus, River?« Ihr Kinn zittert.

Ich kenne die alte Dame schon seit meiner Kindheit. Sie hatte immer Hunde. Immer Pudel. Als sie Edgar bekam, war ich gerade mit der Senior Highschool fertig und habe Nachhilfe gegeben und Autos gewaschen, um Marge und Joe zu zeigen, dass ich meinen Teil für die enormen College-Gebühren beitragen wollte.

Und jetzt stirbt Edgar. Ich schlucke, als der Gedanke mein Bewusstsein trifft. Ich höre sein Herz stolpern. Die Atmung verändert sich.

Ich starre in meinen Koffer und überlege, wie ich Mrs. Meyer schonend beibringen soll, dass ihr Zwergpudel im Sterben liegt.

Ich könnte eine finale Spritze aufziehen, aber der kleine Hund verliert bereits ganz von allein das Bewusstsein.

Ich beuge mich über den cremefarbenen Rüden, hebe ihn sanft mitsamt der Vorlage hoch, auf die ich ihn gebettet hatte, und lege ihn Mrs. Meyer in den Schoß.

»Mrs. Meyer«, sage ich sanft. »Er geht nach Hause.«

»Was?« Ihre Augen füllen sich mit Tränen. »Aber, River … du hast doch gesagt …«

Ich schüttle den Kopf und drücke sanft ihren Unterarm.

»Mein Baby«, flüstert Mrs. Meyer und streichelt unablässig über das frisch geschorene Fell.

Halb legt Edgar sein Köpfchen auf ihren Unterarm, halb rollt es dorthin. Er leckt ihr noch einmal zart über den Handrücken. Dann rückt sein Blick ins Unendliche. Die Atmung wird flacher, die Abstände zwischen den einzelnen Atemzügen immer länger. Es ergibt keinen Sinn, das Unausweichliche jetzt noch mit einer weiteren Spritze zu beschleunigen.

Ich setze mich neben die alte Dame und horche einmal mehr nach Edgars Herzschlag. Da ist nur noch ein fast schon unmerkliches Flattern. Dann erlischt auch dieser letzte Funke. Seine Brust senkt sich ein letztes Mal mit einem unhörbaren Seufzen. Dann ist es vorbei. Er ist durch eine Tür geschritten, durch die wir ihm nicht folgen können.

Das einzige Geräusch ist das Ticken von Mrs. Meyers Armbanduhr.

Sie weint stumm.

Lange bleiben wir nebeneinander sitzen. Ich starre ins Leere, das Stethoskop auf dem Schoß.

»Er hatte keine Schmerzen«, sage ich irgendwann leise. »Es ist ganz sanft gegangen.«

Sie nickt. »Danke, River. Danke, dass du da warst.«

Das war ich eben nicht, widerspricht eine Stimme in mir. Und doch weiß ich, dass ich nichts mehr für ihn hätte tun können, selbst wenn ich nicht eine, sondern drei Stunden früher hier gewesen wäre.

»Er hat schon länger schlecht gefressen, oder?«, frage ich sachte.

Sie nickt. »Ich habe ihm alles Mögliche angeboten. Leber, Herz, Pastete … Alles, was er gut kauen konnte und was es nicht jeden Tag gab. Ich glaube, das Wenige, was er noch aufgepickt hat, hat er nur mir zuliebe genommen, aber … Es waren nicht die Zähne, oder?« Sie streichelt ihn immer noch.

»Nein, das Zahnfleisch ist perfekt geheilt. Das hat ihm nicht wehgetan.«

»Was ist denn nur passiert?« Hilfesuchend sieht sie zu mir. »Und so schnell?« Eine einsame Träne rollt ihre Wange und den Hals hinab und hinterlässt einen dunklen Fleck auf dem Kragen ihrer Bluse.

»Wenn Sie möchten, kann ich ihn gern mitnehmen und das überprüfen lassen. Aber dazu müsste ich oder ein Kollege in Monterey … ihn öffnen. Ich vermute, dass er einen Milztumor hatte, der gerissen ist. Wir können auch die Laborwerte der Blutuntersuchung abwarten, es gibt nur leider keinen Milzmarker.«

Mrs. Meyer nickt stumm, dann schüttelt sie den Kopf. »Ich verstehe. Ich muss darüber nachdenken. Aber was würde es nützen? Egal, was die Ursache war, nichts macht ihn wieder lebendig.«

Ich nestele an meinem Stethoskop herum und versuche, die Fingernägel in den Chrom zu drücken, was natürlich nicht funktioniert. Nur im schwarzen Gummibezug hinterlasse ich Spuren, kleine Kerben, die erst nach zwei Sekunden verblassen. Was soll ich ihr sagen?

Es tut mir unendlich leid.

»Soll ich jemanden anrufen, damit Sie nicht allein sind?«

Sie schüttelt den Kopf. »Ich bin nicht allein, noch ist er ja bei mir.« Mit zitternden Fingern wischt sie die Feuchtigkeit von ihren Wangen. »Ich werde ihn morgen unter den Heckenrosen begraben. Da lag er am liebsten. Geschützt vor Wind und Sonne, aber mit Blick aufs Meer.« Sie versucht ein Lächeln und schenkt es mir.

Es reißt ein Loch in mein Herz.

# Kapitel 49

*Dawn*

Lilly-May hat sich auf Heathers Schoß eingekringelt. Der Duft nach Essen hat meine kleine Feinschmeckernase zwischendurch wachgekitzelt und zu uns getrieben. Aber sobald der Magen meines zweibeinigen Kätzchens gefüllt war, ist es wieder tief und fest eingeschlafen – allerdings jederzeit bereit, die Krallen auszufahren, sobald ich auch nur versucht habe, sie zurück ins Bett zu bringen.

»Allora«, beschließt Raffaele, küsst Heather noch einmal auf den Mund und steht auf. »Käse, Lavendelmousse und jetzt – Grappa! Und dann will ich endlich wissen, worauf wir immer noch nicht angestoßen haben!«

Ich will ihm abräumen helfen, aber weder ich noch Heather dürfen – oder können – uns fortbewegen. Auch gut.

Ich lasse mich in die Lehne zurücksinken, nehme mir aus purer Völlerei noch ein klitzekleines Stück Käse und ein paar rote Trauben, schließe nur für einen Moment die Augen und lausche dem Zirpen der Grillen. Traumhaft!

Die Sonne ist längst untergegangen, die Mondsichel steigt knapp über den schwarzen Weinbergsilhouetten auf. Die ersten Sterne sind zu sehen. Ich bilde mir ein, von der Weide her entspanntes Pferdeschnauben zu hören. So weit können die Geräusche doch eigentlich gar nicht getragen werden, oder?

Außer der Natur um uns herum, Lilly-Mays Tiefschlaf-Atem und vereinzeltem Geschirrklappern von Raffaele trübt kein Laut unsere Idylle.

Das Holz knackt in der Feuerschale, ab und zu steigen ein paar Funken auf. Ich lege ein kleines Scheit in die schwächer werdenden Flammen.

»Ein italienischer Sommer in Kalifornien«, murmle ich träge. »Wisst ihr eigentlich, wie schön ihr es hier oben habt?«

»Ich danke dem lieben Gott und der Jungfrau Maria jeden Morgen und jeden Abend dafür«, sagt Raff leise und hält mir ein halb gefülltes Grappa-Glas hin.

Ich habe ihn gar nicht zurückkommen gehört.

Seine Mundwinkel zucken. Er nickt mit dem Kinn in Heathers Richtung. Der Ärmsten sind die Augen zugefallen.

»Oje«, flüstere ich und mache Anstalten, mich hinüberzuschleichen und einen erneuten Versuch zu unternehmen, Lilly-May von ihrem Schoß zu pflücken. »Entschuldige, Raff, ich bin schon weg.«

»Was? Nein! Auf gar keinen Fall!« Schläfrig schiebt sich Heather im Sofa zurecht. »Untersteh dich, die Biege zu machen und mir meine Lollipop wegzunehmen. Ich habe jedes Wort gehört. Ich bin wach. Espresso wäre jetzt super, oder? Und Anstoßen!«

»Pronto«, sagt Raffaele grinsend. »Für dich auch?«

»Nein, danke, wenn ich so spät noch …« Ich schiele auf mein Handy und zucke zusammen. »Wie bitte? Schon halb zehn?«

Raffaele lacht laut, als Heather und ich synchron in die Senkrechte schnellen, offenbar sind wir jetzt beide wieder hellwach.

Vergnatzt hebt sogar Lilly-May den wilden Lockenkopf. »Seid doch leise, ich habe gerade von Blue geträumt!«

Beruhigend streichelt Heather ihr über den Rücken, und sie rollt sich wieder ein.

»Na dann! Salute!«, flüstert Raffaele und prostet uns gut gelaunt zu. »Auf die hellwachen Frauen in diesem Tal!«

»Das ist mal ein anständiger Trinkspruch!« Heather grinst und stößt erst mit mir, dann mit ihm an.

»Auf alte Freunde und neue Wege!«, ergänze ich.

»Hört, hört!«

»Und auf eine wunderbare große Liebe«, sagt Heather.

»Ohhhh, cara mia!« Raffaele beugt sich vor, bemüht, seine Frau zu küssen, ohne Lilly-May dabei zu wecken.

Wir lassen noch einmal die Gläser klingen und trinken. Der Grappa brennt sich samtig meine Kehle hinab.

Heather zwinkert mir zu. Ich weiß sehr wohl, dass sie nicht nur von Raff gesprochen hat.

»Wo bleibt der Kaffee?«, frotzelt sie. »Die hellwachen Frauen müssen ins Bett, damit sie morgen früh wieder taufrisch sind!«

Raffaele legt sich formvollendet eine Serviette über den Unterarm und eilt in die Küche.

»Und – hast du dich entschieden, wie du weitermachst?«, fragt Heather und krault Lilly-May dabei selbstvergessen den Nacken. »Haben wir eben auf deinen neuen Job angestoßen oder darauf, dass du ihn gleich wieder kündigst?«

»Letzteres«, gebe ich leise lachend zu. »Erwischt.«

»Ah, wir hätten doch den Champagner nehmen sollen«, ruft Heather übermütig.

»Genug Alkohol für einen Abend«, wehre ich ab.

Heather lächelt hintergründig. »Na gut, morgen ist auch noch ein Tag.«

»Apropos«, ergreife ich dankbar den Faden. »Wo finde ich June? Und hast du vielleicht eine Ecke, in der ich mir vorübergehend eine ganz kleine Töpferwerkstatt einrichten könnte? Ich habe keine Ahnung, was daraus wird. Marge hat mir zwanzig Kilo Ton und all ihre Werkzeuge vermacht. Das ist sicher nichts, womit man Geld verdienen kann, völlig falsche Richtung also, aber es hat mir heute solche Freude gemacht, etwas aus diesem Klumpen fein gemahlener Erde zu formen – als hätte ich nie damit aufgehört.«

Heathers Lächeln weitet sich zu einem Grinsen, das buchstäblich von einem Ohrläppchen zum anderen reicht. »Du hast es gefunden!«

»Was gefunden?«, frage ich begriffsstutzig.

»Dein inneres Zumba!«

»Ich dachte, da ging es um Yoga oder Tanzen?«

Abwehrend schüttelt sie ihre Mähne. »Quatschkopf.« Sie verlagert ganz behutsam Lilly-May von ihren Beinen auf ein Kissen, springt auf und reicht mir ihre Hand. »Komm! Ich habe den perfekten Raum für dich.«

»Kein Stress. Das hat Zeit bis morgen, Heather, wir müssen ins Bett. Ich wollte nur …«

»Ich will heute Nacht bei Tante Heather schlafen!«, murmelt Lilly-May schläfrig.

»Da hörst du's. Willst du ihn sehen oder nicht?« Ihre Augen blitzen.

»Aber Lilly-May kann doch nicht …«

»Kann ich wohl!«, kräht mein Nachwuchs und klammert sich im Halbschlaf wie ein Äffchen an Heather. »Da bekomme ich Pancakes ans Bett.«

»Kann sie wohl«, bestätigt Heather mit fröhlicher Entschlossenheit. »Und kriegt sie.«

»Widersprich ihr besser nicht, wenn sie dich so anschaut.« Raffaele steht vor uns, zwei dampfende Schälchen Espresso in den Händen.

»Ja, aber …«

»Trink!«, befiehlt Heather glucksend.

»Ich möchte bei dir schlafen«, murmelt Lilly-May noch einmal und streckt ihre Klammerärmchen nach meiner Freundin aus. »Bitte, Mommy. Sag ja.«

»Ja, also …« Hilflos sehe ich von meinem Kind zu Heather.

»Annehmen!«, wispert die vergnügt und sagt laut zu Lilly-May: »Das ist eine hervorragende Idee, Kleines. Raff trägt dich rüber und richtet sich in seinem Arbeitszimmer ein, und ich komme gleich nach! Ich muss Mommy nur eben noch was zeigen, okay?«

»'kay.« Lilly-May gähnt und streckt ihre Tentakel nun in Raffs Richtung.

Raffaele und ich tauschen Blicke, ich hilflos, er amüsiert.

Dann leere ich brav mein Tässchen und lasse mich von Heather die Verandastufen hinunter in die Nacht ziehen.

Der Mond steht inzwischen hoch am Himmel, aber er ist noch nicht voll genug, um alles zu erhellen. Meine Augen brauchen eine Weile, um sich an die Dunkelheit zu gewöhnen.

»Wo gehen wir hin?«, will ich wissen. »Zu den Pferden?«

»Beinahe«, sagt Heather in geheimnisvollem Ton. »Hätte ich das geahnt, hätte ich dir die Box schon heute Nachmittag zeigen können. Aber ich wusste ja nicht … Na, egal. Sieh sie dir einfach an, und sag mir, was du davon hältst.«

Ich stolpere halbblind neben ihr her und bin vor allem mit meinen Füßen und den Geräuschen der Nacht beschäftigt. Von der Veranda aus klang die nachtaktive Fauna viel weniger bedrohlich.

Heather bemerkt mein Zögern und deutet es richtig. »Solange die Pferde ruhig bleiben, kannst du dich darauf verlassen, dass alles, was sich hier rumtreibt, harmlos ist.«

»Und wenn sie es nicht sind?«

»Dann rufst du Raff oder mich und verlässt dich darauf, dass wir ganz oben in der Nahrungskette stehen. So, wir sind da. Bereit?«

Wir sind am Stallgebäude angekommen. Im Dunkeln kommt es mir viel größer vor. Im Halbschatten erkenne ich die Umrisse der drei Pferde. Eins liegt, zwei dösen mit abgeknickten Hinterbeinen und gesenkten Köpfen an der Heuraufe.

Heather dirigiert mich an ihnen vorbei auf die linke Seite der Scheune. Sie zieht das Schiebetor auf und legt einen Lichtschalter um. Im ersten Moment bin ich geblendet durch die plötzliche Helligkeit. Ich weiß nicht, was ich erwartet habe außer Heu und Stroh. Beides befindet sich tatsächlich vor Ort, ordentlich gestapelt, in großen Rundballen, die gut die Hälfte der zweistöckigen Tenne ausfüllen.

Auf der linken Seite allerdings ist ein Raum abgeteilt. Es scheint sich um eine ehemalige, ziemlich große Pferdebox zu handeln. Von außen ist noch die ursprüngliche halbhohe Einteilung von Tür und Wand erkennbar. Doch ein geschickter Innenarchitekt hat ein Fachwerk-Kunstwerk aus Holz, Lehm, Ziegeln und Glas daraus gemacht.

»Trau dich!«, lockt Heather und zieht mich hinter sich her durch die offen stehende Tür.

Wo früher die Tränke gewesen sein muss, ist jetzt ein großzügiges, zweigeteiltes Waschbecken. Hinter zwei großen Fensterscheiben mit Jalousien und vergilbten Scheibengardinen erahne ich Nacht. An den Wänden stehen leere Schwerlastregale, ein Spind und ein alter Kleiderschrank. Ein paar Werkzeuge hängen an einem speziellen Wandbrett. Staunend drehe ich mich im Kreis. Der Boden ist lehmgestampft, im Bereich unter dem Waschbecken betoniert und in einem langweiligen Pudergrün lackiert. Ihn sauber zu halten wird kein Problem. Steckdosen gibt es auch, sogar einen Starkstromanschluss in einer Ecke. Mit der Hand gleite ich über eine Werkzeugbank in der Mitte des Raumes. An der Wand dahinter steht ein Tisch mit einer Arbeitslampe, davor ein Drehhocker – höhenverstellbar. An der Wand links davon gibt es ein zweisitziges Sofa mit Karomuster und einer sorgfältig gefalteten alten Pferdedecke auf der Lehne. Auf dem Tischchen daneben steht ein Telefon – ein wenig verstaubt, aber mit leuchtendem Display.

»Was ist das hier?«, frage ich staunend.

Heather lacht. »Bei Pferden gibt es immer was zu reparieren. Das ist der eine Teil der Antwort. Raffaele hat irgendwann eingesehen, dass seine goldenen Küchenhände hier unten zu zwei linken Ofenhandschuhen mutieren, mit denen er niemandem recht dienen kann. Der Raum stammt aus unserer Anfangszeit hier, als es die Gästewohnungen noch nicht gab, da hat bisweilen auch mal der Tischler oder ein Erntehelfer hier übernachtet. Aber das ist schon lange nicht mehr notwendig. Die Werkstatt ist nach oben zur Kellerei umgezogen – und falls Raff und ich uns mal streiten, gibt es genügend Gästebetten, in die wir ausweichen können, bevor es einen von uns hier herunter verschlägt. Abgesehen davon schlafen wir beide sowieso meist in getrennten Zimmern – gut für die Liebe.« Sie zwinkert mir zu. »Ich bin die Einzige, die die Box ab und zu noch nutzt, wenn ein Pferd eine Kolik hat und ich in der Nähe bleiben möchte – oder wenn River die Couch für sich beansprucht.«

»River?« Perplex ziehe ich die Augenbrauen in die Höhe.

Heather lacht. »Der Tierarzt aus Leidenschaft? Du erinnerst dich an den Mann? Groß, blond? Er hat tatsächlich auch schon mal hier übernachtet, als Amber solche Bauchkrämpfe hatte, dass wir fürchteten …« Sie streicht sich mit beiden Händen über die Oberarme, ihr Blick verliert sich. Dann schüttelt sie die Erinnerung ab. »Alles gut gegangen«, erklärt sie und lächelt mich an. »Du bist übrigens sogar erreichbar hier. Ich kann den Anschluss aus der Gästewohnung hierhin umlegen. Dann kann Lilly-May dich anrufen, wenn du hier unten … töpferst. Was sagst du? Taugt dir die Box dafür? Fehlt was? Oh, eine Toilette gibt es natürlich auch, nur einmal um die Box rum.« Sie zeigt zur Tür hinaus und um die Ecke.

»Die Box?«, hauche ich.

»Es war ja mal eine. Der Name hat sich bei uns eingebürgert.«

»Sie ist perfekt!«, juchze ich. »Und du bist dir sicher, dass …«

»Ganz sicher! Es müsste allerdings mal Staub gewischt werden. Aber du wolltest ja was zu tun haben, oder?«

Ich strahle wie ein Honigkuchenpferd und scanne noch einmal Wände und Möbel. Vor meinem inneren Auge habe ich die Box bereits vollständig eingerichtet. Atemlos sehe ich Heather an. »Ich brauche mehr Ton. Und eine Schubkarre.«

»Eine Karre? Wozu denn das?«

»Ich bringe die Sachen gleich her.«

Heather lacht. »Heute noch? Im Dunkeln?«

»Ich bekomme sonst kein Auge zu. Und die Gelegenheit ist günstig. Du wolltest es ja nicht anders. Lilly-May schläft bei dir und – oh, apropos, ich bringe dir gleich noch ihre Zahnbürste rüber und ihr Lieblingsbuch, und morgen früh müssen wir …«

Sie schüttelt den Kopf und nimmt mich lachend in den Arm. »Termine, Termine, Termine … Du hast ja gar keine Zeit für einen Job in einer Werbeagentur.«

»Mist!« Ich zucke zusammen. »Da muss ich auch noch absagen.«

# Kapitel 50

*River*

Ich habe schon einige Tiere verloren. Hamster, Vögel, Reptilien, Meerschweinchen. Katzen, Hunde, Schafe, Pferde. Es ist jedes Mal schlimm. Man kann es nicht üben, nicht trainieren, wie man den Schmerz und den Kummer der kleinen und großen Menschen, die zu dem jeweiligen Tier gehören, wegdrückt. Wie nah man ihn an sich heranlässt. Ich weiß nicht, woran es liegt, dass es manchmal so hart ist und manchmal in Ordnung. Es gibt Fälle, da möchte mir das Herz aus dem Brustkorb springen, weil ich so mitfühle – und andere, da bin ich einfach nur dankbar für die Möglichkeit, Leiden auf eine sanfte Weise zu beenden. Manchmal ist es eine Gnade. Erlösung. Das war es sicher auch für Edgar. Sterben dürfen nach einem langen, glücklichen und verwöhnten Leben. Ist es der Schmerz der Menschen, der mich so mitnimmt? Nicht immer, nein. Die Tragik des Geschehens? Auch nicht. Nicht immer jedenfalls. Womit hat es dann zu tun?

Sinnloses, unnötiges Sterben ist furchtbar mitanzusehen. Vor allem, wenn es sich um junge Tiere handelt. Vermeidbare Unfälle, menschliches Versagen, wenn man lange vergeblich gekämpft hat – gehofft und doch verloren, wie es dann so häufig in Todesanzeigen heißt.

Und was ist es bei Edgar?

Er war alt. Er ist sanft eingeschlafen. Ohne Spritze.

Er war Mrs. Meyers Ein und Alles.

Die Ruptur eines Milztumors hat nie eine gute Prognose. Ich hätte ihn nicht retten können, selbst wenn ich fünf Stunden vorher dort gewesen wäre. Nicht einmal, wenn ich seinen Zustand schon bei der Zahn-OP erkannt hätte. Vor Wochen. Es hätte sein Leben nicht verlängert. Um keinen Tag. Aufgrund seiner Vorgeschichte hätte ich von einer Chemo abgeraten. Er hat vor uns allen verborgen, wie es wirklich um ihn stand. Das letzte Röntgenbild vom Bauchraum ist keine vier Wochen her. Ich hätte schallen müssen, um etwas zu sehen. Das hätte ich sofort getan, wenn ich einen Verdacht gehabt hätte. Wenn er Symptome gezeigt hätte. Hat er nicht.

Oder wir haben die Zeichen einfach nicht zu lesen gewusst.

*Ich* habe sie nicht zu lesen gewusst. Ich bin der Tierarzt. Der verdammte Tierarzt, der es trotz allem hätte erkennen müssen. Dafür habe ich doch studiert, oder nicht?

Um zu heilen und Leiden zu verhindern.

Stattdessen habe ich Dawn geküsst.

Statt bei Edgar und Mrs. Meyer zu sein, habe ich Dawn geküsst.

Ich habe immer noch ihren Geschmack auf den Lippen.

Und dann sehe ich wieder Edgars gebrochene Augen. Und Mrs. Meyers Gesicht. Sehe, wie ihr Unverständnis, ihr Unglauben dem Schock weicht, der Verwirrung und wie die Erkenntnis dann den Raum für stillen, tiefen Kummer öffnet. Eine zitternde Hand, die mit einem bestickten Stofftaschentuch eine Träne wegtupft.

Ich fühle Schuld. Ein irrationales, völlig widersinniges Gefühl von Schuld, das sich nicht um Fakten schert.

Dawn kann nichts dafür.

Niemand kann es.

Komm damit klar, River!

Ein entgegenkommendes Auto blendet mich und hupt kurz. Der Fahrer hebt lässig grüßend den Arm aus dem Wagen. Reflexartig grüße ich zurück. Keine Ahnung, wer das war. Ich sehe mich um. Genauso wenig Ahnung habe ich, wie weit ich derart versunken gefahren bin, dass ich offensichtlich den Abzweig zu mir nach Hause verpasst habe.

Aber vielleicht will ich auch gar nicht nach Hause. Wo es leer ist. Und dunkel.

Ich könnte Holz hacken gehen. Bei Marge. Aber wenn ich um diese Uhrzeit mit einer Axt bei ihr in der Scheune herumkreuche, müsste ich mich erklären. Und ich will nicht reden.

Joggen am Strand? In die Brandung brüllen? Nicht das Richtige, nicht jetzt.

Ich halte den Wagen an, umfasse das Lenkrad mit beiden Händen und drücke zu, so fest ich kann, als ob ich das Ding zerquetschen könnte. Nicht, dass es irgendwas ändern würde.

»Verdammt, verdammt, verdammt. Warum Edgar?« Es zerreißt mich. Ich jaule auf. »Dad! Sag irgendwas dazu, bitte!«

Das einzige Geräusch ist das leise Ticken des Blinkers. Erschöpft hebe ich den Kopf und glotze durch die Windschutzscheibe zum Mond hinauf. Ich muss mich verrenken, um die Sichel erspähen zu können. Stattdessen sehe ich direkt vor mir …

Heather.

Der Scheinwerferkegel erfasst ihr überlebensgroßes Konterfei, tiefenentspannt in Yoga-Pose. Wine & Dine, Nandana Ranch Resort, fünfzig Meter, Pfeil nach links. Ich stöhne. Hier bin ich gelandet? Ernsthaft?

»Genau mein Humor«, knurre ich und fahre weiter. »Was

meinst du wohl, wie sie reagiert, wenn ich hier schon wieder mitten in der Nacht aufkreuze wie ein Freak? Wenn ich Raffaele wäre, würde ich mich über den Haufen schießen. Ist es das, was du willst? Bitte schön.«

Mein Vater schweigt.

Und Raff verabscheut Waffen.

Im Schritttempo rolle ich an dem Abzweig vorüber. Meine Fingerknöchel leuchten im fahlen Schein der LED-Torbeleuchtung weiß auf. Dann liegt die Einfahrt hinter mir. Aber ich fühle mich nicht besser.

»Was soll's?« Resigniert trete ich auf die Bremse und lege den Rückwärtsgang ein.

Ich parke außerhalb des Radius der Bewegungsmelder. Ich will niemanden wecken. Haupthaus und Gästehäuschen liegen im Dunkeln.

Um Dawn aus dem Bett zu klopfen, fehlt mir der Mut. Vermutlich würde ich sie zu Tode erschrecken, von Lilly-May ganz zu schweigen.

Was will ich überhaupt hier? Das ist creepy.

Kopfschüttelnd mache ich auf dem Absatz kehrt. Ich will zum Wagen zurückgehen. Nach Hause fahren. Da gehöre ich hin.

Heather braucht definitiv einen Hund. Einen, der anschlägt und Fremde vertreibt.

Mein Blick fällt auf den Weg zum Pferdestall. Heute Mittag haben wir uns dort geküsst, Dawn und ich.

Ich weiß nicht, was mich antreibt, im Dunkeln hier herumzuschleichen. Meine Schritte knirschen auf dem unbefestigten Pfad. Sie klingen unnatürlich laut. Ich komme mir fremd vor. Was tue ich hier? Ist das nicht Hausfriedensbruch? Und doch – es zieht mich geradezu in Richtung der Stallungen.

Vielleicht ist etwas mit den Pferden? Darf ich ein Leben retten, nachdem ich eins verloren habe? Herrje, River. Geht es noch dramatischer? Was bildest du dir als Nächstes ein?

Im Stall brennt Licht. Ich stutze, dann beschleunige ich. Kolik? Aber wieso hat mich dann niemand angerufen? Weil du dein Telefon abgestellt hattest, um deine Wunden zu lecken, du Idiot! Im Laufen schalte ich mein Handy ein. Es bleibt stumm. Das Display zeigt zwanzig vor zwölf an. Die Pferde sind im Auslauf und heben überrascht die Köpfe aus der Heuraufe, als sie mich kommen hören. Hat nur jemand vergessen, die Beleuchtung auszuschalten?

Dann nehme ich Geräusche in der Scheune wahr. Langsam gehe ich darauf zu.

Früher hat Heather hier Landarbeiter übernachten lassen. Nach einer anstrengenden Kolik-Nacht bin ich auch schon einmal auf der kleinen Schlafcouch gelandet. Aber ich wüsste nicht …

Plötzlich springt eine Gestalt in den Lichtkegel des offenen Scheunentors, eine Heugabel wurfbereit in der Hand. »Grundgütiger! River!«

»Dawn! Was tust du denn hier?«

# Kapitel 51

*Dawn*

»Das Gleiche könnte ich dich fragen!« Mein Herz klopft so sehr, dass es mir jeden Moment aus der Kehle hüpfen müsste. Erleichtert lasse ich diese Mistgabel, oder was immer das für ein Ding ist, sinken. »Was tust *du* hier?«

River bleibt mit hängenden Schultern vor mir stehen. Er sieht aus wie eine dieser vorweihnachtlichen Werbe-Aufblasfiguren auf Tankstellendächern, aus der jemand die Luft rausgelassen hat.

»Keine Ahnung«, sagt er gequält. »Ich schätze, ich wusste nicht, wohin. Pferde tun mir immer gut. Dann habe ich das Licht gesehen und …« Er bricht ab.

»Komm rein«, sage ich verwirrt und wische mir mit dem Handrücken eine Haarsträhne aus der Stirn.

Rivers Blick fällt auf meine lehmverkrusteten Hände. Er runzelt die Stirn.

»Eigentlich wollte ich nur die Sachen in die Box bringen«, erkläre ich verlegen und gehe voraus. »Heather meinte …«

Ich stelle die Forke ab und umrunde fahrig die Schubkarre, die ich vorhin achtlos im Eingangsbereich geparkt habe. Es ist eine Kunst, nicht an den ausladenden Griffen hängenzubleiben.

Wieso habe ich denn jetzt immer noch so wacklige Knie? Es ist doch nur River, kein Puma und auch kein Einbrecher!

»Sie hat mir den Raum angeboten«, setze ich erneut an. »Und weil ich morgen so viel vorhabe und die Kartons oben im Weg standen … Lilly-May wollte unbedingt bei ihr schlafen. Irgendwie führte eins zum anderen und …«

River folgt mir schweigend.

Ich betrete die Box und betrachte den kleinen Tisch in der Raummitte, als würde ich aus einer Trance erwachen. Nasse Schwämmchen, benutzte Modellierwerkzeuge, ein Tonklumpen unter einem feuchten Geschirrhandtuch, frischer Schlicker in einem Schraubglas und ein angefangenes Werkstück auf Marges Ränderscheibe sind dort in heillosem Chaos vereint.

Im Regal an der Wand steht eine hohle Pferdekopfbüste, die man als Blumentopf verwenden kann, sodass Küchenkräuter oder eine Grünpflanze zur Mähne werden. Die möchte ich Heather schenken. Für Marge habe ich einen Türklopfer in Form einer spielenden Katze getöpfert. Nach dem Brennen bekommt das Kätzchen einen Messingring zwischen die Pfötchen. Für Rivers Schreibtisch habe ich einen zusammengerollten Hund gestaltet, den er als Briefbeschwerer und Stiftehalter nutzen kann – wenn er ihm überhaupt gefällt. Ich habe Bro als Vorbild genommen. Vielleicht kann ich noch eine Vorrichtung für Tesafilm integrieren, sobald der Ton etwas angezogen hat. Daneben trocknen die beiden Katzennäpfe.

Der Boden um den kleinen Hocker ist gesprenkelt mit Lehm- und Wasserspritzern – genau wie mein überdimensioniertes Schlafshirt, die Leggings und die Crocs. Das schien mir vorhin am geeignetsten als Arbeitskleidung – und war am schnellsten griffbereit.

Ich habe alles um mich herum vergessen. Zeit und Raum

und … Es scheint so, als wäre das hier wirklich mein inneres Zumba.

Ich fahre herum. »Himmel. Wie spät ist es denn?«

»Viertel vor zwölf ungefähr«, sagt River. Seine Stimme klingt belegt. Seine Haut wirkt grau im ungnädig hellen Neonlicht.

»Dir geht's nicht gut, hm?«

Er seufzt und schüttelt verhalten den Kopf.

»Kann ich irgendwas tun? Möchtest du reden? Oder … eine Umarmung vielleicht?« Ich wedle mit meinen völlig verschmierten Händen und versuche, witzig zu sein.

Ein trauriges Lächeln kämpft sich über seine Mundwinkel. »Ja. Das wäre sehr schön.«

Ich bewege mich langsam auf ihn zu. Direkt vor ihm bleibe ich stehen. Nervös. Ich bin nervös. Die Atmosphäre zwischen uns ist elektrisch geladen. Da schwingt etwas, was ich noch nie zuvor so intensiv gespürt habe.

River sieht mich an. Seine grünbraunen Augen sind zu dunklen Seen geworden. »Halt mich einfach nur fest. Bitte.«

Also schließe ich meine Arme um ihn. Vorsichtig zuerst, dann fester, schmiege mich an ihn. Halte ihn, so gut ich kann. Schildkrötenlangsam, schießt es mir durch den Kopf.

Ein Zucken durchläuft seinen Körper. Ich spüre es an meinem Bauch, der nur durch dünnen Stoff von seinem getrennt ist, unter meinen Händen, die über seinen Rücken gleiten, über seinen Nacken. Er bebt. Seine Arme hängen kraftlos herab, erwidern meine Umarmung kaum.

Erschrocken hebe ich den Kopf. Rivers Augen sind geschlossen, aber die Wimpern glänzen feucht.

Er weint!

Ich ziehe seinen Kopf zu mir herunter und küsse ihm die Tränen vom Gesicht.

Irgendwann treffen sich unsere Lippen. Kurz zuerst, zufällig, dann sucht mich sein Mund, unsicher, scheu beinahe, und schließlich bereit, sich von mir wieder Leben einhauchen zu lassen. Er zieht mich fest an sich, saugt sich wie ein Ertrinkender an meinem Atem fest, schmeckt mich, atmet mich – und ich ihn. Ich muss an den Fluss denken. An das Gespräch mit Heather und den Yoga-Damen. Ich weiß nicht, welchen Kampf er in seinem Inneren führt, aber es muss etwas Existenzielles sein.

»Ich bin da«, sage ich leise und streiche ihm durchs Haar. »Ich bin da.«

Ich vernehme ein Nicken, unmerklich beinahe. Das Beben lässt nach.

Widerstandslos lässt er sich von mir zum Sofa dirigieren. Ich lösche das grässlich helle Neonlicht. Wir taumeln ein bisschen, stolpern auf die Pferdedecke, halten uns, halten einander einfach nur fest, vergewissern uns der Nähe des anderen in der Dunkelheit, die nur durch das bläuliche Glimmen eines Notlichtes gemildert wird.

Der Schmerz rollt in Wellen über ihn hinweg. Ich liege in seinem Arm. Er küsst mich sacht und dann wieder hungrig, verzweifelt geradezu, legt seinen Kopf an meine Brust, und ich versuche, diese unbekannte Qual, diesen Dämon durch meine Berührungen aus ihm herauszustreichen.

Ich bin verwirrt. Noch nie habe ich einen Mann mehr begehrt als River in dieser Verletzlichkeit heute Nacht. Aber es ist nicht Sex, den er von mir will, um sich abzulenken, von welchem Schrecken auch immer – so, wie Jesse es versucht hätte, um sich und mir zu beweisen, dass alles in Ordnung ist. Das hier geht viel tiefer. Ich frage mich, welches dunkle Tal wir gerade gemeinsam durchschreiten. Er wird es mir erzählen, wenn er es möchte. Irgendwann später.

Ich streichle sein Haar und lausche auf unseren Atem hier drin und das Zirpen der Grillen draußen in der Nacht.

»Ich habe diesen kleinen Hund verloren. Edgar«, beginnt er irgendwann stockend. »Und ich habe nach jemandem gesucht, dem ich die Schuld für seinen Tod geben könnte: einem zynischen Gott. Mir. Sogar dir.« Er hält inne, beinahe, als ob er damit rechnet, dass ich aufspringen und gehen könnte.

»Hättest du ihn retten können, wenn du irgendetwas anders gemacht hättest?«, frage ich vorsichtig. »Machst du dir deshalb Vorwürfe?«

»Ich habe vieles infrage gestellt heute Abend. Sehr vieles«, sagt er leise. »Aber es geht nicht um Schuld. Es war Zeit für ihn, und vielleicht war es für Mrs. Meyer sogar am besten so. Damit will ich mich nicht freisprechen. Aber ich bin mir sicher: Wenn ich die Diagnose ein paar Wochen früher gestellt hätte, dann hätte ich Himmel und Hölle in Bewegung gesetzt, um ihn zu retten, alles, was die Medizin hergibt. Irgendwann hätte ich trotzdem zum Einschläfern geraten. Also war letztlich alles in Ordnung so. Für Edgar und Mrs. Meyer.«

»Und für dich?«

Er schüttelt schwach den Kopf. »Ich komme mir vor, als hätte ich versagt.«

Ich küsse ihn sanft auf die Schläfe. »Das macht uns zu Menschen, oder? Dass wir Liebe empfinden, Mitgefühl … Manche Dinge haben wir nicht in der Hand. Wir können sie nur akzeptieren, annehmen, was ist. All das Grübeln bringt nichts. Und wenn es uns noch so sehr zerreißt. Aber wir können reden. Rede mit Edgar, rede mit ihr, das wird dir helfen, Frieden zu finden.«

Wir liegen dicht aneinandergekuschelt und hängen unseren Gedanken nach. Die Grillen zirpen nur noch vereinzelt.

Irgendwann werden meine Augen schwer.

Rivers Bewegungen sind schon vor einer Weile immer träger geworden. Sein Atem fließt ruhig.

»Ich liebe dich«, murmelt er schlaftrunken, als ich mich bewege, um die Decke ein wenig höher um uns zu ziehen.

Mein Herz setzt einen Schlag lang aus. Ich bin mir nicht sicher, ob der Satz an mich gerichtet war oder an Morpheus. Ich ziehe die Decke über uns und kuschle mich noch tiefer in seine Achsel.

»Ich dich auch«, wispere ich tonlos.

Eng umschlungen schlafen wir ein.

Ich werde davon wach, dass jemand eine kratzige Pferdedecke um mich feststeckt. Es dämmert.

»River?«, murmle ich schläfrig. »Wie spät ist es?«

»Kurz vor sechs«, sagt er leise. »Entschuldige, ich wollte dich nicht wecken.«

»Hast du nicht«, schwindle ich. »Mir war der Arm eingeschlafen.« Ich reibe über meine kribbelnde Schulter. »Wolltest du dich etwa gerade davonschleichen?«

»Nein, ich ... Na ja.« Schuldbewusst sieht er an sich herunter. Seine Kleidung ist zerknittert und über und über mit Tonkrümeln und Lehm bedeckt. »Ich dachte, wir hätten vielleicht mehr zu erklären, als dir lieb ist, wenn wir hier zusammen erwischt würden. Mein Plan war: Ich fahre nach Hause, ziehe mich um und komme zufällig und hupend mit einer Kanne Kaffee zurück.«

Lächelnd richte ich mich auf. »So viel Aufwand, und dabei ist nicht mal was passiert.«

»Nicht?« Er wird gleich wieder ernst, setzt sich zu mir auf die Kante des Sofas und streicht mir eine Haarsträhne aus der Stirn. »Ich fand es wunderschön. Also, mit dir zusammen einzuschlafen und gemeinsam aufzuwachen, meine ich. Den Teil, wie ich mich bei dir ausgeheult habe, was ich gesagt habe … Das finde ich bei Tageslicht eher ein bisschen peinlich.«

»Schade«, sage ich und lege den Kopf schief. »Den Teil fand ich nämlich wunderschön. Du hast mir das Gefühl gegeben, dir ganz nah sein zu dürfen. Ich mag diese Seite an dir. Wenn ich es recht bedenke, mag ich jede Seite, die ich bisher an dir kennengelernt habe«, füge ich leise hinzu.

Statt einer Antwort beugt sich River über mich und küsst mich sanft auf die Lippen. »Dito«, haucht er leise. Sein Atem duftet nach Pfefferminz.

»He«, beschwere ich mich schnurrend. »Du bist mir gegenüber im Vorteil!«

»Tja«, sagt er mit wenig überzeugendem Bedauern in der Stimme. »Leider habe ich nur dieses einzige Pfefferminzbonbon. Ich könnte dir aber eins mitbringen, wenn ich Kaffee holen gehe.«

Er tut so, als würde er aufstehen, aber ich halte ihn zurück. »Und wenn ich eine andere Idee hätte?«

»Hmm.« Er sieht mich fragend an. »Und wie sollte die aussehen?«

»Teilen natürlich«, sage ich frech.

»Oh. Verstehe. Dann hol's dir doch, wenn du dich traust«, sagt er kehlig. In seinen Augen lodert etwas auf, das er bisher gut vor mir versteckt hat.

»Schon dabei«, murmle ich und ziehe seinen Kopf zu mir herunter.

# Kapitel 52

*River*

Wir küssen uns so lange, bis das Bonbon sich aufgelöst hat und geschmolzen ist. Und wenn ich jetzt nicht aufhöre, schmelzen meine Charakterstärke, mein Verstand und so ziemlich der ganze übrige Rest von mir ebenfalls. Widerstrebend mache ich mich los.

»Dawn.« Um Selbstbeherrschung ringend, schließe ich für einen Moment die Augen. »Letzte Nacht …«

Ihre Hand liegt noch immer auf meinem Unterarm, mit der Fingerkuppe streicht sie unbewusst über meine Haut. Das macht es nicht einfacher, mich zu fokussieren. Aber vielleicht ist das jetzt auch völlig egal.

»Letzte Nacht war wunderschön«, unterbricht sie mich sanft und legt einen Finger auf meine Lippen. »Ich kann dir keine Garantien geben, was das mit uns wird, ob und wie es funktionieren wird. Ich weiß nur, dass ich dich in meinem Leben haben möchte, River. Mit Haut und Haaren, wenn …«, sie zögert und sieht sehr verletzlich aus, als sie ihren Satz beendet, »wenn du es auch willst. Also, wenn du *mich* noch willst. Ich weiß, ich habe mir das selbst zuzuschreiben, aber …«

»Ob ich dich will, Dawn? Fragst du das im Ernst?«

Sie nickt zögernd, mädchenhaft beinahe, aber dann verändern sich ihre Augen, ihr Blick wird wissend, begehrend und verdammt sexy. Ich ziehe sie an mich und küsse sie. Ihre Lippen öffnen sich. Dawns Hände wühlen sich unter mein Hemd, gleiten über meinen Rücken. Stöhnend ziehe ich sie über mich. Ich will sie spüren. Haut. Lippen. Seele. Eine Zehntelsekunde lang durchzuckt mich der Gedanke, ob es hier unten Überwachungskameras gibt. Dann ist da nur noch Raum für einen einzigen Gedanken.

# Kapitel 53

*Dawn*

Tageslichttauglich.

Seit heute Morgen birgt dieses Wort für mich eine völlig neue Bedeutung. Meine Klamotten sind ein dringender Fall für die Waschmaschine. Alternativ könnte ich sie natürlich auch in Epoxidharz gießen und mich mit dem Werk unter dem Titel »Tageslichttauglich« in einer Kunstgalerie bewerben.

Spielerisch knibble ich an den eingetrockneten Tonresten auf dem Flanell herum und wandere langsam, Hand in Hand mit River, den Weg zum Gästehaus hinauf. Ich trage sein Hemd zu meinen Leggins. Mein Schlafshirt hat, nun ja, ein paar Knöpfe eingebüßt – keine Ahnung, wie das passiert ist. Jedenfalls ist sein Oberkörper unter der Jacke jetzt nackt.

Die Härchen auf seiner Brust, auf Höhe des Herzens, dessen schnelle Schläge ich in der Erinnerung an die vergangene Stunde noch immer unter meiner Hand spüre, sind blond. Und sie richten sich auf, wenn …

Ich beiße mir auf die Unterlippe. Ich bekomme dieses verräterische Grinsen nicht aus dem Gesicht. Ich schwebe, tanze, hänge mich an seinen Arm und zwinge ihn zu Pausen, weil der Weg zurück in die Wirklichkeit so kurz ist.

Viel zu kurz.

Ich möchte ihn küssen, in seinen Armen liegen, geküsst werden und noch einmal – nein, viele Male – mit ihm jenseits von Zeit und Raum die gemeinsame Magie unserer Körper erforschen.

Aber irgendwann stehen wir dann doch vor seinem Auto.

»Gleich zwanzig nach sieben«, sagt er lächelnd, umfasst meinen Po mit beiden Händen und zieht mich noch einmal an sich. Dann schielt er zum Haus hinüber.

»Ich bestehe auf Thermoskannenkaffee«, wispere ich und lasse ihn endlich in seinen Wagen steigen.

»Abgemacht«, verspricht er. »Mit Pfefferminzbonbons. Schon unterwegs.«

»Bis gleich.«

Mein Magen vibriert vor Glück, als ich ihm nachsehe.

Der Morgen ist kühl, aber das bemerke ich erst jetzt. Ich lege die Arme um mich und sein Hemd, das noch nach ihm duftet, wie wahrscheinlich alles an mir, und bleibe stehen, bis sein Auto um die Kurve verschwunden ist.

Dann erst husche ich zum Gästehaus hinüber und schleiche die Stufen hinauf. Ich muss duschen, mich frisch machen, kämmen, Zähne putzen, anziehen. Und meine Tochter zurückholen.

Letzteres hat sich allerdings schon erledigt.

»Guten Morgen! Na? Fertig getöpfert?« Heather grinst mich von dem kleinen Tischchen in der Gästeküche her an, an dem sie mit Lilly-May sitzt.

Die beiden malen einträchtig Mandalas in ihrem Malbuch aus und trinken Kakao.

Jetzt erst hebt mein Kind, in Gedanken sichtlich immer noch bei seinem Bild, den Kopf. »Ist es schön geworden?«

Ich stutze kurz.

»Dein Tonzeugs«, hilft sie mir auf die Sprünge und lässt ihren Blick stirnrunzelnd über mich wandern. »Du bist ganz schön schmutzig, Mommy.«

Heather verbeißt sich mühsam das Lachen.

»Es ist noch nicht ganz fertig, aber … tageslichttauglich«, erwidere ich mehrdeutig.

»Ich wusste doch, dass dir die Box gefallen würde.« Sie grinst breit. »Aber wehe, wenn du mir meinen Lieblingstierarzt vergraulst.«

»Habe ich nicht vor. Im Gegenteil.«

»Sehr gut.«

»Finde ich auch«, kräht Lilly-May.

So viel dazu.

»Tja. Dann können wir ja jetzt frühstücken, oder?« Heather schoppt sich die Ärmel ihrer Strickjacke bis zu den Ellbogen hinauf. »Lilly-May wollte gern rüberkommen und hier auf dich warten. Wir haben vorhin schon zusammen Yoga gemacht, und jetzt fallen wir beide um vor Hunger. Und du? So eine Töpfernacht macht doch bestimmt ganz schön hungrig, und richtig viel Schlaf bekommt man dabei auch nicht ab, oder?«

Ich nicke lächelnd. »Kann man so sagen. Danke, dass du dich so gut um die junge Dame hier gekümmert hast. Lief alles gut?«

»Alles ganz wunderbar und jederzeit sehr gerne wieder!« Heather lacht verschmitzt.

»Natürlich, Mommy!« Entrüstet sieht Lilly-May mich an. »Tante Heather und ich haben immer Spaß zusammen. Wir konnten uns nur nicht entscheiden, was ich für nachher anziehen soll. Da musst du mir helfen.«

»In Ordnung, mein Schatz. Das kriegen wir hin.«

»Wie viel Zeit habt ihr noch, bevor ihr losmüsst?«, erkundigt sich Heather, während sie bereits eine Schüssel mit vorbereitetem Teig aus dem kleinen Kühlschrank zaubert und den Herd anstellt.

»Wir sollen gegen neun in der Schule sein. Isst Raff nicht mit uns?«, frage ich erstaunt.

Heather lacht. »Der schläft noch. Und das ist gut so! Vor zehn ist er zu nichts zu gebrauchen. Wir ergänzen uns wunderbar, was das angeht. Nachtigall und Lerche.« Routiniert stellt sie Tassen und Teller aus dem kleinen Hängeschränkchen auf den Tisch. »Holst du bitte Messer, Gabeln und Löffel?«, bittet sie Lilly-May und schiebt Stifte und Malbuch zusammen.

Zu meinem Erstaunen steht mein Kind sofort auf und öffnet das Besteckschubfach, ohne zu mucken.

»Und was kann ich tun?« Schachmatt gesetzt lasse ich die Arme fallen.

»Na, du gehst jetzt erst mal duschen. Du hast Tonkrümel im Haar.« Wieder zwinkert sie mir zu.

»Verstanden«, antworte ich lachend und drücke ihr im Vorübergehen einen Kuss auf die Wange. »Danke, Heather. Wo wäre ich ohne dich?«

»Das wollen wir jetzt lieber nicht vertiefen«, erwidert sie feixend. »Und jetzt verschwinde endlich! Wir beide haben hier alles im Griff. Das Einzige, was in circa zehn Minuten fehlt, bist du. Oder bekommen wir noch mehr Besuch?«

Ich lege den Kopf schief. »Also, es könnte in der Tat sein, dass ich noch frischen Kaffee für unterwegs geliefert bekomme. River hat angeboten, uns mitzunehmen und an der Montessori-Schule abzusetzen. Er muss wohl sowieso da lang, und dann könnte ich den Van stehen lassen. Wäre das für dich okay, Lilly-May?«

Sie hebt nur kurz die Schultern. »Klar, warum nicht?« Dann hat sie offenbar eine Eingebung. »Nein, das ist super, Mommy!

Auf dem Nachhauseweg können wir wieder zusammen bei Marge und Blue vorbeifahren!«

»Ich weiß nicht, ob er so viel Zeit hat, Lollip…«

»Hat er ganz bestimmt! Er mag dich.« Trällernd legt sie Messer und Gabeln neben die Teller. »Soll ich für ihn mitdecken?«

Ich seufze.

Heather grinst vielsagend. »Ja, warum nicht? Gute Idee, Lilly-May!« Dann schiebt sie mich aus der Tür in Richtung Bad und flüstert mir erheblich leiser ins Ohr: »Ich freu mich für dich. Das wurde verdammt noch mal Zeit. Aber wenn ich mir einen neuen Tierarzt suchen muss, muss ich dich leider töten. Da setze ich ganz klare Prioritäten.«

»Gut zu wissen!«, jammere ich in gespieltem Entsetzen.

»Keine Sorge, Lilly-May adoptiere ich natürlich.«

# *Kapitel 54*

*River*

»Das sind fünf Dollar Trinkgeld!« Cathy sieht mich mit offenem Mund an.

»Ich weiß«, schwindle ich. »Passt schon. Danke.«

Natürlich war es ein Versehen, aber es ist in Ordnung. Soll sie das Geld in ihren Roller stecken, sie kann es brauchen.

»Aber wenn es dir unangenehm ist, kann ich's dir vom nächsten Gehaltsscheck wieder abziehen. Soll ich?«

»Was? Nein!« Ihr Entsetzen ist echt – oder ziemlich gut gespielt.

»Scherz!«, sage ich.

Erleichtert atmet sie auf. »Boah, Boss, ey!«

Lachend nehme ich die beiden To-go-Becher und verlasse das Deli.

Kaum bin ich draußen, klingelt mein Handy. Marge.

»Na, Junge? Wie geht's dir?«

»Willst du die Wahrheit wissen? Wunderbar!«, rufe ich ausgelassen.

Wenn ich nicht die beiden Kaffees trüge, würde ich glatt einen kleinen Luftsprung wagen. Nur für Liz, die gerade auf der anderen Straßenseite mit ihrem Hund vorbeigeht. Ich weiß nicht, ob sie meinen Ausbruch guter Laune auf sich oder unser Telefonat zu dritt vor wenigen Tagen bezieht. Sie winkt lachend ab und setzt ihren Weg fort. Dabei hätte ich diesmal wirklich Futter für ihre neugierigen Ohren – was sie immer noch nichts angeht, versteht sich. Trotzdem ist es witzig. All diese Nächte, in denen sie sich sonst etwas zusammengereimt hat – und über die vergangene weiß sie absolut gar nichts. Und das wird auch so bleiben.

»Das freut mich sehr für dich, Junge. Hat es wohl mit einer gewissen jungen Dame zu tun? Später will ich alles darüber wissen, hörst du?«

Ich grinse breit. »Tageslichttauglich« hat Dawn unseren Status vorhin genannt. Auch wenn sie das ein wenig ironisch auf unsere lehmverschmierte Kleidung bezogen hat und obwohl ich immer noch traurig bin wegen Mrs. Meyer und Edgar: Ich könnte zerspringen vor Glück.

»Du hast mich überführt. Ich habe zu wenig geschlafen. Aber mir geht es hervorragend. Ich erzähl's dir, wenn ich heute Mittag nach der Sprechstunde rumkomme – vielleicht bringe ich Besuch mit. Wie geht's Blue? Wie geht's dir? Alles in Ordnung?«

»Deswegen rufe ich an, Junge. Krieg jetzt keinen Schreck, versprichst du mir das?«

Eine eisige Hand klammert sich um meine Kehle und schnürt mir die Luft ab. Von jetzt auf gleich bin ich im Alarmmodus. Alle möglichen Schreckensszenarien laufen wie unscharfe Filme vor meinem inneren Auge ab, und ich verschütte beinahe den Kaffee, als ich die kleine Tragepappe auf dem Wagendach abstelle und nach meinem Schlüssel krame.

»Was ist passiert, Marge?«

»Alles halb so wild, wirklich. Ich bin einfach nur ausgerutscht. Der Doc sagt …«

»Ausgerutscht! Der Doc? Du warst freiwillig beim Arzt? Wie schlimm ist es? Ich komme vorbei!«

»Das wäre gut. Blue müsste nämlich gefüttert werden. Das habe ich heute Morgen nicht mehr geschafft, und vielleicht könntest du mir bei der Gelegenheit ein paar Sachen zum Wechseln raussuchen? Ich hatte keine Zeit vorhin. Es ging alles so schnell.«

Der Klammergriff knöpft sich als Nächstes mein Herz vor und presst es schmerzhaft zusammen.

»Wo bist du denn, Mom?«

»Im Community Hospital in Monterey, habe ich das nicht erwähnt? Sie wollen mich gern eine Nacht dabehalten. Ich habe gesagt, das ginge nicht, weil du mich brauchst, aber sie bestehen drauf. Lästige Schwestern. Kommen sich wahnsinnig wichtig vor.«

Jemand kommt offenbar ins Zimmer.

Marge legt eine Hand auf das Mikrofon, es raschelt, und ihre Stimme klingt dumpf. »Ja, ein zweites Kissen wäre schön, danke. Nein, ich bekomme meinen eigenen Pyjama. So viel Zeit muss sein. Ich mag Ihre Hemden nicht …« Ihre Stimme verändert sich, als ob sie tuschelnd eine Hand vor ihren Mund hält, als sie jetzt wieder mit mir spricht. »Die Wäsche hier ist gemangelt, nicht gebügelt, und so riechen die Sachen auch. Das können sie selbst anziehen. Holst du mich bitte ab, so schnell du kannst?«

»Ich dachte, die wollen dich dortbehalten?«

»Ja, wollen sie auch, aber ich bin ja kein kleines Kind! Ich weiß, wann ich nach Hause kann! Es gefällt mir hier nicht.« Sie hustet. »Und bring mir was zu essen, ja?«

Im Hintergrund schimpft eine Schwester.

»Mach ich, Mom. Ich fahre gleich los.«

»Halt, warte! Diese distanzlose Nurse möchte kurz mit dir sprechen.«

Es knistert, als sie den Hörer weitergibt.

Ich schlage die Fahrertür hinter mir zu und starte den Motor. Dann fällt mir ein, dass ich den Kaffee auf dem Wagendach habe stehen lassen. Fast bin ich versucht, die Getränke zu ignorieren, aber die Becher sind wiederverwendbar, und ich bin nicht der Typ, der seinen Müll einfach in der Landschaft ablädt. Niemals. Egal, wie die Umstände sind.

Seltsam, worüber man sich nach so einer Nachricht Gedanken macht.

Ich muss Dawn anrufen und absagen. Das kann ich von unterwegs tun. Als Erstes hole ich den Kaffee vom Dach. Dann würge ich den Motor ab.

Liz sieht mich seltsam an. Sie ist auf dem Rückweg mit ihrem Hund. Ich winke und fahre los. Wenn ich ihr jetzt erzähle, dass Marge im Krankenhaus liegt, komme ich hier nicht weg. Sie würde mir hundert Fragen stellen, von denen ich hundertundzehn nicht beantworten kann.

Später. Liz hat Zeit. Die Sprechstunde hat Zeit. Ich muss Cathy Bescheid geben, dass sie einen Zettel an die Tür vom Wartezimmer hängt. Wenn es jemand ganz eilig hat, müssen sie in die Tierklinik. Verflixt, das hätte ich auch gleich machen können. Wo habe ich meinen Kopf?

Und ich muss Dawn anrufen, unbedingt.

Sie geht nicht ran. Dann bringe ich ihr den Kaffee doch schnell vorbei.

Die leitende Schwester hat gesagt, ich kann ohnehin erst in zwei Stunden zu Marge, wenn die Untersuchungen abgeschlossen sind. Die Zeit werde ich auch brauchen. Was weiß ich, was ich ihr einpacken soll? Der Schlüssel liegt unter der Fußmatte, hat sie mich erinnert. Dabei schließt sie nie ab.

Meine Gedanken rasen kreuz und quer und stolpern übereinander. Sie haben sie ins MRT gesteckt, ihre Blutwerte genommen, und jetzt wollen sie noch mal röntgen. So ganz bin ich nicht schlau aus dem geworden, was passiert ist. Geht es um den Knöchel, oder ist irgendwas mit ihrem Herz? Warum sagen die mir nichts darüber am Telefon? Wieso ist sie überhaupt in den blöden Olivenbaum geklettert, statt mir Bescheid zu geben? Erst zu Dawn, dann auf die Farm, Sachen packen. Und Blue. Ich muss die Katze füttern und den Verband wechseln. Durchatmen, River! Bleib ruhig, das ist doch eine deiner herausragenden Stärken. Also dreh nicht durch, verdammt!

Was wird Dawn sagen, wenn ich zum zweiten Mal innerhalb von nicht einmal zwölf Stunden als Nervenbündel auf ihrer Türschwelle stehe?

# Kapitel 55

*Dawn*

»Ich komme.«

Es ist kurz vor acht. Lilly-May ist noch im Pyjama. Meine Haare sind ungeföhnt, aber das kann ich überspringen. Trocken werden sie von alleine. Ich überschlage im Kopf Entfernungen und Zeitbedarf. Es kann nicht funktionieren. Wir werden niemals pünktlich an der Schule sein, wenn ich River helfe, Sachen für seine Mom zu packen. Aber das spielt keine Rolle.

Ich werfe einen eiligen Blick in den Raum zu Heather und Lilly-May, die gerade ihren vierten Pancake in sich hineinschaufelt. Mit kleinen Kindern geht nichts so schnell, wie man möchte. Dann drehe ich mich zurück zu River, der immer noch auf der Schwelle steht und nervös seinen Autoschlüssel knetet.

»Fahr schon vor, ich ziehe nur schnell Lilly-May an und komme nach. Wir beeilen uns.«

»Du musst das nicht tun. Ich wollte dir nur Bescheid geben, dass ich …«

Energisch schüttle ich den Kopf. »Lektion eins in unserer Beziehung: annehmen. Nimm meine Hilfe an, wenn du sie offensichtlich brauchen kannst.«

Ein Film an Emotionen läuft im Zeitraffer über sein Gesicht.

Weil ich »Beziehung« gesagt habe? Oder weil ich für ihn da sein will? Bei ungläubiger Dankbarkeit bleibt seine Mimik stehen, und ich werde rot.

»Tageslichttauglich, schon vergessen?«, wispere ich. Ich umarme ihn innig, drücke ihm einen Kuss auf den verdutzten Mund und schiebe ihn zur Tür hinaus. »Du hast fünf Minuten Vorsprung. Maximal. Bis gleich.«

Dann atme ich stirnrunzelnd aus. Eigentlich hatte ich geplant, erst mal abzuwarten, wie die Dinge sich entwickeln, bevor ich Lilly-May schonend und langsam darauf vorbereite, dass ihre Mommy und River … Na gut, darüber denke ich später nach, eins nach dem anderen.

»Willst du meinen Wagen nehmen? Damit bist du schneller als mit dem Van.« Heather hat schweigend, aber nicht tatenlos zugehört.

So, wie es aussieht, hat sie in den vergangenen drei Minuten mal eben ein halbes Dutzend Pancakes in meinen Frühstücksboxen eingetuppert, die zum Abtrocknen noch auf der Spüle standen – komplett mit Besteck, Servietten und einem kleinen Glas Ahornbutter.

»Wer mag schon Krankenhausessen?!«, sagt sie schulterzuckend. »Die schmecken kalt immer noch besser als irgendwelche ultrahocherhitzte Pappe mit Geschmacksverstärkern.«

»Du bist ein Engel«, sage ich mit einem tiefen Seufzer und stopfe die Sachen zusammen mit Lilly-Mays Malbuch, Stiften und Evie in einen Stoffbeutel.

Meine Tochter sitzt immer noch am Tisch, als würde sie die ganze Aufregung nichts angehen.

»Schätzchen, komm, steh auf! Wir müssen dich anziehen. Zwischen welchen Sachen konntest du dich denn nicht entscheiden? Zeigst du sie mir?«

»Ich baue inzwischen den Kindersitz ein.« Heather strubbelt Lilly-May im Vorbeifliegen durchs Haar, schnappt sich den Schlüssel vom Van und eilt hinaus.

Lilly-May zuckt zusammen, als die Tür hinter ihr ins Schloss fällt. »Wieso habt ihr es denn so eilig?«, fragt sie und schiebt den Teller mit dem letzten Bissen Pancake von sich fort.

»River braucht unsere Hilfe«, erkläre ich verdutzt. »Seiner Mom geht es nicht so gut. Hast du unser Gespräch nicht mitbekommen?«

Eine dicke Träne rollt über ihre Wange, als sie den Kopf hebt. Ihre Augen schwimmen, und ihr Kinn zittert. »Muss Marge jetzt auch sterben?«

»Was? Oh, Schätzchen!« Erschüttert gehe ich in die Knie und drücke mein Kind an mich. Ich ahne, was für ein Film in ihr abläuft. Da mache ich mir Gedanken, ob es sie überfordern würde, wenn das mit River und mir zu plötzlich kommt, und sie … Ich hebe sie hoch und setze sie mir auf den Schoß.

Lilly-May schlingt sofort die Arme um mich. »Sag mir die Wahrheit!« Ihre Schultern beben.

»Lollipop, die Wahrheit ist: Niemand weiß, wann jemand sterben muss. Aber River hat gesagt, dass er vorhin persönlich mit Marge gesprochen hat. Sie war zwar ein kleines bisschen verwirrt, aber das machen manche Medikamente. Sie klang überhaupt nicht so wie jemand, dem es sehr, sehr schlecht geht, und hat sogar auf die Schwestern geschimpft. Das ist ein gutes Zeichen, sagt River. Sie hat ihm auch gesagt, dass er sich keine Sorgen machen soll. Das ist nur nicht so einfach, wenn man jemanden sehr liebhat. Darum wollen wir uns ganz doll beeilen, damit er sie schnell besuchen kann. Okay? Hilfst du mir?«

Sie nickt zögernd und zieht schniefend die Nase hoch.

»Ich möchte das rosa Kleid anziehen. Und dazu die grünen Strümpfe.«

Ich seufze. Das Kleid hat ihr Jesse gekauft. Nach unserer Trennung hatte sie sich lange geweigert, es auch nur anzusehen – und dann sollte es doch mit hierher und nicht in die Altkleidersammlung. Trotzdem wundert es mich, dass sie ausgerechnet heute danach fragt.

»Natürlich, Lollipop, du kannst anziehen, was du möchtest … Ist alles wieder gut?« Besorgt sehe ich in ihre tiefblauen Augen.

Sie nickt noch einmal, kräftig jetzt, und hopst von meinem Schoß. »Meine Nase läuft. Ich brauche ein Taschentuch.«

»Kommt sofort.«

Sie hüpft ins Bad, als ob nie etwas gewesen wäre. Als ich mit den gewünschten Anziehsachen nachkomme, zieht sie sich gerade den Schlafanzug aus und faltet ihn sorgsam auf den kleinen Hocker neben der Dusche.

»Muss River jetzt eine neue Pflegemama für Blue finden?«

»Wie kommst du darauf?«, frage ich erstaunt.

Lilly-May hebt die Schultern.

Ich helfe ihr, den Reißverschluss des Kleidchens hochzuziehen und zu schließen. »Fertig«, sage ich nachdenklich. »Er findet sicher eine gute Lösung. Jetzt lass uns losfahren. Sonst sind wir ihm keine Hilfe mehr.«

Lilly-May ist klug genug, nichts weiter zu dem Thema zu sagen. Sie hat erreicht, was sie wollte. Mein Gedankenkarussell dreht sich auf einer Ebene mehr.

Fünf Minuten später sitzen wir tatsächlich in Heathers blauem Kombi mit dem Nandana-Logo und ihrem Konterfei auf der Heckscheibe. Lilly-May sitzt hinten und zeigt Evie die Landschaft. Ich muss wieder daran denken, dass sie diesen ganzen Weg nach Cloudwalk Haven einfach gelaufen ist.

Das Kätzchen bedeutet ihr wirklich viel.

Und nicht nur ihr. Ich weiß auch nicht, wieso ich mich so dagegen wehre.

River haut, ohne es zu wissen, exakt in dieselbe Kerbe. Er begrüßt Lilly-May mit einem Lächeln. »Da ist ja meine Chef-Tierpflegerin. Möchtest du mir helfen, Blue zu füttern und das Katzenklo sauberzumachen?

»Jaaa«, kräht sie natürlich begeistert und stürmt an ihm vorbei ins Haus. »Ich weiß schon, wie es geht!«

»Warte, bis ich da bin, bevor du den Käfig öffnest, hörst du?« Er zögert, bis sie außer Sicht ist, nutzt den unbeobachteten Moment und küsst mich. »Der Kaffee ist jetzt leider kalt«, sagt er bedauernd, während wir ihr langsam hinein folgen. »Aber Iced Coffee ist ziemlich angesagt in der Stadt, oder?«

»Wenn du gecrushte Eiswürfel, Kakaopulver und frische Minze dahast?«, antworte ich lachend. »Alles andere ist nicht standesgemäß, fürchte ich. Da muss ich die Chef-Tierpflegerin leider mitnehmen und wieder gehen.«

»Oh, bitte nicht!«

»Mommy veräppelt dich nur. Natürlich bleiben wir«, erklärt Lilly-May, ohne sich umzudrehen. Hingebungsvoll streichelt sie die kleine graue Katze durch die Gitterstäbe. »Sie sieht schon viel besser aus«, ruft sie strahlend.

Wir folgen ihr zum Käfig.

»Das tut sie wirklich!«, stelle ich fest. »Oh, das freut mich riesig.«

Blue schnurrt hingebungsvoll und reibt ihr Köpfchen überall dort entlang, wo wir mit unseren Fingern versuchen, sie zu berühren. Ich staune, wie geschickt sie sich bewegt und wie gut sie offensichtlich mit dem grausig aussehenden Fixateur klarkommt. Mir blutet das Herz beim Anblick dieser Monstrosität. Aber die Metallstäbe in ihrem Bein scheinen sie kaum zu behindern.

Eine Erinnerung schleudert mich zurück in die Notaufnahme des Krankenhauses in Vegas.

*Ich habe mich mit letzter Kraft in die Waschräume geschleppt. Dort bin ich auf dem Fußboden zusammengesunken, wiege mich vor und zurück in meinem Schmerz, die Arme fest um die Knie geschlungen, ein kompaktes Paket Mensch, das in heißen, vor Entsetzen stummen Tränen zerfließt. Vor und zurück, vor und zurück. Wiegen beruhigt. Wiegen macht alles wieder gut. Es ist nur ein Traum, ein fürchterlicher Albtraum.*

*Die Tür wird mit einem Knall aufgestoßen. Ich zucke zusammen, aber ich sehe nicht auf, wiege mich weiter.*

*Ein kleines Mädchen wird im Rollstuhl an mir vorbeigeschoben. Die Feststellbremse rastet mit einem lauten Knarren ein. Offensichtlich wollte die Mutter das Kind nicht allein auf dem Flur zurücklassen – vielleicht wollte aber auch das Kind nicht allein dort bleiben.*

*Es interessiert mich nicht. Ich kann nicht helfen, ich kann niemandem helfen. Ich habe keine Kraft mehr. Ich muss mich wiegen, damit ich nicht den Verstand verliere.*

*Aus dem Augenwinkel nehme ich dennoch den Zwiespalt der Mutter wahr, die mich auf dem Boden kauern sieht. Bin ich gefährlich? Bin ich harmlos? Wie geht man mit einem kaputten Brummkreisel um?*

*»Kann ich Ihnen helfen, Ma'am?«*

*Ich schüttle stumm den Kopf. Meine Nase läuft, meine Augen auch. Vor und zurück. Vor und zurück.*

*Sie muss wirklich dringend zur Toilette. Das Mädchen und*

*seine Mutter tuscheln kurz. Sie lässt die Kabinentür halb offen stehen, pinkelt, spült, zieht sich an, wäscht sich die Hände. Die Augen der Frau brennen sich in meinen Nacken. Die des Mädchens ruhen einfach auf mir. Sie lassen mich die ganze Zeit nicht los. Die Mutter wendet und schiebt den Rollstuhl rückwärts an mir vorbei, als hätte sie Angst, ich könnte plötzlich aufspringen und sie von ihrem Kind fortreißen, so wie der Tod mich von meinem weggerissen hat.*

*Als die Kleine auf meiner Höhe ist, spricht sie mich unvermittelt an. »Das ist ein Fixateur. Der repariert Dinge. Es sieht nur jetzt so schlimm aus. Das geht vorbei«, sagt sie. »Dann kann ich wieder tanzen und durch Pfützen springen.«*

*Ich halte in der Bewegung inne. Unsere Augen treffen sich. Für den Bruchteil einer Sekunde sehe ich die von Baby Jeff hinter ihren schwarzen Pupillen aufblitzen. Sagt man nicht, Augen seien die Fenster zur Seele? Ich beuge mich vor, will etwas sagen, bringe keinen Ton heraus. Mein Blick hängt sich an ihrem Fixateur auf. Glänzender Chrom, Gips, desinfizierte Haut. Der Moment ist vorüber. Die Tür schlägt zu. Das Bild des Fixateurs habe ich behalten.*

Ich reiße mich aus der Vergangenheit los. *Tanzen und durch Pfützen springen,* hat das Mädchen mit dem Fixateur gesagt. Damals klang es wie eine Botschaft für mich. Und heute? Ich starre auf die Metallstäbe, die aus Blues Hinterbein und Hüfte ragen. Ist Baby Jeff irgendwo in Blues Augen zu finden? Wieso fühle ich mich so hingezogen zu dieser kleinen Katze? Wieso ist sie so wichtig für mich? Schicksalsträchtig geradezu! Und doch habe ich gleichzeitig das beinahe panische Gefühl, ich müsse sie unbedingt auf Abstand halten.

Blödsinn, Dawn! Es ist nur eine Katze. Eine sehr süße, verletzte, kleine Katze mit einem Fixateur. *Ein Fixateur repariert Dinge …*

Schluss jetzt. Ich schüttle den Kopf und streichle den maunzenden Irrwisch, der sich schnurrend an mich schmiegt.

»Sie ist noch süßer als beim letzten Mal. Und gewachsen ist sie auch! Kann das sein?«, frage ich. »In so kurzer Zeit?«

River lächelt. »Durchaus möglich. So, wie sie frisst, wäre es kein Wunder.« Er schlägt die Decke, die der kleinen Katze Schutz vor zu viel Sonne und Unruhe geben soll, ein wenig weiter zurück. »Sie macht sich wirklich gut«, sagt er zärtlich und streut Lilly-May ein paar Bröckchen Trockenfutter in die geöffnete Hand. »Lenkst du sie damit ab? Inzwischen ist sie ganz schön flink.«

Lilly-May nickt stolz. Während sie Blue mit dem Futter auf die andere Seite lockt, schließt River eine Zwischenwand im Käfig. Der Bereich mit der Katzentoilette ist nun für sie nicht mehr erreichbar.

»Wir beeilen uns«, verspricht Lilly-May dem verdutzten Kitten tröstend, schiebt die letzten Futterbröckchen durch die Stäbe und öffnet geschickt die Tür der katzenfreien Hälfte.

Grinsend hält River ihr eine kleine Schaufel und ein Eimerchen hin. »Weißt du noch, wie es geht? Sag Bescheid, wenn du fertig bist. Dann kümmern wir uns gemeinsam um den Rest, okay? Darf ich deine Mom inzwischen nach nebenan entführen?«

»Klar.« Sie würdigt uns keines Blickes mehr, völlig vertieft in ihre Aufgabe.

River sieht mich an und seufzt. »Ich bin dir wirklich dankbar, dass du hergekommen bist. Ich habe bereits alles Mögliche für Marge zusammengesucht. Aber ich scheitere gerade gnadenlos daran, ihren Kulturbeutel mit sinnvollen Dingen zu füllen. Welche Creme ist die richtige? Und wo ist der Unterschied zwischen Reinigungsgel und Reinigungslotion?«

Lachend nehme ich seine Hand und ziehe ihn hinter mir her. »Zeig mir das Bad, und dann hilf Lilly-May mit Blue. Ich komm schon klar. Wo hast du denn die Anziehsachen für Marge? Soll ich darauf auch noch mal einen Blick werfen? Sie wird eine Strickjacke benötigen, einen Morgenmantel und Hausschuhe. Und Wechselwäsche natürlich. Shirts, Strümpfe, Unterwäsche … am besten alles aus Baumwolle.«

»Das Bad ist gleich nebenan. Die meisten anderen Dinge habe ich bereits.« Er zeigt auf eine halb volle Reisetasche im Flur. »Aber ein zweiter Blick von dir kann sicher nicht schaden … Bademantel ist eine gute Idee.« Er verschwindet im Schlafzimmer und öffnet eine Schranktür.

»Und was zu lesen«, schlage ich vor, während ich im Bad den Inhalt des Kulturbeutels mit den Utensilien in Marges Spiegelschrank vergleiche. »Löst sie gern Kreuzworträtsel, Sudoku, so was in der Art?«, rufe ich zu ihm hinüber und strecke den Kopf durch die offene Tür.

An einem Haken dahinter entdecke ich einen hübschen apricotfarbenen Bademantel. Den bringe ich ihm mit. River lässt gerade eine geblümte Strickjacke auf die Tasche sinken.

»Sie sagt immer, damit fängt sie erst an, wenn sie alt ist.«

»Hey.« Ich gehe die paar Schritte auf ihn zu und streiche ihm über den Arm. »Alles wird gut.«

Er nickt und nimmt mir den Bademantel ab. »Ja. Natürlich wird es das. Es hat mich nur so geschockt, dass … Was für ein komischer Zufall, dass das ausgerechnet heute Morgen passiert ist, oder?«

Ich grinse. »Falls du damit meinst, ob ich es creepy finde, durch die Schränke deiner Mutter zu wühlen … Ein bisschen, ja.

Andererseits sind wir uns bereits bei unserer ersten Begegnung quasi in Nachtwäsche begegnet. War beinahe klar, dass sich das steigern wird, oder? Hauptsache, deiner Mom ist es nicht unangenehm.«

»Ich hätte mir nur gewünscht, dass das mit uns …« Er macht ein gequältes Geräusch, das mich ein bisschen an einen Waschbären erinnert, den man beim Klauen von Katzenfutter stört. »Dass es sich irgendwie entspannter entwickelt.«

Ich schneide ihm eine Grimasse. »Noch entspannter? Ich denke, nach einer angefahrenen Katze, einem davongelaufenen Kind und einer verletzten Mutter wird uns so leicht nichts mehr umhauen, oder? Danach dürften wir ziemlich sturmerprobt sein! Im Ernst, River.« Ich nehme seine Hände und sehe ihm fest in die Augen. »Ich bin da. Es ist in Ordnung. Und wenn überhaupt, dann ist das kein komischer, sondern ein ziemlich glücklicher Zufall, oder nicht?«

»Danke.« Er zieht mich an sich, linst durch die Tür in Richtung Wohnzimmer und Lilly-May und küsst mich noch einmal.

Ich löse mich seufzend. »Die Zeit rennt. Jetzt geh und kümmere dich um Blue! Ich schaff das hier schon. Und dann ab durch die Mitte!«

# Kapitel 56

*River*

Es dauert ewig, bis sie mich zu ihr lassen, und ich werde das komische Gefühl nicht los, dass sie mir immer noch nicht alles gesagt haben.

Marge hat eine Platzwunde am Kopf und eine leichte Gehirnerschütterung. Die Ärzte haben sie einmal komplett auf den Kopf gestellt, um die Ursache für die kurze Ohnmacht herauszufinden. Zumindest was die angeht, kann mich der Doc beruhigen. Zumal es sich mit meiner eigenen Vermutung deckt: zu wenig getrunken, ein bisschen Aufregung und schnelle Bewegungen – wunderbare Trigger für ihr Herz.

Ein Glück, dass Ned bei ihr war, als ihr schwarz vor Augen wurde. Dennoch ein bisschen ungünstig, wenn man währenddessen mit einer kaputten Hüfte auf einer Leiter steht, um einen Olivenbaum zu stutzen – statt einfach mich anzurufen und darum zu bitten, es zu tun.

»Wieso überhaupt Ned? Und wenn du ihn schon rufst, wieso hast du ihn dann nur die Leiter halten lassen, statt ihn selbst hinaufzujagen?«, frage ich leicht entnervt, während ich den Bademantel quer über die Lehne des Stuhls neben ihrem Bett hänge. So hat sie ihn griffbereit, sobald sie wieder aufstehen darf.

Im Moment soll sie flach liegen – was sie natürlich nicht tut.

»Weil er älter ist als ich, Höhenangst hat und ein Feigling ist«, schimpft sie und schiebt reumütig nach: »Ich will dich eben nicht ständig wegen Kleinigkeiten um Hilfe bitten.«

»Kleinigkeiten«, wiederhole ich murrend. »Sieht man ja.«

»Ned ist trotzdem ein feiner Kerl.«

»Und er hat jetzt kein Loch im Kopf.«

»Na, stell dir vor, *ich* müsste *ihn* jetzt hier besuchen. Das wäre ja vielleicht unangenehm.« Sie tastet nach der Wasserflasche auf ihrem Nachttisch.

Ich reiche ihr stattdessen einen vorbereiteten Becher mit Strohhalm.

Marge schneidet eine Grimasse. »Ich bin zu jung für Schnabeltassen. Wozu zahle ich denn diese teure Krankenversicherung, wenn man mich dann wie ein kleines Kind behandelt?«

»Damit man dich vom medizinischen Standpunkt aus hervorragend behandelt«, korrigiere ich sie nachsichtig. Sie ist sonst nie unleidlich. »Hast du starke Schmerzen?«

Sie gibt mir den Becher zurück, schüttelt unbedacht den Kopf, ein wenig zu schnell, und verzieht das Gesicht. »Autsch. Doch, ein bisschen.«

»Soll ich die Schwester rufen?« Ich greife nach der Klingel.

»Untersteh dich! Die nimmt mir nur wieder das Kissen weg und knallt mich so mit Schmerzmitteln zu, dass ich nicht mehr bis drei zählen kann.«

Schmunzelnd lasse ich los. »Weißt du, was ich an meinen vierbeinigen Patienten so schätze?«

»Was?«

»Sie geben keine Widerworte.«

»Dafür wehren sie sich mit Krallen und Zähnen.« Sie zwinkert mir zu, und ich muss lachen.

»Nur die unerzogenen.« Ich seufze und werde wieder ernst. »Du hast mir einen ganz schönen Schrecken eingejagt, Marge.«

»Ich hab doch gesagt, du sollst dir keine Sorgen machen.« Sie tastet nach meiner Hand. »Ein paar Tage werde ich allerdings außer Gefecht sein.«

Ich ziehe mir den Stuhl heran und setze mich neben sie. »Vielleicht bin zur Abwechslung jetzt mal ich dran, mich um dich zu kümmern?«

Sie verzieht den Mund. »Als ob du das nicht ohnehin schon ständig tust. Du sollst dein Leben leben, Junge.«

»Ich bin dabei«, sage ich schmunzelnd.

»Wunderbar, Themenwechsel, endlich! Das sind doch die wirklich interessanten Neuigkeiten.« Sie klopft meinen Handrücken. Es fällt etwas kraftlos aus, aber ihre Augen leuchten.

»Gibt nicht viel zu erzählen«, behaupte ich.

»Was wohl die Untertreibung des Jahrhunderts ist! Ich lasse mich hier nicht weiter verarzten, wenn du mir nicht die Wahrheit sagst. Also, wehr dich nicht! Sonst stehst du meiner Genesung im Weg. Und das verstößt gegen deinen hippokratischen Eid.«

»Ich bin Tierarzt«, erinnere ich sie.

»Und mein Sohn.«

»Touché«, sage ich resigniert und grinse.

»Dich hat's ganz schön erwischt, oder?«

»Sag's nicht Liz, aber das könnte was richtig Ernstes werden.«

»Ich habe ein gutes Gefühl.« Marges Stimme nimmt einen noch wärmeren Klang an. »Ein sehr gutes sogar. Pass nur gut auf sie auf, und setz sie nicht unter Druck. Sie ist eine Löwenmutter mit einigen Narben auf der Seele und Feuer im Herzen.« Ihr Blick bekommt diesen beiläufigen Zug, den ich ›Marge-Scan‹ nenne. »Magst du Lilly-May?«

»Sie ist ein Goldstück«, antworte ich wahrheitsgemäß.

»Ich habe gehofft, dass du das auch so empfindest.« Marge atmet befreit aus und lächelt hintergründig. »Das ist wichtig für eure Beziehung. Ihr könnt das Beste im anderen zutage fördern, wenn ihr euch gegenseitig Freiheit lasst. Da kommt noch was – denk an meine Worte.«

»Ja, ja«, mache ich gut gelaunt und zwinkere ihr zu. »Genug von mir. Hast du Hunger? Heather und Dawn haben mir ein paar Pancakes mit Ahornbutter für dich mitgegeben.«

Ihre Miene hellt sich auf, aber noch schneller verdunkelt sie sich wieder. Diesmal schüttelt sie den Kopf mit großer Bedächtigkeit. Eine leise Alarmglocke bimmelt in meinem Inneren. Wusste ich's doch.

»Was ist los, Marge? Spuck's aus!«

Trotzig presst sie die Lippen zusammen.

Erwischt!

Aber bevor ich weiterbohren kann, klopft es an der Tür.

Die Stationsschwester lugt herein, öffnet den Spalt etwas weiter – und gibt den Blick auf Dawn frei.

»Was tust du denn hier?«, frage ich überrascht.

Grüßend winkt sie Marge zu und tastet sich näher. »Hi. Ich hoffe, ich störe nicht!? Ich habe gerade unvorhergesehen drei Stunden frei bekommen. Lilly-May wollte gern in der Ferienbetreuung der Schule bleiben. Sie hat dort sofort Anschluss gefunden, und da dachte ich, ich nutze die Gelegenheit und frage mal, wie hier die Lage so ist.«

»Und du hast nichts Besseres zu tun, als freiwillig in ein Krankenhaus zu kommen?«, rutscht mir heraus.

Ein warmes Gefühl durchströmt mich. Am liebsten würde ich sie hochheben, herumwirbeln und mich dann zum Knutschen mit ihr in eine stille Ecke zurückziehen.

Stattdessen stehe ich auf, um der Schwester Platz zu machen, die Marges Infusion und den leise piependen Monitor neben dem Bett überprüft.

Meine Pflegemutter beobachtet die Blicke zwischen Dawn und mir. Ihre Mundwinkel zucken.

Dawn lächelt, dreht die Handflächen nach oben und hebt unschuldig die Schultern. Dann wendet sie sich an Marge. »Kann ich etwas tun? Wie geht's Ihnen?«

»Tja, ich habe ein paar Tage frei bekommen, so wie's aussieht. Aber Unkraut vergeht nicht, und ich habe einen ziemlich guten Schutzengel.« Sie zupft die Schwester spielerisch am Kittel. »Würden Sie das meinem Besuch bitte auch noch mal bestätigen? Und dann schmeißen Sie die jungen Leute raus. Mein Sohn macht anscheinend alle verrückt.«

Die Nurse lässt grinsend den Tropf los. »Mit Engeln kenne ich mich nicht so aus, und bis wir Sie abholen, haben Sie noch zwei Stunden Zeit. Kein Stress von meiner Seite also. Genießen Sie die Ablenkung! Nur das Wasser kassiere ich jetzt ein.«

»Moment mal … Zwei Stunden bis was? Marge?«

Meine Mutter schließt mit einem leisen Stöhnen die Augen und kraust die Nase.

Die Schwester zieht die Augenbrauen in die Höhe. »Sie haben es nicht erzählt? Aber Sie sollten doch …«

Marge zieht schweigend und sehr vorsichtig ihre Bettdecke ein Stückchen höher. Die Augen hält sie eisern geschlossen. Ich wette, sie fühlt meinen Laserblick.

»Oh-oh«, macht die Schwester. »Bin schon weg.«

»Ich sollte wohl auch lieber … Ich warte draußen«, flüstert Dawn und zeigt auf die Tür.

»Nein, bleib!«, antworten Marge und ich wie aus einem Mund.

»Ist ja schon gut«, murrt meine Mutter und kniept durch ein Auge. »Es ist die Hüfte. Ich muss operiert werden. Am besten heute noch, sagt der Doc.«

Ich atme tief durch. Dawn kommt so nah zu mir, dass ich ihre Körperwärme spüren kann, und legt mir beruhigend eine Hand auf den Rücken.

»In zwei Stunden also … Und wann genau wolltest du mir das sagen?«

»Gar nicht?« Marge lächelt schief. »Siehst du, jetzt macht ihr euch doch Sorgen! Der Doc sagte, es sei Routine und dass ich hinterher auf jeden Fall besser und schmerzfreier laufen kann als jetzt.«

Ich kneife die Brauen zusammen und mustere sie finster. »Ist das der Grund, weswegen man mir am Telefon nur so schwammig Auskunft gegeben hat?«

Sie nickt trotzig. »Oberschenkelhalsbruch. So, jetzt ist es raus.«

»Na, das erklärt einiges.« Ich schnaube.

»Was machen wir denn jetzt mit Blue?«, fragt sie kläglich.

»Da findet sich eine Lösung«, brumme ich. »Zur Not frage ich Cathy.«

»Nur über meine Leiche!«, protestiert Marge. »Das Mädel ist ein Goldstück, aber das ist keine gute Idee.«

»Hast du eine bessere?«

»*Ich* hätte eine«, meldet sich Dawn zu Wort.

# Kapitel 57

*Dawn*

»Was haltet ihr davon, wenn wir Blue zu uns nehmen würden?« Meine Stimme zittert ein wenig, als ich den Satz endlich herausbringe, auf dem ich jetzt schon eine ganze Weile herumgekaut habe.

»Du meinst, für die Zeit, die Marge hier im Krankenhaus ist?« River sieht mich seltsam an. »Das ist nett gemeint, Dawn. Aber ich weiß nicht, ob …«

Ich schüttle den Kopf und hole tief Luft. »Nein. Für immer. Dieses Kätzchen hat uns letztlich zueinandergeführt. Ich habe Blue vom ersten Moment an in mein Herz geschlossen. Sie kann nichts dafür, dass sie gleichzeitig die schlimmsten Erinnerungen meines Lebens getriggert hat. Vielleicht war das sogar wichtig. Ich will nicht länger weglaufen. Ich meine, was sollen Blue und Lilly-May und Marge denn noch anstellen, damit ich klein beigebe?« Ich grinse schief. In meinem Magen kribbelt und knistert es, und ich fühle mich immer noch ein wenig wacklig auf den Beinen.

Was die beiden nicht ahnen können, ist, was vor einer Viertelstunde in der Lobby mit mir geschehen ist. Ich weiß nicht, ob es der Geruch dieser speziellen Sorte Desinfektionsmittel war,

Kinderweinen, das plötzliche Jaulen eines Martinshorns draußen oder das schrille Klingeln eines Telefons. Vermutlich alles auf einmal.

*Mir bricht kalter Schweiß aus und setzt sich klebrig auf meine Schläfen. Ich habe ein Pfeifen im Ohr, das mich in die Knie zwingen will, zurückverfrachten in jene Nacht in Vegas, in das Reich meiner Albträume.*

*Aber ich will nicht mehr. Ich weiß, dass ich mich genug gequält habe. Mein Baby ist nicht an diesem Ort. Es ist längst weitergezogen. Und ich muss das auch. Ich darf es. Mir tanzbare Pfützen suchen. Damit ich sein Lachen wieder höre. Seins, Lilly-Mays und mein eigenes.*

*Es ist nur ein Krankenhaus. Menschen sterben hier. Ja. Aber noch viel mehr werden gesund.*

*Tag für Tag.*

*Leben.*

*Ich blicke auf das Handy, das ich in meiner Hand halte. Ein Anruf in Abwesenheit – von Jesse. Was kann er wollen? Hat er einen sechsten Sinn dafür, dass ich mich endlich freischwimme? Er versucht es noch einmal. Das Telefon vibriert in meiner Hand. Ich will ihn wegdrücken und lande aus Versehen im Einstellungsmenü.* Anrufer für sieben Tage blockieren? *Ich wähle:* Ja.

*Ja, verdammt! Lass uns in Ruhe, Jesse! Ich habe gerade wieder zu leben begonnen.*

»Ich möchte für Blue da sein. Ich möchte, dass Lilly-May für Blue da sein darf. Das würde uns guttun. Und wir würden Blue guttun. Wir könnten uns gegenseitig heilen helfen und Lebensfreude schenken. Und, na ja, ein Zuhause.«

River fasst nach meiner Hand und streichelt nachdenklich

über die Adern auf meiner Haut. »Hast du dir das gut überlegt? Ein Tier ist nichts, das man hin und her … Und nur weil wir … Es darf hier nicht um uns gehen.«

»River«, unterbricht ihn seine Mutter. »Das weiß sie.«

Ich nicke und verschränke meine Finger in seinen. »Die Verantwortung ist mir durchaus bewusst. Das war genau der Grund, weswegen ich mich so lange dagegen gesträubt habe.«

»Und was ist jetzt anders?«, fragt Marge sanft. Es ist nicht als Provokation gemeint. Ihr Gesichtsausdruck drückt Zustimmung aus und will mir Mut machen weiterzusprechen. *River ist Tierarzt durch und durch*, lese ich daraus. *Er ist nur besorgt um das Wohl seiner Schützlinge.*

Also fasse ich mir ein Herz und versuche, es zu erklären. »Die vergangenen Tage haben mir gezeigt – *du* hast mir gezeigt …« Nein. So wird das nichts. Ich setze noch einmal neu an. »Es ist vielleicht albern. Aber je mehr ich mich dagegen wehre, desto hartnäckiger zeigt mir das Universum – oder wer oder was auch immer –, wie dringend dieses Kätzchen in unser Leben will. Also wird es wohl einen Grund dafür geben. Ich weiß nicht genau, welchen … Wobei … Doch, das weiß ich durchaus. Ich wollte es nur nicht wahrhaben. Blue ist so fröhlich, so verspielt. Und wenn ich sie zusammen mit Lilly-May sehe, dann sehe ich ganz deutlich, wie wichtig und richtig dieser Schritt war, Vegas und alles, was damit verbunden ist, hinter uns zu lassen. Aber nur hierherzukommen genügt nicht. Jetzt müssen wir das hier mit Leben füllen, damit es Bestand hat und damit uns die Vergangenheit nicht wieder einholt.« Ich stocke ein wenig. »Mit Freude. Und Tanz. Und Liebe.« Ich halte mich an Rivers Hand fest und atme tief durch. »Ich will nicht an einem neuen Ort so weitermachen wie bisher, funktionieren, mich anpassen, eine Tretmühle durch die andere ersetzen. Mit dem Job in der Werbeagentur wäre ich beinahe in diese Falle getappt. Ich möchte vollständig Ja sagen zu unserem neuen Leben. Weißt du, ich habe hier im Valley das Gefühl, wann immer ich mich in die richtige Richtung bewege, wird alles wärmer – und wenn ich das Gegenteil tue, fühle ich beinahe körperlich die Kälte.«

»Wie beim Blinde-Kuh-Kinderspiel.« Marge schmunzelt.

Überrascht sehe ich sie an. Ich hatte ihre Anwesenheit gerade ausgeblendet. Dabei ist es gut, dass sie da ist. Wundervoll sogar.

»Ja, genau so. Das trifft es ziemlich gut!« Dann blicke ich wieder zu River. »Mit Blue, mit dir … das fühlt sich *richtig* an. Leicht.«

Von Jesse sage ich nichts.

»Oh, leicht ist was anderes, das sag ich dir!«, wirft Marge kichernd ein. »Ähm, kleine Katzen sind eine Herausforderung, meine ich«, schiebt sie schnell hinterher, als River sie strafend ansieht.

Bedächtig spreche ich weiter. »Ich habe mir eine Frist bis zum Ende des Sommers gesetzt. Keine Ahnung, wo wir dann stehen werden. Niemand weiß das. Diese Zeit möchte ich mir nehmen, um mich zu orientieren. Ich habe ein wenig Geld für Lilly-May und mich zurücklegen können. Mein Anteil steckt größtenteils im Van, der Rest ist als Absicherung für Lilly-May gedacht. Aber die Montessori-Schule ist günstiger, als ich angenommen hatte. Das vergrößert unseren Puffer. Ich habe ja kaum Ausgaben, solange wir bei Heather wohnen. Und zur Not ziehen wir in den Van, bis ich einen Job gefunden habe, der wirklich zu mir passt – dafür war er ja gedacht. Oder wir suchen uns eine billige Wohnung, und ich verkaufe das Ding wieder. Bis zum Herbst sollten wir ganz gut über die Runden kommen. Danach sehen wir weiter. Ich übe gerade, Dinge auf mich zukommen zu lassen.« Ich wage es nicht, River in die Augen zu sehen, als ich das sage. »Realistisch betrachtet, gibt es viele Unbekannte in der Gleichung. Das weiß ich. Und ich würde lügen, wenn ich behaupten würde, ich wüsste, was nach dem Sommer sein wird. Ein Animal Shelter würde uns vermutlich in dieser Situation kein Tier anvertrauen. Aber ihr könnt mir glauben, wenn wir Blue aufnehmen, wird sie zu einem Teil unserer Familie.« Ich lächle zittrig. »Und Familie ist für immer. Egal, was wird.«

»Mich hattest du schon am ersten Abend überzeugt. Blue hat ein Zuhause verdient, wo sie geliebt und verstanden wird«, sagt River leise und küsst mich zart.

Ich schiele ein wenig verlegen zu Marge, die dezent ihre Fingernägel betrachtet.

Dann nicke ich bedächtig. »Das verspreche ich.«

»Amen«, sagt Marge inbrünstig, klopft auf ihre Bettdecke und seufzt. »Dann kann ich ja Liz Bescheid geben, dass sie nur die Blumen zu gießen braucht.«

# Kapitel 58

*River*

»Allein bei dem Gedanken, dass du ruhelos wie der Panther in Rilkes Gedicht hier auf und ab tigerst, bis ich aus dem Aufwachraum zurück bin, bräuchte ich die doppelte Dosis Narkosemittel. Und das ist Gift für meinen Kreislauf.«

In ihrer unvergleichlich pragmatischen Art komplimentiert Marge uns, mit allerlei Aufträgen versehen, innerhalb von fünf Minuten geschickt zur Tür hinaus.

»Also verschwindet, na los, macht schon! Kümmert euch um Blues Umzug, und heute Abend will ich alles darüber erfahren, was Lilly-May zu dieser Riesenüberraschung ihrer Mom gesagt hat – am Telefon! Für Besuch werde ich zu kaputt sein, schätze ich. Morgen könnt ihr gern wiederkommen, also du, River. Diese junge Dame hier hat genug um die Ohren. Vergraul sie dir nicht gleich, indem du sie ständig in Krankenhäuser schleppst!« Sie zwinkert Dawn verschmitzt zu.

Aber ich bemerke die Schweißperlen auf ihrer Oberlippe. Die Wirkung des Schmerzmittels lässt nach.

»Soll ich dir die Schwester noch mal reinschicken?«, frage ich.

»Tu, was du nicht lassen kannst, aber auf dem Weg nach draußen.«

Ich hauche meiner Mutter einen Kuss auf die Stirn und trete gehorsam den Rückzug an.

»Gute Besserung!«, wünscht Dawn.

Erst draußen auf dem Parkplatz registriere ich, dass sie verändert wirkt. Als ob eine Angespanntheit von ihr abfällt, die mir vorher nicht aufgefallen ist, weil ich mich so auf Marge fokussiert habe. Ich glaube nicht, dass es dabei nur um Blue oder die Sorge um meine Mutter geht.

»Alles in Ordnung?«

»Ja, natürlich, alles gut.« Sie lächelt tapfer, und es wirkt, als würde sie sich durch einen letzten Nebelrest ins Freie kämpfen.

Ich lege den Kopf schief. Damit gebe ich mich nicht zufrieden.

»Krankenhäuser«, erklärt sie verlegen. »Irgendwas in diesen Räumen bringt die Vergangenheit immer hoch, wenn ich am wenigsten damit rechne.«

»Das tut mir leid«, sage ich betroffen und schließe sie in meine Arme. »Du hättest nicht herkommen müssen.«

»Ich wollte aber«, sagt sie energisch und streicht mir über den Rücken. »Und es ist okay, sich damit auseinanderzusetzen. Das gehört dazu. Pralles Leben eben. Ich kann ja schlecht mein ganzes Leben in einem Wattebausch verbringen.« Trotzig reckt sie ihr Kinn, küsst mich und klimpert mit ihrem Autoschlüssel. »Ich habe jetzt noch maximal eine Stunde, um Ton zu kaufen, Heather über den Familienzuwachs zu informieren und eine Katzeninvasion vorzubereiten, ohne dass Lilly-May etwas mitbekommt. Und du so?« Sie wird wieder ernst. »Entschuldige. Wie geht es dir? Das muss ein ziemlicher Schock für dich gewesen sein, oder?«

Ich wische ihre Sorge mit einem Lächeln weg. »So was ist

typisch für Marge. Willkommen in meiner Welt. Es tut mir leid. Anscheinend gehen wir gleich richtig in die Vollen.«

»Mitgefangen, mitgehangen, alles andere wäre langweilig, oder?«

Ihre Augen fangen Lichtreflexe ein und sprühen vergnügt im Sonnenlicht. Aber noch bezaubernder finde ich das Meer aus klitzekleinen Fältchen, das rundherum entsteht, wenn sie so unbeschwert lacht, wie sie es jetzt tut. Mein Herz schlägt schneller, und ich habe schon wieder das Bedürfnis, sie an mich zu ziehen und nie wieder loszulassen. Ich weigere mich einfach, an irgendetwas anderes zu denken als an den gegenwärtigen Augenblick. Ich konzentriere mich nur auf das Gefühl, sie zu halten und wie intensiv sie meine Umarmung erwidert.

»Mein Schaaatzzz«, flüstere ich albern an ihrem Ohr und knabbere an ihrem Ohrläppchen.

Seufzend macht sie sich los. »Ich kann mir ja kaum etwas Romantischeres vorstellen, als auf einem Krankenhausparkplatz mit dem heißesten Tierarzt von Monterey County herumzuknutschen, der sich soeben in Gollum verwandelt, aber …«

»Die Katzeninvasion, ich weiß. Du bist dir wirklich ganz sicher, dass dir das nicht zu viel wird?«

»Überhaupt nicht«, gibt sie mit entwaffnender Ehrlichkeit zu. »Meine einzigen Erfahrungswerte sind kleine Kinder. Wenn es auch nur halb so anstrengend wird, eine kleine Katze großzuziehen, wird es Momente geben, in denen ich sie zum Mond wünschen werde, und dich gleich mit. Aber wenn ich Blue auch nur halb so sehr lieben werde wie meine Kinder – und sie hat ja jetzt schon mein Herz erobert –, dann wird das alles andere aufwiegen.«

»Marge hat recht«, rutscht mir heraus.

»Womit?« Neugierig zieht sie die Augenbrauen in die Höhe.

»Du bist eine Löwenmutter.«

»So, so«, kommentiert sie schmunzelnd. »Ihr redet also über mich.«

Ich zucke mit den Schultern und stehle ihr noch einen Kuss. »Was hältst du davon, wenn ich euch Blue nachher vorbeibringe? Aber ich benötige ein bisschen Vorlauf. Ich hatte versprochen, nach der Sprechstunde mit Bro an den Strand zu fahren. Sonst steht nichts weiter in meinem Terminkalender für heute Nachmittag, und ich brauche dringend etwas mehr zu tun, um mich abzulenken.«

»Gute Idee. Dabei helfe ich dir gern«, behauptet sie und legt ein vielsagendes Lächeln auf. »Ich würde dich supergern ans Meer begleiten. Das würde mir auch guttun. Aber ich muss zuerst einkaufen und mit June telefonieren. Heather hat mir ihre Nummer gegeben, und nun wartet sie auf meinen Anruf.«

Ich nicke. »Eins nach dem anderen. Für Blue wird es am besten sein, wenn ich sie erst vorbeibringe, wenn bei euch Ruhe eingekehrt ist. Ich nehme sie schon mal mit in die Praxis. Cathy hält dort für mich die Stellung, ich rufe sie eben an und sage ihr Bescheid, dass ich mich zur Sprechstunde ein bisschen verspäte. Marges Farm liegt von hier aus auf dem Weg. Dann ist Blue nicht so lange allein, und der Verbandswechsel ist ohnehin mit vier Händen einfacher zu bewerkstelligen.«

»Oje. Muss ich schon an Tag eins ein schlechtes Gewissen haben? Und was sollte ich eigentlich alles an Erstausstattung besorgen?«

»Das hat Zeit, da machen wir irgendwann eine Shoppingtour mit Lilly-May. Ich bringe alles mit, was ihr fürs Erste braucht. Aber das kostet noch einen Kuss.«

Dawns Mundwinkel zucken. »Oh, na dann bezahle ich am besten gleich meine Schulden. Nimmst du Zinsen?«

»Wucherzinsen.«

»Sehr gut.«

In der Sprechstunde ist zum Glück nicht viel los. Cathy hat bereits alle versorgt, die nur Medikamente oder einen schnellen Rat benötigten, und diejenigen abgewimmelt, die morgen wiederkommen können.

Es fällt mir anfangs schwer, mich zu konzentrieren und in meiner gewohnten Gelassenheit auf Alltagszipperlein und besitzerverschuldete Verletzungen zu reagieren. Die Arbeit lenkt mich trotzdem ab.

Blue lässt sich schnurrend von Cathy das Fell kraulen, die mir anbietet, noch eine Weile bei ihr zu bleiben und sogar die Praxis durchzuwischen. Das Angebot nehme ich gern an. Ich schätze, im Deli ihrer Eltern könnte sie genauso den Boden schrubben. Aber aus Gründen, die ich ziemlich gut nachvollziehen kann, macht es in einer Tierarztpraxis einfach mehr Spaß. Mir zumindest, wenn ich vor die Wahl gestellt würde … Vielleicht zahle ich auch besser? Ich unterstelle einfach mal, dass es vor allem an Blues zuckersüßem Babykatzenblick liegt.

Ich beruhige meinen knurrenden Magen mit einem Müsliriegel aus dem Schreibtischschubfach und fahre im Anschluss reichlich verspätet weiter zu Stan, wo mich Bro schwanzwedelnd begrüßt. Außer sich vor Freude springt er an mir hoch, als wäre er in seiner zweiten Pubertät und nicht alt und krank.

»Bist spät dran. Er hat schon auf dich gewartet«, brummt Stan freundlich. »Eure Trips scheinen ihm wirklich gutzutun.«

»Mir auch«, gebe ich lächelnd zurück.

Kurz muss ich an Edgar denken, an das Foto auf dem Kaminsims seines Frauchens und an unser Gespräch. Ich war noch einmal dort, so, wie Dawn es mir geraten hatte. Ich hatte ihr anschließend davon erzählen wollen, weil sich im Gespräch mit Mrs. Meyer noch eine Menge mehr ergeben hat, aber ich wusste nicht, wie davon anfangen, zumal Mrs. Meyer sich Bedenkzeit erbeten hatte.

»Eins nach dem anderen«, raune ich dem alten Hund zu und geleite ihn auf die andere Wagenseite, um ihm dort beim Einsteigen zu helfen.

Stan unterbricht mich mit einem beinahe schüchternen Räuspern, als ich die Tür bereits in der Hand habe. »Würdest du dir meine Mary mal ansehen, bevor ihr fahrt? Sie will sich nicht melken lassen, und das Euter fühlt sich heiß an. Bestimmt nichts Schlimmes, aber wenn du schon mal hier bist …?«

»Klar.«

Ich werfe einen Blick auf Bro, der sich bereits allein auf den Beifahrersitz gehievt hat. Der Wagen steht im Schatten, die Fenster sind heruntergekurbelt, und die Tür kann offen bleiben. Wenn ihm zu heiß wird, hat er jederzeit die Möglichkeit, sich unter die Büsche zu legen, wo es schön kühl ist.

Ich luge kurz auf mein Handy und zwinge mich, nicht an Marge zu denken. Sie oder die Ärzte werden sich melden. Wollte ich Ablenkung? Hier habe ich sie.

Mary meckert, und das mit Recht. Es ist eine Euterentzündung. Nicht dramatisch, aber das könnte es schnell werden. Mastitis ist tückisch. Ich nehme eine Milchprobe fürs Labor und gebe der braunen Ziege ein Breitbandantibiotikum und Vitamin C. Zur Versöhnung kraule ich sie nach der Spritze ausführlich zwischen den Hörnern. Zum Glück hat Stan sie bereits vorausschauend von den anderen Tieren separiert.

»Sonst kannst du nichts tun?« Er klingt ein wenig kurzatmig, und ich frage mich, ob er sein eigenes Asthmaspray so regelmäßig nimmt, wie er soll.

Ich schüttle den Kopf. »Wir müssen das Laborergebnis abwarten. Dann kann ich dir gezielt Medikamente raussuchen. Das Antibiotikum hat eine Depotwirkung. Wenn es schlechter wird, sag sofort Bescheid. Wichtig ist, dass du ihr dreimal täglich Vitamin C und Dolomit gibst und sie von den anderen getrennt hältst.« Ich reiche ihm die Beutelchen mit den abgefüllten Medikamenten. »Ihre Milch musst du in den nächsten Tagen unbedingt wegschütten. Die darf weder an die Einstreu gelangen, noch sollte Bro sie trinken. Aber das weißt du ja alles.« Ich deute auf das Zicklein, das mich vorwurfsvoll anstarrt. »Trinkt Junior hier schon aus dem Eimer?«

Stan nickt. »Das kriegen wir hin. Haben schon ganz andere satt bekommen.«

»Wunderbar. Sonst alle fit? Hast du noch genug von den Kortison-Tabletten für Bro?«

Er nickt noch einmal, und ich schließe meine Tasche.

»Was bin ich dir schuldig?«

Wir gehen zum Wagen. Bro hat sich auf dem Beifahrersitz zusammengerollt und schnarcht.

»Einen weiteren Nachmittag mit Bro am Strand«, sage ich inbrünstig.

Stan winkt ab. Er hustet und geht kopfschüttelnd ins Haus. »Irgendwann brauchst du wirklich mal einen eigenen Hund, Junge. Ich kann dir nicht immer mit meinem aushelfen. Oder noch besser: Such dir 'ne Frau!«

»Ist ja gut«, rufe ich ihm lachend nach. »Ich arbeite dran. Aber dann musst du selbst mit deinem Hund zum Inhalieren ans Meer. Wie wäre das? Deal?«

# Kapitel 59

*Dawn*

Es war goldrichtig, zuerst June anzurufen und dann einkaufen zu fahren.

Ich vertrödle viel zu viel Zeit in dem riesigen Geschäft für Künstlerbedarf, von dem sie mir am Telefon erzählt hat, und muss mich zwingen, nicht den halben Laden leerzukaufen.

June klang supersympathisch. Ich freue mich riesig darauf, ihre Einladung anzunehmen und sie in ihrem Atelier zu besuchen – am liebsten morgen schon, wenn's nach mir ginge. Ich darf Junes Brennofen nutzen! Mein Herz klopft vorfreudig, und ich bin kurz davor, Anlauf zu nehmen und wie ein kleines Kind mit dem Einkaufswagen durch den Gang zu schießen. Aber wann ich die Einladung annehmen kann, wird auch davon abhängen, wie es mit Blue läuft, ob Lilly-May wieder in die Ferienbetreuung möchte … und irgendwie auch, wie es mit Marge weitergeht.

Meine Gedanken springen wild durcheinander. Ich weiß, dass es mich nichts angeht und nicht meine Baustelle ist, sondern Rivers. Eigentlich. Aber ich mag seine Mom eben richtig gern, und nach der Aktion von Lilly-May habe ich das Gefühl, ihr etwas schuldig zu sein. Ich bin hier, ich habe Zeit … Zeit, die ich mit Sinnvollem, mit Positivem füllen möchte. Mit schönen Dingen. Himmel, diese Beziehung entwickelt sich wirklich im Zeitraffer. Hauptsache, es geht alles gut mit der Operation. Ich hasse Krankenhäuser. Ich hasse den Geruch in der Notaufnahme.

Nicht daran denken, nicht schon wieder an Baby Jeff und Jesse denken.

Jede Anwandlung in diese Richtung bedeutet eine höllische Abwärtsspirale.

Und »Artist's Heaven« ist der Himmel auf Erden, trübe Gedanken hat dieser Ort nicht verdient! Ich atme tief durch und lasse den Blick durch die Halle schweifen. Das Sortiment ist fantastisch – allein die bunten Glasuren! Ich könnte stundenlang in all den Farben schwelgen oder mich durch die vielen Bücher mit Anregungen schmökern. Wohlweislich halte ich mich nur in den Gängen mit Keramik und Modelliermasse auf. In die andere Hälfte der Halle – dort, wo ich auf die Entfernung Leinwände, Pappen und meterweise Farben und Pinsel ausmache – wage ich mich gar nicht erst.

»Mein inneres Zumba«, murmle ich mit einem breiten Grinsen im Gesicht und lege dann doch diese eine Packung Glasurpulver in meinen Wagen, die mich schon die ganze Zeit anlacht: Sonnengelb mit blauen Sprenkeln sieht sie auf der Musterscherbe aus. Perfekt für Katzennäpfe!

Ich könnte schier platzen vor Glück. Es geht mir richtig gut mit der Entscheidung, Blue zu uns zu holen. Und gleichzeitig habe ich ein schlechtes Gewissen, dass es dafür quasi Marges gebrochene Hüfte brauchte. Ich hoffe so sehr, dass mit ihrer OP alles glatt verläuft!

Seufzend gehe ich die Dinge in meinem Einkaufswagen durch. Jetzt fehlt mir nur noch der Messingring für Marges

Türklopfer. Dafür muss ich wohl in einen Hardwarestore. Obwohl … Ich schiebe mein Wägelchen in Richtung eines Wegweisers zu Dekor-Kleinteilen. Ha! Unglaublich! In »Artist's Heaven« gibt es alles!

Ich muss unbedingt noch mal wiederkommen, und dann nehme ich Lilly-May mit.

Als kleines Mitbringsel bekommt sie heute ein neues Ausmalheft mit Mandalas in Katzenform. Das wird sie lieben!

Ein bisschen beunruhigt bin ich nur, weil River sich noch immer nicht gemeldet hat. Ich ziehe mein Handy aus der Hosentasche. Kein Anruf. Aber es wird höchste Zeit, zurück ins Valley zu fahren und Lilly-May einzusammeln.

Sie wird hungrig sein. River sicher auch. Ich könnte mit Lilly-May Mac and Cheese machen. Nach all der Aufregung wird River vielleicht froh sein, wenn er nicht selbst kochen muss. Ich frage ihn einfach. Während ich mich in der Schlange zur Kasse einreihe, wähle ich seine Nummer.

Er geht nach dem zweiten Klingeln ran. »Tierarztpraxis River Jordan?«

Ich muss mir ein Schmunzeln verkneifen, wie immer, wenn er sich mit seinem vollen Namen meldet.

»Guten Tag, sagen Sie, bin ich da richtig bei der katholischen Hundebadeanstalt?«

»Dawn! Hey, wie läuft's bei dir?« Er klingt müde, aber immerhin habe ich ihm einen kleinen Lacher abgerungen.

»Hast du schon etwas von Marge gehört?«

»Noch nicht.« Er stellt auf Lautsprecher.

Ich höre Fahrgeräusche. Anscheinend ist er im Auto.

»Okay, dann will ich die Leitung nicht lange blockieren, nur ganz kurz: Was hältst du von Mac and Cheese mit einem kleinen Twist? Ich könnte mit Lilly-May kochen, und dann bringen wir das Ergebnis zum Strand. Heather hat bestimmt irgendwo Thermosgeschirr. Einverstanden?«

»Mit einem kleinen Twist, ja?«

»Nichts Besonderes. Ich brate gern Pink Grapefruit in Scheiben dazu. Die fruchtige Säure nimmt dem Käse ein wenig die Schwere.«

»Das klingt, als wärst du meine höchst verführerische Lebensretterin. Aber ich werde noch mindestens anderthalb Stunden brauchen, bis ich dort bin.« Im Hintergrund höre ich Bro bellen. »Ich bin gerade auf dem Weg ins tiermedizinische Labor, eine Notfallprobe abgeben.«

»Oh, noch was Schlimmes?«

Ich muss an Edgar und Marge denken und vermute, dass er es auch tut.

»Gut behandelbar«, sagt er und räuspert ein Kratzen weg.

Ich spüre die Angespanntheit in seiner Stimme.

»Wenn einer helfen kann, dann du.«

»Danke, dass du an mich glaubst.«

Anscheinend habe ich richtiggelegen. Versunken lächelnd schiebe ich meinen Wagen einen Meter weiter.

»Habe ich von meiner Tochter gelernt.«

»Ihr seid die Besten. Ich vermisse dich. Bis später!«

»Ich dich auch«, sage ich und werde rot, weil ich bereits dran bin und die Verkäuferin mich vielsagend anlächelt. »Sind Sie zufrieden mit Ihrem Einkauf bei ›Artist's Heaven‹? Haben Sie alles gefunden, was Sie gesucht haben?«

»Könnte nicht besser sein«, sage ich aus vollem Herzen. »Ein Traum.«

Die Kassiererin legt mir noch einen Flyer in eine der Tüten. Ein Kunsthandwerkermarkt in Carmel-by-the-Sea, in zwei Wochen schon. Hatte June den nicht auch erwähnt? Das wäre auf jeden Fall ein schöner Ausflug für Lilly-May und mich – und vielleicht hat River ja auch Lust mitzukommen.

Gut gelaunt schiebe ich den Wagen mit meinen Einkäufen auf den Parkplatz und wuchte eingeschweißte Zehn-Kilo-Quader mit Ton in verschiedenen Farben und Schamottierungen in Heathers Kombi. Mittendrin vibriert mein Handy.

River.

Ich schicke ein Stoßgebet in den blauen Himmel, bevor ich antworte. »Ja?«

»Alles gut verlaufen. Die Schwester hat eben Entwarnung gegeben. Ihr ist noch ein bisschen duselig und flau von der Narkose, aber das ist ja nur zu verständlich. Heute Abend werde ich noch mal nach ihr sehen, nachdem ich euch Blue vorbeigebracht habe. Jetzt schläft sie erst mal ihren Rausch aus.«

»Das sind wundervolle Neuigkeiten, River. Danke fürs Bescheidgeben.«

»Ich freu mich auf euch. Wann kommst du? Ich brauche jetzt dringend jemanden zum Herumwirbeln, und Bro wehrt sich. Undankbarer Hund.«

Lachend schließe ich die Kofferraumklappe. »Na, dann fahre ich wohl besser mal los. Bis später!«

# Kapitel 60

*River*

Blue lebt sich sehr gut in ihrem neuen Zuhause ein – die Wunde heilt zu meiner vollsten Zufriedenheit. Dawn und Lilly-May kümmern sich hervorragend um ihr Pflegekind und neues Familienmitglied – was auch nicht anders zu erwarten war.

Der angenehme Nebeneffekt des Umzugs der kleinen Käfigkatze ist, dass ich dadurch eine wunderbare Ausrede habe, sehr viel Zeit in einem gewissen Gästehaus auf der Nandana Ranch zu verbringen. Lilly-May weicht der kleinen Katze nicht von der Seite, und ich gebe zu, dass es ziemlich prickelnd ist, immer wieder neue Nischen für ungestörte Zweisamkeit zu finden: einen Spaziergang durch die Weinberge oder hinunter zur Box etwa, wo Dawn mir nicht nur ihre neuen Werkstücke zeigt. Ein defekter Brauseschlauch in der Dusche, der zu zweit repariert werden muss. Ein Streaming-Abend vorm Fernseher. Dann aus- und auf ein anderes Programm umschalten, nachdem Lilly-May eingeschlafen ist. Und danach mit einer Decke um die Schultern und einem Glas Wein in der Hand auf der Veranda ins Sternenlicht blicken … Die Tage – und Nächte – vergehen wie im Flug.

Meine zweite Patientin ist nicht ganz so geduldig wie Blue. Marge langweilt sich im Krankenhaus zu Tode.

»Jeder halbwegs vernünftige Mensch in den USA lässt sich morgens aufschneiden und abends nach Hause fahren. Ich weiß nicht, wieso ausgerechnet ich hier tagelang rumliegen muss und hilflos den Fängen dieser Physiotherapeuten ausgeliefert bin!«, beklagt sie sich halb im Ernst, halb im Scherz.

»Weil Joe eine wunderbare Luxus-Krankenversicherung abgeschlossen hat, die dich davor bewahrt, allein in deinem Schlafzimmer zu liegen und dir nicht mal Strümpfe anziehen zu können.«

»Das kann ich hier auch nicht.«

»Aber du wirst es lernen.«

»Wehe, wenn nicht!« Sie droht mir spielerisch. »Danke für deinen Besuch, mein Junge. Und jetzt geh schon, und bring wenigstens meine Seifen ans Meer und in die Sonne – und die beiden bezaubernden jungen Damen natürlich auch!«

Ich verneige mich lachend. »Wie Ihr wünscht, Majestät. Ich bin schon unterwegs.«

Sie seufzt. »Mach Fotos vom Markt für mich, ja? Danke, dass ihr das für mich übernehmt!«

»Kein Problem. Wir freuen uns drauf.«

»Trotzdem. Ich spendiere euch ein Eis.« Sie sieht sich suchend um, dann lächelt sie verlegen. »Auch das noch! Du musst es auslegen, fürchte ich. Ich habe nicht mal Bargeld hier.«

Marge schlägt sich wacker – während ich mir insgeheim Gedanken darüber mache, wie lange sie nach ihrer Rückkehr noch allein auf der Farm klarkommen wird und ob sie überhaupt wieder dort einziehen kann. Der Doc sagte, bei Menschen über fünfundsechzig kann die vollständige Heilung bis zu einem Jahr dauern. »Sie muss wieder gehen lernen, Muskeln aufbauen, sich trauen, das Bein zu belasten. Das braucht seine Zeit. Aber sie ist fit, sie ist agil, und sie hat Hummeln im Hintern – das sind sozusagen gleich drei Asse im Ärmel«, meinte er. Vier sogar, wenn man ihren Sturkopf dazuzählt.

Trotzdem macht das Cloudwalk Haven nicht zu einer barrierefreien Erdgeschosswohnung.

Dad fehlt. Heute vermisse ich ihn besonders. Vielleicht würde mir ein Besuch bei ihm helfen, ein wenig klarer zu sehen, was das Beste für Marge ist?

Im Moment ist sie vor allem frustriert. Das neue Hüftgelenk braucht Zeit, um einzuheilen. Sie darf es in den ersten Monaten nicht weiter als neunzig Grad beugen – und das bedeutet, dass sie mit dem Anziehen von Strümpfen und Schuhen genug Herausforderungen zu meistern hat.

Ich habe mit Engelszungen auf den Arzt eingeredet, dass es zu früh ist, sie unter diesen Umständen nach Hause zu entlassen. Zum Glück hat es genutzt – wobei das ehrlicherweise wohl eher dem Luxustarif ihrer Krankenversicherung zu verdanken ist, in den Dad zu Lebzeiten investiert hat. »Zwei, drei Tage noch«, hat er mir zugestanden. »Länger kann ich es nicht hinauszögern.«

Ich muss mit Liz sprechen und die nächsten Schritte organisieren. Sie würde Marge fürs Erste bei sich aufnehmen oder sogar zu ihr rüberziehen.

Mrs. Meyer habe ich auch einen Besuch versprochen, sie wollte mir dringend von irgendwelchen Neuigkeiten berichten. Das kann ich mit einer Strandrunde für Bro verknüpfen. Stan macht mir zwar momentan mehr Sorgen als sein Hund, aber das ist ein anderes Thema.

Und dann ist da Dawn, die ich Dad so gern zu Lebzeiten vorgestellt hätte. Ich male mir aus, wie ich sie das erste Mal zum Essen mitgebracht hätte. Wie Joe sie hinterher zu einer Partie Schach entführt hätte oder wie wir alle zusammen am großen Wohnzimmertisch gescrabbelt hätten. Joe hätte Dawn vergöttert – und Lilly-May sowieso.

Versunken beobachte ich, wie Dawn mit dem Rücken zu mir an einem Tisch in Marges Garage steht, die letzte der unzähligen Seifen in Seidenpapier schlägt und in einen Karton legt. Mit zarten, langgliedrigen Fingern steckt sie die Laschen so ineinander, dass während der Fahrt nichts herausfallen wird.

Selbst wenn ich nur ihren Rücken und ihre Hände betrachte … Himmel, schon wieder schwirren mir unablässig Gedanken durch den Kopf, die sich um unsere mögliche Zukunft drehen. Eine Zukunft, in der sie ein fester Bestandteil meines Lebens ist. Sie und Lilly-May. Eine gemeinsame Zukunft. Es geht doch gar nicht mehr anders, oder? Ich trete näher.

»Wollen wir auf dem Rückweg kurz am Friedhof anhalten?«, platze ich heraus und ziehe den Karton zu mir heran.

»Hm?« Verwirrt hebt sie den Blick.

Sie sieht mich aus diesen milchig-grüngrauen Augen an, die mich komplett um den Verstand bringen. Jedes Mal, wenn wir uns lieben – und offenbar auch, wenn wir einfach nur mit Kartons voller Olivenseife in einer Garage stehen.

Ich hauche ihr einen Kuss auf die Lippen.

»Dann könnte ich ihn zur Abwechslung mal von Marge grüßen«, versuche ich zu erklären. »Sonst läuft es ja meist umgekehrt.«

»Aha!« Sie lächelt mit dieser paradoxen Mischung verträumter Aufmerksamkeit durch mich hindurch, die mir signalisiert, dass sie nicht viel von dem mitbekommt, was ich sage.

»Es ist so: Irgendwie habe ich das alberne Bedürfnis, euch einander vorzustellen. So, nun ist es raus.«

Zumindest die halbe Wahrheit. Den zweiten Teil kann ich nicht aussprechen. Damit müsste ich zugeben, dass ich zwischendurch irrwitzige Ideen wälze und mir vorstelle, wie es wohl wäre, wenn Dawn und Lilly-May zu mir ziehen würden. Nicht heute oder morgen natürlich. Aber bald. Himmel, ich könnte wirklich gut Dads Rat gebrauchen. Sie kann ja nicht ewig bei Heather in dem kleinen Gästehäuschen wohnen. Bis ich das Loft ausgebaut und renoviert habe, könnten sie vielleicht bei Marge bleiben? Es wäre eine Win-win-Situation für beide. Und gleichzeitig absurd. *Schildkrötenlangsam*, hat sie gesagt. Ich verwerfe den Gedanken.

»Gern«, sagt sie und streicht mir besitzergreifend über den Po, während sie mich zärtlich zurückküsst. »Klingt es creepy, wenn ich sage, ich freue mich, ihn kennenzulernen?«

»Höchstens ein bisschen.«

»Ich hätte ihn wirklich gern kennengelernt«, sagt sie leise.

Mein Magen zieht sich in süßem Schmerz zusammen.

»Du sollst dich aber um Himmels willen zu nichts verpflichtet fühlen! Wir haben Zeit.«

Hoffentlich eine ganze Menge Zeit. Zu zweit und zu dritt, füge ich in Gedanken hinzu. Um noch vertrauter miteinander zu werden. Auf allen Ebenen. Ich denke an unsere letzte gemeinsame Nacht. Gestohlenes Glück auf der Wohnzimmercouch, mit einem Ohr auf Lilly-Mays leises Kinderschnarchen nebenan.

Oh, Dad! Ich habe unglaubliche Angst, das hier zu versauen.

Dawns Blick schlafwandelt zurück zu den in Seidenpapier geschlagenen Seifen in dem geschlossenen Pappkarton. Abwesend nimmt sie eine überzählige Flasche von Marges Olivenöl in die Hand und tippt mit den Fingernägeln gegen das Glas.

»Wenn wir dort sind, wollte ich dich auch noch etwas fragen.« Mein Herz klopft schneller.

»Mhmm«, macht sie abwesend. »Klar. Gern.«

»Okay, was ist es diesmal?«, frage ich, als ich die ungefähre Richtung ihres Gedankendriftens begreife.

Dieses Stadium einer ihrer Kreativschübe kenne ich inzwischen. Hinter Dawns Stirn arbeitet es. Wenn man ihr jetzt einen Stift und ein Blatt Papier – oder zur Not auch eine Serviette, einen Kassenzettel oder eine Schachtel Bonbons – geben würde, finge sie sofort an zu zeichnen.

»Ich habe nur überlegt … Meinst du, ich könnte Marge mit passenden Seifenschalen eine Freude machen? Das könnte ich bis zum nächsten Kunsthandwerkermarkt schaffen. Vielleicht in Schäfchenform … oder ein Geflecht von miteinander verwobenen Olivenzweigen?« Sie stellt die Flasche ab und formt mit ihren Fingern eine verflochtene Schale.

Ich hauche ihr einen Kuss auf die Wange und hebe den Karton hoch, um ihn in den Kofferraum zu stellen.

»Riskier's.«

Dann ziehe ich sie mit der freien Hand an mich und küsse sie noch einmal richtig.

»Das wollte ich hören.« Blinzelnd strahlt sie mich an. »Vielleicht fällt mir fürs Olivenöl auch noch was ein. Diese Glasfläschchen hier sind total süß, aber die hat irgendwie jeder. Ich würde sie rechteckig gestalten. Oder in Form eines Olivenbaumes? Würde ich June damit zu nahe treten? Hat sie so was im Sortiment bei ihrer Gebrauchskeramik? Soweit ich weiß, dreht sie nur, oder?«

»Du meinst, sie arbeitet mit der Töpferscheibe?«

Sie nickt mit nachsichtigem Schmunzeln.

»Glaube ja. Aber davon habe ich keine Ahnung. Frag sie einfach.«

»Gute Idee! Dann besuchen wir sie später auch noch, ja? Deine *beiden* Eltern! Ich muss Marge doch unbedingt vom Markt Bericht erstatten.« Sie zwinkert mir zu.

Ich bin drauf und dran, mich in ihren Augen zu verlaufen. Nur ein Kuss noch, dann geht's weiter.

Am liebsten hätte Marge sich einen Rollstuhl organisiert und ihre Waren eigenhändig verkauft, aber bis sie so weit ist, wird es noch ein Weilchen dauern. Ihre Freundin Claire hat einen Stand auf dem Kunsthandwerkermarkt und sich bereit erklärt, auch Marges Kostbarkeiten zu verkaufen. Meine Mom hat mich von ihrem Krankenbett aus genauestens instruiert, wo ich welche Kartons mit Olivenseife und Öl für den Verkauf finde, und Dawn hat sofort ihre Hilfe zugesagt.

Wir lächeln uns an.

»Können wir die hier auch verkaufen?« Lilly-May kommt mit drei Blütenketten über dem Arm aus dem Haus, als wir gerade mit den beiden letzten Kartons auf dem Weg zum Wagen sind.

»Ach herrje!« Dawn stutzt. »Wo hast du die denn her?«

»Die wachsen hinterm Haus. Ich habe alle gepflückt. Die duften soooo gut! Wie mein Tee, wenn ich Bauchweh habe.«

»Deswegen war es so ruhig dahinten.« Ich verbeiße mir erfolglos ein Lachen. »Das ist die Kamille aus dem Kräuterbeet. Ich schätze, ich brauche jetzt etwas weniger lange zum Gießen.«

»Oh nein! Können wir neue ansäen? Wachsen die schnell genug?« Hilfesuchend blickt Dawn zu mir.

Ich winke lächelnd ab. »Mach dir keine Sorgen!«

Dawns Mimik wechselt zwischen Schreck und Belustigung hin und her. »Lollipop, du solltest die Blumen *gießen*, nicht plündern! Du kannst doch nicht einfach …«

»Aber ich hab die Ketten mit meiner Mühe gemacht!«, sagt Lilly-May. »Die sind bestimmt tausendachtzig Dollar wert. Davon wollte ich uns Eis kaufen. Vanille!« Ihre Augen fangen verdächtig an zu glänzen.

»Und genau das machen wir auch!«, rufe ich schnell. »Das ist ein fairer Preis, finde ich. Wollen wir Marge eine Kette davon schenken? Und das Eis geht sowieso auf mich.«

# Kapitel 61

*Dawn*

Der Kunsthandwerkermarkt ist ein bisschen wie Weihnachten und Schlaraffenland zugleich. Ich kann mich nicht sattsehen an all den einzigartigen Dingen. Glasbläserkunst gibt es hier, Miniaturbilder auf Treibholz, Sonnenuntergänge und Strandleben, gefilzte Taschen, Schmuck, viele lokal produzierte Lebensmittel in hübschen Verpackungen, Seifen, Öle, Kerzen, Keramik. Und alle Menschen sind so unglaublich freundlich, tiefenentspannt und gut gelaunt!

Marges Freundin Claire und June haben ihre Stände gleich nebeneinander und mich sofort liebevoll vereinnahmt, kaum dass ich meinen Karton abgestellt habe. Wir sind sofort auf einer Wellenlänge, reden über Gott und die Welt, über Marge, die ich natürlich lieb grüßen soll, fachsimpeln ein wenig über Keramik und philosophieren über den Mut, den es braucht, seine Existenz auf Kunst zu gründen.

River ist mit Lilly-May in der Menge verschwunden, um ihr das versprochene Eis zu kaufen, nachdem ihre Rabenmutter sich in Diskussionen über die richtige Brenntemperatur von Metallicglasuren und die Vor- und Nachteile der Bemalung vor oder nach dem Schrühbrand verloren hat.

»Soll ich vielleicht jemanden von euch ablösen? Dann könntet ihr euch auch ein wenig umsehen.«

Claire schüttelt lachend ihre hellgrauen Locken. »Danke, Liebes. Vielleicht später, falls ich mir mal die Hände waschen muss.« Sie zwinkert mir gut gelaunt zu.

»Und du?«

»Ich fühle mich hier auch am wohlsten«, gesteht June mir. »Zu viele Menschen auf engem Raum machen mir Angst. Hier habe ich wenigstens einen Tisch zwischen uns und kann nebenbei ein bisschen arbeiten.« Sie hält demonstrativ ihre engobenbekleckstsen Finger und einen gefüllten Gummiballon mit Tülle in die Höhe. »Wer mir zu nah kommt, ist selbst schuld.«

Ein bisschen neidisch schiele ich auf die Farbtöpfchen und die ledertrockenen halb fertigen Teller, die sie sich zur Beschäftigung mitgebracht hat, falls der Kundenstrom abreißen sollte – wonach es allerdings nicht aussieht. In kleinen und größeren Gruppen schieben sich Besucher des Kunsthandwerkermarktes an unserem Stand vorbei und verwickeln uns in Gespräche über die Waren. Genauso gebannt wie alle anderen sehe ich June dabei zu, wie sie unbeeindruckt von dem Trubel die Ränderscheibe bewegt, um gleichmäßige Muster auf eine Müslischale zu tupfen.

Es macht Spaß, Auskunft zu geben, Wechselgeld herauszusuchen und den beiden zu assistieren. Viele von Marges Stammkunden erkundigen sich nach ihr. Es wird sie freuen, wenn ich ihr davon erzähle. Die Zeit vergeht wie im Flug.

»Wir kennen hier schon jeden und alles«, ruft Claire zu uns herüber, als es einen Augenblick ruhiger ist. »Geh du nur, und sieh dich um! Wir kommen auch zu zweit klar.«

Die beiden scheuchen mich fort. Also mache ich mich schlendernd auf die Suche nach meinen beiden Lieblingsmenschen. Das Herz geht mir dabei auf – dieser Markt ist ein berauschendes Fest für alle Sinne! Es duftet nach Blumen, Meer und Sommer. Dazwischen schieben sich abwechselnd Noten von Räucherstäbchen, Honig und anderen Genüssen. Irgendwo spielt jemand Gitarre und singt. Verzückt bleibe ich stehen, schließe die Augen, schnuppere und lausche.

Ich liebe Kalifornien! Das Valley! Carmel-by-the-Sea! Ich liebe diesen Kunsthandwerkermarkt. Ich liebe June und Claire! Und ich verliere immer größere Stücke meines Herzens an River. Was er sagt, was er tut, mit welcher Begeisterung er Kamillenblütenketten gegen Eiscreme tauscht, wie er mit Menschen und Tieren umgeht, wie er mich küsst … wo er mich überall küsst, wenn wir lange genug allein sind … Verstohlen beiße ich mir auf die Unterlippe. Ich komme mir vor wie in einem Traum, aus dem ich niemals erwachen möchte. Es muss ein Traum sein.

Und dann wieder bohrt da diese unbestimmte Angst, die irgendwo tief in mir hockt und lauert. Sie sucht nach verborgenen, winzigen Löchern, an denen sie nagen kann. Bis sie größer werden, diese Löcher. Groß genug, dass sie hindurchschlüpfen kann und mir Dinge zuflüstern: *Aus Träumen wacht man auf. Manchmal frierend und auf hartem Boden.*

Ich öffne hastig die Augen, suche Halt und finde ihn schräg gegenüber auf der anderen Straßenseite.

»Mommy, guck mal!«

Unauffällig streife ich mir die Gänsehaut von den Armen und lächle Lilly-May und River entgegen. Beide sind mit einer Riesenkugel Vanilleeis in einer frisch gebackenen Waffel bewaffnet.

Lilly-May springt übermütig an seiner Hand über die Straße, die für die Buden und Stände abgesperrt wurde.

»Ich sehe, ihr habt Spaß!«

»Und wie!«, sagt Lilly-May und hüpft wie ein Flummi auf und ab. »Wie lange bleiben wir noch? Darf Blue auch ein Eis? Kann ich ihr eins mitbringen? Gibt es hier irgendwo Katzeneis?«

Mir fällt unsere erste Beinahe-Begegnung mit River am Strand ein, nicht weit von hier. Lilly-May war der Eis essende Mann mit dem Hund aufgefallen. Ihr Gedächtnis ist ein Phänomen. River hat es auch nicht vergessen. Unsere Augen treffen sich.

»Möchtest du denn lieber nach Hause?«, frage ich Lilly-May nicht ganz uneigennützig. »Machst du dir Sorgen wegen Blue?«

»Nein, aber ich vermisse sie.«

Lächelnd hebe ich Lilly-May hoch. »Wir sollten sie nicht so lange allein lassen, oder? Dann lasst uns aufbrechen. Ein Eis können wir ihr leider nicht mitbringen. Aber vielleicht finden wir einen schönen Tannenzapfen für sie. Wir wollten vorher nämlich noch einen kleinen Umweg machen. Katzen lieben es, mit Tannenzapfen zu spielen, nicht wahr?«

River nickt. »Oh ja! Bist du sicher?«, fragt er mich leise. »Wir können auch ein andermal …«

»Nein«, sage ich. »Ich habe Marge versprochen, ihr zu berichten, und die Verabredung mit deinem Dad halten wir selbstverständlich auch ein. Ehrensache! Ich möchte nur noch schnell da rüber und mich mit einem geeisten Cappuccino bei June und Claire bedanken.« Ich zeige mit dem Kinn auf eine Bude, die mit biologischen Fair-Trade-Säften und Kaffeesorten wirbt. »Möchtet ihr auch was trinken? Orangensaft für dich, Lollipop?«

»Nein, danke. Wo fahren wir denn noch hin?«, will Lilly-May wissen und strampelt, damit ich sie wieder auf den Boden lasse.

»Auf den Friedhof«, antworte ich.

»So wie wir mit Daddy immer Baby Jeff besucht haben? Das müssen wir bald mal wieder zusammen machen, oder? Dad kennt Blue auch noch gar nicht.«

Ich stocke und streife River unsicher mit den Augen. »Nein, Lollipop. Ich … Baby Jeff …« Einen Moment später habe ich mich wieder im Griff.

Ich werde jetzt nicht hier vor River und zwischen all diesen Leuten anfangen, mit ihr über Jesse zu diskutieren. Wo kommt das jetzt plötzlich her, nach so langer Zeit? Ich dachte, sie hätte verstanden, dass wir keine Familie mehr sind! Und schon komme ich mir ungerecht vor.

Ich atme tief durch und gehe vor ihr in die Hocke. »River hat auch jemanden verloren, den er sehr liebhatte. Seinen Dad. Dem wollen wir Hallo sagen.«

»Von mir aus.« Sie zuckt beiläufig mit den Schultern, dreht sich zu River und lächelt ihn an. »Vielleicht kennen die beiden sich ja? Also Baby Jeff und dein Dad. Mein Dad lebt ja noch.«

»Und das ist auch sehr gut so«, beeilt sich River zu sagen.

Ich lächle ein wenig zittrig und flüchte an den Kaffeestand, um meine Gefühle zu ordnen und das kleine, frische Loch zu stopfen, in das die Angst sofort ihren eiskalten Finger legen will. Ein Windspiel klimpert in der leichten Sommerbrise. *Glück und Glas*, fällt mir ein dämlicher Spruch meiner Mutter ein. Als ob Lilly-Mays feine Antennen Jesses Energie über jede Anrufblockade hinweg erspürt haben. Ich will das nicht!

»Vier Frozen Macchiatos bitte«, bestelle ich ein bisschen außer Atem. Ich habe mich umentschieden.

# Kapitel 62

*River*

Dawn wirkt in sich gekehrt. Auf der Fahrt vom Krankenhaus zum Friedhof fällt es mir umso mehr auf. Während Lilly-May plappert und plappert und ihrer Puppe Evie davon erzählt, was sie später noch alles mit Blue unternehmen möchte und dass wir jetzt Tannenzapfen suchen fahren, starrt ihre Mutter müde aus dem Fenster. Doch gerade als ich sie fragen will, ob wir den Besuch bei meinem Vater nicht lieber verschieben sollen, dreht sie sich zu mir.

»Entschuldige. Dass Lilly-May vorhin plötzlich von ihrem V. A. T. E. R. angefangen hat …« Sie buchstabiert das Wort und wirft einen raschen Blick nach hinten, aber Lilly-May ist völlig vertieft und mit sich selbst beschäftigt. »Das hat mich kalt erwischt.« Dawn schaltet das Radio an. »Er hat vor einiger Zeit versucht, mich anzurufen«, fährt sie mit gesenkter Stimme fort. »Ich bin nicht rangegangen – kindisch, ich weiß.« Sie seufzt und riskiert einen schnellen Blick, um meine Reaktion zu erfassen.

Ich bemühe mich, neutral zu gucken und unauffällig den Klammergriff von der Gangschaltung zu lösen. Was bedeutet das? Sie wird es dir gleich sagen, River. Hände aufs Lenkrad, ruhig weiteratmen.

»Die Scheidung müsste längst durch sein, ich warte jeden Tag auf Post aus Nevada. Wir hatten uns extra auf das vereinfachte Verfahren geeinigt. Keine Ahnung, was er jetzt noch will.« Sie betrachtet ihre Fingernägel und zupft auf eine genervte Art daran herum. »Es interessiert mich auch nicht.«

Ich atme möglichst geräuschlos aus. »Aber es belastet dich.«

Sie nickt.

Ich nehme eine Hand vom Lenkrad und streiche ihr sanft übers Bein. »Das tut mir sehr leid. Wirst du ihn zurückrufen?«

Sie schüttelt den Kopf.

»Aber … wird er nicht immer ein Teil von eurem Leben bleiben?«

Dawn sieht mich verständnislos an.

»Ich meine, was in der Vergangenheit geschehen ist … Das war grauenvoll, aber als ihr V. A. T. E. R. hat er doch sicher …«

»Ist er nicht«, sagt Dawn und starrt auf die Straße. »Nicht biologisch jedenfalls. Er … er war für mich da, als es kein anderer war. Wir sind zusammengekommen, da war ich bereits schwanger. Mein voriger Partner war Soldat. Er ist in Afghanistan gestorben.«

»Oh, Dawn!«

Sie schüttelt den Kopf. »Ich habe meinen Frieden damit gemacht. Ich erwähne es nur, weil … Er hat kein Recht auf sie. Das hat er selbst gesagt«, braust sie auf, dabei immer noch auf gedämpfte Lautstärke bedacht.

»Wir sind da«, sage ich leise und steuere den Parkplatz an.

»Ich dachte wirklich, ich könnte einfach weglaufen. Das tun andere doch auch!« In Dawns Augen schwimmen Tränen.

»Ich geh Zapfen suchen!« Hinter ihr schnallt sich Lilly-May bereits ab. »Ihr habt mir gar nicht erzählt, dass wir zur Schule fahren!«

»Heute nicht, Lollipop. Die ist jetzt geschlossen. Es ist nur derselbe … Campus. Warte bitte auf uns!«

Ich spüre Dawns Schmerz und ihre Unruhe beinahe körperlich. Hektisch angelt sie nach einem Taschentuch. Lilly-May soll bloß nichts merken.

»Ich gehe mit ihr vor«, sage ich, äußerlich professionell ruhig, während in mir ein Sturm tobt, und löse meinen Gurt. »Lass dir Zeit. Wir reden später.«

Die Wagentür klappt.

»Hey, du kleiner Wirbelwind – warte auf mich! Kennst du schon das Labyrinth? Wollen wir zusammen reingehen?«

Dawn stößt zu uns, als ich im Schatten der Bäume auf einer der Bänke vor dem Kolumbarium sitze. Lilly-May planscht mit den Händen in dem sprudelnden, lilienförmigen Brunnen in der Mitte und singt Evie ein Lied vor. Und ich versuche, meine Gedanken zu ordnen und nicht in Panik zu verfallen. Dazu besteht überhaupt kein Grund. Und doch – es ist offensichtlich, dass sie noch Gefühle für ihn hat. Die Frage ist nur: Welcher Art? Ich spüre meinen Vater, wie immer, wenn ich hierherkomme und die Atmosphäre dieser Anlage auf mich wirken lasse. Aber heute hat er keine Antworten für mich. Zumindest keine, die ich hören kann.

Dawn setzt sich neben mich und schmiegt ihren Kopf an meine Schulter. »Danke für eben.«

Ich küsse ihr Haar, und sie legt ihre Hand in meine. Mit den Fingerkuppen streiche ich zart über ihren Handrücken.

Wir schweigen.

»Das Plätschern tut mir gut«, sagt sie nach einer Weile.

Ich nicke. »Dieser Ort hat eine besondere Energie.«

Wieder lauschen wir der Stille.

»Du hast recht«, beginnt sie schließlich. »Ob ich es will oder nicht – und ich will nicht! –, ich werde ihn vermutlich nicht komplett aus unserem und vor allem aus Lilly-Mays Leben heraushalten können. Ich muss mich dem stellen. Früher oder später – aber jetzt noch nicht. Jetzt haben andere Dinge Vorrang. *Wir* haben Vorrang. Und bevor er seine Therapie nicht erfolgreich zu Ende gebracht hat und mir beweist …« Ihr Kinn zittert. »Er hat mein Kind getötet, River!« Sie bricht ab.

»Schhh!«, mache ich und lege meinen Arm um sie.

Ich spüre, wie Dawn sich etwas entspannt, und doch ist da immer noch Alarmbereitschaft.

»Wie sehe ich aus?«, fragt sie im nächsten Moment betont scherzhaft und rutscht mit durchgestrecktem Rücken an die Kante der Bank. Fast kommt es mir so vor, als würde sie sich diplomatisch meiner Berührung entziehen. »Vorzeigbar? Ich möchte einen guten Eindruck auf deinen Dad machen!«

»Das tust du, da bin ich mir sicher«, antworte ich lächelnd.

»Was war es eigentlich, was du mich fragen wolltest?«

»Nicht so wichtig«, sage ich und winke ab. »Ein andermal.«

# Kapitel 63

*Dawn*

Vorn auf dem Gästeparkplatz der Nandana Ranch klappt eine Autotür. Erwartet Heather irgendwen? Ich habe keine Zeit, mich zu wundern. Lilly-May springt mir buchstäblich aus einem Busch vor die Füße und tippt mich an.

»Du kriegst mich nicht«, ruft sie und rennt Haken schlagend vor mir davon.

»Wollen wir wetten?« Ausgelassen laufe ich ihr nach, nicht zu schnell, um ihr einen kleinen Vorsprung zu lassen – aber auch nicht zu langsam.

Mein Herz fließt über vor Mutterstolz. Sie ist inzwischen flink wie ein Wiesel. Die viele frische Luft, das Draußensein und Herumtollen tun ihr sichtbar gut. Ihre Beine haben richtig Muskeln bekommen und sind gebräunt.

In Vegas gab es kaum Möglichkeiten für sie, draußen zu spielen und herumzutollen. Das kleine Fleckchen Kunstrasen im Kindergarten hinterließ bei Stürzen hässliche Schürfwunden. Und die Erzieherinnen hielten ihre Schützlinge ohnehin lieber in den klimatisierten Innenräumen als unter Sonnensegeln, die nur zeitig am Morgen vor der gleißenden Sonne schützten. Dieser hektische, der Wüste abgetrotzte Moloch aus Leuchtreklamen, Stahl und Plastik war und ist kein guter Ort für Kinder. Auch wenn die Fassade mit ihrem Glitzer, mit inszenierten Piratenshows und Animationen den Eindruck eines Disneylands noch so sehr erwecken will, um die Eltern in ihre Casinos zu locken. Mir kommt diese Scheinwelt im Nachhinein vor wie das Schlaraffenland Pinocchios – wer zu lange bleibt und sich an seinen Süßigkeiten labt, wird zum Esel und als solcher verkauft. Oder er kommt noch vorher unter die Räder.

Je länger ich hier bin und genau wie Lilly-May nach langer Trockenheit Wasser ziehe und zu blühen beginne, desto mehr wundere ich mich, wie ich so lange dort ausharren und der Illusion dieser Scheinwelt verhaftet bleiben konnte.

Hier erst fühle ich mich lebendig. Jeden Tag ein Stückchen mehr. Bei Heather und Raffaele, mit River an meiner Seite, der mich so nimmt, wie ich bin, voll und ganz. Mich und Lilly-May.

Hier wachsen wir – alle beide. In Lilly-Mays Fall sieht man es nur deutlicher. Sie hat einen Schuss gemacht. Bevor in wenigen Wochen die Schule beginnt, werde ich sie komplett neu einkleiden müssen.

»Du bist zu laaaangsam!«, neckt sie und reißt mich zurück ins Hier und Jetzt.

Lilly-May hüpft herausfordernd auf der Stelle, einen halben Meter außer meiner Reichweite, und schneidet mir eine Grimasse, die Daumen in die Ohren gesteckt und mit den übrigen Fingern wedelnd.

»Bin ich gar nicht! Na warte, ich hab dich gleich!«, rufe ich scherzhaft drohend, klemme mir den Weidenkorb mit frischen Kräutern, den ersten Zucchini und ein paar Blaubeeren als Topping für meinen Kuchen fest auf die Hüfte und strecke den anderen Arm nach ihr aus.

Ich habe Heathers Beet ein wenig geplündert – natürlich

nicht, ohne vorher um Erlaubnis zu fragen, ich bin ja nicht lebensmüde. Ich will Suppe kochen für Marge und Liz, und zum Nachtisch gibt es meinen speziellen Blueberry Cheesecake.

Es ist Sonntag. Nachher wollen River, Lilly-May und ich die beiden auf der Farm besuchen.

Rivers Mutter macht gute Fortschritte, aber das Arrangement ist keine Dauerlösung. Liz' Hund buddelt sich durch die Beete und klaut Bacon vom Tisch, das stellt ihre Freundschaft auf harte Proben.

Kichernd und quietschend bringt Lilly-May sich vor mir in Sicherheit und biegt um die Ecke. Ich laufe hinterher, und dort pralle ich beinahe in sie hinein, weil sie stehen geblieben ist. Das ist meine Chance. »Ha!«, mache ich triumphierend, da habe ich den Anlass für ihre abrupte Vollbremsung noch immer nicht realisiert. Ich beuge mich im Schwung vor, nur zwei Zentimeter fehlen, dann habe ich meinen Wirbelwind. Aber bevor meine Arme sich um sie schließen können, sprintet sie los, auf den fremden Mann am Parkplatz zu, mit ausgebreiteten Armen und schnell wie ein Blitz.

»Daddyyyyy!« Ihr hohes Stimmchen zerrt unmittelbar an meinen Trommelfellen. Mir bricht der Schweiß aus allen Poren, und gleichzeitig wird mir eiskalt.

Jesse.

In Zeitlupe richte ich mich auf.

Kann das sein? Woher …

Er ist es tatsächlich. Blass und schlaksig wie immer, und doch wirkt seine Hautfarbe wesentlich gesünder, als ich ihn in Erinnerung habe. Auch seine Körperhaltung ist straffer. Seine Wangenknochen treten nicht mehr so hart hervor, er hat ein wenig zugenommen. Das Teigige, Aufgedunsene ist aus seinem Gesicht verschwunden. Das petrolfarbene Hemd steht ihm. Die

Anzughose und die glänzenden Lackschuhe wirken allerdings seltsam deplatziert auf Nandana.

Wie auch immer, sein Anblick zieht mir den Boden unter den Füßen weg.

Lilly-May hat ihn jetzt fast erreicht. Sie fliegt förmlich auf ihn zu, umarmt ihn, legt den Kopf in den Nacken und sieht zu ihm empor mit diesen naiven Kinderaugen, die so vieles verzeihen.

Jesse schwankt ein bisschen unter dem Ansturm. Unbeholfen tätschelt er ihr den Rücken. Dann hebt er sie hoch, wirbelt sie eine halbe Drehung herum, lacht. Hölzern, so kommt es mir vor, befangen. »Hi, Kleines.«

Lilly-May lässt die Beine lang hängen. Sie schlingt sie ihm nicht um den Bauch wie bei River, fällt mir auf.

»Ich bin nicht mehr klein!«, beschwert sie sich. »Lass mich wieder runter.«

Er ist keine Einbildung, schießt mir durch den Kopf. Die Blase ist geplatzt.

Jesse stellt Lilly-May ab, bleibt stehen, wo er ist. Unsicher sieht er mich an. »Hi, Babe.«

Was will er hier? Warum tut er das? Ich weiß nicht, was ich sagen, wie ich reagieren soll.

Jesse ist ein unwillkommener Eindringling in meinem Traum. In meiner Illusion, dass ich neu anfangen könnte.

Es ist alles wieder da.

Ich kann nicht vor mir selbst fliehen. Niemand kann das.

War ich leichtsinnig, mich über das Jetzt zu freuen? Über meine Fortschritte? Mein kleines Lebensglück zu genießen? Ganz vorsichtig in eine andere Zukunft zu blicken? Wird er wieder versuchen, mich einzuwickeln?

»Hi, Jesse.« Ich muss mich räuspern. Meine Stimme will mir

kaum gehorchen. »Was tust du hier?«, frage ich und werde den klebrigen Belag auf den Stimmbändern nicht los.

Hinter mir nähern sich Schritte. »Hat hier jemand eine Zucchini verloren?«

River.

Mit seinem untrüglichen Gespür dafür, wenn ich ihn brauche.

Ich fühle seinen Arm um meine Taille, seinen Kuss auf meiner Wange.

»Oh«, macht er dann, weil er erst jetzt den Eindringling bemerkt.

Dieser Auftritt ist unvorstellbar absurd.

»Hallo.«

Ich spüre, wie sein Griff um meine Taille sich kurz verstärkt.

Die beiden Männer mustern sich. Die Situation hat etwas von den Showdowns dieser alten Schwarz-Weiß-Western, die manchmal morgens um drei im Fernsehen laufen.

»Willst du uns nicht vorstellen?« Jesse findet als Erster seine Worte wieder.

»Ja. Ja, natürlich.« Mit Gewalt ziehe ich Luft in meine Lungen. »River, das ist Jesse.«

»Ihr Mann«, ergänzt Jesse. Er mustert River unverhohlen.

»Ex-Mann«, sagen River und ich unisono.

»Du hast also Trost gefunden«, sagt Jesse.

River verspannt sich.

Sofort schüttelt Jesse den Kopf. »Entschuldige. Das steht mir nicht zu. Ich wollte nur …« Er zieht einen zusammengerollten DIN-A4-Umschlag aus der Innentasche seiner Jacke und winkt damit. »Die Papiere sind fälschlicherweise in beiden Ausfertigungen bei mir gelandet. Deine Mutter hat mir gesagt, wo ich dich finden würde.«

Ich presse die Lippen zusammen. Das hat sie mit keinem Laut erwähnt. Und ich ahne, wieso. Sie hat einen Narren an Jesse gefressen. Ihre Vorstellung von einer heilen Familie ist es, miteinander auszuharren, egal, was ist: bis dass der Tod euch scheidet. Das habe ich mir oft genug am Telefon anhören müssen.

*»Es war ein Unfall, Dawn. Ein tragischer, furchtbarer Unfall. Er liebt dich!«*

*»Er ist alkoholkrank, Mutter.«*

*»Und heißt es nicht: in guten wie in schlechten Tagen? Er war immer gut zu dir – und zu Lilly-May. Bist du es ihm nicht schuldig, jetzt zur Abwechslung auch mal für ihn da zu sein?«*

*»Zur Abwechslung? Unser Kind ist tot! Ich mache eine Therapie. Er nicht! Noch immer nicht, Mom!«*

*»Vielleicht wäre es nie so weit gekommen, wenn du nicht immer nur an deine Karriere …«*

*Ich lege auf.*

»Warum hast du sie nicht mit der Post geschickt?«, frage ich abweisend.

»Weil ich …« Er bricht ab und tippt mit der Rolle spielerisch auf den Kopf von Lilly-May, die sich mit strahlenden Augen an sein Bein gehängt hat. »Sie ist so groß geworden! Bekommst du hier etwa den ganzen Tag nur Bio-Spinat und Spargel zu essen?«

Lilly-May kichert. »Nein! Aber ich habe jetzt eine Katze. Möchtest du sie kennenlernen?« Sie lässt sein Bein los, schiebt ihre Hand in seine und zieht.

»Lollipop!«, sage ich scharf und füge etwas sanfter hinzu: »Nicht jetzt.«

»Aber …«

»Ist es richtig, dass im Ofen ein Kuchen im Wasserbad

schwimmt?« Heather streckt ihren Kopf zur Veranda heraus. »Der Timer hat gepiept …« Als sie Jesse erkennt, versteinert ihr Gesicht. »Oh. Hi«, sagt sie knapp und hat ihre Fassung bereits wiedergefunden – ganz im Gegensatz zu mir. »Ich nehm ihn raus. Magst du mir dabei helfen, Lilly-May?«

Lilly-May zögert.

Ich halte ihr den Korb hin. »Bist du so lieb und bringst Heather die Sachen? Die Blaubeeren müssen auf den Kuchen. Das dekoriert niemand so schön wie du.«

»Okayyyy«, sagt sie lang gezogen und macht sich auf den Weg. »Aber danach besuchen wir Blue, ja, Daddy?«

»Aber sicher!«, ruft er ihr zu.

Schon wieder verspricht er ihr Dinge, die nicht in seiner Macht liegen.

»Also?«, frage ich, als die Tür hinter Lilly-May ins Schloss gefallen ist.

»Soll ich gehen?«, fragt River leise.

Ich schüttle den Kopf.

Jesse steht immer noch mindestens fünf Meter von mir entfernt. Bedächtig macht er einen halben Schritt auf uns zu. »Ich dachte nur …« Er rollt den Umschlag auseinander und dreht ihn wieder zusammen. »Können wir nicht noch mal darüber reden, Dawn? Über alles, meine ich?« Sein Blick wandert zu River. »Müssen wir das hier draußen besprechen?«

»Ich wüsste nicht, wo sonst«, sage ich kühl.

»Dawn, ich …« River windet sich, aber ich klammere mich an ihn.

»Nein. Bitte, bleib.«

»Ich bin trocken«, stammelt Jesse. »Hier!« Er fischt in seiner Hose nach einer Plakette und hält sie zwischen Daumen und Zeigefinger vor sich. »Von den AA. Sechs Monate keinen

Tropfen. So lange habe ich es noch nie geschafft, Babe. Diesmal schaffe ich es.«

»Gut für dich. Was willst du, Jesse?«

»Eine Chance, Dawn!«, platzt es aus ihm heraus. »Eine gottverdammte Chance! Ich bin hier, um Dinge wiedergutzumachen. Das gehört zur Philosophie der Anonymen Alkoholiker. Bei allen anzuklopfen, denen ich geschadet habe.«

»Okay. Das hast du hiermit getan. Sonst noch was?«

Er steckt die Plakette wieder ein und fährt sich durch die Haare. »Ja, ich geb's zu. Den Besuch bei dir habe ich am längsten hinausgezögert.« Dann schnellt er vor und drückt mir den Umschlag in die Hand. »Wollen wir wirklich alles wegwerfen, was wir hatten? Ich habe mich verändert, Dawn. Hat nicht jeder eine zweite Chance verdient? Lilly-May ist auch unser Kind. Schlag mir nicht die Tür vor der Nase zu! Bitte nicht, Dawn! Mach mit mir nicht dasselbe wie mit Hank damals …«

Erschrocken sehe ich zu River. Er ist aschfahl geworden.

# *Kapitel 64*

*River*

Sie hat ihn weggeschickt.

Wäre ich nicht dort gewesen, ich glaube, sie hätte ihn nicht einmal mit Lilly-May hineingehen und die Katze kennenlernen lassen. Es ist ihre Entscheidung, und ich weiß, ich darf mich nicht einmischen. Aber es fühlt sich falsch an. Wie eine Flucht. Hundert Fragen kreisen in meinem Kopf, und eine ist besonders präsent: Was bedeutet das für uns?

Die Atmosphäre beim Essen mit Marge und Liz ist angespannt. Zu viel Unausgesprochenes schwelt im Raum. Irgendwann fliehe ich mit einem Stapel benutzter Teller in die Küche.

»Ich setze Kaffee auf. Wer möchte?«, höre ich Marge fragen. Dann kommt sie mir nach.

Das Gehen auf ebenen Flächen klappt inzwischen bereits gut. Ihre größten Schwierigkeiten sind das Treppensteigen und ihre Ungeduld: nichts tragen, nicht heben, nicht bücken. Liz stößt an ihre Grenzen. Vielleicht sollte ich bei Marge einziehen.

»Butter bei die Fische!«, befiehlt sie, als wir allein sind. »Was ist los?«

»Dawns Ex-Mann ist heute unangekündigt auf Nandana aufgetaucht.«

»Lilly-Mays Vater?«

»Nein. Ja. Sozusagen.« Ich lasse Wasser in die Spüle ein und verbrühe mir prompt die Hand. »Au!«

»Verstehe«, behauptet Marge, stellt ihren Gehstock ab und greift nach einem Küchenhandtuch, um mir beim Abtrocknen zu helfen.

»Ich weiß nicht, was ich tun soll! Was ich empfinden, wie ich reagieren soll«, sprudle ich heraus. »Ich will sie nicht verlieren.«

»Habt ihr darüber geredet? Ist das ein Thema?«

Ich hebe die Schultern und lasse sie fallen. »Nur so ein Gefühl. Sie weicht mir aus. Er hat sie um eine zweite Chance gebeten, er scheint es wirklich ernst zu meinen, hat Entzug und Therapie durchgezogen … für Dawn, hat er gesagt. Lilly-May hat nie einen anderen Dad kennengelernt. Das Kind hängt an ihm.«

»Und das bricht dir das Herz.« Nachdenklich nimmt sie einen der guten Kuchenteller mit dem Silberrand aus dem Wandschrank, die Joe ihr zur Silberhochzeit geschenkt hat.

»Ach, Mom … Ich würde es mir nie verzeihen, wenn meinetwegen eine Ehe auseinandergeht.«

»Sind sie nicht geschieden?«

»Doch, quasi. Aber sie ist noch nicht durch damit.«

Sie nickt und greift nach einem weiteren Teller. »Erinnerst du dich an die Rauchschwalbe, die du damals verletzt an der Straße gefunden hast? Ihr Flügel war gebrochen.«

»Fly … Ich habe die Schwinge mit Dads Hilfe und einem Eisstäbchen geschient und jeden Tag Insekten für sie gefangen.«

»Du hast bitterlich geweint, als Fly gesund war und es Zeit wurde, sie in die Freiheit zu entlassen. Weißt du noch, was Dad damals gesagt hat?«

»Gefangene sind keine Freunde«, murmle ich und sehe

meine Mutter an. »Aber der Vergleich hinkt! Dawn sitzt in keinem Käfig. Sie will Jesse nicht einmal sehen, geschweige denn, mit ihm reden, egal wie wichtig ich das finde!«

»Du musstest damals auch ganz schön an Flys Vogelbauer rütteln. Sie wollte dich nicht verlassen. Erst, als du sie auf deine Hand gesetzt hast und mit ihr in den Garten gegangen bist, ist sie schließlich losgeflogen.«

»Ich kann sie nicht fortschicken.«

»Du kannst nicht darauf setzen, dass sie im Frühjahr zurückkehrt, um zu bleiben – so wie Fly damals. Aber vielleicht ist es ein Weg, ihr zu helfen, für sich herauszufinden, was sie wirklich will.«

»Es ist jedenfalls keine gute Basis für unsere Beziehung, wenn sie sich ihrer Vergangenheit nicht stellt. Sie würde sich immer fragen, was gewesen wäre, wenn …«

Ich denke an das, was Dawn mir vor der Fahrt hierher über Hank erzählt hat.

Den zweiten Teil ihrer Geschichte.

Hank hatte sie um eine zweite Chance gebeten, nachdem er sie verlassen hatte. Da war sie schon mit Jesse zusammen. Sie hatte abgelehnt. Er ging nach Afghanistan und kehrte nicht zurück.

*Im nächsten Atemzug platzt Dawn mit der Frage heraus, was ich davon hielte, wenn sie bei Marge einzöge: »Wäre es für dich okay, wenn ich sie das frage? Nur so lange, bis sie für sich geklärt hat, was aus ihr und der Farm werden soll. Ich kann nicht ewig Heathers Gästewohnung belegen, und mit Lilly-May und Blue in den Van zu ziehen ist vielleicht ein bisschen eng. Meine kleine Töpferwerkstatt könnte ich ja vorerst behalten.« Sie lächelt unsicher. »Und wenn sie wieder allein zurechtkommt, überlegen wir uns etwas anderes. Wenn du das auch willst …«*

*Ich kann nicht anders, als sie stumm anzustarren. Das ist exakt, was ich mir gewünscht habe.*

*Aber nicht so.*

*»Ich kann nicht dein Fluchthelfer sein.«*

*»Fluchthelfer?«*

»Findet die coolere Party in der Küche statt? Dann sage ich Liz Bescheid und hole unsere Kaffeetassen hierher.« Dawn steht lächelnd im Türrahmen.

»Nein, nein. Wir kommen«, antwortet Marge warmherzig und legt die Kuchengabeln auf die Teller. »Wir sind schon fertig. Hilfst du mir mit den Kuchengedecken, Liebes?«

Nachdenklich lasse ich das Wasser aus dem Spülbecken und sehe der strudelnden Spirale zu.

Jesse hat gesagt, er würde bis Mittwoch in Gilroy auf Dawn warten. Einfach nur, um zu reden. Er hat sich dort in einem Motel eingemietet. Anscheinend hat er ein Projekt in San José übernommen, am Donnerstag muss er dort sein. Dawns Hände haben gezittert, als sie die Streichholzschachtel mit der Adresse entgegengenommen hat.

Ich wollte, ich könnte etwas anderes sagen, aber der Typ wirkte grundehrlich auf mich. Er war mir sogar sympathisch, und wenn wir nicht beide dieselbe Frau lieben würden …

Ich weiß, was ich zu tun habe, es ist überhaupt nicht meine Art, jemanden zu überrumpeln, und es zerreißt mich schon jetzt. Aber es fühlt sich notwendig an.

»Marge, würdest du mir einen Gefallen tun und heute Nacht auf Lilly-May aufpassen?«

»Aber natürlich. Habt ihr was Schönes vor?«

# *Kapitel 65*

*Dawn*

Der Wagen stoppt. Ich schrecke aus dem Dämmerschlaf hoch, in den ich vor Erschöpfung und Anspannung gefallen bin.

River sieht mit leerem Blick geradeaus, beide Hände fest ums Lenkrad geschlossen. Seine Fingerknöchel sind weiß.

»Was ist los? Wieso halten wir? Bist du müde, soll ich dich ablösen?«

Er schüttelt den Kopf.

»Wo sind wir?« Ich richte mich auf und versuche, Schlaf und Benommenheit aus meinen Augen zu reiben.

Dann halte ich in der Bewegung inne. »Haley's Inn« steht auf der Leuchtreklame des kleinen Motels, vor dem wir gehalten haben. »Haley's Inn«, das stand auf der Streichholzschachtel, die Jesse mir gegeben hat.

»Du hast mich nach Gilroy gebracht?« Fassungslos und mit einem Schlag hellwach starre ich ihn an. Ich bin wütend. »Auf wessen Seite stehst du eigentlich? Was soll das? Findest du das nicht *ein bisschen* übergriffig?« Wenn meine Augen Funken sprühen könnten, stünde er bereits lichterloh in Flammen.

»Geh zu ihm«, sagt er schlicht. »Ich bitte dich einfach nur darum, als jemand, der weiß, wie wichtig zweite Chancen sind:

Bitte. Geh rein, rede mit ihm. Nicht für ihn oder für dich, tu es für uns. Und für Lilly-May. Wenn du ihm das, was zwischen euch steht, nicht verzeihen kannst, dann ist das eure Sache. Ich werde deine Entscheidung nicht infrage stellen. Ich werde sie akzeptieren, und wir fahren nach Hause. Aber wenn du dich auch nur ganz tief in deinem Innern fragst, ob du es irgendwann bereuen könntest, falls du es nicht tust … Ich möchte der Partner sein, den du aus vollem Herzen wählst, nicht, weil du vor etwas anderem fliehst.« Er deutet mit dem Kinn hinter uns, in die Richtung, aus der wir offenbar gekommen sind. »Da unten habe ich ein 24/7-Diner gesehen, nur ein kleines Stück die Straße runter. Ich muss um neun die Praxis aufmachen. Bis um sieben kann ich also warten. Wenn ihr länger redet, gehe ich davon aus, dass er dich zurückfahren wird oder du einen anderen Weg gefunden hast und meine Dienste nicht länger benötigst. Nimm dir alle Zeit, die du brauchst, um deine Entscheidung zu treffen.«

»Deine Dienste? Wie klingt denn das? Wieso schlägst du mir das vor?« Meine Augen füllen sich mit Tränen. »Warum sollte ich das tun?«

»Weil du sonst immer überlegen wirst, was gewesen wäre, wenn du ihm diese Chance gegeben hättest. Er hat dich nur um ein paar Stunden gebeten. Die gebe ich gern von meiner Zeit mit dir ab. Ich habe gesehen, wie aufgewühlt du warst, wie abwesend. Ich möchte, dass du deine Wahl unter fairen Bedingungen triffst, Dawn. Ich möchte, dass du auch mir diese Chance gibst, unsere Beziehung auf ein tragfähiges Fundament zu stellen.«

»Ist es das, was du mit ›Fluchthelfer‹ meintest?« Es sollte zynisch klingen, aber es kommt nicht so bei ihm an. Vielleicht hat er auch nur ein dickes Fell, von dem meine Spitzen abprallen. Ich hasse mich dafür, aber ich bin so wütend, dass ich noch mal nachlege. »Du willst mich also loswerden, ja? Das kannst du haben. Schneller, als du denkst.« Ich schnappe nach meiner Handtasche und meinem Schal und lege die Hand an den Türgriff.

»Ich möchte nur, dass du dir sicher bist, was uns angeht – und ihn.«

»Ich *war* mir sicher«, sage ich verletzt und stoße die Tür auf. »Jetzt muss ich einfach nur raus hier.«

# Kapitel 66

*River*

Der Kaffee ist lausig. Aber wenn das der Nachtschwärmer neben mir nicht ausschweifend mit der Kellnerin diskutieren würde, wäre es mir vermutlich gar nicht aufgefallen. Ich versuche, Zeitung zu lesen, um mich abzulenken, aber die Buchstaben flirren vor meinen Augen.

Soll ich nach Hause fahren?

Nein, das kann ich nicht tun. Ich habe versprochen, bis sieben Uhr zu bleiben. Nicht, dass sie mich aktiv darum gebeten hätte. Eher im Gegenteil.

War das der größte Fehler meines Lebens? Freilassen, was man liebt … Ich mache ein zynisches Geräusch.

Für Fly hat es ein paar Jahre später tödlich geendet. Sie war so zutraulich, dass sie die Gefahr durch die Nachbarskatze unterschätzt hat. Vielleicht ist diese Schlussfolgerung aber auch ungerecht. Vielleicht hätte sie es in freier Wildbahn nie so lange geschafft.

»Ist ja auch egal«, brumme ich in meinen lauwarmen Kaffee.

Der Nachtschwärmer versucht, einen Blick auf den Artikel zu erhaschen, der aufgeschlagen vor mir liegt. Es ist der Sportteil.

»Kein Fan, hm?«, schwadroniert er wissend. »Waren auch Scheiße, die ganze Saison.«

»Kann sein.«

Ich habe keine Ahnung, wovon er spricht. Irgendeine Footballmannschaft hat irgendwo verloren. Ich schiebe ihm die Zeitung rüber und starre auf mein Handy. Kein Anruf, keine Nachricht. Und das Sekundenblinken der digitalen Anzeige scheint sich auf dreifache Zeitlupe zu verlangsamen.

Die Nacht wird schwarz, dann grau.

Ich bestelle mir Pancakes und lasse sie kalt werden. Ein junger Obdachloser kommt herein, um sich aufzuwärmen, und schielt hungrig darauf. Ich schenke sie ihm und spendiere ihm eine Tasse Tee. Kaffee will er nicht. Anscheinend ist was dran an der Meinung des Nachtschwärmers. Die Kellnerin setzt neuen auf.

Der Himmel färbt sich rosa.

Die Ladentür öffnet und schließt sich. Viele Male. Schichtwechsel, neue Gäste kommen, alte gehen. Die Müllabfuhr kommt. Dann die Straßenreinigung. Ein paar Bauarbeiter holen sich Frühstück. Draußen streicht ein Waschbär vorbei.

»Wie spät ist es?«, fragt jemand.

»Fünf nach sieben«, antwortet der neue Kellner.

Fünf nach sieben, hallt es in mir nach.

»Die Rechnung bitte«, bestelle ich emotionslos und angle nach meinem Autoschlüssel.

Fünf nach sieben.

Vielleicht sollte ich ein paar Meilen aus dem Ort rausfahren und mich am Straßenrand erst mal eine halbe Stunde aufs Ohr legen. Und wieder einmal Cathy bitten, die Stellung zu halten, bis ich zurück bin.

Wer wird Blue jetzt den Fixateur rausoperieren, schießt es mir durch den Kopf. Irgendein Tierarzt in San José?

Der Kellner ist mir zu langsam. Ich lasse ein paar Scheine auf dem Tresen liegen und klettere mit vom langen Sitzen steifen Beinen vom Barhocker.

*Was nicht zu einem zurückkehrt, hat man nie wirklich besessen*, fällt mir ein. Kalenderweisheit. Was für ein Blödsinn. Ich wollte Dawn nie »besitzen«.

Als ich mich umdrehe, pralle ich beinahe in sie hinein. Atemlos steht sie da, keuchend. Als wäre sie den ganzen Weg gerannt. Mit feuchten Haaren und geröteten Wangen. Verschwitzt oder nass, keine Ahnung. Es spielt keine Rolle.

Sie ist da.

Sie ist zurück.

Mein Herz klopft wie verrückt.

»Du bist noch hier«, japst sie nach Atem ringend.

»Ja«, sage ich. »Ich wollte gerade gehen.«

Sie hält sich die Seite und zeigt hinaus. »Es regnet draußen.«

»Möchtest du was Warmes trinken?«

Sie schüttelt den Kopf. »Es tut mir leid, River. Du hast recht gehabt, aber anders, als du dachtest. Ich musste mich meiner Angst stellen. Meinem Zorn. Ich habe mich unmöglich benommen, ich war so sauer auf dich und deine vollendeten Tatsachen. Dabei hast du es nur gut gemeint. Aber tu so etwas nie wieder! Nicht auf diese Art! Hörst du?« Zwei senkrechte Falten über ihrer Nasenwurzel vertiefen sich, als sie fortfährt. »Ich habe meine Wahl schon vor langer Zeit getroffen. Es verletzt mich, wenn du mir nicht vertraust und wir nicht darüber sprechen. Du hast mich gefragt, ob ich noch Gefühle für Jesse habe. Ja, River – die habe ich. Und die werde ich immer in meinem Herzen bewahren. Für den Mann, der er einmal war und der sich um mich und Lilly-May gekümmert hat. Für den Vater meines Sohnes. Kann ich ihm vergeben? Ja. Eines Tages, aber das wird Zeit brauchen. Ich kann Baby Jeffs Vater nicht hassen. Für meinen kleinen Jungen bin ich da hineingegangen und habe mir angehört, was er zu sagen hatte. Diese Gelegenheit war ich ihm schuldig. Eine Chance, gehört zu werden. Nicht für mich oder für dich, sondern für den Frieden meines Kindes. Und falls du es genau wissen willst: Ich war eine halbe Stunde da drinnen im Motel. In der Lobby. Dann bin ich gegangen. Im Frieden. Du hast recht, das ist ein gutes Gefühl.« Sie schöpft Luft.

Ich traue mich nicht, ihren Redeschwall zu unterbrechen.

»Und danach bin ich spazieren gewesen. Allein. Um nachzudenken. Über uns. Weil ich immer noch wütend war. Du hast einfach über mich hinweg bestimmt. Das war scheiße. Aber ich bin daran nicht unschuldig. Das gebe ich zu, und es tut mir leid. Wir müssen an uns arbeiten, hörst du? Ich habe mich ein wenig verlaufen in diesem Kaff. Und in der Zeit verschätzt. Darum musste ich ziemlich weit rennen.« Vorwurfsvoll starrt sie mich an.

Ich habe keine Ahnung, was sie in diesem Moment von mir erwartet. »Ich weiß nicht, was ich sagen soll.«

»Gut«, sagt sie trocken.

»Gut?«, frage ich perplex.

Dawn nickt und wischt sich eine Strähne aus dem Gesicht. »Es wäre mir lieber, wenn du mich jetzt küssen würdest und wir dann endlich von hier verschwinden könnten. Ich möchte nach Hause. Könntest du damit leben? Mit mir? Und Lilly-May?«

Ich nicke. Und dann küsse ich sie.

# Epilog

*Dawn*

»Darf ich die Augen wieder aufmachen?«

»Noch nicht, warte!«

Ich spüre die Sonne in meinem Gesicht. Eine sanfte Brise spielt mit meinen Haaren. River dirigiert mich, seine Hände umfassen meine. Er geht rückwärts, tastend. Ich kann es nicht sehen, aber fühlen. Ich glaube zu hören, dass er sich immer wieder umdreht, damit er mich Schritt um Schritt sicher weiterführen kann auf diesem unebenen Pfad – wenn es überhaupt einer ist.

»Jetzt?«, drängle ich.

»Gleich!«

Unter meinen Füßen nehme ich weichen Boden wahr. Ist das Moos? Gras? Dazwischen knirscht es ein bisschen. Wie Sand und dünne Zweige.

»Wo bringst du mich hin?«, frage ich.

Lilly-May gluckst irgendwo vor uns. »Wenn er dir das verraten würde, wäre es ja keine Überraschung mehr.«

»Naseweis!«

Sie kichert. Jetzt höre ich ihr Stimmchen irgendwo neben mir. Aber im nächsten Moment ist sie bereits weitergehüpft. »Du hast es gleich geschafft, Mommy.«

»Was habt ihr beiden nur vor mit mir?«

»Schhhh«, macht River zärtlich. »Augen erst öffnen, wenn ich es sage!«

Er bleibt stehen. Seine Hände lassen mich sanft los, gleiten an meinen Armen hinauf, als er hinter mich tritt und endlich ganz behutsam das Tuch von meiner Stirn löst. Seine Arme schließen sich um meinen Bauch. Er steht nun so dicht hinter mir, dass ich seinen Herzschlag in meinem Rücken spüre. Seine wohltuende Wärme sowieso. Ich lehne mich an ihn.

Der Wind hat aufgefrischt, ich höre die Brandung. Ohne das Tuch ist das Rauschen von Wasser und Bäumen noch viel klarer erkennbar. Wir sind also wirklich Richtung Meer gelaufen, wie ich es vermutet hatte. Aber wieso? Was ist so besonders hier? Hat er ein Picknick vorbereitet? Ging es darum bei der Tuschelei mit Raff und Heather? Das wäre schön! Aber für einen Sundowner ist es noch zu früh … oder nicht?

»Wir sind da«, sagt er zärtlich. »Bist du bereit?«

»Ich weiß ja nicht, wofür«, jammere ich im Spaß und blinzele verstohlen durch meine Wimpern.

Erkennen kann ich allerdings nicht viel. Auch nicht den Ursprung des leichten Quietschens, das sich neu als rhythmisch wiederkehrender Laut in die Melange aus Geräuschen mischt.

»Augen auf, jetzt darfst du!«, lockt River, seine frisch rasierte Wange an meine geschmiegt.

Er verströmt einen dezenten Wohlgeruch nach würzigem Aftershave. Und da ist noch ein anderer Duft. Der von Lupinen und Heckenrosen mischt sich in die salzige Luft und strömt direkt in mein Herz.

»Was zum …«

Endlich riskiere ich es. Die ersten Wimpernschläge lang muss ich blinzeln, weil es so hell ist. Der Wind beißt in meine

Augen und treibt Tränen hinein. Aber das ist es nicht allein. Da sind sie, die Lupinen, die Heckenrosen. Direkt vor mir, leuchtend blauviolett und dunkelrot. Dahinter Strand und Meer, gelb, blau und weiß.

Die Aussicht ist überwältigend.

Wir stehen erhöht in den Dünen. Der Blick geht weit über die geschwungene Bucht. Unter uns beginnen die Klippen, ein schmaler Pfad führt zwischen den Blumen meiner Kindheit an den Strand hinunter.

Ein paar Jogger laufen dort unten am Meeressaum entlang, ein Hund jagt nach einem Stock, den einer von ihnen wirft. Zwei Kitesurfer in Neoprenanzügen haben sich in die Wellen gewagt.

River dirigiert seinen und meinen Körper und unsere Köpfe ganz sanft nach links, und jetzt stockt mir gänzlich der Atem.

»Was … Wie hast du …«, stammle ich zusammenhangslos.

»Es ist soooo schön hier! Können wir öfter hierherkommen, Mommy?« Lilly-May strahlt mir aus einem bunten Kissenmeer in einer schwingenden Hängematte entgegen, die zwischen zwei Zypressen gespannt ist.

Daher das rhythmische Quietschen.

Es ist nicht dieselbe Hängematte, natürlich nicht. Und es sind auch nicht dieselben Kissen. Aber es kommt meiner Kindheitserinnerung verdammt nah. Kichernd klettert sie heraus.

Mein Herz setzt einen Schlag aus, als ich mich noch ein Stück weiter drehe, zurück in die Richtung, aus der wir gekommen sind.

»Das ist es«, sage ich beinahe tonlos und schlage mir die Hand vor den Mund. »Oh mein Gott, es steht noch.«

Die Fassade wurde neu gestrichen. Ein paar Büsche wurden neu gepflanzt, andere fehlen oder sind sehr gewachsen – zumindest in meiner Erinnerung sah der Garten ein wenig anders aus. Doch das dunkle Holz der Fensterrahmen, die bunten Butzenscheiben, hinter denen sich das Bad verbirgt, die durch Glas windgeschützte Terrasse – es ist genau wie damals. So hatte ich es abgespeichert, das Haus meiner verstorbenen Patentante.

Fassungslos drehe ich mich zu River um. Meine Stimme will mir nicht gehorchen, meine Knie noch weniger. »Ich weiß nicht, was ich sagen soll«, wispere ich heiser. »Wie in aller Welt hast du diesen Ort gefunden?«

»Mrs. Meyer«, sagt River knapp. »Was du damals gesagt hast, hat mich nicht losgelassen. Dass ich mit ihr reden muss, wenn ich Frieden finden will. Wir haben bei diesem Gespräch sehr lange geredet. Sie hat mir vom Verlust ihrer besten Freundin erzählt, mir Fotos gezeigt – und auf einem saß diese in einer ganz ähnlichen Hängematte wie der hier, mit einem kleinen Mädchen, das mich irgendwie an Lilly-May erinnert hat. Die Familienähnlichkeit ist unverkennbar.« Er kramt in seiner Brusttasche und zeigt mir die etwas verblichene Aufnahme.

Mit zitternden Fingern greife ich danach. »Das bin ja ich!«

»Seit du mir am Point Lobos vom Haus deiner Tante erzählt hast, habe ich die Augen offen gehalten. So ein Haus, wie du es beschrieben hast, verschwindet ja nicht, das reißt man nicht einfach so ab. Nun, es war die ganze Zeit direkt vor meiner Nase. Deine Patentante hat es Mrs. Meyer offenbar vererbt.«

»Aber – hast du nicht gesagt, dass Mrs. Meyer nun, nach Edgars Tod, nach Florida ziehen will?«

River nickt. »Sie will die Winter dort verbringen. Sie reist nächste Woche schon ab, um sich einzurichten. Aber bevor du deine Hoffnungen zu hoch hängst und dir ausrechnest, wie viele getöpferte Futternäpfe und Seifenschalen du verkaufen und wie viele Impfungen und Wurmkuren ich verabreichen müsste, damit uns hier auch nur eine Heckenrose gehören würde – es steht nicht zum Verkauf.«

Ich nicke benommen. Irgendwie kommt nur die Hälfte dessen bei mir an, was River erzählt. Hat er eben *uns* gesagt? In einem Atemzug mit diesem traumhaft schönen Haus?

»Allerdings sucht Mrs. Meyer eine vertrauensvolle Person, die hier als Verwalterin von September bis Mai nach dem Rechten sehen würde und die ihr im Sommer hilft, den Garten in Schuss zu halten. Sie zahlt sehr gut. Und da dachte ich … vielleicht wäre das etwas für dich? So als zweites Standbein? Du könntest dir hier ein Atelier einrichten und sogar einen kleinen Verkaufsraum und …«

»Oh, River, ich …« Stürmisch falle ich ihm um den Hals.

»Bitte, bleib bei mir, wenn der Sommer geht«, flüstert er ganz nah an meinem Ohr.

»Bis er wiederkommt – und all die anderen, die uns beschert sein mögen«, antworte ich und ziehe ihn mit mir in die Hängematte.

Und dann küssen wir uns.

# Rivers No-school-today-Liste

- Führe mit Reverend Marcus ein Gespräch über Gott und die Welt.
- Male ein Bild von der Farm im Sonnenaufgang.
- Stampfe zwei Stunden lang Traubenmaische mit den Füßen.
- Streiche den alten Hühnerstall.
- Lerne, Kartoffeln zu schälen.
- Übe dreißig Worte einer neuen Sprache.
- Wandere barfuß den Fluss bis zur Quelle hinauf und bring eine Flasche Wasser von dort mit.
- Rette ein Tier, egal, wie klein es ist.
- Zaubere jemand Fremdem ein Lächeln aufs Gesicht.
- Verbring einen Nachmittag mit Willie Brown, dem gehbehinderten Jungen von der Pferdefarm am Abzweig.
- Hilf Stan, den Ziegenstall auszumisten.
- Pflücke einen Wildblumenstrauß und schenke ihn der alten Mrs. Donalds am Ridgeway Drive.
- Sammle eine Stunde lang Müll am Strand oder im Wald.
- Geh zu einem Obdachlosen, kauf ihm ein Sandwich und unterhalte dich eine Weile mit ihm.
- Unterstütze drei Leute an der Mall, die Hilfe mit ihren Einkäufen brauchen.
- Bau eine Sandburg.

- ♥ Reparier den Zaun von Mrs Bixby.
- ♥ Bring Marges Quittungen und Belege zu Homer Goldsmith und lass dir von ihm die Grundlagen der Buchführung erklären.
- ♥ Nimm eine Klavierstunde – oder Gitarre, wenn dir das lieber ist.
- ♥ Backe einen Kuchen und verschenke ihn.
- ♥ Stell etwas her, verkaufe es und gib das Geld jemandem, der es nötiger hat als du.
- ♥ Bau einen Kaninchenstall so, dass er dir gefallen würde, wenn du ein Kaninchen wärst.
- ♥ Flicke deine Socken.
- ♥ Lass dir von Ogilvie Quinthorpe erklären, was Kunst ist und was ein gutes Bild ausmacht.
- ♥ Wechsle mit Barney einen Autoreifen.
- ♥ Lerne, Schach zu spielen.
- ♥ Lerne, mit Stäbchen zu essen.
- ♥ Lerne Gebärdensprache.
- ♥ Bürste ein altes Pferd.
- ♥ Leiste jemandem im Pflegeheim Gesellschaft und sprich mit ihm über die Vergangenheit.
- ♥ Bau einen Drachen und lass ihn steigen.
- ♥ Geh Blut spenden.
- ♥ Brüll deine alte Wut in die Brandung und lass sie dort.
- ♥ Koche eine Mahlzeit für jemand Kranken in der Nachbarschaft und iss sie gemeinsam mit ihm.
- ♥ Geh barfuß im Schnee.
- ♥ Tanze im Sommerregen.
- ♥ Repariere etwas, das du wegwerfen wolltest.
- ♥ Setz dich eine Stunde lang in die Kirche.
- ♥ Falte hundert Origamikraniche.

# Rezepte

## Lilly-Mays kalifornischer Vegan Beach Joghurt

Blau wie Himmel und Meer, weiß wie Wellenschaum und Wolken, goldgelb wie Sand und Sonne

Zutaten:
- veganer Frischkäse oder Crème fraîche
- Pflanzenjoghurt
- frische Blaubeeren
- Honig
- Krokant oder Kekskrümel

Zubereitung:
Je nach Geschmack und gewünschter Cremigkeit anteilig veganen Frischkäse mit Pflanzenjoghurt verrühren. ¾ der Blaubeeren mit dem Pürierstab zu einem Mus verarbeiten.

Zusammen mit dem verbliebenen Viertel frischer Blaubeeren unterrühren. Nach Geschmack Honig und Krokant oder Kekskrümel als Deko on top.

**Bros Lieblings-Hunde-Eis (auch für Lieblingsmenschen erlaubt)**

Rosa wie die aufgehende Sonne, kühl und frisch für heiße Tage

Zutaten:
- 1 Teil frische Wassermelone
- 2 Teile Bio-Naturjoghurt oder pflanzlichen Joghurt (Hafer gelingt am besten)

Zubereitung:
Die Melone je nach Geschmack mit der Gabel zerdrücken oder pürieren, unter den Joghurt heben und anschließend in Förmchen mit Stiel füllen. In die Gefriertruhe geben oder mit der Eismaschine herunterkühlen.

**Heathers schnelle Mitternachts-Pasta**

Für spontane Gäste oder einen Abend, der in angenehmer Gesellschaft ungeplant länger wurde

Zutaten:
- Spaghetti
- getrocknete Tomaten
- frische Tomaten
- 2 Knoblauchzehen
- kalt gepresstes Olivenöl
- 2 Esslöffel eingelegte Kapern
- Salz, Pfeffer, Oregano

- frischer Basilikum
- frischer Koriander

Zubereitung:
Die Pasta in Salzwasser al dente kochen. In der Zwischenzeit Tomaten und Knoblauch mit dem Öl bei geringer Hitze in einer Pfanne anschwitzen, bis Flüssigkeit austritt. Würzen und mit den abgegossenen Spaghetti vermengen. Am Schluss die frischen Kräuter unterheben.

**Dawns Pancakes mit selbst gemachter Ahornbutter**

… weil immer irgendwo auf der Welt Frühstückszeit ist!

Pancakes

Zutaten:
- 200 g Mehl
- 300 ml (Pflanzen-)Milch
- 2 EL Zucker
- 2 TL Backpulver
- 3 Eier
- etwas Salz

Zubereitung:
Die Eiweiße steif schlagen. Aus den übrigen Zutaten einen glatten Teig rühren. Eiweiß am Schluss unterheben. Mit wenig Öl in einer Pfanne handtellergroße Pancakes beidseitig backen.

Ahornbutter

Zutaten:
- 1–2 Flaschen Ahornsirup
- jede Menge Eiswürfel zum schnellen Herunterkühlen der Flüssigkeit
- noch mehr Geduld und Ausdauer
- ein Garthermometer

Zubereitung:
Den Ahornsirup im Topf auf exakt(!) 112 Grad erhitzen, dann in eine eisgekühlte Rührschüssel umfüllen (diese am besten in eine zweite, mit Eiswürfeln gefüllte Schüssel stellen) und bei beständigem Rühren auf 18 bis 20 Grad herunterkühlen. Dabei rühren, rühren, rühren, bis sich Farbe und Konsistenz in eine milchkaffeefarbene Creme verändert haben. Das kann bis zu vierzig Minuten dauern!

# Heathers Schutzmantelübung

Stell dich mit schulterbreit geöffneten Füßen hin. Schließ deine Augen. Stell dir vor, du stehst in einem breiten Lichtstrahl direkt aus dem Universum, aus der Quelle allen Seins – oder, wenn dir das zu esoterisch ist, nimm pures, wärmendes Sonnenlicht.

Bade darin, schlüpfe hinein wie in einen bodenlangen Mantel. Ganz langsam und bewusst, tu es Schritt für Schritt. Begleite das Anziehen mit ritualisierten Bewegungen. Streich dir das Licht mit der rechten Hand über den linken Arm, von den Fingerspitzen bis hinauf zur Schulter, um dort einen Ärmel entstehen zu lassen. Bilde auf die gleiche Weise den rechten Ärmel, das Rückenteil, zwei Vorderteile. Setz dir eine Kapuze auf und schließe einen unsichtbaren Reißverschluss von den Zehen bis obenhin, sodass du ganz eingehüllt bist in diesen Mantel aus Licht, einschließlich der Fußsohlen.

Nichts dringt durch ihn hindurch, was dir nicht guttut. Er wärmt und schützt dich und hilft dir, deine Energie zu halten. Und er hat eine eingebaute Wunderpflasterfunktion, unter der du heilen kannst.

Wiederhole die Bewegungsabläufe zum Anziehen und Schließen des Schutzmantels ein paarmal hintereinander.

Dann atme tief durch und öffne die Augen.